KB242428

조선시대 산문 읽기

# 조선시대 산문 읽기

• 원주용 편저

KSI 한국학술정보(주)

# 머리말

이 책은 朝鮮 前期 대표적인 館閣文人인 徐居正을 필두로 韓末 漢文學을 정리·평가했다고 하는 金澤榮에 이르기까지 35인의 散文作品 69편을 모아서 註釋을 달고 國譯과 鑑賞을 적은 것이다. 이전에 간행되었던 『고려시대 산문 읽기』라는 책의 속편에 해당하는 것이다. 내용 파악을 용이하게 하기 위해 임의대로 문단을 나누었으며, 가능한 한 意譯보다는 直譯을 위주로 하였고, 좀 더 깊은 이해를 要하는 독자를 위해 참조가 될 만한 논문이나 책을 끝에 간략히 제시하였다. 다만 지면상 많은 감상과 참고자료를 제시하지 못하였고, 이 69편 외에도 많은 훌륭한 文人들의 산문작품들이 있으나, 漢文學史에서 자주 거론되는 文人들과 작품을 위주로 選定하다 보니, 문학성을 풍부히 갖추고 있는 많은 산문작품들이 選定에서 소외되어 다 싣지 못한 점이 못내 아쉬움으로 남는다.

필자는 개인적으로 韓國漢文學의 영역에 있어서 散文 분야에 관심을 가지고 공부를 하고 있는 중이다. 주로 高麗時代와 朝鮮 初期를 중심으로 고찰하고 있기 때문에, 조선 중기와 후기에 대해서는 識見이 淺薄하지만, 알고 있는 한도 내에서 이 책에서 다루고 있는 조선시대의 散文史를 간략히 살펴보면, 朝鮮時代에 散文 文章을 창작하는 데 있어 가장 기본적인 지표는 麗末 李齊賢이 제창한 古文이었으며, 文以載道였다. 조선 초기에는 기본 지표가 載道이면서도 外交文書나 政令 등을 위한 效用論에 중점을 둔 詞章派와 道 위주의 문학을 중시한 士林派로 나뉘기도 하였고, 조선 중기에 이르러서는 古文에 있어서도 '文必秦漢'을 외치던 擬古派가 등장하기도 하였으며, 조선 후기에는 法古創新을 주장한 朴趾源을 비롯한 일군의 實學者들이 수면 위로 부상하기도 하였다. 그런데 이러한 散文史를 관념적으로만 이해하기보다는 실제 작품을 통해서 文人들이 주장하는 立論들을 살펴보아야지만, 散文史의 흐름을 구체적으로 이해할 수 있을 것이다. 부족하나마 이러한 이해를 위한 작업의 결과로 나온 것이 이 책이다.

학문적으로 또는 이 책이 나올 수 있게 도와주신 선생님은 일일이 거론할 수 없을 정도로 많기에 마음속에 깊은 감사의 마음을 새겨두고자 한다. 그리고 아빠와 함께 많은 시간을 보내야 할 시기인데도 불구하고 아빠에게 공부할 시간을 할애해 준 두 딸 혜원이, 다원이와 집안일보다는 내가 좋아하는 일에만 몰두할 수 있게 內助를 잘해 주고 있는 아내에게 감사의 마음을 전하고 싶다.

모쪼록 이 책이 조선시대 散文에 관심이 있는 사람이나 任用考査를 준비하는 학생들에게 작게나마 보탬이 되었으면 한다.

2008년 7월 龜山 기슭에서

元周用 謹書

# 目　次

# 1.「東文選序」徐居正[1)]

乾坤肇判 文乃生焉 日月星辰 森列乎上 而爲天之文 山海岳瀆 流峙乎下 而爲地之文 聖人畫卦造書 人文漸宣 精一中極 文之體也 詩書禮樂文之用也 是以代各有文 而文各有體 讀典謨 知唐虞之文 讀訓誥誓命 知三代之文 秦而漢 漢而魏晉 魏晉而隋唐 隋唐而宋元 論其世 考其文 則以文選文粹文鑑文類諸篇 而亦槩論後世文運之上下者矣 近世論文者 有曰宋不唐 唐不漢 漢不春秋戰國 戰國不三代唐虞 此誠有見之論也

**주석** 〖乹〗 乾의 俗字 〖肇〗 시초 조 〖森〗 늘어서다 삼 〖瀆〗 강 독 〖畫卦造書(획괘조서)〗 上古에 伏羲氏가 八卦를 그었는데, 그것을 文의 시초로 봄 〖精一中極(정일중극)〗『書經』에 나오는 말로, 제왕이 마음을 精一하게 가져야 백성들에게 中

---

1) 서거정 1420(세종 2)~1488(성종 19). 자는 剛中, 호는 四佳亭. 權近의 외손자. 조선 전기의 대표적인 지식인으로 45년간 세종·문종·단종·세조·예종·성종의 여섯 임금을 모셨으며 신흥왕조의 기틀을 잡고 文風을 일으키는 데 크게 기여했다. 원만한 성품의 소유자로 단종 폐위와 사육신의 희생 등의 어지러운 현실 속에서도 왕을 섬기고 자신의 직책을 지키는 것을 직분으로 삼아 조정을 떠나지 않았다. 당대의 혹독한 비평가였던 김시습과도 미묘한 친분관계를 맺은 것으로 유명하다. 문장과 글씨에 능하여 수많은 편찬사업에 참여했으며, 그 자신도 뛰어난 문학저술을 남겨 조선시대 관인문학이 절정을 이루었던 穆陵盛世의 디딤돌을 이루었다. 그의 저술로는 객관적 비평태도와 주체적 批評眼을 확립하여 후대의 詩話에 큰 영향을 끼친『東人詩話』, 간추린 역사·제도·풍속 등을 서술한『筆苑雜記』, 설화·수필의 집대성이라고 할 만한『太平閑話滑稽傳』이 있으며, 관인의 富麗豪放한 시문이 다수 실린『四佳集』등이 있다. 명나라 사신 祁順과의 시 대결에서 우수한 재능을 보였으며 그를 통한『皇華集』의 편찬으로 이름이 중국에까지 알려졌다.

道(=中極)를 세운다는 뜻 〖典謨(전모)〗『서경』의 「堯典」, 「舜典」과 「大禹謨」, 「皐陶謨」 등의 편 〖訓誥誓命(훈고서명)〗『서경』의 「伊訓」, 「湯誥」, 「湯誓」, 「說命」 등의 편 〖槩〗 대개 개 〖見〗 견해 견

**국역** 하늘과 땅이 처음으로 나누어짐에 文이 비로소 생겨났다. 일월성진이 위에 늘어서 있어 하늘의 文이 되고, 산해악독이 아래에서 흐르고 우뚝 솟아 땅의 文이 되었다. 성인이 괘를 긋고 글을 만듦에 사람의 文이 점점 발전하였으니, 정일중극은 文의 體요, 시서예악은 文의 用이다. 이런 까닭에 시대마다 각각 文이 있고, 文마다 각각 체가 있으니, 전모를 읽으면 堯舜시대의 文을 알고, 훈고서명을 읽으면 삼대의 文을 안다. 진나라 이후의 한나라, 한나라 이후의 위진시대, 위진시대 이후의 수나라와 당나라, 수당 이후의 송나라와 원나라에 이르기까지 그 시대를 논하고 그 文을 논한 것으로는 문선·문수·문감·문류 등 여러 편으로써 또한 대략 後世 문운의 高下를 논할 수 있다. 근세 文을 논하는 사람 중에 '송나라 文은 당나라 文이 아니고, 당나라 文은 한나라 文이 아니고, 한나라 文은 춘추전국의 文이 아니고, 춘추전국의 文은 삼대와 당우의 文이 아니다.'라고 한 이가 있으니, 이것은 진실로 식견이 있는 논의라 하겠다.

吾東方 檀君立國 鴻荒莫追 箕子闡九疇 敷八條 當其時 必有文治可尙 而載籍不存 三國鼎峙 干戈日尋 安事詩書 然在高句麗 乙支文德善辭命 抗隋家百萬之師 在新羅 入唐登第者 五十有餘人 崔致遠黃巢之檄 名震天下 非無能言之士 而今皆罕傳 良可嘆已 高麗氏統三以來 文治漸興 光宗設科取士 睿宗好文雅 繼而仁明 亦尙儒雅 豪傑之士 彬彬輩出 當兩宋遼金搶攘之日 屢以文詞 得紓國患 至元朝 由賓貢中制科 與中原才士頡頏上下者 前後相望 皇明混一 光岳氣全 我國家列聖相承 涵養百年 人物之生於其間 磅礴精粹 作爲文章 動盪發越者 亦無讓於古 是則我東方之文 非漢唐之文 亦非宋元之文 而乃我國之文也 宜與歷代之文 幷行於天

地間 胡可泯焉而無傳也哉 奈何金台鉉作文鑑 失之踈略 崔瀣著東人文 散逸尙多 豈不爲文獻之一大慨也哉

**주석** 〖鴻荒(홍황)〗 太古 〖闡〗 밝히다 천 〖敷〗 펼치다 부 〖載籍(재적)〗 서적 〖鼎峙(정치)〗 솥발처럼 세 곳에 나누어 섬 〖尋〗 잇다 심 〖辭命(사명)〗 사람에게 응대하는 말 〖師〗 군사 사 〖罕〗 드물다 한 〖儒雅(유아)〗 유교의 바른 의리 〖彬〗 문채나다 빈 〖搶攘(창양)〗 어지러움 〖紵〗 모시풀 저 〖制科(제과)〗 唐나라때 임시로 재주 있는 자를 뽑기 위해 天子가 친히 문제를 내어 보이던 科擧 〖頡頏(힐항)〗 대항하여 굴하지 아니하는 모양 〖混〗 합하다 혼 〖涵養(함양)〗 은덕을 베풀어 기름 〖磅礴(방박)〗 가득 참 〖精粹(정수)〗 순수함 〖盪〗 움직이다 탕 〖發越(발월)〗 향기 같은 것이 발산함 〖泯〗 멸하다 민 〖散逸(산일)〗 흩어져 없어짐 〖慨〗 분개하다 개

**국역** 우리 동방은 단군이 나라를 건국할 때는 태고적이라 거슬러 올라갈 수 없고, 기자는 洪範九疇를 천명하고 八條法禁을 펼쳤으니, 그 당시에 반드시 숭상할 만한 문치가 있었을 것이나, 서적이 남아 있지 않다. 삼국이 나누어 서 있을 때는 전쟁이 날마다 이어졌으니, 어찌 詩書를 일삼을 수 있겠는가? 그러나 고구려에서는 을지문덕이 응대하는 말을 잘하여 수나라의 백만 군사에 대항하였다. 신라에서는 당나라에 들어가 급제한 이가 50여 명이나 되었는데, 최치원은 「討黃巢檄文」으로 명성이 천하에 떨쳤으니, 글에 능한 선비가 없었던 것은 아니나 지금 모두 전하는 것이 드무니, 진실로 통탄할 일이다. 고려가 삼국을 통일한 이후, 문치가 점점 일어 광종은 과거제도를 실시하여 선비를 뽑았고, 예종은 文의 우아함을 좋아하였으며, 뒤를 이어 인종과 명종도 유교의 바른 의리를 숭상하여 호걸스러운 선비가 찬란히 배출되었다. 남송과 북송·요·금이 어지러울 때를 당하여, 자주 문사로써 나라의 근심을 풀 수 있었으며, 원나라 때에는 빈공과 중의 제과에 말미암아 중원의 재주 있는 자들과 우열을 다툰 자가 전후로 줄을 이었다. 명나라가 통일하여 천지의 기운이 하나로 합쳐졌다. 우리 국가는 여러 성군이 서로 이어 은덕을 베푼 지 백 년이 되었다. 그 사이에 배출된 인물은 많고도 순수하여 문장을 짓는 데 요동치고 발

산한 것이 또한 옛글에 뒤지지 않았다. 이것은 우리 동방의 文이 한나라나 당나라의 文도 아니요, 또한 송나라나 원나라의 文도 아니라, 바로 우리나라의 文으로 마땅히 역대의 文과 함께 천지 사이에 병행할 것이니, 어찌 사라져서 전해지지 않을 수 있겠는가? 어찌하여 김태현은 『문감』을 지을 때 소략한 실수를 저질렀으며, 최해는 『동인문』을 지을 때 흩어져 없어진 것이 많았던가? 어찌 문헌의 전수에 있어서 크게 개탄할 일이 아니겠는가?

恭惟殿下 天縱聖學 日御經筵 樂觀經史 以篇翰著述 雖非六籍之比 然亦可見文運之興替 命領敦寧府事臣盧思愼吏曹判書臣姜希孟工曹判書臣梁誠之吏曹參判臣李坡暨臣居正 裒集諸家所作 粹爲一帙 臣等仰承隆委 採自三國 至于當代辭賦詩文若干體 取其詞理醇正 有補治教者 分門類聚 釐爲百三十卷 編成以進 賜名曰東文選

**주석** 〖篇翰(편한)〗 서적 〖以〗 생각하다 이 〖六籍(륙적)〗 =六經 〖替〗 멸하다 체 〖暨〗 및 기 〖裒〗 모으다 부 〖隆〗 높다 륭 〖醇〗 순수하다 순 〖釐〗 다스리다 리 〖進〗 올리다 진

**국역** 공손히 생각건대, 전하께서는 하늘이 내리신 성스러운 학문으로 날마다 경연에 납시어 經書와 史書를 즐겨보시고, "(우리나라 문인들의) 서적과 저술이 비록 육경에 견줄 수는 없으나, 또한 문운의 흥체를 볼 수는 있다."라 생각하시고, 영돈녕부사 노사신·이조판서 강희맹·공조판서 양성지·이조참판 이파와 거정에게 명령하여, 여러 사람이 지은 것을 모아 깨끗하게 한 질로 만들게 하였다. 이에 신 등은 높은 맡기심을 우러러 받들어 삼국으로부터 당대 사·부·시·문 약간체를 채집하였다. 그중 말과 이치가 순정하여 다스리고 가르치는 데 도움이 되는 것을 취하여, 장르별로 분류하고 정리하여 130권으로 만들어 완성하여 올리니, (임금께서) 『동문선』이라는 이름을 내려주셨다.

臣居正竊念 易曰 觀乎人文 以化成天下 盖天地有自然之文 故聖人法天地之文 時運有盛衰之殊 故文章有高下之異 六經之後 惟漢唐宋元皇朝之文 爲近古 由其天地氣盛 大音自完 無異時南北分裂之患故也 吾東方之文 始於三國 盛於高麗 極於聖朝 其關於天地氣運之盛衰者 因亦可考矣 況文者貫道之器 六經之文 非有意於文 而自然配乎道 後世之文 先有意於文 而或未純乎道 今之學者 誠能心於道 不文於文 本乎經 不規規於諸子 崇雅黜浮 高明正大 則其所以羽翼聖經者 必有其道 如或文於文 不本乎道 背六經之規矱 落諸子之科臼 則文非貫道之文 而非今日開牖之盛意也 然今聖明在上 天地氣盛 人物之應期而生 以文鳴世者 必于于而興焉 亦何患乎無人也 臣雖不才 尙當秉筆竢之 戊戌

**주석** 〖由A故也〗 A때문이다 〖關〗 관련되다 관 〖配〗 필적하다 배 〖規〗 본뜨다 규 〖黜〗 물리치다 출 〖羽翼(우익)〗 보좌함 〖背〗 배반하다 배 〖矱〗 법도 확 〖科臼(과구)〗 구멍(科 구덩이 과) 〖牖〗 깨우치다 유 〖于〗 크다 우 〖竢〗 기다리다 사

**국역** 신 거정이 마음속으로 다음과 같이 생각했습니다. 『주역』에 "인문을 관찰하고서 교화가 천하에 이루어진다."라 하였으니, 대개 천지에 자연의 文이 있으므로 성인이 천지의 文을 본받으며, 시대의 운수에 성쇠의 다름이 있으므로 문장에 고하의 차이가 있다. 육경의 뒤에는 오직 한·당·송·원·명의 문장이 옛것에 가까우니, 그것은 천지의 기운이 성대하여 큰 소리가 저절로 완전하여 뒷날 남북으로 분열되는 근심이 없었기 때문이다. 우리 동방의 文은 삼국에서 시작하여 고려에서 성대하였고, 조선에서 극에 달하였으니, (文이) 천지 기운의 성쇠와 관련됨을 또한 상고할 수 있다. 하물며 文은 도를 꿰는 그릇이므로, 육경의 文은 文을 짓는 데 뜻을 두지 않아도 저절로 도에 합치되었다. 후세의 文은 먼저 文을 짓는 데 뜻을 두어 혹은 도에 순수하지 못하게 되었다. 지금의 학자들이 진실로 도에 마음을 두고 글을 짓는 데만 힘쓰지 않고, 경전을 근본으로 삼고 제자백가를 애써 따르지 않아 우아함을 숭상하고 부화함을 물리치며, 고명하고 정대하게 한다면 성인의 경전을 보

좌하는 데 반드시 방법이 있을 것이다. 만약 혹시 文을 짓는 데 뜻을 두고 道를 근본으로 하지 않으며, 육경의 법칙을 저버리고 제가백가의 구덩이에 떨어진다면, 文은 관도의 文이 아니고 오늘날 전하께서 계발해 깨우쳐 주신 거룩한 뜻이 아닐 것이다. 지금 성스럽고 밝은 임금이 위에 계시고 천지의 기운이 성대하니, 인물이 시기에 맞추어서 태어나서 文으로 세상에 울릴 사람이 반드시 크게 일어날 것이니, 또한 어찌 사람이 없을까 걱정하겠는가? 저는 비록 재주는 없으나, 오히려 마땅히 붓을 잡고 그것을 기다리겠습니다. 1478년에 쓰다.

**감상** ▶ ● 徐居正은 26년 동안 대제학을 맡아 23회나 銓衡을 주관하면서 많은 인재를 배출한 館閣文學을 주도한 제일인자이다. 이 글은 서거정의 문학에 대한 생각이 잘 드러난 글로, 서거정은 "시대마다 각각 文이 있고, 文마다 각각 체가 있다."라고 하여, 文運과 時運을 동일시하였다. 시대가 어수선하면 글도 혼탁하고, 태평하면 글은 풍성하고 웅장하고 그 뜻이 높고 화려하다는 것이다. 詞章派는 혼탁한 세상을 글을 통하여 바로 잡으려는 이들이고, 士林派는 道로써 세상을 바로잡으려는 이들이다. 글로 세상을 바로잡으려니, 좋은 글을 써야 하고 道를 담고 있어야 한다. 그래서 "文은 도를 꿰는 그릇"이라고 말한 것이다. 서거정은 李奎報가 보여준 독창성에 대해서 반발하고 用事의 가치를 주장했으며("무릇 시의 용사는 반드시 출처가 있어야 한다: 凡詩用事 當有來處". 『東人詩話』), 성리학을 표방하면서도 鄭道傳이 시도했던 것과 같은 사상적 혁신은 바라지 않고 비판정신을 완화하고 둔화하는 방향으로 나아갔다. 이것이 바로 서거정에 이르러 뚜렷한 모습을 드러내고, 그 후로도 오랫동안 지속된 詞章派의 입장이었다. 서거정은 "우리 동방의 文이 한나라나 당나라의 文도 아니요, 또한 송나라나 원나라의 文도 아니라, 바로 우리나라의 文"이라 하여, 이 『동문선』이 자주의식을 바탕으로 편찬되었음을 보여 주고 있다. 중국에 『문선』이 있듯이 우리의 문선인 『동문선』은 중국의 문학과 대등한 관계로 格上하려는 자부심의 발로인 것이다.

**참고논문** ▶ 이종건, 「徐居正의 문학사상」, 『한국문학사상사』, 계명문화사, 1991.
박수천, 「徐居正의 문학비평」, 『서거정 문학의 종합적 검토』, 한국정신문화연구원, 1998.

## 2.「桂庭集序」徐居正

詩言志 志者心之所之也 是以讀其詩 可以知其人 盖臺閣之詩 氣象豪富 草野之詩 神氣清淡 禪道之詩 神枯氣乏 古之善觀詩者 類於是乎分焉

**주석** 〖臺閣(대각)〗 朝廷 〖枯〗 마르다 고 〖乏〗 모자라다 핍

**국역** 詩는 뜻을 말하는 것이고, 뜻은 마음이 가는 것이다. 그러므로 그 詩를 읽으면, 그 사람을 알 수 있다. 대개 대각의 詩는 기상이 호부하고, 초야의 詩는 정신과 기가 청담하고, 선도의 詩는 정신과 기가 고핍되어 있다. 옛날 詩를 잘 보는 사람은 이럼 점에서 분류하였다.

自唐宋以來 釋氏之以詩鳴世者 無慮數百家 貫休皎然 唱之於前 覺範道潛 和之於後 往往與文人才士 頡頏上下 然峭古清瘦之氣有餘 而無優游中和之氣 終未免詩家酸餡之譏 然是豈强爲而然哉 蔬筍之氣 不得不爾也 桂庭國初詩僧 與千峯雨上人齊名 論者以謂千峯之詩 高古簡潔 清新峭峻 有本家風骨 桂庭之詩 飄飄俊逸 隨意放肆 無方外之氣

**주석** 〖家〗 용한이 가(학문이나 기예 등이 뛰어난 사람) 〖頡頏(힐항)〗 겨룸 〖峭〗 엄하다 초 〖清瘦(청수)〗 청정하고 매서움 〖優游(우유)〗 한가로운 모양 〖中和(중화)〗 치

우치지 않고 過不及이 없는 바른 性情 〖酸〗 쉬다 산 〖餡〗 떡 함 〖譏〗 책망 기 〖筍〗 죽순 순 〖爾〗 그러하다 이 〖風骨(풍골)〗 모습 〖飄飄(표표)〗 뛰어오르는 모양 〖俊逸(준일)〗 빼어나 脫俗함 〖放肆(방사)〗 마음대로 함 〖方外(방외)〗 세속 사람의 테 밖

**국역** 당송 이래로 시로써 세상을 울린 스님은 무려 수백 명이었다. 관휴와 교연은 앞에서 창도하고, 각범과 도잠은 뒤에서 화답하며, 종종 문인 재사들과 상하를 겨루기도 했다. 그러나 초고 청수한 기운은 남아 있으나, 유유 중화한 기운은 없어 끝내 시가의 쉰 떡이란 책망에서 벗어나지 못했다. 그러나 이것이 어찌 억지로 하여서 그렇게 되었겠는가? 채식하는 기운이 그러하지 않을 수 없었기 때문이다. 계정은 조선 초 시를 잘 짓는 스님으로, 천봉상인과 명성이 나란했다. 논자들은 "천봉의 시는 고고 간결하고 청신 초준하여 본가(불교)의 풍골이 있고, 계정의 시는 표표 준일하고 뜻에 따라 마음대로 하여 방외의 기상이 없다."라고 했다.

居正少遊山讀書 謁千峯於開慶寺 時年八十餘 尙游戱翰墨 爲詩 出口輒驚人 如淸氷出壑 檀香有液 無一點塵俗氣 淸乎淸者也 桂庭已示寂 不得接緖綸 於詩亦不多見 今從允上人 得閱是編 造語平淡 不刻斲爲巧 纖纖爲麗 終無寒乞飢鳶之聲 其與千峯齊名 眞不虛矣 然千峯之詩 世無傳者 而師之詩 傳之不朽者如此 將以續休然範潛之遺響 鳴於東方無疑矣 若夫蔬筍酸餡之有無 予非具眼者 安能掉舌於其間哉

**주석** 〖謁〗 알현하다 알 〖翰〗 붓 한 〖輒〗 번번이 첩 〖液〗 진 액 〖寂〗 열반 적 〖緖〗 일 서 〖綸〗 다스리다 륜 〖閱〗 읽다 열 〖斲〗 깎다 착 〖纖〗 가늘다 섬 〖鳶〗 솔개 연 〖朽〗 썩다 후 〖掉〗 흔들다 도

**국역** 거정은 젊어서 산사에 노닐며 독서를 했는데, 개경사에서 천봉을 만나 뵈었다. 그때 80여 세였는데 여전히 문필을 즐기고 있었다. 시를 짓는데 입에서 나올 때마다 사람을 놀라게 하여, 맑은 얼음이 골짜기에서 나오고 박달나무향에 진액이

있는 것 같아 한 점 세속의 기운이 없이 맑고도 맑았다. 계정은 이미 입적하여 자취를 접할 수 없었고, 시도 많이 볼 수 없었다. 지금 윤상인으로부터 이 책을 얻어 읽어 보니, 조어가 평담하여 깎아서 공교롭게 만들고 가늘게 짜서 아름답게 하지 않아, 끝내 추위에 굶주려 구걸하는 솔개 같은 소리가 없으니, 천봉과 함께 명성이 나란했다는 것이 진실로 헛된 것이 아니었다. 그러나 천봉의 시는 세상에 전해지는 것이 없으나, 계정의 시는 이처럼 썩지 않고 전해 오니, 장차 관휴 · 교연 · 각범 · 도잠의 남긴 울림을 이어서 우리나라에서 울릴 것을 의심할 여지가 없다고 하겠다. 저 채식을 하는 기운과 쉰 떡이 (맛이) 있고 없음에 대해서는 내가 (詩에 대한) 안목을 갖춘 사람이 아니니, 어찌 그 사이에 혀를 놀릴 수 있겠는가?

**감상** ◗ ● 이 작품은 계정의 詩가 일반 스님과는 다르다는 것을 드러내기 위해 쓴 글이다. 이 글은 서두에 詩의 우열을 정해둔 것에 주목을 요한다. 즉 臺閣의 詩(벼슬하는 이의 시), 草野의 詩(벼슬하고 있지 못한 선비의 시), 禪道의 詩(스님의 시) 순으로 언급하면서, 대각의 詩를 최고로 선정하고 있다. 서거정은 勳臣의 문학이 독점적인 지위를 누리는 것이 당연하다는 주장을 펴고, 자기의 위치에 대한 자부심을 드러내고 있다(「獨谷集序」). 漢文學은 처음 시작할 때부터 일반 백성의 문학일 수 없었고, 상층 지식인의 문학이었으며, 과거제가 시행되자, 상층 지식인이 부귀를 누리는 자리로 영달하기 위해서 필수적으로 갖추어야 할 요건으로 숭상되었다. 특히 집권층이 통치 기반을 단단하게 다져 안정을 누리던 시대에는 臺閣의 문학이 독점적인 우위를 누렸다. 그리하여 고려 전기에는 金富軾의 문학이 한 시대를 지배했듯이, 조선 전기에는 서거정의 문학이 이루어진 것이다.

**참고논문** ◗ 조동일, 「徐居正」, 『한국문학사상사시론』, 지식산업사, 1982.
송희준, 「徐居正 문학 연구」, 고려대 박사논문, 1996.

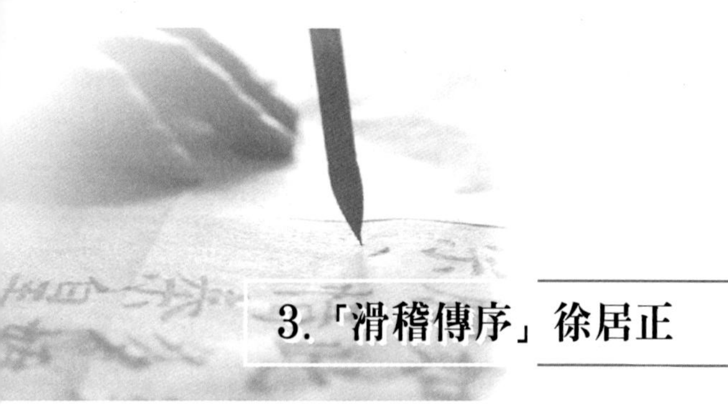

## 3.「滑稽傳序」徐居正

居正嘗謝事居閑 遊戲翰墨 書與朋友所嘗戲談者 題曰滑稽傳 客有誚者曰 子之所讀何書 所業何事 子立朝將四十年 踐歷臺閣 長六部 亞巖廊宦非不達 會不聞謀猷獻替 建白設施 又不聞著書立言 如馬如班如劉如揚者之所爲 徒屑屑焉掇拾孟浪 爲好事者解頤 此則徘優之雄長耳 何補於世敎乎

**주석** 〖謝〗 사직하다 사 〖誚〗 꾸짖다 초 〖巖廊(암랑)〗 議政府의 별칭 〖獻替(헌체)〗 임금을 보좌하여 善을 권하고 惡을 못 하게 함 〖建白(건백)〗 임금에게 의견을 아룀 〖會〗 반드시 회 〖屑〗 자질구레하다 설 〖掇〗 줍다 철 〖解頤(해이)〗 이야기가 아주 흥겨워 저절로 입을 벌리고 껄껄 웃음

**국역** 거정이 일찍이 일을 사직하고 한가하게 거처할 때, 붓과 먹으로 유희하면서 친구들과 일찍이 농담 삼아 한 이야기들을 써서 제목을 『골계전』이라 하였다. 그러자 객 중에 아래와 같이 꾸짖는 자가 있었다. "그대가 읽은 것은 어떤 책이며, 업으로 삼는 것은 어떤 일인가? 그대가 조정에 선 지 거의 40년인데, 대각의 자리를 두루 역임해서 육부의 우두머리가 되고 삼공의 버금이 되었으니, 벼슬이 통달하지 않은 것이 아니다. 그런데 꾀로 임금을 보좌하고 의견을 아뢰어 시행하게 하였다는 말을 들어 보지도 못했다. 또 저서와 말을 낸 것이 司馬遷·班固·劉向·揚雄이 한 것과 같이 하였다는 것을 들어 보지 못했다. 다만 자질구레하게 맹랑한 것만 주워 모아 호사자가 입을 벌리고 감탄하게 하니, 이것은 배우 가운데 으뜸일 뿐

이니, 어찌 세교에 도움이 되겠는가?"

且子平生 淸脩苦節 水蘗其操 頃以纖芥無妄之災 驚塵駭浪 猝起於不測之地 衆虺羣蝮 蛟鱷百怪 駢首接足 鼓吻垂涎 欲飽其肉而齕其骨 賴仁聖在上 至明旁燭 生死而肉骨之 曾不動心忍性 馳怪騁奇 惟技是癢 昔列御寇莊周 見道精 憤世深 作爲詭激之說 奇崛之文 鼓舞變化 動盪發越 間以無稽不經之說 猶得罪於聖門 盖莊列 聖門之罪人 而子 莊列之罪人 吾爲子不取

**주석** 『苦節(고절)』 어려움을 당하여도 변하지 아니하는 굳은 절개 『蘗』 움 얼 『操』 지조 조 『頃』 근자에 경 『纖芥(섬개)』 미미함 『無妄(무망)』 뜻밖의 『駭』 놀라다 해 『猝』 갑자기 졸 『虺』 살무사 훼 『蝮』 살무사 복 『鱷』 악어 악 『駢』 나란하다 변(병) 『吻』 입술 문 『涎』 침 연 『齕』 깨물다 흘 『賴』 힘입다 뢰 『旁』 널리 방 『曾』 이에 증 『癢』 가렵다 양 『憤』 성내다 분 『詭激(궤격)』 기괴함 『崛』 우뚝솟다 굴 『盪』 움직이다 탕 『發越(발월)』 발산함 『稽』 헤아리다 계

**국역** 또 그대는 평생 맑게 닦아 온 굳은 절개를 힘들게 지켜 오다가, 근자에 미미한 뜻밖의 재앙으로 놀라운 변고가 예기치 않은 곳에서 갑자기 일어나, 여러 살무사와 교룡·악어 등 온갖 기괴한 무리들이 머리를 나란히 하고 발을 맞대어 입을 나불거리고 침을 흘리면서 그 고기를 먹고 그 뼈를 씹고자 한다. 그러나 인자하고 성스러운 임금이 위에 있어 지극히 밝은 지혜로 두루 비춤에 힘입어 고기와 뼈에 살이 붙어 죽은 목숨을 살려 주었는데, 이에 (그대는) 마음에 감동받고 성품을 참지 못하고 도리어 기괴함에 마음을 쏟아 재주(를 발휘하지 못할 것)을 근심하고 있다. 옛날 열어구와 장주는 도를 봄이 정미하고 세상을 분개함이 깊어 괴이하고 과격한 말과 기이하고 웅장한 글을 지어 고무 변화하며 움직이고 발산하여 간간이 헤아릴 수 없고 불경한 이야기 때문에 오히려 성인에게 죄를 얻었다. 대개 장자와

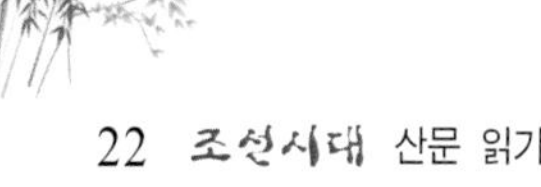



열자는 성인의 죄인이고, 그대는 장자와 열자의 죄인이니, 나는 그대가 (이러한 일을) 취하지 않아야 한다고 생각한다.

居正矍然改容 再拜謝曰 子之言是也 然子不聞善戲謔兮 文武弛張之道乎 齊諧志於南華 滑稽傳於班史 居正之作是傳 初非有意於傳後 只欲消遣世慮 聊復爾耳 況孔聖 以博奕爲賢於無所用心者 此亦居正無所用心之自戒爾 客笑而去 蒼龍丁酉

**주석** 〖矍〗 깜짝 놀라 눈을 휘둥그렇게 하고 허둥지둥 이쪽저쪽을 보는 모양 확 〖弛〗 느슨하다 이 〖遣〗 버리다 견 〖聊〗 애오라지 료 〖爾〗 그러하다, ~뿐이다 이 〖博〗 쌍륙 박 〖奕〗 바둑 혁 〖賢〗 낫다 현

**국역** 나는 놀라서 모습을 고치고 재배하고 사례하며 말하기를 "그대의 말이 옳다. 그런데 그대는 (『詩經』, 「衛風」, 「淇奧」의) '농지거리를 잘한다.'와 (『禮記』, 「雜記 下」의) '문무의 느슨하고 펴는 도'를 들어 보지 못했는가? 「제해」는 『남화경』에 기록되어 있고, 『골계전』은 『사기』와 『한서』에 기록되어 있다. 거정이 이 『골계전』을 지은 것은, 처음에는 후세에 전할 것을 염두에 두지 않고 다만 세상의 근심을 덜고자 해서 애오라지 이와 같이 했을 뿐이다. 하물며 공자께서도 바둑이나 장기를 마음을 쓰지 않는 것보다 낫다고 여기셨으니, 이것은 또한 거정의 마음 쓰지 않는 것에 대한 스스로의 경계일 뿐이다." 하였다. 이에 객이 웃으며 가버렸다. 1477년에 쓴다.

**감상** ● 서거정은 40년 동안이나 조정에서 벼슬을 하면서, 대각을 지내고 六曹判書를 역임했음에도 이런 것에 관심을 가졌던 것은 어울리지 않는 일이고, 이런 글을 쓰면 聖門에 죄를 짓는다는 것은 자기 자신도 인정하면서, 긴장을 이완시키기 위해서 지은 것이라 변명하고 있다. 성리학자라면 『골계전』 같은 것은 쓰지 않을

뿐만 아니라 용인하지도 않는다. 사소한 웃음거리를 글로 쓰면 마음가짐이 흐트러지고, 氣質之性을 드러낸다. 서거정의 골계담은 결과적으로 문학이 도학의 요구에 구속되지 않도록 하는 구실을 하는 의의를 지닌다. 이러한 滑稽類는 姜希孟의 『村談解頤』, 宋世琳의 『禦眠楯』 등 이후 많은 골계전류를 낳게 했다(『보한집』, 『역옹패설』에서 약간씩 등장→『태평한화골계전』에 이르러 전문화되고 結晶이 됨→다시 변천하여 『어면순』, 『촌담해이』처럼 淫談으로 변함).

문학은 대체로 두 가지 형태로 구분할 수 있다. 첫째는 修辭的 기교에 치중하여 문학을 다분히 장식적인 것으로 보는 것이 詞章爲主의 문학관이다. 이것은 고려 말엽까지 불교를 국가적으로 신봉하던 분위기 속에서 유행하던 문학이다. 둘째는 道爲主의 문학관이다. 고려 말 조선 초의 문인학자들은 儒學으로 자기 자신을 확립하고 불교를 배격하면서 문학의 문제에 대해서도 근본적인 반성을 촉구하고 나왔다. 형식 면에서는 詞章 위주의 浮華함을 반대하고 樸實함을 추구했으며, 내용 면에서는 道-윤리도덕을 근본으로 삼아야 한다는 도덕주의 문학관이다. 이 道 위주의 문학관이 조선시대에는 문학에 대한 통념이 되었다. 그러나 양반사회의 체질상 詞章이 무시될 수는 없었다. 문학이 양반생활의 교양이었을 뿐 아니라, 詩賦 등으로 科擧를 보였다. 그리고 文任을 맡아 文翰을 자랑함이 관료로서 가장 영광스러운 일이었고, 詩文의 솜씨가 외교상에서도 나라를 빛내는 것이었으므로, 그 중요성이 더욱 제고되지 않을 수 없었다. 이러한 분위기 속에서 관료적 문학이 발달하였는데, 이 관료적 문학은 詞章 중심으로 흐르기 쉬웠던 것이다. 서거정이 조선 초기 이 관료적 문학을 주도하였던 것이다.

**참고논문** ▶ 조수학, 「골계전 연구」, 『한문학연구』, 정음문화사, 1988.
임형택, 「16세기 사림파의 문학의식」, 『한국문학사의 시각』, 창작과비평사, 1984.

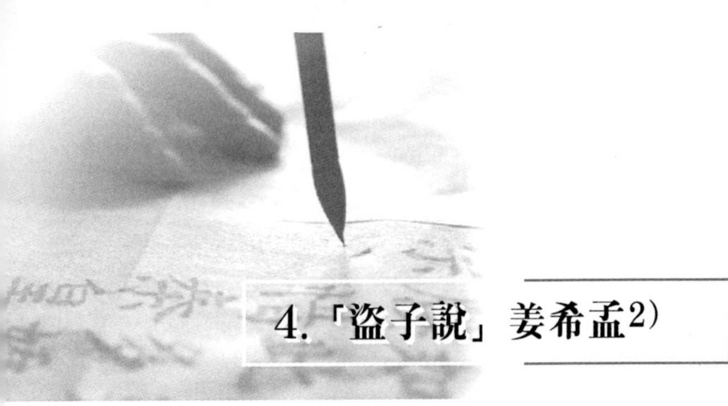

# 4.「盜子說」姜希孟[2)]

民有業盜者 教其子盡其術 盜子亦負其才 自以爲勝父遠甚 每行盜 盜子必先入而後出 舍輕而取重 耳能聽遠 目能察暗 爲羣盜譽 誇於父曰 吾無爽於老子之術 而强壯過之 以此而往 何憂不濟 盜曰 未也 智窮於學成而裕於自得 汝猶未也 盜子曰 盜之道 以得財爲功 吾於老子 功常倍之 且吾年尙少 得及老子之年 當有別樣手段矣 盜曰 未也 行吾術 重城可入 祕藏可探也 然一有蹉跌 禍敗隨之 若夫無形跡之可尋 應變機而不括 則非有所自得者 不能也 汝猶未也

**주석** 〖負〗 자신하다 부 〖舍〗 버리다 사 〖誇〗 자랑하다 과 〖爽〗 어그러지다 상 〖老子(노자)〗 아버지를 이름 〖濟〗 이루다 제 〖窮〗 크다 궁 〖裕〗 넉넉하다 유 〖重〗 겹 중 〖祕〗 숨기다 비 〖蹉跌(차질)〗 실패함 〖跡〗 자취 적 〖尋〗 찾다 심 〖應變機(응변기)〗 = 臨機應變 〖括〗 묶다 괄

**국역** 백성 중에 도둑질을 직업으로 삼은 자가 있어, 그 자식에게 그 기술을 다 가르쳐 주었다. 그러자 도둑의 아들은 또한 그 재주를 자부하여 스스로 아버지보다

---

2) 강희맹 1424(세종 6)~1483(성종 14). 뛰어난 문장가이며 공정한 정치를 하여 세종·성종 때 모두 총애를 받았다. 호는 私淑齋·無爲子, 시호는 文良이다. 부지런하고 치밀한 성격으로 공정한 정치를 했고 博學多識하다는 말을 들었으나, 한편으로 아첨하며 자기 공을 자랑한다는 비방도 들었다. 금양에 있을 때 자신의 경험과 견문을 토대로 지은 농업에 관한 저서로 『衿陽雜錄』이 있고, 당시 골계전의 성격을 알 수 있는 『村談解頤』가 있다.

훨씬 낫다고 생각하였다. 도둑질을 할 때마다 도둑의 자식은 반드시 먼저 들어가고 뒤에 나오며, 가볍고 천한 것을 버리고 무겁고 귀한 것을 취하며, 귀로는 먼 곳을 들을 수 있고 눈으로는 어두운 곳을 살필 수 있으니, 여러 도둑들에게 칭찬을 받았다. 이에 아버지에게 자랑하기를 "내가 아버지의 기술과 조금도 차이가 없고 힘은 나으니, 이대로 가면 어찌 이루지 못함을 근심하겠습니까?" 하였다. 도둑이 말하길 "아니다. 지혜는 학문이 이루어짐에서 커지고 자득에서 여유 있는 것인데, 너는 여전히 아직 아니다." 하였다. 도둑의 자식이 말하길 "도둑의 도는 재물을 얻는 것을 공으로 삼는데, 나는 아버지에 비해 공이 항상 배이고, 또한 내 나이가 여전히 젊으니, 아버지의 나이에 이를 수 있다면 마땅히 특별한 수단이 생길 것입니다." 하니, 도둑이 말하길 "아니다. 내 기술을 행한다면, 겹겹인 성도 들어갈 수 있고, 비밀히 감추어 둔 것도 찾을 수 있을 것이다. 그러나 한번 차질이 생기면 재앙과 실패가 따르게 마련이다. 찾을 수 있는 형체나 자취가 없고 임기응변하여 잡히지 않는 것과 같은 것은, 자득한 것이 있지 않으면 할 수 없다. 너는 여전히 아직 아니다." 하였다.

盜子猶未之念聞 盜後夜與其子 至一富家 令子入寶藏中 盜子耽取寶物 盜闔戶下鑰 攪使主聞 主家逐盜返 視鎖鑰猶故也 主還內 盜子在藏中 無計得出 以爪搔爬 作老鼠噬嚙之聲 主云 鼠在藏中損物 不可不去 張燈解鑰 將視之 盜子脫走 主家共逐 盜子窘 度不能免 繞池而走 投石於水 逐者云 盜入水中矣 遮躝尋捕 盜子由是得脫歸

**주석** 〖耽〗 빠지다 탐 〖闔〗 닫다 합 〖鑰〗 자물쇠 약 〖攪〗 어지럽히다 교 〖鎖〗 자물쇠 쇄 〖搔〗 긁다 소 〖爬〗 긁다 파 〖噬〗 물다 서 〖嚙〗 깨물다 교 〖損〗 덜다 손 〖窘〗 군색하다 군 〖繞〗 돌다 요 〖遮〗 막다 차 〖躝〗 넘다 란

**국역** 도둑의 자식은 여전히 그 말을 들으려고도 하지 않았다. 도둑이 뒷날 밤에 그 자식과 한 부잣집에 가서는 자식으로 하여금 보물창고 속으로 들어가게 했

다. 도둑의 자식이 보물을 취하는 데 빠져 있을 때, 도둑은 문을 닫고 자물쇠를 내리고 소리를 내어 주인으로 하여금 듣게 하였다. 주인집 사람들은 도둑을 쫓아가다 돌아와서 자물쇠를 보니 예전과 같았다. 주인이 안으로 돌아가자, 도둑의 자식은 창고 속에 있어서 나올 계책이 없었다. 손톱으로 긁어서 늙은 쥐가 깨무는 소리를 내니, 주인이 "쥐가 창고에 있으면서 물건을 먹어 치우니, 제거하지 않을 수 없다." 하고는, 등불을 펼치고 자물쇠를 풀어 장차 그것을 보려고 할 때, 도둑의 자식이 벗어나 달아났다. 주인집 사람들이 함께 쫓으니, 도둑의 자식은 곤궁하여 벗어나지 못할 것을 헤아리고 못을 돌아 달아나면서 물에 돌을 던졌다. 쫓던 자들이 말하길 "도둑이 물속으로 들어갔다." 하고는, 막아서서 잡으려 하였다. 도둑의 자식은 이것에 말미암아 벗어나 돌아올 수 있었다.

怨其父曰 禽獸猶知庇子息 何所負 相軋乃爾 盜曰 而後乃今汝當獨步天下矣 凡人之技 學於人者 其分有限 得於心者 其應無窮 而況困窮咈鬱能堅人之志 而熟人之仁者乎 吾所以窘汝者 乃所以安汝也 吾所以陷汝者乃所以拯汝也 不有入藏迫逐之患 汝安能出鼠嚙投石之奇乎 汝因困而成智臨變而出奇 心源一開 不復更迷 汝當獨步天下矣 後果爲天下難當賊

**주석** 〖庇〗 감싸다 비 〖負〗 저버리다 부 〖軋〗 반목하다 알 〖爾〗 그러하다 이 〖咈〗 어기다 불 〖鬱〗 답답하다 울 〖仁〗 사람마음 인 〖拯〗 건지다 증 〖迫〗 닥치다 박 〖更〗 더욱 갱 〖迷〗 헤매다 미 〖果〗 과연 과 〖當〗 감당하다 당

**국역** 그 아버지를 원망하며 말하길 "짐승도 오히려 자식을 보호할 줄 아는데, 어느 것을 저버렸다고 서로 사이가 좋지 않음이 이에 이와 같습니까?" 하니, 도둑이 말하길 "이후에 마침내 지금의 너는 마땅히 천하를 독보할 것이다. 무릇 사람의 기술은 남에게 배우는 것이 그 분수에 한도가 있고, 마음에 터득한 것은 그 응함이 무궁하다. 더구나 곤궁하고 답답한 것이 사람의 뜻을 견고하게 할 수 있고 사람의

마음을 익게 할 수 있음에 있어서랴? 내가 너를 곤궁하게 만든 까닭은 바로 너를 편안하게 하려는 때문이요, 내가 너를 함정에 빠뜨린 까닭은 바로 너를 건져주려는 때문이다. 창고에 들어가 급박하게 쫓기는 근심이 없었다면, 너는 어찌 쥐처럼 물고 돌을 던지는 기이함을 (생각해) 낼 수 있었겠는가? 너는 곤궁함에 말미암아 지혜를 이루고, 변화에 임하여 기이함을 내었으니, 마음의 근원이 한번 열리면 다시 더 헤매지 않을 것이니, 너는 마땅히 천하에서 독보할 것이다." 하였다. 뒤에 과연 천하에 감당하기 어려운 도적이 되었다.

夫盜賊 惡之術也 猶必自得 然後乃能無敵於天下 而况士君子之於道德功名者乎 簪纓世祿之裔 不知仁義之美 學問之益 身已顯榮 妄謂能抗前烈 而軼舊業 此正盜子誇父之時也 若能辭尊居卑 謝豪縱 愛淡泊 折節志學 潛心性理 不爲習俗所搖奪 則可以齊於人 可以取功名 用舍行藏 無適不然 此正盜子因困成智 終能獨步天下者也 汝亦近乎是也 毋憚在藏迫逐之患 思有以自得於心可也 毋忽

**주석** 〖簪纓〗 관과 비녀로, 高官을 의미 〖裔〗 후예 예 〖抗〗 겨루다 항 〖軼〗 앞지르다 일 〖辭〗 사양하다 사 〖謝〗 끊다 사 〖豪縱(호종)〗 =豪放: 意氣가 壯하여 작은 일에 구애하지 아니함 〖折節(절절)〗 자기를 굽히고 의지를 꺾음 〖憚〗 꺼리다 탄 〖忽〗 잊다 홀

**국역** 무릇 도적질은 나쁜 기술이지만, 오히려 반드시 스스로 터득한 뒤에야 이에 천하에 적이 없을 수 있는 것이다. 하물며 사군자가 도덕공명에 있어서랴? 고관으로 대대로 녹을 먹는 후손들은 인의의 아름다움과 학문의 유익함을 알지 못하고서, 자기가 이미 현달하면 망령되이 선열들에 항거하고 옛일보다 앞선다고 생각하니, 이것이 바로 도둑의 자식이 아버지에게 자랑하던 때인 것이다. 만약 높은 것을 사양하고 낮은 데 있으며, 호방을 끊고 담박함을 사랑하며, 자신을 굽히고 학문에

뜻을 두고 성리학에 잠심하여 습속에 휩쓸리지 않으면, 남과 동등할 수 있고 공명을 얻을 수도 있으며, 등용해 줄 경우 행하고 버릴 경우 감추어 두면, 어디를 가더라도 그렇지 않은 것이 없을 것이니, 이것이 바로 도둑의 자식이 곤경에 말미암아 지혜를 이루어 마침내 천하에 독보적일 수 있었던 것이다. 너도 또한 이와 같으니, 창고에 갇히고 쫓김에 급박한 근심을 꺼리지 말고, 마음에 자득할 수 있을 것을 생각하는 것이 좋을 것이다. 잊지 말라.

**감상** ● 이 작품은 강희맹이 아들 姜龜孫을 위해서 지어 준 「訓子五說」의 첫 번째 작품(나머지는 「啗蛇說(뱀을 먹는 풍속이야기)」·「登山說(등산하는 자의 습성)」·「三雉說(꿩의 생태)」·「溺桶說(양반집 자식의 오줌버릇)」)이다. 민담적 소재를 다채롭게 다룬 작품으로, 문예성을 지니고 있어 강희맹 산문의 대표적인 작품이기도 하다. 說의 양식은 대개 例示와 評說로 나뉘는데, 앞의 두 단락은 예시이고, 마지막 단락이 평설이다. 도둑질의 천한 기술로 士君子가 道德功名을 自得하는 방법을 비유하였다. 곧 대대로 국록을 누리는 벼슬아치의 후손으로서 갖추어야 할 처신법을 설파한 내용이다. 선비의 세상사는 방식을 도적의 긴박한 생활로 비유하고 이곳에서 살아남기 위해서는 '自得의 妙'밖에 없음을 강조했다. 강희맹은 文以載道라는 당시 문학론 속에서 經術뿐 아니라 稗說도 수용해야 한다는 입장이었다(『村談解頤』). 그리고 선악이 갖는 권계성까지 인정하여 野談·滑稽를 적극적으로 그의 문학작품에 수용했다.

**참고논문** 안장리, 「姜希孟 文學 研究」, 한국정신문화연구원 석사논문, 1987.
정용수, 『私淑齋 姜希孟 文學 研究』, 국학자료원, 1993.

## 5.「尹先生祥詩集序」金宗直[3)]

經術之士 劣於文章 文章之士 闇於經術 世之人有是言也 以余觀之 不然 文章者 出於經術 經術 乃文章之根柢也 譬之草木焉 安有無根柢 而柯葉之條鬯 華實之穠秀者乎

**주석** 〖經術(경술)〗 =經學 〖柢〗 뿌리 저 〖條〗 길다 조 〖鬯〗 자라다 창 〖穠〗 무성하다 농

**국역** 경술을 하는 선비는 문장에 약하고, 문장을 하는 선비는 경술에 어둡다고 세상 사람들은 이 말을 한다. 내가 그것을 보니, 그렇지 않다. 문장은 경술에서 나오는 것이니, 경술은 바로 문장의 뿌리인 것이다. 풀과 나무에 그것을 비유하자면, 어찌 뿌리가 없으면서 가지와 잎이 무성하며 꽃과 열매가 번성할 수 있겠는가?

---

3) 김종직 1431(세종 13)~1492(성종 23). 호는 佔畢齋. 아버지는 金叔滋. 아버지 김숙자는 고려 말·조선 초 은퇴하여 고향에서 후진 양성에 힘썼던 吉再의 제자로, 아버지로부터 학문을 배운 종직은 길재와 鄭夢周의 학통을 계승한 셈이다. 김종직의 학문은 무오사화 때 그의 많은 글이 불살라진 관계로 전체적인 모습을 밝히기는 어려우나, 대체로 정몽주와 길재의 道學思想을 이어받아 節義와 명분을 중요시하고 시비를 분명히 밝히려고 했다. 또한 『소학』과 四書 및 『朱子家禮』를 기반으로 하는 성리학의 실천윤리를 강조하였으며, 五倫이 각각 질서를 얻고 士農工商의 四民이 자기의 직분에 안정하도록 하는 仁政의 실시가 이상적인 정치라고 보았다. 이를 위해 향교 교육과 인재의 등용을 매우 중시했다. 한편으로는 經術을 근본으로 하면서도, 당시 對明事大外交에서 꼭 필요하였던 詞章의 학문을 겸비하기도 하였다. 김종직의 문학세계는 명분·절의·修己에 근간을 두는 여말선초의 處士文學과 宋詩의 영향을 받아 화려한 文彩를 배격하고 간결하면서도 함축된 理를 드러내는 것이었으나, 經과 文을 다 같이 중시하는 폭넓은 것이었다.

詩書六藝 皆經術也 詩書六藝之文 卽其文章也 苟能因其文 而究其理 精以察之 優而游之 理之與文 融會於吾之胸中 則其發而爲言語詞賦 自不期於工而工矣 自古以文章鳴於時 而傳後者 如斯而已 人徒見夫今之所謂經術者 不過句讀訓詁之習耳 今之所謂文章者 不過雕篆組織之巧耳 句讀訓詁 奚以議夫黼黻經緯之文 雕篆組織 豈能與乎性理道德之學 於是乎遂岐經術文章爲二致 而疑其不相爲用 嗚呼 其見亦淺矣

**주석** 〖六藝(륙예)〗 =六經 〖優〗 여유있다 우 〖融會(융회)〗 소상하게 이해됨 〖訓詁(훈고)〗 訓詁(經書 등 古文의 考證·解釋·註解의 총칭)의 오자인 듯함 〖雕篆(조전)〗 아로새김 〖組織(조직)〗 짜다 〖黼黻(보불)〗 화려한 글 〖岐〗 갈림길 기 〖致〗 뜻 치

**국역** 시서 육예는 모두 경술이요, 시서 육예의 글은 바로 그 문장인 것이다. 만약 그 문장으로 말미암아 그 이치를 궁구해서 정밀하게 살피고 조용하게 감상하여 이치가 글과 함께 내 가슴속에 자세히 이해될 수 있다면, 그것이 드러나서 언어와 사부가 됨으로써 스스로 잘하기를 기약하지 않아도 저절로 잘되는 것이다. 예로부터 문장으로 한 시대를 울리고 후세에 전해졌던 사람은 이와 같을 뿐이었다. 그런데 사람들은 다만 지금 경술한다는 자들이 구두나 훈고를 익히는 데에 불과하고, 지금의 문장한다는 자들이 아로새기고 얽어 만드는 기교에 불과한 것들만을 보았을 뿐이다. 구두나 훈고로 어찌 화려하고 經天緯地하는 문장을 의논할 수 있으며, 아로새기고 얽어 만든 것으로 어찌 성리도덕의 학문에 참여할 수 있겠는가? 이에 마침내 경술과 문장을 나누어 두 가지로 여기면서 서로 쓰임이 되지 않는다고 의심하고 있다. 아! 그 견해가 또한 천박하구나.

居今之世 有能踔厲振作 拔乎流俗 上探孔孟之閫奧 而優入作者之域者 豈無其人耶 無其人則已 如有之 世人所云 不亦誣一世之賢也哉 故某官襄陽尹先生 乃吾所謂其人也 先生資稟純篤 學文該通 其於義理之精微

多有所自得 故能奮興於鄕曲 而羽儀於朝著 處胄監前後二十餘年 提撕誘掖 至老不倦 當時之達官聞人 皆出其門 師道尊嚴 陽村以後一人而已

**주석** 〖踔厲(탁려)〗 탁월하고도 격렬함 〖拔〗 빼어나다 발 〖閫奧(곤오)〗 깊은 뜻 〖誣〗 속이다 무 〖資稟(자품)〗 타고난 성품 〖該〗 모두 해 〖羽儀〗 儀表가 됨 〖朝著(조저)〗 =朝廷 〖胄監(주감)〗 국자감 〖提撕(제시)〗 후진을 이끎 〖誘掖(유액)〗 인도하여 도와줌

**국역** 지금 세상에 살면서 탁월하고도 격렬하게 진작하여 흘러가는 세속에 빼어나서 위로는 공자와 맹자의 깊은 뜻까지 탐구하여 넉넉히 작자의 경지에 들어갈 수 있는 사람이 어찌 없겠는가? 그런 사람이 없다면 그만이겠지만, 만약 있다면 세상 사람들이 한 말은 또한 한 세상의 어진 이들을 속인 것이 아니겠는가? 돌아가신 모관 양양 윤 선생은 바로 내가 말한 그 사람이다. 선생은 타고난 성품이 순수하고 돈독하며 학문이 널리 통하여, 그 의리의 정미함에 스스로 터득한 것이 많았기 때문에 시골에서 분발하여 조정에 의표가 될 수 있었다. 그리하여 전후 20년간 국자감에 있으면서 후진을 이끌고 인도하여 늙어서도 게을리 하지 않았다. 당시의 높은 벼슬아치나 알려진 사람들은 모두 그의 문하에서 나와 스승의 도가 존엄하여졌으니, 양촌 이후로 한 사람뿐이다.

爲文章 雖出於緖餘 而平易簡當 乍見若質俚 而細玩之 綽有趣味 皆自六經中流湊而成 同時擄皐比 如金樞府末金司成伴金文長鉤 經術則可爲流亞 而文章則不能與之爭衡焉 先生眞所謂有兼人之德之才者也 其平生所作不爲少 然而旋作旋棄 不畜一紙 先生之子前軍威縣監季殷 余之同年進士也 僅收拾於散逸之餘 得若干篇 錄爲一帙 要弁其端

**주석** 〖緖餘(서여)〗 =餘力, 나머지 〖乍〗 잠깐 사 〖質俚(질리)〗 질박하고 속되다

〖綽〗 많다 작 〖湊〗 모이다 주 〖皐比(고비)〗 학자 등의 좌석 〖爭衡(쟁형)〗 우열을 다툼 〖平生(평생)〗 평소 〖旋(선)~旋〗 갑자기~했다가 갑자기~하다 〖畜〗 쌓다 축 〖弁言(변언)〗 =序文

**국역** (선생이) 문장을 짓는 것은 비록 여력에서 나왔지만, 평이하고 간략하면서 마땅하여 얼핏 보면 마치 질박하고 속된 듯하나, 자세히 보면 흥취가 많이 있으니, 모두 육경으로부터 흘러나와 이루어진 것이다. 동시대 師席을 차지했던 중추부사 김말, 사성 김반, 문장공 김구 같은 이들이 경술은 (선생의) 아류가 될 수 있었으나 문장은 선생과 우열을 다툴 수 없었으니, 선생은 진실로 이른바 재주와 덕을 겸비함이 있는 분이다. 선생이 평소 지은 것이 적지 않으나, 지었다가는 버리곤 하여 한 장도 남겨두지 않았다. 선생의 아들인 전 군위현감 계은은 나와 동년 진사로, 겨우 흩어진 나머지들을 거두어들여 약간 편을 얻어서 기록하여 한 질을 만들고 서문을 요청하였다.

余曰 先生之歿雖久 而至今東人 仰之如泰山北斗 其所口授弟子經書精粹之語 自縉紳學士 以至韋布之徒 無不筆之於書而傳誦之 作人之盛 太史氏又紀諸汗竹 不一再焉 事業炳炳 足昭來世 今此殘篇斷簡 雖不傳 庸何傷 然父母之遺物 雖巾屨佩觿 爲子者 尙欲謹藏 而保護之 況詩文者出於親之肺腸 成於親之咳唾者乎 宜君之拳拳於收錄 以貽子孫於無窮也 余亦私淑人也 敢不樂爲之書

**주석** 〖縉紳(진신)〗 =高官 〖韋布(위포)〗 =布衣 〖紀〗 적다 기 〖汗竹(한죽)〗 역사 〖庸〗 이에 용 〖巾〗 두건 건 〖屨〗 신 구 〖佩觿(패휴)〗 차던 뿔송곳(매듭을 푸는데 사용함) 〖咳唾(해타)〗 어른의 말씀 〖拳〗 정성스럽다 권 〖貽〗 끼치다 이 〖私淑(사숙)〗 敬慕하는 사람에게 직접 배우지 못하고 단지 그 사람을 본받아서 道나 학문을 닦음

**국역** 내가 말하기를 "선생께서 돌아가신 지 비록 오래되었으나, 지금까지 우리나라 사람들은 그를 태산북두처럼 우러르고 있고, 그가 입으로 제자들에게 가르쳐 준 경서의 정수는 진신 학사들로부터 포의의 무리에 이르기까지 그것을 책에 써서 전하여 읊고 있다. 인재를 만든 성대한 일은 태사씨가 또 사책에 기록한 것이 한두 번이 아니므로, 빛나는 사업을 후세에 밝힐 수 있으니, 지금 이 남은 편이나 끊어진 죽간이 비록 전해지지 않더라도, 이에 무슨 손상될 것이 있겠는가? 그러나 부모님이 남겨 주신 물건은 비록 두건이나 신, 차고 있던 뿔송곳이라 하더라도, 자식 된 자는 오히려 신중히 간직하고 보호해야 하는 것인데, 하물며 시문은 어버이의 심장에서 나와 어버이의 말씀에서 이루어진 것이야 말할 필요가 있겠는가? 그대가 수록하는 데 정성을 다하여 무궁하게 자손에게 물려주는 것이 마땅하다. 나도 선생을 사숙한 사람이니, 감히 즐겁게 쓰지 않겠는가?" 하였다.

**감상** ● 김종직은 고려 말 吉再로부터 시작된 嶺南學派를 계승하여 후진을 양성한 결과 그의 門人들이 대거 진출하여 이른바 士林派를 형성하게 되어, 嶺南士林의 領袖가 되었다(吉再 → 金叔滋 → 金宗直 → 趙光祖). 이 작품은 김종직의 문학을 대표하는 것으로, 經術과 文章이 하나로 통합되어야 한다는 '道文一致(經文一致)'를 주장하고 있다. 그는 아로새기고 얽어 짜는 것에 불과한 詞章의 華美를 부정하고 理와 文을 중시하는 文以載道的 문학관을 지니고 있었다. 이치를 따지는 經術과 언어로 표현하는 文章은 마음속에서 융합되어 밖으로 표출되었을 때 훌륭한 경지에 이르게 된다는 것이다. 그의 시대의 선비들은 대체로 경술과 문장을 이분해서 경술 따로 문장 따로 보고 있었다. 그렇다고 김종직이 詞章 자체를 부정한 것은 아니고, 經文一致를 주장하여 詞章과 士林으로 분열되는 사대부문학의 통일을 기했다.

**참고논문**
박선정, 『점필재 김종직 문학연구』, 이우출판사, 1988.
정종대, 「金宗直의 詩와 士林意識」, 『선청어문』 제26집, 서울대 국어교육, 1998.

## 6.「弔義帝文」金宗直

丁丑十月日 余自密城道京山 宿踏溪驛 夢有神人 被七章之服 頎然而來 自言楚懷王孫心 爲西楚伯王項籍所弑 沈之郴江 因忽不見 余覺之 愕然曰 懷王 南楚之人也 余則東夷之人也 地之相去 不翅萬有餘里 世之先後 亦千有餘載 來感于夢寐 玆何祥也 且考之史 無投江之語 豈羽使人密擊而投其尸于水歟 是未可知也 遂爲文以弔之

**주석** 〖章〗 색채 장 〖頎〗 헌걸차다 기 〖伯〗 두목 패 〖愕〗 놀라다 악 〖去〗 거리 거 〖翅〗 뿐 시 〖載〗 해 재 〖密〗 몰래 밀 〖豈〗 혹시 기

**국역** 정축(1457년)년 10월 내가 밀성으로부터 경산을 경유하여 답계역에서 자는데, 꿈에 어떤 신령스러운 사람이 일곱 가지 색채가 나는 옷을 입고 헌걸차게 와서 스스로 말하기를 "(나는) 초나라 회왕의 손자 심인데, 서초 패왕 항적에게 시해되어 침강에 빠뜨려졌다." 하고는, 갑자기 보이지 않았다. 나는 꿈을 깨고 나서 놀라 말하기를 "회왕은 남쪽 초나라 사람이고, 나는 동이 사람이니, 땅의 서로 거리는 만여 리뿐만이 아니라 세대의 선후도 천여 년이나 되는데, 꿈속에서 감응하였으니, 이것은 얼마나 상서로운 일인가? 또 역사를 상고해 보면, 강에 던져졌다는 말이 없는데, 혹시 항우가 사람에게 시켜서 몰래 쳐서 강에 그 주검을 던져버렸을까? 이것은 알 수 없는 일이다." 하고, 드디어 글을 지어서 그를 조문하였다.

惟天賦物則 以予人兮 孰不知其遵四大與五常 匪華豐而夷嗇兮 曷古有而今亡 故吾夷人又後千祀兮 恭弔楚之懷王

**주석** 〖賦〗 주다 부 〖予〗 주다 여 〖遵〗 좇다 준 〖四大(사대)〗 道·天·地·王 〖五常(오상)〗 仁·義·禮·智·信 〖匪〗 =非 〖豐〗 넉넉히 하다 풍 〖嗇〗 인색하다 색 〖曷〗 어찌 갈 〖祀〗 해 사 〖恭〗 삼가다 공

**국역** 오직 하늘이 사물의 법칙을 내려 사람에게 주었으니, 누가 사대 오상을 따를 줄 모르겠는가? 중국에 관대하고 우리에게 인색한 것 아니며, 어찌 옛날에는 있었는데 지금은 없겠는가? 그래서 나는 동이 사람으로 천 년 뒤에 태어나, 삼가 초나라 회왕을 조문하노라.

昔祖龍之弄牙角兮 四海之波殷爲盂 雖鱣鮪鰍鯢曷自保兮 思網漏以營營 時六國之遺祚兮 沈淪播越僅媲夫編氓

**주석** 〖祖龍(조룡)〗 祖는 처음이고, 龍은 임금을 상징하므로 始皇을 뜻함 〖牙角(아각)〗 칼끝 〖殷〗 성하다 은 〖盂〗 거칠다 망 〖鱣〗 전어 전 〖鮪〗 다랑어 유 〖鰍〗 미꾸라지 추 〖鯢〗 암고래 예 〖營營(영영)〗 영리에 몰두하는 모양 〖六國(륙국)〗 楚·燕·齊·韓·魏·趙 〖祚〗 자손 조 〖播越(파월)〗 방랑함 〖媲〗 짝 비 〖氓〗 백성 맹

**국역** 옛날 진시황이 칼을 휘둘러서, 사해의 물결 크게 거칠어졌네. 비록 전어·다랑어·미꾸라지·암고래인들 어찌 스스로를 보전할 수 있으랴? 그물에서 벗어나려 발버둥 쳤다네. 그때 6국의 남은 자손들은 가라앉고 방랑하여 겨우 백성들 축에나 끼었다네.

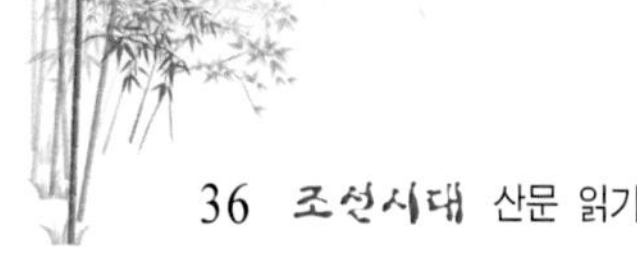



梁也南國之將種兮 踵魚狐而起事 求得王而從民望兮 存熊繹於不祀 握乾符而面陽兮 天下固無尊於芊氏 遣長者以入關兮 亦有足覩其仁義

**주석** 〖踵〗 잇다 종 〖魚狐(어호)〗 =魚帛狐篝(篝 모닥불 구) 陳涉이 거사하기 전에 대중을 유혹시키기 위해 비단에 붉은 글씨로 '陳勝王'이라 써서 몰래 남의 그물에 든 고기의 배 속에 넣어두고 그 고기를 사서 삶아 먹은 군졸이 그것을 보고 매우 이상하게 여긴 일과 叢祠 안에 밤중에 모닥불을 피워 놓고 여우의 울음소리를 내어 울면서 '大楚興 陳勝王'이라 하여 대중 여론을 조성했던 것으로 陳涉을 가리킴 〖熊繹(웅역)〗 楚의 始封祖 〖握〗 쥐다 악 〖乾符(건부)〗 제왕의 符瑞 〖芊氏(천씨)〗 초나라 성씨 〖長者(장자)〗 덕망이 있는 사람 〖覩〗 보다 도

**국역** 項梁은 남국 장수의 후손으로, 진섭을 따라 대사를 일으켰네. 임금을 구해 백성의 소망을 따르니, 웅역에게 끊어진 제사를 보존했도다. 제왕의 상서를 쥐고 왕위에 오르니, 천하에 천씨보다 더 높은 이 없었네. 장자(劉邦)를 보내어 관중에 들어가게 했으니, 또한 인의의 마음을 볼 수 있었네.

羊狠狼貪擅夷冠軍兮 胡不收以膏齊斧 嗚呼勢有大不然者 吾於王而益懼 爲醢醋於反噬兮 果天運之蹠盭

**주석** 〖狠〗 사납다 한 〖擅〗 멋대로 천 〖夷〗 멸하다 이 〖冠軍(관군)〗 楚 회왕의 上將軍인 卿子冠軍 宋義 〖膏〗 기름치다 고 〖齊斧(제부)〗 날카로운 도끼(제왕의 권력을 상징하는 누런 도끼) 〖醢〗 삶아 죽이다 해 〖醋〗 초 초 〖反噬(반서)〗 은인을 배반하여 해침 〖蹠盭(척려)〗 잘못됨

**국역** (항우가) 양처럼 사납고 이리처럼 탐욕스럽게 멋대로 관군을 멸하였는데, 어찌하여 잡아 처형하지 않았던가? 아! 형세가 크게 그렇지 못한 것이 있어서, 나는

회왕을 위하여 더욱 두렵구나. 반격받아 시해당했으니, 과연 천운이 크게 어긋났네.

郴之山磝以觸天兮 景晻曖而向晏 郴之水流以日夜兮 波淫泆而不返 天長地久恨其曷旣兮 魂至今猶飄蕩 余之心貫于金石兮 王忽臨乎夢想 循紫陽之老筆兮 思蹍蜳以欽欽 擧雲罍以酹地兮 冀英靈之來歆云

**주석** 〖磝〗 산이 높다 오 〖晻曖(엄애)〗 햇빛이 침침한 모양 〖淫〗 넘치다 음 〖泆〗 넘치다 일 〖旣〗 다하다 기 〖飄蕩(표탕)〗 방랑함 〖循〗 따르다 순 〖紫陽(자양)〗 산 이름으로, 朱熹의 부친 朱松이 독서하던 곳으로, 주희가 그의 서재를 '紫陽書室'이라 지었음 〖蹍蜳(진돈)〗 가슴이 설레는 모양 〖罍〗 술그릇 뢰(구름무늬를 그린 단지) 〖酹〗 강신하다 뢰 〖冀〗 바라다 기 〖歆〗 흠향하다 흠

**국역** 침강의 산은 우뚝 하늘에 치솟았는데, 햇빛은 어둑하게 저물어 가네. 침강의 물을 밤낮없이 흘러가는데, 물결은 넘쳐흘러 돌아오지 않네. 오랜 천지에 한이 언제 다하랴만, 그 넋은 지금까지도 떠돌아다니리라. 나의 마음 금석을 꿰뚫을 만하기에, 왕께서 갑자기 꿈속에 임하셨네. 주자의 노련한 필법에 따라, 마음 설레며 공경히 사모하여, 술잔 들어 땅에 부으며 제사 올리니, 영령은 강림하여 흠향하기를 바랍니다.

**감상** ● 이 작품은 賦體에 속하는 것으로, 戊午士禍의 빌미가 되어 더욱 유명해졌다. 이 글은 단순히 中國 故事를 나열한 듯하지만, 서두에서 말하고 있듯이 중국뿐만 아니라 東夷에도 四大五常이 있어야 함을 함축한 것이다. 이것을 柳子光식으로 祖龍을 세조, 회왕은 노산군, 송의의 관군을 죽인 것은 황보인과 김종서를 죽인 것, 주자는 김종직 자신이라고 결부시킬 것인지가 문제이지만, 김종직이 수양대군의 왕위 찬탈에 대하여 비판적 생각을 지녔음은 사실이다. 따라서 이 작품은 중국의 史實을 들어 당대의 현실을 풍자한 것이며, 군주인 의제에게 반기를 들고 시

해한 항우의 不義와 不忠을 비난하는 역사의식을 표출하고 있다.

**참고논문** ▶ 이구의, 「점필재 김종직의 弔義帝文考」, 『대동한문학』 제8집, 대동한문학회, 1996.

이원걸, 「金宗直 詩文學의 한 연구」, 성균관대 박사논문, 2002.

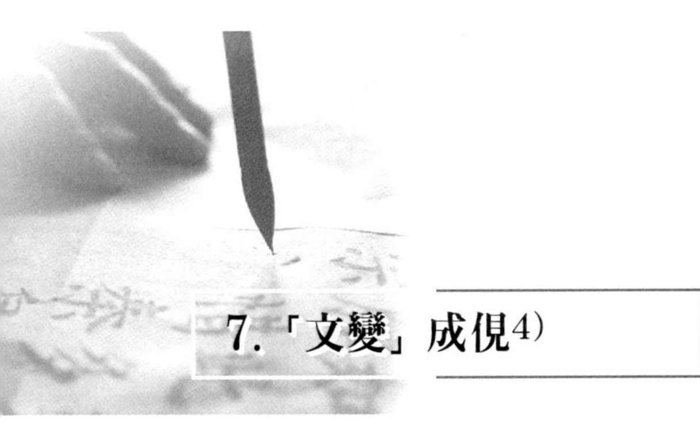

## 7. 「文變」 成俔4)

(前略)逮道下衰 莊列之敎虛無 楊墨之言滅裂 申韓主刑名之學 屈宋肇悲怨之詞 魏牟公孫龍作堅白同異之說 各售其技 斲喪道眞 然其文辭 則縱橫捭闔 皆有可觀(中略)

**주석** 〖逮〗 미치다 태 〖滅裂(멸렬)〗 산산조각이 남 〖刑名學(형명학)〗 관리를 등용하는데 그 사람의 의론 곧 名과 그의 실제의 성적 곧 刑의 일치와 불일치를 살펴 賞罰과 黜陟을 하여야 한다는 설(刑＝形) 〖肇〗 비롯하다 조 〖堅白同異說(견백동이설)〗 質이 단단하고 빛이 흰 돌이 있을 때 그것을 보고는 다만 흰 것만 알고, 그것을 손으로 만져 보고는 다만 단단한 것만 알므로, 단단한 돌과 흰 돌은 서로 다른

---

4) 성현 1439(세조 21)~1504(연산군 10). 호는 虛白堂·慵齋·浮休子·菊塢. 그의 詩論의 특징은 이규보와 서거정의 氣論을 계승·발전시키는 한편 다양한 미의식의 구현을 주장한 점이다. 또한 사회적 효용을 중시하는 각도에서 정치적 득실에 대한 諷諫의 작용을 강조했는데 이것은 그의 愛民詩 계열 작품의 이론적 토대를 이루었다. 明나라 여행 중에 쓴 시를 모아 엮은 『觀光錄』은 그의 이름을 중국에 알리는 계기가 되었다. 일상의 모든 속박에서 벗어나 도가적 초월을 지향하는 시를 남기기도 했는데, 자연에서의 즐거움과 한적한 심경이 잘 나타나 있다. 형인 成任과 成侃 역시 시를 잘 썼는데, 그 두 사람은 성현의 문학세계에 많은 영향을 끼쳤다. 문장·시·그림·인물·역사적 사건 등을 다룬 잡록 형식의 글 모음집인 『용재총화』를 저술했으며, 장악원의 儀軌와 악보를 정리한 『樂學軌範』을 유자광 등과 함께 편찬했다. 문집으로 『虛白堂集』이 전한다. 죽은 뒤 수개월 만에 갑자사화가 일어나 剖棺斬屍당했으나, 뒤에 伸寃되었고 청백리로 뽑혔다. 徐居正으로 대표되는 조선 초기의 館閣文學을 계승하면서 민간의 풍속을 읊거나 농민의 참상을 사실적으로 노래하는 등 새로운 발전을 모색했다.

것이고 같은 것이 아니라는 의론 〖售〗 팔다 수 〖斲〗 깎다 착 〖捭〗 열다 패 〖闔〗 닫다 합

**국역** 도가 시듦에 이르러, 莊子와 列子의 가르침은 허무였고, 楊朱와 墨翟의 말은 지리멸렬했으며, 申不害와 韓非子는 형명학을 주장하고, 屈原과 宋玉은 비원한 말을 처음으로 지었으며, 위모와 공손룡은 견백동이설을 지었다. 이들은 각각 그 재주를 팔았지만, 도의 진수를 깎아 손상시켰다. 그러나 그 문사는 종횡으로 자유롭게 구사하여 모두 볼만한 것이 있었다.

學文者亦如是 以莊騷爲詭 以兩漢爲奥 以韓柳爲放 以蘇文爲騖 樂取柔軟之辭 以爲剞劂 無感乎文學之日卑也 大抵詩文華麗則取華麗 清淡則取清淡 簡古則取簡古 雄放則取雄放 各成一體 而自底於法 豈有愛梅竹而欲盡廢群卉 好竽瑟 而欲盡停衆樂乎 此嵩善子膠柱固執之見也 嵩善雖死 而譊譊者猶未已 故作文變 以曉世之學爲文者

**주석** 〖詭〗 궤이하다 궤 〖奥〗 그윽하다 오 〖放〗 멋대로하다 방 〖騖〗 달리다 무 〖軟〗 부드럽다 연 〖剞劂(기궐)〗 조각하는 칼 〖底〗 이르다 저 〖卉〗 풀 훼 〖竽〗 피리 우 〖嵩善子(숭선자)〗 嵩善이 善山의 옛 이름으로, 김종직이 善山人으므로 金宗直을 의미함 〖膠柱(교주)〗 =膠柱鼓瑟 기러기발을 아교로 붙여 놓고 거문고를 탐 〖見〗 견해 견 〖譊〗 떠들다 뇨 〖曉〗 깨우치다 효

**국역** 문을 배우는 자들도 이와 같아, 『莊子』와 離騷를 괴이하다고 여기고, 양한의 文을 심오하다고 여기며, 韓愈와 柳宗元을 호방하다고 여기고, 蘇軾의 문은 내달린다고 여겨, 유연한 글만 즐겨 취하여 조각하는 칼로 삼아, 문학이 날로 낮아지는 것에 아무런 느낌도 없다. 대저 詩文은 화려할 경우에는 화려함을 취하고, 청담해야 할 경우에는 청담을 취하며, 간고해야 할 경우에는 간고함을 취하며, 웅방할 경우에는 웅방을 취하여, 각기 하나의 문체를 이루어 스스로 법도에 이르러야 한다.

어찌 매화나 대나무를 사랑한다 하여 다른 꽃들을 다 뽑아 버릴 것이며, 피리나 비파를 좋아한다고 하여 많은 음악을 다 연주 못 하게 할 것인가? 이것은 숭선자의 교주고집의 견해이다. 숭선자는 비록 죽었으나 시끄럽게 떠드는 자는 여전히 아직 그치지 않고 있다. 그러므로 「문변」을 지어 세상에서 문을 짓는 법을 배우는 자들을 깨우쳐 주고자 한다.

**감상** ● 成俔은 徐居正 이래 완성된 훈구관료의 통치이념과 詞章文學을 옹호하였으며, 金宗直을 비롯한 그의 門下 士林派의 도전에 대응하여(초기에는 훈구관료들은 정치적, 문화적으로 대응세력이 없는 상태에서 활동하였으나, 成俔의 시대에 이르러 김종직을 비롯한 사림파가 등장), 유가의 文以載道를 바탕으로 하되 文의 내용(道)보다는 개성에 따라 자유롭게 氣가 개성에 따라 표출되어야 한다는 진보적 문예론을 주장하였다. 성현은 "그 문사는 종횡으로 자유롭게 구사하여 모두 볼만한 것이 있었다."라고 하여 文의 氣勢를 중시하였으며, 김종직과 그의 제자들의 柔軟한 글에 대해 비판을 가하고 있다. 이처럼 성현과 김종직은 각기 문풍을 일으키겠다고 하면서도, 그 방법에 있어서는 서로 다른 방향을 제시하고 있다.

**참고논문** 
이래종, 「용재 成俔의 文學論」, 『한문학논집』 제5집, 단국한문학회, 1987.
김현룡, 「成俔論」, 『한국문학작가론』 2, 형설출판사, 1993.

## 8. 「上柳襄陽陳情書(自漢)」 金時習[5)]

(前略)而復異教大興 斯文陵夷 僕之志已荒涼矣 遂伴髡者遊山水 故人以我爲喜釋 然不欲以異道顯世 故光廟傳旨屢召 而皆不就 處身益以疏曠使人不齒 故或以僕爲癡 或以僕爲狂 呼牛呼馬 皆便應 今聖上登極 用賢從諫 冀欲筮仕 十餘年前 復於六籍 溫熟稍精 而承我宗祀 僕其重矣 故將仕祭先 屢見身世相違 如圓鑿方枘 舊知已盡 新知未慣 孰知余之素志故復放浪形骸於山水間矣 是皆實事 惟公默志(中略)

---

5) 김시습 1435(세종 17)~1493(성종 24). 자는 悅卿, 호는 梅月堂·東峰. 5세에는 세종의 총애를 받았으며, 후일 중용하리란 약속과 함께 비단을 하사받아 五歲神童이라 일컬어졌다. 과거준비로 三角山 中興寺에서 수학하던 21세 때 수양대군이 단종을 몰아내고 대권을 잡은 소식을 듣자 그 길로 삭발하고 중이 되어 방랑의 길을 떠났다. 31세 되던 세조 11년 봄에 경주 南山 金鰲山에서 性理學과 불교에 대해서 연구하는 한편, 최초의 한문소설 『金鰲新話』를 지었다. 그는 현실과 이상 사이의 갈등 속에서 어느 곳에도 안주하지 못한 채 기구한 일생을 보냈는데, 그의 사상과 문학은 이러한 고민에서 비롯한 것이다. 전국을 두루 돌아다니면서 얻은 생활체험은 현실을 직시하는 비판력을 갖출 수 있도록 시야를 넓게 했다. 그의 현실의 모순에 대한 비판은 불의한 위정자들에 대한 비판과 맞닿으면서 重民에 기초한 王道政治의 이상을 구가하는 사상으로 확립된다. 그의 저작은 자못 다채롭다고 할 만큼, 조선 전기의 사상계에서 찾아보기 어려운 유·불 관계의 논문들을 남기고 있다. 이 같은 면은 그가 이른바 '心儒踐佛'이니 '佛跡而儒行'이라 타인에게 인식되었듯이 그의 사상은 유불적인 요소가 혼효되어 있다. 그러나 어디까지나 그는 근본사상은 유교에 두고 아울러 불교적 사색을 병행하였으니, 한편으로 禪家의 교리를 좋아하여 체득해 보고자 노력하면서 선가의 교리를 유가의 사상으로 해석하기도 하였다. 그러므로 그는 후대에 성리학의 대가로 알려진 이황으로부터 '索隱行怪'하는 하나의 異人이라는 비판을 받았다.

**주석** 〖斯文(사문)〗 儒敎의 道 〖陵夷(릉이)〗 언덕이 점점 평평하여진다는 뜻으로, 사물이 차차 쇠퇴해짐을 이름 〖荒凉(황량)〗 황폐하여 쓸쓸함 〖伴〗 짝 반 〖髡〗 머리 깎다 곤 〖釋〗 불교 석 〖光廟(광묘)〗 世祖 〖傳旨(전지)〗 賞罰에 관한 王旨를 전달하는 일 〖疏〗 거칠다 소 〖曠〗 세상을 대수롭지 않게 여기다 광 〖齒〗 나란히 서다 치 〖癡〗 어리석다 치 〖登極(등극)〗 極은 北極으로 뭇 별들이 향하는 곳으로, 天子의 지위에 오름을 이름 〖筮仕(서사)〗 길흉을 점쳐서 벼슬함 〖六籍(륙적)〗 =六經 〖稍〗 조금 초 〖宗祀(종사)〗 조상을 제사지냄 〖違〗 어그러지다 위 〖鑿〗 구멍 조 〖枘〗 장부 예(나무 끝을 구멍에 맞추어 박기 위하여 깎아 가늘게 만든 부분: 枘鑿不相容－둥근 장부는 네모진 구멍에 맞지 않는다는 뜻으로, 쌍방의 사물이 서로 맞지 아니함을 이름: 『장자』) 〖慣〗 익숙하다 관 〖形骸(형해)〗 육체 〖志〗 기억하다 지

**국역** 그리고 다시 이교가 크게 일어나 사문이 쇠락하게 되니, 제 뜻이 이미 황량해졌습니다. 드디어 머리를 깎은 사람과 벗하여 산수에서 놀게 되니, 친구들이 저를 불교를 좋아한다고 여겼습니다. 그러나 이도로 세상에 이름을 드러내고자 하지 않았기 때문에 돌아가신 세조께서 전지로 자주 불렀으나 모두 나아가지 않았습니다. 처신이 더욱 거칠고 세상을 대수롭지 않게 여겨 남들과 나란히 서지 못하는 까닭에, 어떤 사람은 저를 어리석다고 하고, 어떤 사람은 저를 미쳤다고 하며, 소라고 부르고 말이라고 불러도 모두 곧 응해 주었습니다. 지금 성상께서 등극하시자 현인을 등용하고 간하는 말을 따르시니, 벼슬하고자 하는 마음에서 10여 년 전의 육경에로 돌아가 익히고 연구함을 조금 정미롭게 하였습니다. 그리고 우리 종사를 받드는 데에도 제가 정말 중요하다고 여겼기 때문에 장차 벼슬하여 조상께 제사지내려고 했으나, 자주 몸과 세상이 서로 어긋남을 보게 되니, 마치 둥근 구멍에 네모난 장부를 넣는 것과 같습니다. 옛날 知己들은 이미 죽고 새로 알게 된 사람은 익숙하지 않으니, 누가 나의 본래의 뜻을 알겠습니까? 그래서 다시 산수 사이에 몸을 방랑하게 되었으니, 이것은 실지 일임을 공께서만은 묵묵히 아실 것입니다.

僕之處身 極爲至難 而不得居於人世者 有五不可焉 世人見人裝束 不以心志也 而無浣汚裁縫者 一不可也 得若妻若妾 便作居計 治生所絆 不能於貧富自在 二不可也 又安得如陶之翟氏梁之孟光乎 三不可也 雖故舊見憐 薦以一宦 秩微祿薄 不能遽伸 又僕性戇直 不能容於碌碌之輩 四不可也 僕之居於深洞 只愛山明水麗 若耕耘之事 非所个懷 且今歲損稼 而出洞求活 人便謂如前窮迫 故立身如此 五不可也 且士之身世矛盾 退居自樂 蓋其素分耳 安得受人嗤謗 而强留人世乎(後略)

**주석** 『裝束(장속)』 =服飾 『浣』 빨다 완 『絆』 매다 반 『孟光(맹광)』 擧案齊眉의 고사를 만듦 『薦』 천거하다 천 『遽』 갑자기 거 『戇』 고지식하다 당 『碌』 용렬하다 록 『洞』 깊은 골짜기 동 『耘』 김매다 운 『个』 介의 오자인 듯함 『迫』 궁하다 박 『素分(소분)』 본래부터 정해져 있는 분수 『嗤』 비웃다 치

**국역** 저의 처신은 지극히 어려워 인간 세상에 살 수 없는 것이 5가지 불가한 이유가 있습니다. 세상 사람들은 사람의 외양만 보고 마음을 보지 않는데, 더러운 것을 빨고 재봉해 주는 사람이 없는 것이 첫째 불가입니다. 만약 처나 첩을 얻으면, 곧 살 계획을 세워 삶을 마련하는 데 얽매여 빈부에 자유롭지 못하게 될 것이니 이것이 둘째 불가입니다. 또 어떻게 陶淵明 부인 적씨나 梁弘의 부인 맹광 같은 부인을 얻을 수 있겠는가 하는 것이 셋째 불가입니다. 비록 옛 친구에게 가련하게 보여 한 벼슬을 천거받는다 하더라도 벼슬은 미미하고 봉록은 박하다면 갑자기 형편을 펼 수 없을 것이요, 또 내 성격이 고지식하고 정직하여 용렬한 무리에게 용납될 수 없는 것이 넷째 불가입니다. 저는 깊은 골짜기에 살면서 다만 산이 밝고 물이 아름다운 것만 사랑하고 밭 갈고 김매는 것 같은 일은 마음에 두지 않고 있었는데, 또 금년처럼 농사에 손해를 보고 골짜기를 나가 살기를 구한다면, 사람들이 곧 "전에 궁박하므로 입신을 그와 같이 했다."고 할 것이니, 이것이 다섯째 이유입니다. 또 선비의 몸은 세상이 모순되면 물러나 살면서 스스로 즐거워하는 것이 대개 그의 본디 분수인데, 어찌 남의 비웃음과 비방을 받아 가며 억지로 인간 세상에 머물러 있

을 수가 있겠습니까?

**감상** ▶ ● 이 글은 노년 시절 襄陽府使로 있던 柳自漢에게 보낸 서신으로, 자신의 처지를 솔직하게 고백하고 있다. 김시습은 세상에 나서지 않았던 것은 기상이 큰 가운데 인격을 굽히지 않고 구차해지지 않으려는 때문이었다. 그냥 狂達한 인간이 아니었고, 자아를 인고로 지켜 나가는 큰 뜻을 지니고 작은 일에 구애받지 않는 형상인 것이다. 현재 자기가 산골에서 농사를 짓고 있는 것은 그곳의 자연환경을 사랑해서이며, 농사일에 유의하지는 않는다고 했지만 그것이 세속에 타협하지 않고 산골에서 살아가는 자신을 유지하는 수단이 되었으며, “선비의 몸은 세상이 모순되면 물러나 살면서 스스로 즐거워하는 것이 대개 그의 본디 분수이다.”라고 하여, 스스로를 현실권 밖으로 이탈시켰지만, 절간의 淸寂한 속에 파묻히거나 신선적인 도피에 빠져 세상을 망각하지도 못했던 것이다. 그는 현실에 대한 모순에다, 자기모순・자기갈등 속에 심각히 번민하였으며, 일관된 생활의 질서를 세우지 못하고 방황했다.

조선조 士大夫層은 그 기본 성격이 중앙의 관료이면서 지방의 지주이므로 이 양면의 생활환경으로부터 관료로의 현달을 지향하는 ‘官人型’과 강호의 은둔을 지향하는 ‘處士型’, 이 두 가지 형태로 인간자세가 구분되었던 것이다. ‘方外型’은 官人으로 나아가는 것도 탐탁지 않지만 處士的인 권위와 규범을 지키는 생활도 바라지 않은 특이한 존재이다. 방외형은 부당한 사회현실에 굴종하거나 체념하지 아니하고 저항적인 자세를 취했던 것이다. 궁극적으로 중세기적 권위에 순종하기를 거부하고, 인간의 양심・자아를 지키려는 몸부림이었다고 할 수 있다. 위에서 살펴보았듯이, 金時習은 이 세 가지 유형 가운데 方外型에 속하는 인물로, 洪裕孫・鄭希良 등이 이에 속한 인물들이다.

**참고논문** ▶ 임형택, 「梅月堂의 方外人的 성격과 사상」, 『한국문학사의 시각』, 창작과비평사, 1984.

박영주, 「매월당 김시습의 문학세계」, 『반교어문연구』 제12집, 반교어문학회, 2000.

# 9.「鬼神說」金時習

天地之間 惟一氣橐籥耳 此理有屈有伸 有盈有虛 屈伸者妙也 盈虛者道也 伸則盈 而屈則虛 盈則出 而虛則歸 出則曰神 而歸則曰鬼 其實理則一 而其分則殊 其循環往復 榮華枯落 造化之迹 莫非二氣消長之良能也 而其體則誠實而無妄 其德則體物而不可遺 其用則洋洋乎如在其上 如在其左右 有以使人爲昭明 焄蒿悽愴 其氣則天地之正氣也 故神不享非禮 其至誠者 天地之道也 故非其鬼而祭之諂也

**주석** 〖橐籥(탁약)〗 풀무 〖良能(량능)〗 타고난 재주 〖殊〗 다르다 수 〖迹〗 자취 적 〖消〗 사라지다 소 〖洋洋(양양)〗 도처에 두루 충만한 모양 〖焄蒿悽愴(훈호처창)〗 향기가 올라가 신령의 氣가 사람을 엄습함(焄蒿: 향기가 올라가는 모양 焄 김 오르다 훈) 〖諂〗 아첨하다 첨

**국역** 천지 사이엔 오직 한 氣가 풀무질할 뿐이다. 이 이치는 구부림도 있고 폄도 있으며, 참도 있고 빔도 있다. 구부림과 폄은 오묘함이요, 참과 빔은 도이다. 펴면 가득 차고 구부리면 텅 비지만, 가득 차면 다시 나오고 텅 비면 다시 돌아간다. 나오면 신이라 하고, 돌아가면 귀라 하지만, 그 실제 이치는 하나요, 그 나눔은 다르다. 그것이 순환왕복하며 영화고락하는 것은 조화의 자취로 陰陽 두 기운의 사라지고 자라게 하는 타고난 재능이 아닌 것이 없다. 그리고 그 본체는 성실하여 망령됨이 없고, 그 덕은 만물을 바탕으로 하여 남길 수 없고, 그 用은 충만하여 그 위에

있는 듯하고 그 좌우에 있는 듯하여, 사람으로 하여금 밝게 하고 향기가 사람의 기분을 신비하게 함이 있게 한다. 그 기는 천지의 바른 기이므로, 신은 그릇된 예를 흠향하지 않으며, 그 지극히 정성스러운 것은 천지의 도이므로, 자기 귀신이 아닌데 제사지내면 아첨이 된다.

雖曰享多儀 儀不及物 爲之籩豆簠簋俎几樽爵 爲之升降拜揖周旋進退 爲之琴瑟笙簧鍾鼓柷敔 器則天地名分自然之器 儀則天地尊卑自然之儀 聲則天地中和自然之聲 有儀則有鬼神 儀之至 誠之實也 鬼神者 誠之妙 鬼神之者 誠之之著 故曰不誠無物 是故君子誠之爲貴 此鬼神之極功 正氣之昭著 聖人之能事 初非有意於事也

**주석** 『享』 제사지내다 향 『儀』 의식 의 『周旋(주선)』 왔다 갔다 함 『中和(중화)』 치우치지 않고 過不及이 없는 바른 性情 『著』 나타나다 저

**국역** 비록 많은 의식으로 제사지낸다 하더라도 의식이 물건에 미치지 못하면, 변두·보궤·조궤·준작 같은 제기를 만들고, 올라갔다 내려가고 절하고 읍하며 왔다 갔다 하고 나아갔다 물러나는 의식을 하며, 금슬·생황·종고·축어와 같은 악기를 만든다. 그릇은 천지의 명분으로 자연의 그릇이요, 의식은 천지의 높고 낮음으로 자연의 의식이며, 소리는 천지의 중화로 자연의 소리이다. 의식이 있으면 귀신이 있는 것이니, 의식의 지극함은 誠의 참이다. 귀신은 誠의 오묘함이요, 그를 귀신으로 여기는 것은 그것에 誠을 다하는 것이 겉으로 나타남이다. 그러므로 誠이 없으면 사물도 없다고 하는 것이다. 이런 까닭으로 군자는 정성스럽게 하는 것을 귀하게 여긴다. 이것이 귀신의 지극한 공이요 바른 기가 밝게 드러난 것으로, 성인이 능한 일이요 처음부터 그 일에 뜻을 둠이 있는 것은 아니다.

若夫寒暑往來 日月代明 晝夜之道 則此理之自然 氣之所以爲氣 而成變化而行鬼神者也 至於石言於晉 神降于莘 嘯于梁 瞰其室 報禍福 依叢藪 邪戾之氣 則或爲人心之惑 感召之使然 或有氣未盡强死 尙滯無形之中 如呵鏡成翳 寒甚化氷 久久自然消散去了 未有歸而不歸者也 故易曰 精氣爲物 遊魂爲變 故知鬼神之情狀 且至治之世 至人之分 無這箇物事

**주석** 〖代〗 번갈아 대 〖神降于莘(신강우신)〗 『좌전』 莊公 32년에 있었던 일 〖嘯〗 휘파람 불다 소 〖嘯于梁(소우량)〗 "雨風露雷日月晝夜 此鬼神之迹也 此是白日公平正直之鬼神 若所謂有嘯于梁觸於胸 此則所謂不正邪暗"(『주자어류』 권3) 〖瞰其室(감기실)〗 "高明之家 鬼瞰其室"(『주역』) 〖瞰〗 보다 감 〖藪〗 수풀 수 〖戾〗 사납다 려 〖强死(강사)〗 억지로 죽음 〖滯〗 걸리다 체 〖呵〗 불다 가 〖翳〗 흐리다 예 〖了〗 어조사 료 〖這箇(저개)〗 이것

**국역** 저 추위와 더위가 왕래하고 해와 달이 번갈아 밝으며 밤과 낮이 오가는 도는 곧 이 이치의 자연스러움이요, 氣가 氣가 되는 까닭으로, 변화를 이루어 귀신을 행하는 것이다. 石敬塘이 진나라에서 말한 것과 신이 신땅에 내린 일, 대들보에서 휘파람 불었다는 것, 그 방을 엿보다 화와 복을 알려주었다는 것 등에 이르러서는 빽빽한 숲에 의지한 사특한 기이니, 때로는 사람 마음의 미혹함 때문에 감응되어 부른 것이 그렇게 한 것이요, 때로는 기가 아직 다하지 못한 것이 있어 자살하여도 오히려 형체가 없는 속에 걸리어, 마치 거울에 입김을 불면 안개가 끼고 추위가 심하면 얼음으로 변하는 것과 같아서, 오래되어서야 자연히 사라져 가는 것이다. 아직까지 돌아가야 하는데 돌아가지 못한 것은 있지 않았다. 그러므로 『周易』「繫辭上」에 이르기를 "정한 기는 물이 되고, 유혼은 변이 된다. 그러므로 귀신의 정상을 안다."고 하였다. 또한 지극히 잘 다스려지는 세상과 지극한 사람의 분수에는 이러한 일이 없었다.

**감상** ● 이 글은 그의 鬼神에 대한 생각을 잘 읽을 수 있는 작품이다. 천지 사

이에 一氣가 마치 풀무에서 바람이 나오고 들어가듯 작용하고 있다. 그 氣의 작용에 있어 풀무질을 하여 바람이 차서 나오는 생성작용이 神이고, 비어서 돌아가는 소멸작용이 곧 鬼라 한다. 즉 우주공간에서의 상호 대립 연결된 무한한 氣의 신묘한 운동을 鬼와 神으로 설명한 것이다. 그의 이 귀신론은 『中庸』의 이론을 섭취한 것인데, 여기서 그가 여러 미신적 사고를 타파하고 있다는 점에 주목하게 된다. 그는 귀신을 부정함으로써 무신론적 입장을 확고히 했다. 그리하여 일체의 淫祀祭神 및 종교적 기복 행위를 반대하며, 하늘에 대해서도 경건하게 임할 것이지 祭天은 무의미한 짓이라고 했다. 인간의 주체성에 입각해서 합리적으로 살아갈 것을 강조한 것이고, 신비주의적·숙명론적 사고에 젖어 세속적인 욕망의 충족만을 바라는 인생태도를 깨우치고 있다.

**참고논문** ▶ 임형택, 「梅月堂의 方外人的 성격과 사상」, 『한국문학사의 시각』, 창작과비평사, 1984.

김명호, 「金時習의 문학과 性理學思想」, 『한국학보』 제35집, 일지사, 1987.

## 10.「愛物義」金時習

或問於余曰 愛物之道奈何 曰 不過各遂其性而已 易曰 天地之大德曰生 夫生生者 天地之大德 而欲生者 萬物之本性 故因萬物欲生之本性 體天地生生之大德 使物各遂其性 而化育於深仁厚澤之中而已

**주석** 〖遂〗 이루다 수 〖生生(생생)〗 생물이 발육하여 자꾸 변화하는 모양 〖體〗 본받다 체 〖化育(화육)〗 천지자연이 만물을 만들어 자라게 함

**국역** 어떤 사람이 나에게 묻기를 "만물을 사랑하는 도는 어떻게 하는 것인가?" 하기에, 말하기를 "각자 그 천성을 이루게 하는 것에 불과할 뿐이다." 하였다. 『주역』에 이르기를 "천지의 큰 덕을 生이라 한다."고 하였으니, 저 生生하는 것은 천지의 큰 덕이요, 生하려 하는 것은 만물의 본성이다. 그러므로 만물이 生하고자 하는 본성에 말미암아 천지의 生生하는 큰 덕을 본받아 만물로 하여금 각각 그 천성을 이루게 하여, 깊은 사랑과 두터운 은택 속에서 화육하게 하는 것뿐이다.

請詳論之 人與物共 生天地大化之間 而民吾同胞 物吾與也 故人爲最物其次焉 君子之於人也 愛之而勿仁 於物也 仁之而勿愛 語其仁之也 則數罟不入洿池 斧斤以時入山林 魚不滿尺 市不得鬻 不麛卵 祝網失禽 釣而不綱 弋不射宿 故詩曰 彼茁者葭 壹發五豝 于嗟乎騶虞 是也

**주석** 〖數〗 촘촘하다 촉 〖罟〗 그물 고 〖洿〗 웅덩이 오 〖鬻〗 팔다 육 〖麛〗 새끼 미 〖祝網失禽(축망실금)〗 湯王이 펼쳐진 그물의 삼 면을 열고 새가 도망갈 수 있음을 빈 것 〖綱〗 그물질하다 강 〖弋〗 주살 익 〖茁〗 자라다 촬 〖葭〗 갈대 가 〖豝〗 암퇘지 파 〖于〗 =吁 탄식하다 우 〖騶虞(추우)〗 흰 호랑이에 검은 무늬를 가진 짐승으로, 살아 있는 것은 먹지 않음

**국역** 청컨대 자세히 그것을 논의해 보겠다. 사람과 만물은 한가지로 천지가 크게 변화하는 사이에 생겼으니, 백성은 나의 동포요, 만물은 나와 함께하는 것이다. 그러므로 인간이 으뜸이 되고 만물은 그 다음이 된다. 군자는 사람에 대하여 사랑은 하지만 仁하지는 않으며, 만물에 대하여 仁하지만 사랑하지는 않는다(『孟子』「盡心 上」). 그 仁한 것으로 말한다면, 촘촘한 그물을 웅덩이에 넣지 아니하며, 도끼는 제때에 산림에 넣는 것이며(『孟子』「梁惠王 上」), 물고기가 한 자에 차지 않으면 시장에서 팔 수 없으며, 새끼와 알을 취하지 않으며(『禮記』「曲禮 下」), 그물에서 새를 놓아 줌을 빈 것이며, 낚시는 하지만 그물질하지는 않으며, 주살을 쏘지만 자는 새는 쏘지 않았다는 것(『논어』「술이」) 등이다. 그러므로 『詩經』「召南」「騶虞」에 이르기를 "저기 무성한 갈대밭에 한 번 쏘아 다섯 암퇘지를 맞추니, 아! 추우로다."라고 한 것이 이것이다.

語其勿愛也 則舜使益焚山澤 驅虎豹犀象而遠之 春蒐夏苗 秋獮冬狩 鷄豚狗彘之畜 無失其時 七十者可以食肉矣 易曰 爲之網罟 以佃以漁 是也 是故君子畜其禽獸者 爲民之老病也 爲之漁獵者 爲供其宴祀也 但斟酌其事之可宜 不必仁而不殺 殺而盡獲之爲得也 故三旬不返 怨太康之逸豫 火烈具擧 刺太叔之于田 豈必殘忍暴殄爲哉 欲其爲民除害 以養其民也

**주석** 〖犀〗 물소 서 〖彘〗 돼지 체 〖佃〗 사냥하다 전 〖獵〗 사냥하다 렵 〖供〗 바치다 공 〖祀〗 제사 사 〖斟酌(짐작)〗 선악을 헤아려 취사함 〖不必(불필)〗 반드시~한

것만은 아니다(부분부정) 『太康(태강)』 夏나라 啓의 아들로, 有窮의 임금 羿에게 나라를 빼앗김 『逸樂(일락)』 편안히 놀기를 즐김 『刺』 풍자하다 자 『太叔』 춘추시대 鄭莊公의 아우 共叔段 『暴殄(포진)』 마구잡이로 물건을 만져 없앰

**국역** 그 사랑하지 않는 것으로 말하면, 순임금이 익으로 하여금 산과 못에 불을 질러 호랑이·표범·물소·코끼리 등을 몰아서 그것들을 멀리 보내게 한 것이며, 봄의 수·여름의 묘·가을의 선·겨울의 수와 같은 사냥이며, 닭·돼지·개·돼지 등의 가축이 그 때를 잃지 않으면 70세가 된 사람이 고기를 먹을 수 있다고 한 것 등이다. 『주역』에 이르기를 "그물을 만들어 사냥하고 물고기를 잡는다."고 한 것이 이것이다. 그러므로 군자가 그 새와 짐승을 기르는 것은 백성들의 늙고 병듦을 위함이요, 고기잡이와 사냥을 하는 것은 그 잔치와 제사에 이바지하기 위해서이다. 다만 그 일이 마땅한가를 짐작하여야 하고, 반드시 사랑한다고 하여 죽이지 않은 것만은 아니며, 죽이는데 다 그들을 잡는 것을 이득으로 여기는 것만도 아니다. 그러므로 (사냥 갔다가) 30일을 돌아오지 않음에 태강의 편안히 놀기를 즐김을 원망하고, 불이 잘 타오르면 함께 사냥한다고 한 것은 태숙이 사냥함을 풍자한 것이니, 어찌 반드시 잔인하고 마구잡이로 물건을 없애는 일을 하겠는가? 그것은 백성을 위해 손해를 제거함으로써 그 백성을 기르기 위함에서다.

故語其次則曰 仁民而愛物 語其重則曰 傷人乎 不問馬 此君子愛物之義也 曰 佛書以不殺爲戒 豈不是甚善 曰 殺禽獸 只是爲民除害 以養民使民相食 而曰不殺 有甚好事

**주석** 『甚』 무슨 심

**국역** 그러므로 그 다음을 말하자면 "백성에 인하고 만물을 사랑함"이요, 그 중요한 것으로 말하자면 "사람이 다쳤는가?" 하고 말에 대해서는 묻지 않은 것이니, 이것이 군자가 만물을 사랑하는 뜻이다. "불서에서는 죽이지 않은 것을 경계로 삼았

다."고 하니, 어찌 매우 선한 것이 아니겠는가? "새와 짐승을 죽인 것은 다만 백성을 위해 손해를 제거함으로써 그 백성을 기르기 위함이다."라고 하니, 백성들로 하여금 서로 먹게 하면서 "죽이지 않는다."고 한들 무슨 좋은 일이 있겠는가?

**감상** ● 김시습은 生을 자기 사상의 중요한 개념으로 삼았다. "生生하는 것은 천지의 큰 덕이요, 生하려 하는 것은 만물의 본성이다."이라 하여, 인간에 있어서의 이 본성의 실현을 위해서 그는 물질적 조건을 대단히 중요시했다. 그에 있어서 生의 문제는 民生을 구체적 문제로 삼아 '民吾同胞'라는 張載의 말을 써서 민생의 옹호를 특별히 강조한 것이다. 이러한 민생옹호론은 「生財說」에서 정당한 財利의 추구를 긍정하기에 이른다.

**참고논문**
임형택, 「梅月堂의 方外人的 성격과 사상」, 『한국문학사의 시각』, 창작과비평사, 1984.
이진오, 「梅月堂과 淸虛堂 문학의 시대성 대비」, 『한국한문학연구』 제15집, 한국한문학회, 1992.

# 11.「愛民義」金時習

書曰 民惟邦本 本固邦寧 大抵民之推戴而以生者 雖賴於君 而君之莅御以使者 實惟民庶 民心歸附 則可以萬世而爲君主 民心離散 則不待一夕而爲匹夫 君主匹夫之間 不啻豪釐之相隔 可不愼哉 是故倉廩府庫 民之體也 衣裳冠履 民之皮也 酒食飮膳 民之膏也 宮室車馬 民之力也 貢賦器用 民之血也 民出什一以奉乎上者 欲使元后用其聰明 以治乎我也 故人主進膳 則思民之得食如我乎 御衣 則思民之得衣如我乎 乃至居宮室 而思萬姓之按堵 御車輿 而思萬姓之和慶 故曰 爾服爾食 民膏民脂

**주석** 〖賴〗 의지하다 뢰 〖莅〗 자리에 나가다 리 〖啻〗 뿐 시 〖毫釐(호리)〗 약간 〖倉廩(창름)〗 곡식창고 〖府庫(부고)〗 재물창고 〖履〗 신 리 〖膳〗 반찬 선 〖膏〗 기름 고 〖貢賦(공부)〗 공물과 조세 〖器用(기용)〗 도구 〖元后(원후)〗 =天子 〖進〗 올리다 진 〖御〗 드리다 어 〖按堵(안도)〗 =安堵: 사는 곳에서 평안히 지냄

**국역** 『서경』에 이르기를 “백성은 오직 나라의 근본이니, 근본이 견고하여야 나라가 편안하다.” 하였으니, 대저 백성들이 추대하고 그것으로 살아간다는 것으로, 비록 임금에게 의지한다 하더라도 임금이 왕위에 올라 부리는 것은 진실로 오직 서민들이다. 민심이 돌아와 붙으면 만세 동안 군주가 될 수 있으나, 민심이 떠나서 흩어지면 하루를 기다리지 않아도 필부가 된다. 군주와 필부의 사이는 약간의 차이가 날 뿐이 아니니, 신중하지 않을 수 있겠는가? 그러므로 곡물창고와 재물창고는 백성

의 몸이요, 의상과 관과 신발은 백성의 가죽이요, 주식과 마실 것과 반찬은 백성의 기름이요, 궁실과 거마는 백성의 힘이요, 공물과 조세와 도구는 백성의 피다. 백성들이 십분의 일을 내어 위를 받드는 것은 천자로 하여금 그 총명함을 써서 나를 다스리게 하기 위함이다. 그러므로 임금은 (백성들이) 음식을 올리면 백성들이 나와 같이 음식을 먹는가를 생각하고, 옷을 바치면 백성들이 나와 같이 옷을 입었는가를 생각하게 된다. 바로 궁실에 거처함에 있어서 백성이 편안히 지내는 것을 생각하며, 수레를 모는 데 있어서 백성의 화목한 경사를 생각하게 된다. 그러므로 "너의 옷과 너의 음식은 백성의 기름이다." 하였다.

平常供御 可矜可憫 豈可妄作無益 煩力役 奪民時 起怨咨 傷和氣 召天災 迫飢饉 使慈親孝子 不能相保 流離散亡 使顚仆於溝壑乎 嗚呼 上古盛時 君民一體 不知帝力 則爲之謠曰 粒我蒸民 莫匪爾極 不識不知 順帝之則 爲之語則曰 日出而作 日入而息 帝力何有於我哉

**주석** 〖憫〗 민망하다 민 〖力〗 힘써 력 〖咨〗 탄식하다 자 〖迫〗 핍박하다 박 〖饉〗 흉년 근 〖流離(류리)〗 이리저리 방랑함 〖顚〗 넘어지다 전 〖仆〗 쓰러져 죽다 부 〖粒〗 쌀알 먹이다 립 〖蒸〗 많다 증 〖匪〗 아니다 비 〖極〗 법 극 〖作〗 일하다 작

**국역** 평상시에 바치는 것도 불쌍히 여기고 민망히 여길 만한데, 어찌 망령되이 무익한 일을 일으키며, 힘써 노력을 번거롭게 시켜 백성들의 때를 빼앗아 원망과 탄식을 일으키고, 조화로운 기운을 상하게 하여 하늘의 재앙을 부르며 흉년에 절박하게 하며, 사랑하는 어버이와 효성스러운 자식들로 하여금 서로 보전할 수 없어 유랑하여 흩어지게 하여 도랑에서 엎어져 죽게 할 수 있겠는가? 아! 상고의 성한 때에는 임금과 백성이 하나가 되어 임금의 힘을 알지 못했다. 그래서 노래를 짓기를 "우리 많은 백성들이 밥을 먹게 함은 그대의 법이 아님이 없네. 알지 못하는 사이에 임금의 법칙에 순종하게 되었네."라 하였고, 말을 지어 이르기를 "해가 나오면 일을 하고

해가 들어가면 쉬는데, 임금의 힘이 나에게 무엇이 있단 말인가?" 하였다.

至於世降 暴主驕虐 百姓怨咨 則爲之歌曰 若朽索之馭六馬 怨豈在明 不見是圖 爲之語則曰 時日曷喪 予及汝偕亡 乃至酒池肉林 而俾晝作夜 斮脛刳孕 而謂暴無傷 至於戰國 强呑弱併 而戰伐攻傷之禍屢起 役無辜之民 驅必死之地 亦已甚矣 奈何秦漢以還 加以方士老佛之談 日新月盛 而宮室祭祀無益之費 更擾於民 民之生業 日以彫喪 窮閻委巷 不自聊生 競逋逃 改形服 以竄伏爲安 則君誰與爲國乎 是故人主治國 專以愛民爲本 而愛民之術 不過曰仁政也

**주석** 〖朽〗 썩다 후 〖馭〗 말 몰다 어 〖時〗 =是 〖俾〗 하여금 비 〖斮〗 베다 착 〖脛〗 정강이 경 〖刳〗 가르다 고 〖呑〗 삼키다 탄 〖併〗 아우르다 병 〖辜〗 허물 고 〖以還(이환)〗 =以後 〖更〗 더욱 갱 〖擾〗 어지럽히다 요 〖彫〗 시들다 조 〖閻〗 마을 염 〖委〗 꼬불꼬불하다 위 〖巷〗 마을 항 〖聊〗 편안하다 료 〖逋〗 달아나다 포 〖竄〗 숨다 찬 〖爲〗 다스리다 위

**국역** 그러나 세상이 흘러 포악한 군주가 교만하고 포악하게 굴어 백성이 원망하고 탄식하며 곧 노래 짓기를 "썩은 새끼가 여섯 마리 말을 모는 것과 같으니, 원망이 어찌 밝은 데 있으랴? 보지 않으면 도모한다." 하였고, 말하기를 "이 해가 언제 망할까? 나는 너와 함께 망하리라." 하였다. 이에 주지육림(夏의 桀과 殷의 紂를 가리킴)에 이르러서 낮을 밤 삼아 정강이를 쪼개고 아이 밴 것을 가르며 "포악해도 해로울 게 없다." 하였다. 전국시대에 와서는 강한 나라는 삼키고 약한 나라는 병합되어 전쟁해서 치는 것과 공격해서 상하는 재앙이 자주 일어나 잘못이 없는 백성을 부려 반드시 죽을 땅으로 몰아넣었으니, 또한 너무 심하였다. 어찌하여 진한 이후로는 더해서 방사와 노자와 부처의 이야기가 날마다 새로워지고 달마다 성대해져서 궁실과 제사에 드는 무익한 비용이 백성을 더욱 어지럽게 하니, 백성의 생업은 날

로 시들어 궁한 마을은 스스로 편안히 살 수 없어 다투어 도망치며 몸과 옷을 바꾸어 달아나 숨는 것을 편안하게 여기게 되었으니, 임금이 누구와 나라를 다스리겠는가? 그러므로 임금이 나라를 다스릴 때는 전적으로 백성을 사랑하는 것을 근본으로 삼아야 하며, 백성을 사랑하는 방법은 '어진 정치'라고 하는 것에 불과하다.

曰 仁政奈何 曰 非煦嫗也 非摩捋也 惟勸農桑 務本業而已 曰 勸之之術奈何 曰 非煩擾出令 朝諭暮獎也 在薄賦輕徭 不奪其時而已 故聖人於春秋 凡營宮榭 築城郭 必書以時 戒後世人主勞民爲重事

**주석** 〖煦嫗(후구)〗 김을 불어 따뜻하게 하고 체온으로 따뜻하게 함(煦 김을 불어 따뜻하게 하다 후 嫗 따뜻하게 하여 기르다 구) 〖摩〗 어루만지다 마 〖捋〗 만지다 랄 〖諭〗 깨우치다 유 〖獎〗 권장하다 장 〖賦〗 세금 부 〖徭〗 부역 요 〖榭〗 정자 사

**국역** 말하기를 "어진 정사란 어떤 것인가?" 대답하기를 "따뜻하게 기르는 것도 아니요, 어루만지는 것도 아니다. 오직 농사와 蠶業을 권장하여 본업에 힘쓰게 할 뿐이다." 말하기를 "그들을 권장하는 방법은 어떠한가?" 대답하기를 "번거롭고 어지럽게 명령을 내지 않고 아침에 깨우쳐 주고 저녁에 장려하며, 세금을 가볍게 하고 부역을 가볍게 하여 그 때(농사철)를 빼앗지 않음에 있을 뿐이다. 그러므로 성인은 봄과 가을에 대개 궁궐과 정자를 짓고 성곽을 쌓는데, 반드시 농사시기를 써서 후세의 임금에게 백성을 수고롭게 하는 것을 중대한 일로 여기도록 경계하였던 것이다." 하였다.

**감상** ● 이 작품 역시 김시습의 民生擁護論을 읽을 수 있는 글이다. 왕권의 神聖不可侵的인 절대 당위의 권위를 인정하지 않고 오직 民이 통치권을 위임한 존재로 규정했다. 民이 10분의 1 조세를 납부해서 군주를 이롭게 하는 대가로 군주도 民을 잘살게 할 의무를 지는 것이며, 이 의무를 이행하지 못할 경우 왕의 자리에서

밀려나 일개 평민으로 떨어질 것이라는 것이다. 따라서 군주는 마땅히 民을 근본으로 하는 정치를 해야 할 것으로 보아, 무리한 조세와 부역의 賦課 등 민생을 해치는 요소를 제거하고 농업과 蠶業을 적극 장려하는 仁政을 펴 나가야 한다는 것이 그의 지론이었다. 이와 같이 民生이 충분히 보장된 민본주의 국가는 매월당의 정치적 이상이었다.

조선 초기는 실질적 기반인 농민층을 보다 많이 확보하였지만, 15세기 중반기로 접어들면서 自營農民層은(귀족들의 대토지 점유와 貢役의 과중으로 양인 농민층이 급격히 몰락하여 사노비로 전락하는 등의 원인으로 인해) 전혀 안정되지 못했다. 그 책임은 勳戚들의 사치스러운 생활과 대토지 소유화의 경향이 자영농민층의 몰락을 촉진시켰던 것이다. 매월당의 민생옹호론은 여기에서 역사적 의미를 발견할 수 있다.

**참고논문** ▶ 이운구, 「梅月堂의 愛民意識과 詩의 性格」, 『한국한문학연구』 제1집, 한국한문학회, 1976.

임형택, 「梅月堂의 方外人的 성격과 사상」, 『한국문학사의 시각』, 창작과비평사, 1984.

## 12.「圃田合歡瓜說」申光漢[6)]

辛卯七月之十有三日 有女奴來告且曰 噫 吾見異矣 西圃之田有瓜焉 一蔕兩實 合而爲一 其狀可明 吾以爲不祥 而棄之 余試取以觀之 果如其言 實異之大者 莊周曰 果瓜有理 此豈無理者乎 古有同穎禾兩岐麥連理木 未聞以爲不祥也 然則斯瓜也 抑亦其是之類歟

**주석** 〖蔕〗 꼭지 체 〖穎〗 이삭 영 〖岐〗 가닥 기 〖連理(연리)〗 根幹이 서로 다른 두 나뭇가지 결이 연하여 하나가 된 것 〖抑〗 또한 억

**국역** 신묘년(1531) 7월 13일, 어떤 계집종이 와서 아뢰기를 “아! 저는 이상한 것을 보았습니다. 서쪽 채마밭에 오이가 있었는데, 한 꼭지에 두 개의 열매가 열려 합하여 하나가 되었습니다. 그 형상이 분명합니다. 저는 상서롭지 못하다고 여겨 그것을 버렸습니다.” 하였다. 내가 시험 삼아 취해다 그것을 보니, 과연 그의 말과 같이 열매가 매우 이상하게 컸다. 장주가 말하길 “오이열매에 이치가 있다.”고 했으니, 이것이 어찌 이치가 없겠는가? 옛날에도 같은 줄기의 벼와 두 줄기의 보리와 근간이 다른 두 나뭇가지가 하나로 연하여 된 나무가 있었는데, 아직 상서롭지 못하다고 여기는 것을 들어 보지 못했다. 그렇다면 이 오이도 또한 이와 같은 종류인가?

---

6) 신광한 1484(성종 15)~1555(명종 10). 호는 駱峰・企齋. 문장에 능하여 시문을 많이 지었으며, 학문을 숭상하여 대사성이 되었을 때에는 학도들이 운집하였다. 또한 청렴하여 이조판서가 되어서는 인사를 공정히 하고, 遺逸(벼슬하지 않고 초야에 묻혀 사는 학덕이 높은 선비)을 많이 등용하였다. 학문에 있어서는 孟子와 韓愈를 기준으로 했고, 시문에 있어서는 杜甫를 본받았다. 저서로 『企齋集』이 있으며, 시호는 文簡이다.

瓜有三分之理 故指物之易分者 謂之瓜分 瓜本三分之物 而今者兩瓜合而爲一 此兩一而六合之象歟 兩一者 陰陽和而爲一也 六合者 上下四方同而合也 玆獨非祥耶歟 旣而思之 禾之同穎者 周公之德也 麥之兩岐者 張君之政也 木之連理者 咸寧之治也

**주석** 『六合(육합)』 天地와 四方 『玆』 이 자

**국역** 오이에는 셋으로 나뉘는 이치가 있으므로, 사물이 나뉘기 쉬운 것을 가리켜 '瓜分(오이를 나누는 것처럼 토지를 신하에게 나누어 줌)'이라 했다. 오이는 본래 셋으로 나뉘는 물건인데, 지금은 두 개의 오이가 합해져 하나가 되었으니, 이 둘이 하나가 되었다면 육합의 형상이 아닌가? 한 쌍은 음과 양이 조화가 되어서 하나가 되는 것이며, 육합은 상하와 사방이 하나가 되어 합쳐진 것이니, 이것만이 유독 상서롭지 아니한 것이겠는가? 그렇게 생각하고 나니, 벼가 같은 이삭을 가진 것은 주공의 덕이요, 보리가 두 줄기인 것은 장군의 정치요, 나무가 근간이 다른 두 개가 서로 연하여 하나가 된 것은 함녕의 다스림이다.

今余棄於時 而爲野人 雖學呂安之灌園 邵平之種瓜 已爲孔氏之所鄙 而又無善德足以感召吉祥者 而瓜之合歡 生於野人之田 獨何歟 徐又自解之曰 陰陽和 而上下四方同者 固非野人之事也 安知今之時有賢者出 能上輔君德 下順人心 以同四方者乎 能輔君德 則和自上生 能順人心 則和自下生 上下和則陰陽和 陰陽和則分者可合 而四方亦從而和 和而至於此 將見豐年穰穰 世道熙熙 含哺而嬉 擊壤而歌 豈非野人之祥也歟 旣以答女奴 書以爲說

**주석** 『灌』 물 대다 관 『穰』 넉넉하다 양 『熙』 화락하다 희 『哺』 머금다 포 『嬉』

즐기다 희 〖旣以(기이)〗 이미

**국역** 지금 나는 시대에 버려져 야인이 되어, 비록 여안이 정원에 물을 준 것과 소평이 오이를 심은 것을 배웠으나, 이미 공씨에게 비루하게 여겨졌다. 또 착한 덕이 상서로움을 감응하여 부를 수 있는 것도 없는데, 부부오이(合歡瓜)가 야인의 밭에서 자라니, 특별히 어찌 된 것인가? 서서히 또 스스로 그것을 풀어 보기를 "음과 양이 합하고 상하 사방이 하나가 되는 것은 진실로 야인의 일이 아니다. 혹시 지금 어진 자가 나와 위로는 임금의 덕을 돕고 아래로는 인심을 순화시켜 사방을 하나로 할 수 있는 자가 나타난 것이 아닌가? 군주의 덕을 도울 수 있으면 화합은 위로부터 생기고, 인심을 순화시킬 수 있으면 화합은 아래로부터 생긴다. 상하가 화합하면 음양이 화합하고, 음양이 화합하면 나뉜 것이 합해질 수 있고, 사방이 또한 따라서 화합할 것이다. 화합하여 여기에 이르면, 장차 풍년이 들어 수확이 많아질 것이고 세상의 도는 화락하게 될 것이니, 집집마다 음식을 머금고 기뻐할 것이요 땅을 치며 노래하는 것을 보게 될 것이니, 어찌 야인의 상서로움이 아니겠는가? 계집종에게 답하고, 써서 설로 삼는다."

**감상** ▶ ● 이 글은 申叔舟의 손자인 申光漢이 己卯士禍(1519)로 경기도 여주에 추방되어 18년 동안 칩거하던 중 48세 때 쓴 글이다. 寓言的 說은 人事說 · 動物說 · 植物說 · 器物說 · 雜說 등으로 나눌 수 있는데, 이 글은 다소 미흡한 점은 있어도 植物說에 해당한다. 도학자이자 爲政者였던 작가가 變種의 異形으로 자란 오이 하나를 두고 쓴 이 글은 작가의 사물을 보는 식견과 안목이 어떤가를 알아볼 수 있게 하는 글이다. 이 글의 立論은 마지막 단락에 보이는 것처럼, 陰陽上下가 合하듯이 君臣이 合하여 「擊壤歌」를 부를 수 있는 시대가 오기를 희망하고 있는 것이다.

**참고논문** ▶ 소재영, 「신광한론」, 『한국문학작가론』, 현대문학, 1993.
양현승, 『한국 '說' 문학 연구』, 박이정, 2001.

## 13. 「陶山十二曲跋」 李滉[7)]

右陶山十二曲者 陶山老人之所作也 老人之作此 何爲也哉 吾東方歌曲大抵多淫哇不足言 如翰林別曲之類 出於文人之口 而矜豪放蕩 兼以褻慢戲狎 尤非君子所宜尙 惟近世有李鼈六歌者 世所盛傳 猶爲彼善於此 亦惜乎其有玩世不恭之意 而少溫柔敦厚之實也

**주석** 『大抵(대저)』 대개 『哇』 음란한 소리 왜 『翰林別曲(한림별곡)』 고려 高宗 때 생긴 우리나라 詩歌의 하나로, 景幾何如歌의 대표적인 시가 『矜』 자랑하다 긍 『褻』 버릇없다 설 『狎』 친압하다 압 『李鼈(이별)』 字는 浪仙, 호는 藏六, 益齋의 후손으로 연산군 시대를 살았음 『六歌(육가)』 무오사화 때 형 李黿이 유배를 가자,

---

7) 이황 1501(연산군 7)~1570(선조 3). 자는 景浩, 호는 退溪·退陶·陶搜. 이황의 학문은 주자학을 기반으로 형성되었다. 주자의 書簡文을 초록한 「朱子書節要」 20권은 그가 평생 정력을 바쳤던 편찬물이다. 이황의 성리학은 程子와 朱子가 체계화한 개념을 수용하여 이를 보다 풍부히 독자적으로 발전시켰으며, 理를 보다 중시하는 理氣二元論이란 특성을 지니고 있다. 그는 理를 모든 존재의 생성과 변화를 主宰하는 우주의 최종적 본원이자 본체로서 규정하고 현상세계인 氣를 낳는 것은 실재로서의 理라고 파악했다. 이황의 학문·사상은 이후 嶺南·近畿 지방을 중심으로 계승되어 학계의 한 축을 이루었다. 영남지방에서 형성된 학통은 柳成龍·趙穆·金誠一 등의 제자와 17세기의 張顯光·鄭經世를 이어 李栽·李象靖 등 한말까지 내려왔다. 근기 지방에서는 鄭逑·許穆 등을 매개로 柳馨遠·李瀷·丁若鏞 등 南人 實學者에게 연결되어 이들 학문의 이론적 기초로서 기능했다. 한편 이들의 학통계승은 17세기 이후 본격적으로 전개되는 각 학파·당파의 정치투쟁과 궤를 같이하면서 전개되는데 이들은 남인 당색하에, 이이의 학문을 사상적 기반으로 기호지방에서 성장한 서인과 치열한 사상투쟁·정치투쟁을 벌이며 조선 후기 사상계·정치계의 한 축을 이루었다.

눈물로 형과 작별하고 황해도 平山에 가서 지은 가사가 「육가」로, 내용은 전하지 않아 알 수 없음 〖惜〗 애석하다 석 〖玩世(완세)〗 모든 세상사를 경시함

**국역** 위의 「도산입이곡」은 도산노인이 지은 것이다. 노인이 이것을 지은 것은 무엇 때문인가? 우리 동방의 가곡은 대체로 음란하여 말할 것이 못 된다. 「한림별곡」과 같은 것은 문인의 입에서 나왔지만 호걸스러움을 자랑하여 방탕하며, 무례하고 거만하고 희롱하고 친압함을 겸하고 있어서 더욱 군자가 마땅히 숭상할 것이 아니다. 오직 근세 이별의 「육가」라는 것이 있어 세상에 성대하게 전해지는데, 오히려 그것이 이것(「한림별곡」)보다 좋다고는 하나, 또한 애석하게도 세상을 놀리는 불공스러운 뜻이 있고 온유돈후한 실속이 적다.

老人素不解音律 而猶知厭聞世俗之樂 閒居養疾之餘 凡有感於情性者 每發於詩 然今之詩 異於古之詩 可詠而不可歌也 如欲歌之 必綴以俚俗之語 蓋國俗音節 所不得不然也 故嘗略倣李歌 而作爲陶山六曲者二焉 其一言志 其二言學 欲使兒輩 朝夕習而歌之 憑几而聽之 亦令兒輩 自歌而自舞蹈之 庶幾可以蕩滌鄙吝 感發融通 而歌者與聽者 不能無交有益焉

**주석** 〖素〗 본디 소 〖綴〗 엮다 철 〖倣〗 모방하다 방 〖憑〗 기대다 빙 〖几〗 안석 궤 〖令〗 =使 〖蹈〗 발을 구르며 땅을 밟다 도 〖庶幾(서기)〗 가까움 〖蕩滌(탕척)〗 씻어 깨끗이 함 〖融通(융통)〗 녹아 통함 〖交〗 서로 교

**국역** 노인이 본디 음률을 이해하지 못하나, 오히려 세속의 음악을 듣기 싫어할 줄은 알아서 한가히 지내며 병을 고치는 여가에, 무릇 성정에 감동된 것이 있으면 늘 시로 표현해 내지만, 지금의 시는 옛날의 시와 달라서 읊을 수는 있으나 노래할 수는 없다. 만약 노래하고자 한다면 반드시 세속의 말로 엮어야 하니, 대개 나라 풍속의 음절이 그렇지 않을 수 없기 때문이다. 그러므로 일찍이 이씨의 노래를 간략히 모방하여 「도산육곡」을 만든 것이 둘이니, 그 하나는 뜻을 말한 것이요, 그 둘은 학

문을 말한 것이다. 아이들로 하여금 아침저녁으로 익혀서 그것을 노래하게 하고 의자에 기대에 그것을 듣고자 했으며, 또한 아이들로 하여금 스스로 노래하며 스스로 춤추며 뛰게 하고자 하였다. 비루하고 인색함을 씻어 내어 감발되고 맺힌 마음이 녹아 통하게 한다면, 노래하는 자와 듣는 자가 서로 유익함이 없을 수 없을 것이다.

顧自以蹤跡頗乖 若此等閒事 或因以惹起鬧端 未可知也 又未信其可以入腔調 諧音節與未也 姑寫一件 藏之篋笥 時取玩以自省 又以待他日覽者之去取云爾 嘉靖四十四年歲 乙丑暮春旣望 山老書

**주석** 〖蹤〗 자취 종 〖乖〗 어그러지다 괴 〖惹〗 이끌다 야 〖腔〗 가락 강 〖調〗 가락 조 〖諧〗 어울리다 해 〖與未(여미)〗 =與否 〖姑〗 잠시 고 〖件〗 건 건 〖篋笥(협사)〗 상자

**국역** 자신을 돌아보건대, 발자취가 자못 어긋났기 때문에, 이 같은 한가한 일이 혹시 그것에 말미암아 다툼의 실마리를 일으키지나 않을지 알 수 없으며, 또 가락에 들어가 음절과 조화로울 수 있는지 여부를 믿을 수 없어서, 잠시 한 벌을 베껴서 상자에 넣어 두고 때때로 가져다 보고서 스스로 살피기도 하고, 또 뒷날 보는 자가 버리고 취함을 기다리고자 할 따름이다. 가정(明 세종의 연호) 44년(1565, 퇴계 65세) 을축년 저문 봄 16일 도산노인이 씀

**감상** ● 퇴계는 60세 때 陶山書堂을 수축하고, 詩로는 「陶山雜詠」을, 文으로는 「陶山記」를 창작하였다. 이미 이 두 작품에 읊을 것은 다 읊었고 밝힐 것은 다 밝혔는데, 「도산십이곡」을 덧붙여 지은 까닭은 무엇인가? 퇴계 자신이 생활하면서 마음의 느낌을 漢詩로 나타내지 않을 수 없었는데, 지금의 詩는 詠은 할 수 있어도 歌는 할 수 없다. 만약 歌를 하고자 할 경우에는 반드시 우리말로 엮은 것이어야 한다는 것이다. 요컨대 歌唱의 필요성 때문에 퇴계는 漢詩 이외에 따로 우리말로 엮은 노래 「도산십이곡」을 짓게 된 것이다. 전래의 국문시는 모두 가창으로 발달해

온 것이다. 이에 대해서 漢詩는 대개 吟詠하는 문학이었다. 우리 문자를 갖기 이전은 말할 것도 없고 훈민정음이 창제된 이후로도 여전히 한문을 존숭하고 국문이 전혀 문학어로 채택되지 못하던 분위기하에서 漢詩를 가지고는 가창의 요구를 충족시키기 어려웠기 때문에 간혹 국문시를 엮어서 고양된 사상·정감을 표출해서 노래 불렀던 것이다. 동아시아 한문문화권 내에서의 특수한 역사적 사정은, 중세기 우리나라에 漢文學을 풍부하게 발전시킨 한편, 국문학을 가창의 전통 밑에 존속시켰던 셈이다.

**참고논문** ▶ 임형택, 「國文詩의 전통과 陶山十二曲」, 『한국문학사의 시각』, 창작과비평사, 1984.

정요일, 「退溪의 文學論」, 『한문학의 연구와 해석』, 서강대 출판부, 1998.

# 14.「朱子書節要序」李滉

晦菴朱夫子 挺亞聖之資 承河洛之統 道巍而德尊 業廣而功崇 其發揮經傳之旨 以幸教天下後世者 旣皆質諸鬼神而無疑 百世以俟聖人而不惑矣 夫子旣沒 二王氏及余氏 裒粹夫子平日所著詩文之類 爲一書 名之曰朱子大全 總若干卷 而其中所與公卿大夫門人知舊往還書札 多至四十有八卷 然此書之行於東方 絶無而僅有 故士之得見者蓋寡 嘉靖癸卯中 我中宗大王 命書館印出頒行 臣滉於是 始知有是書 而求得之 猶未知其爲何等書也 因病罷官 載歸溪上 得日閉門靜居而讀之 自是漸覺其言之有味其義之無窮 而於書札也 尤有所感焉

**주석** 〖挺〗 빼어나다 정 〖亞聖(아성)〗 聖人의 다음 〖河洛(하락)〗 =洛陽: 程顥, 程頤가 살던 곳 〖巍〗 높다 외 〖發揮(발휘)〗 떨치어 나타냄 〖質〗 묻다 질 〖俟〗 기다리다 사 〖裒〗 모으다 부 〖粹〗 모으다 수 〖知舊(지구)〗 친구 〖絶〗 심히 절 〖頒〗 널리 퍼뜨리다 반 〖札〗 편지 찰

**국역** 회암 주부자는 아성의 자질이 빼어나 하락의 전통을 이어 도덕이 높으며 공업이 넓다. 경・전의 뜻을 밝혀 다행히 천하 후세 사람들을 가르친 것이 이미 모두 귀신에게 물어도 의심이 없고 백대 후에 성인을 기다려도 의혹되지 않게 되었다. 부자가 돌아가시자, 두 왕씨와 여씨(余師魯)가 부자가 평소에 지은 시문의 종류를 모아 하나의 책으로 만들어 『주자대전』이라 이름 하였으니, 모두 약간 권인데

그중에 공경대부와 문인과 친구와 왕래한 편지가 많아서 48권에 이르렀다. 그러나 이 글이 동방에 간행된 것은 거의 없고 겨우 약간 있으므로, 선비 중에 볼 수 있었던 자가 아마 적을 것이다. 가정 계묘(1543년) 연간에 우리 중종 대왕이 서관에 박아 내어 반포하도록 명령하였으므로, 신 황은 이에 비로소 이 글이 있음을 알고서 그것을 구해 얻었으나, 여전히 그것이 어떤 책인지 알지 못했다. 병으로 관직을 그만두고 책을 싣고 시냇가로 돌아와 날마다 문을 닫고 조용히 앉아서 그것을 읽을 수 있었으니, 이로부터 점점 그 말에 맛이 있고 그 뜻이 무궁함을 깨달았으며, 서찰에 더욱 느낀 것이 있었다.

蓋就其全書而論之 如地負海涵 雖無所不有 而求之難得其要 至於書札則各隨其人材稟之高下 學問之淺深 審證而用藥石 應物而施爐錘 或抑或揚 或導或救 或激而進之 或斥而警之 心術隱微之間 無所容其纖惡 義理窮索之際 獨先照於毫差 規模廣大 心法嚴密 戰兢臨履 無時或息 懲窒遷改 如恐不及 剛健篤實輝光 日新其德 其所以勉勉循循而不已者 無間於人與己 故其告人也 能使人感發而興起焉 不獨於當時及門之士爲然 雖百世之遠 苟得聞教者 無異於提耳而面命也 嗚呼至矣

**주석** 〖涵〗 넣다 함 〖稟〗 바탕 품 〖石〗 침 석 〖爐〗 화로 로 〖錘〗 도가니 추(쇠붙이를 녹이는 그릇) 〖激〗 떨치다 격 〖心術(심술)〗 마음씨 〖纖〗 작다 섬 〖差〗 틀림 차 〖規模(규모)〗 법이나 본보기 〖兢〗 조심하다 긍 〖窒〗 막다 질 〖輝〗 빛나다 휘 〖循〗 좇다 순 〖提耳面命(제이면명)〗 귀를 쥐고 얼굴을 맞대어 가르친다는 뜻으로, 친절히 가르쳐 줌을 이름

**국역** 대개 그 전서에 관해 논해 보자면, 땅이 (만물을) 싣고 바다가 (온갖 것을) 포용한 것과 같아서, 비록 있지 않은 것이 없으나 구하려 해도 그 요점을 얻기가 어렵다. 서찰에 이르러서는 각각 그 사람의 재주의 고하와 학문의 얕고 깊음에 따라 증세

를 살펴서 약과 침을 쓰며, 사물에 응해 화로와 도가니를 베풀어, 때로는 눌리고 들추며, 때로는 인도하고 구원하며, 때로는 격동하여 올리고, 때로는 물리쳐 경계하게 하여서 마음의 은미한 사이에 그 작은 잘못도 용납하지 못하게 하고, 의리를 궁구하는 사이에 홀로 먼저 조그마한 착오도 비추어 보니, 규모가 광대하고 심법이 엄밀하고 정밀하다. (깊은 연못에) 임하고 (엷은 얼음을) 밟는 것처럼 전전긍긍하여 어떤 때라도 쉼이 없다. (분노를) 징계하고 (욕심을) 막아 개과천선하며, 미치니 못할까 걱정하는 것 같다. 강건하고 독실하여 빛이 나서 날로 그 덕을 새롭게 하니, 그가 힘쓰고 따라서 그치지 않음은 남과 자기에게 있어 사이가 없다. 그러므로 사람에게 일러 줄 때, 사람으로 하여금 느낌이 일어나고 감흥이 생기게 하는 것이 다만 당시 문하의 사람만이 그러할 뿐이 아니라, 비록 백세 뒤라도 만약 가르침을 들을 수 있는 자라면 친절히 가르쳐 주는 것과 다음이 없을 것이다. 아! 지극하도다.

顧其篇帙浩穰 未易究觀 兼所載弟子之問 或不免有得有失 滉之愚 竊不自揆 就求其尤關於學問而切於受用者 表而出之 不拘篇章 惟務得要 乃屬諸友之善書者及子姪輩 分卷寫訖 凡得十四卷爲七冊 蓋視其本書 所減者殆三之二 僭妄之罪 無所逃焉 雖然 嘗見宋學士集 有記魯齋王先生以其所選朱子書 求訂於北山何先生云 則古人曾已作此事矣 其選其訂 宜精密而可傳 然當時宋公 猶嘆其不得見 況今生於海東數百載之後 又安可蘄見於彼 而不爲之稍加損約 以爲用工之地也哉

**주석** 〖穰〗 성대하다 양 〖揆〗 헤아리다 규 〖就〗 곧 취 〖屬〗 맡기다 속 〖訖〗 마치다 흘 〖視〗 견주다 시 〖殆〗 거의 태 〖僭〗 참람하다 참 〖訂〗 바로잡다 정 〖蘄〗 바라다 기 〖稍〗 작다 초 〖用工(용공)〗 工力을 사용함 〖地〗 터전, 토대 지

**국역** 다만 그 책이 너무 많아서 연구하기가 쉽지 않고, 아울러 실려 있는 제자들의 물음이 간혹 득실이 있음에서 벗어나지 못한다. 어리석은 저는 속으로 스스로

헤아리지 못하고 곧 학문에 더욱 관계되고 받아 쓸 수 있는 것에 절실한 것을 찾아 드러내어 편장에 구속되지 않고 오직 요긴한 것만을 얻기에 힘쓰고, 마침내 여러 벗들 중에 글씨를 잘 쓰는 자와 아들과 조카들에게 맡겨 권을 나누어 쓰기를 마치니, 모두 14권 7책이 되었다. 대개 그 본서와 비교해 보니, 덜어 낸 것이 거의 3분의 2라, 참람하고 망령된 죄는 피할 곳이 없을 지경이다. 비록 그렇지만, 일찍이 송학사의 문집을 보니 노재왕 선생이 그가 뽑은 『주자서』를 북산하 선생에게 교정을 구한 것이 기록으로 있으니, 그렇다면 옛사람이 일찍이 이미 이러한 일을 한 적이 있었던 것이다. 그 뽑고 그 교정함이 마땅히 정밀하여 전할 만하였을 것이나, 당시 송공이 오히려 (그 책을) 볼 수 없었다고 탄식하였으니, 하물며 (우리는) 지금 수백 년 뒤에 해동에서 태어났으니, 또한 어찌 저것(책)을 보기만 바라고서 조금 더 덜고 줄여서 공부할 자료로 삼지 않을 수 있겠는가?

或曰 聖經賢傳 誰非實學 又今集註諸說 家傳而人誦者 皆至敎也 子獨拳拳於夫子之書札 抑何所尙之偏而不弘耶 曰 子之言似矣 而猶未也 夫人之爲學必有所發端興起之處 乃可因是而進也 且天下之英才 不爲不多 讀聖賢之書 誦夫子之說 不爲不勤 而卒無有用力於此學者 無他 未有以發其端而作其心也 今夫書札之言 其一時師友之間 講明旨訣 責勉工程 非同於泛論如彼 何莫非發人意而作人心也 昔聖人之敎 詩書禮樂皆在 而程朱稱述 乃以論語爲最切於學問者 其意亦猶是也 嗚呼 論語一書 旣足以入道矣 今人之於此 亦但務誦說 而不以求道爲心者 爲利所誘奪也 此書有論語之旨 而無誘奪之害 然則將使學者 感發興起 而從事於眞知實踐者 舍是書何以哉

**주석** 〖拳〗 정성껏 지키다 권 〖抑〗 또한 억 〖偏〗 치우치다 편 〖作〗 일으키다 작 〖訣〗 비결 결 〖責〗 권하다 책 〖述〗 말하다 술 〖誘〗 꾀다 유 〖舍〗 버리다 사

**국역** 어떤 사람이 말하기를 "성인의 경과 현인의 전은 누가 실학이 아니라고

하겠는가? 또 지금 집주의 여러 말은 집집마다 전하여 사람마다 외우는 것이니, 모두 지극한 가르침이다. 그대는 유독 부자의 편지에만 정성을 들이니, 또한 어찌 숭상하는 것이 치우치고 넓지 못하는가?"라 하니, (나는 다음과 같이) 대답하였다. 그대의 말이 그럴듯하나, 그렇지 않다. 대저 사람이 학문을 하는 데에는 반드시 단서를 열어 흥기하는 곳이 있어야 이에 이것에 말미암아 진보할 수 있는 것이다. 또 천하의 영재가 많지 않은 것이 아니요, 성현의 글을 읽고 부자의 말을 외우는 것을 부지런히 하지 않은 것이 아닌데, 끝내 이 학문에 힘을 쓰는 자가 있지 않는 것은 다름이 아니라 그 단서를 열어 그 마음을 일으키지 않기 때문이다. 지금 저 서찰의 말은 그 당시 사우들 사이에 (성인의) 뜻을 강의하여 밝히고 공부의 과정을 권하고 힘씀이 널리 의논한 것에 한결같지 않음이 저와 같으니, 어느 것인들 사람의 뜻을 감동시키며 사람의 마음을 일으키지 않음이 없겠는가? 옛 성인이 가르치는 시·서·예·악이 모두 있으니, 정자와 주자가 말하는 '『논어』를 학문하는 데 가장 절실한 것으로 삼는다.'라는 것도 그 뜻은 또한 이와 같다. 아! 『논어』 한 책은 이미 도에 들어갈 만한데, 지금 사람은 이 『논어』를 또한 다만 읊고 말하기만을 힘쓰고, 도를 구하는 것을 마음으로 삼지 않는 것은 이익에 유혹되고 빼앗겼기 때문이다. 이 책에는 『논어』의 뜻은 있으나 유혹하고 빼앗은 해로움은 없다. 그렇다면 장차 학자들로 하여금 감흥이 일어나 참으로 알고 실천함에 힘쓰게 하고자 한다면, 이 글을 버리고 어찌하겠는가?

夫子之言曰 學者之不進 由無入處 而不知其味之可嗜 其無入處 由不肯虛心遜志 耐煩理會 使今之讀是書者 苟能虛心遜志 耐煩理會 如夫子之訓 則自然知其入處 得其入處 然後知其味之可嗜 不啻如芻豢之悅口 而所謂大規模嚴心法者 庶可以用力矣 由是而旁通直上 則泝伊洛而達洙泗無往而不可 向之所云聖經賢傳 果皆爲吾之學矣 豈偏尙此一書云乎哉 滉年薄桑榆 抱病窮山 悼前時之失學 慨餘韻之難理 然而區區發端 實有賴

於此書 故不敢以人之指目而自隱 樂以告同志 且以俟後來於無窮云 嘉靖戊午夏四月日 後學眞城李滉 謹序

**주석** 〖耐〗 견디다 내 〖遜〗 겸손하다 손 〖理會(이회)〗 깨달아 앎 〖使〗 만약 사 〖啻〗 뿐 시 〖芻豢(추환)〗 초식하는 소·양 따위와 곡식을 먹는 개·돼지 따위(芻 풀 먹는 짐승 추 豢 가축 환) 〖泝〗 거슬러 올라가다 소 〖伊洛(이락)〗 伊川과 洛水로 程子가 사는 洛陽에 있음 〖洙泗(수사)〗 洙水와 泗水로 孔子가 사는 魯나라에 있음 〖向〗 접때 향 〖薄〗 가까이하다 박 〖桑楡(상유)〗 지는 해의 그림자가 뽕나무와 느릅나무 끝에 남아 있다는 뜻에서 노년에 비유됨 〖悼〗 슬퍼하다 도 〖慨〗 분개하다 개 〖韻〗 운치 운 〖區區(구구)〗 자기의 謙稱 〖賴〗 힘입다 뢰

**국역** 부자(孔子)의 말에 "학자가 나아가지 못함은 (道의 門에) 들어갈 곳이 없음으로 말미암아 그 맛을 즐길 수 있음을 알지 못해서이다. 그 들어갈 곳이 없는 것은 마음을 비우고 뜻을 겸손히 하여 번거로운 것을 견디고 깨달아 알려고 하지 않기 때문이다." 하였으니, 만약 지금 이 글을 읽는 자가 진실로 마음을 비우고 뜻을 겸손히 하고 번거로운 것을 견디고 깨달아 알 수 있어 부자의 가르침과 같이 할 수 있다면, 자연히 그 들어가는 곳을 알게 되고, 그 들어가는 곳을 얻은 연후에 그 맛을 즐길 수 있음을 알게 될 것이다. (그렇다면 맹자가 말한) 소나 돼지가 입을 즐겁게 함과 같을 뿐이 아니라, (주자가) 말한 규모가 크고 심법이 엄한 것도 거의 힘쓸 수 있을 것이다. 이것으로 말미암아 곁으로 통하고 바로 오르면 이락(程子)을 거슬러 수사(孔子)에 이르러 어디를 가더라도 옳지 않음이 없을 것이니, 앞에서 말한 성인의 경과 현인의 전은 과연 모두 나의 학문이 될 것이다. 어찌 치우쳐 이 한 글만 숭상한다고 하겠는가? 황은 노년에 가깝고 궁벽한 산에서 병을 안고 있어, 전날 학문을 잃음을 슬퍼하고 (前賢의) 여운을 다스리기 어려움을 개탄한다. 그러나 내가 단서를 연 것은 실로 이 글에 힘입음이 있다. 그러므로 감히 남의 지목 때문에 스스로 숨지지 않고 동지에게 즐겁게 일러 주고서, 또한 무궁하게 뒤에 오는 자를 기다리고자 한다. 가정 무오(1558년) 여름 4월 모일에, 후학 진성 이황은 삼가 서문을 쓴다.

**감상** ▶ ● 退溪는 학문에 있어서는 性理學을 主專攻으로 한 만큼 학문적으로는 朱子를 가장 尊慕하였고 그 영향을 가장 크게 받았다. 뿐만 아니라 위의 글에서도 알 수 있듯이 文學에 있어서도 주자의 영향이 가장 컸다. 퇴계는 43세 되던 해에 『朱子大全』을 처음으로 입수하게 되고, 주자의 문장 가운데 특히 書札에 대단한 흥미를 느끼기 시작하여 반복하여 읽고 사색하여 마침내 제자나 후세의 학자들이 쉽게 주자의 학문에 접근할 수 있도록 하기 위해서 『朱子書節要』를 편찬하기에 이르렀던 것이다. 퇴계는 詩에서도 "운곡이 남긴 글은 백세의 스승이다(雲谷遺書百世師 「吳子强正字將行贈別」)."라고 언급한 것처럼, 주자를 사상적인 면에서뿐만 아니라 문학에서도 스승으로 삼고자 했던 것이다.

**참고논문** ▶ 이종호, 「退溪의 碑誌文字論 硏究序說」, 『퇴계학』 제2집, 안동대 퇴계학연구소, 1990.

허권수, 「퇴계의 중국문학 수용양상」, 『퇴계학보』 제107·108합집, 퇴계학연구원, 2000.

## 15.「文策」李珥[8)]

文者道之著 文而外道 非文也 故聖賢之文 一出於道 其載在六經者 粲然可見 但孔門立四科之目 游夏以文學稱 是則疑若外道而言文也 抑游夏之文 亦非徒文而已者耶 秦漢以降 士不講道 文與道遂裂 而爲二物 雖或有以文鳴者 皆浮華駁雜之爲尙 而無復明道之實矣(中略)

8) 이이 1536(중종 31)~1584(선조 17). 자는 叔獻, 호는 栗谷·石潭·愚齋. 兒名을 현룡(見龍)이라 했는데, 어머니 사임당이 그를 낳던 날 흑룡이 바다에서 집으로 날아 들어와 서리는 꿈을 꾸었다 하여 붙인 이름이다. 8세 때에 파주 율곡리에 있는 화석정에 올라 시를 지을 정도로 문학적 재능이 뛰어났다. 전후 9차례의 과거에 모두 장원해 '九度壯元公'이라 일컬어졌다. 이이의 理氣論이 가지는 특색은 다음과 같다. 理는 無形無爲한 존재이며 氣는 有形有爲한 존재로서, 理는 氣의 主宰者이고 氣는 理의 器材이다. 즉 理는 이념적 존재이므로 시공을 초월한 形而上的 원리로서 만물에 공통적인 것이며, 氣는 質料的·作爲的 존재로서 시공의 제한을 벗어나지 못하는 形而下的 기재로 국한적인 것이다. 이이는 이와 같이 무형과 유형의 차이로 理通과 氣局을 설명하고, 유위와 무위의 차이로 氣發과 理乘을 설명했다. 이이의 개혁사상은 16세기 사회발전의 진전에 따라 동요하는 사회체제와 신분질서를 다시 주자학적 세계관으로 고정시키고자 한 것이었으며, 이를 위해 이이는 점진적으로 각종 제도를 개혁하고 향촌질서의 안정을 도모하고자 한 것이었다. 이이의 사상은 17세기 이후 그의 문인들로 형성된 서인 노론계에 의해 계승되어 이들의 정치사상·정국운영의 기반이 되었다. 이 시기 격렬하게 진행되던 봉건사회 해체 양상에 신진관료·지주 중심의 정치사회 운영론으로 대응하고자 했던 이들은 이이의 사상이 주자학을 정통으로 계승한 것임을 밝히는 데 주력하는 한편, 이황이나 曺植 등의 사상을 계승한 학파·정파를 배제함으로써 정국의 주도권을 장악할 수 있었다. 특히 17~18세기의 격변기에 金長生-宋時烈-韓元震으로 이어지는 이이학파는 이 같은 작업에 토대를 놓음으로써 이후 정치·사상계의 이념적 기반을 마련했다.

**주석** 〖粲〗 환하다 찬 〖孔門四科(공문사과)〗 孔子의 제자 중 德行·言語·政事·文學 四科에 뛰어남을 이름 〖疑〗 의심컨대 의 〖抑〗 아니면 억 〖駁〗 섞이다 박

**국역** 文은 道가 드러난 것이다. 文이면서 도에서 벗어난 것은 文이 아니다. 그러므로 성인의 文은 한결같이 도에서 나왔으니, 그 실려 있는 육경의 글에서 환히 볼 수 있다. 다만 공문에서 세워 둔 四科의 목록 중에 子游와 子夏는 문학으로서 일컬어졌는데, 이것은 아마도 도에서 벗어나 문을 이야기한 것 같다. 아니면 자유와 자하의 문은 또한 다만 문뿐만이 아니라는 것인가? 진한 이후로 선비들이 도를 강론하지 않아 문과 도가 드디어 찢어져 두 가지 물건이 되었다. 비록 혹시 문으로 소리 내는 자가 있어도 모두 겉만 꾸미고 잡박하게 섞인 것만을 숭상하여, 도를 밝히는 실질을 회복하지 못하였다.

竊謂道之顯者謂之文 道者文之本也 文者道之末也 得其本而末在其中者 聖賢之文也 事其末而不業乎本者 俗儒之文也 古之學者 必先明道 苟能明道而有得於心 則見乎威儀 發乎言辭者 莫非道之著者也 是故其爲文也 辭約而理當 言近而指遠 卒澤於道德仁義 炳如也 此則聖賢之文也 後之學者 不求實理 而徒尙浮藻 心無所得 而外爲巧言 取悅於人 而衒玉於世 是故其爲文也 工於撰述 而外於道義 辭繁而理礙 語圓而意滯 此則俗儒之文也 苟能窮其本末 知所先後 則可以與議於斯文矣(中略)

**주석** 〖竊〗 마음속으로 절 〖卒〗 마침내 졸 〖炳〗 빛나다 병 〖浮藻(부조)〗 浮華한 辭藻(藻 꾸밈 조) 〖衒〗 자랑하다 현 〖礙〗 막다 애 〖滯〗 막히다 체

**국역** 마음속으로 생각하니, 道가 드러난 것을 文이라 하니, 道는 文의 근본이요 文은 道의 말단이다. 그 근본을 얻고 말단이 그 속에 있는 것이 성현의 文이요, 그 말단을 일로 삼고 근본을 업으로 삼지 않는 것이 속유의 文이다. 옛날 학자들은

반드시 도를 밝히는 것을 우선으로 하였다. 만약 도를 밝혀서 마음에 터득한 것이 있을 수 있으면, 위의에 드러나고 말로 나타난 것 중에 도가 드러나지 않은 것이 없을 것이다. 그러므로 文을 지을 때, 말은 간략하나 이치는 타당하고, 말은 알아듣기 쉬우나 뜻은 심원하여 마침내 도덕과 인의에 윤택하여 빛이 나는 것, 이것이 곧 성현의 文이다. 후세의 학자들은 실리를 찾지 않고 다만 부화한 사조만을 숭상하여 마음에는 터득한 것도 없고 밖으로는 꾸미는 말만 하여 남에게 기쁨을 취하고 세상에 자신의 재주를 자랑한다. 그러므로 글을 지을 때, 찬술에는 뛰어나지만 도의를 벗어나고, 말은 많지만 이치는 막히고, 말은 원만한데 뜻은 막히는 것, 이것이 속유의 文이다. 만약 그 본말을 궁구하고 먼저 할 것과 뒤에 할 것을 알 수 있다면, 함께 사문(聖賢의 文)을 이야기할 수 있을 것이다.

士趨爲人之學　才高者專事乎詞章　才短者奔走乎科場　六經爲干祿之具　仁義爲迂遠之路　文不爲貫道之器　道不爲經世之用　文弊至此　則世道之汚隆　從可知矣　其所以爲弊者　必有所自矣　今之取人　只有科擧一路而已　縱有經綸之才　廟堂之器　苟不由是路　則終不與於淸班　(중략)　士之上者　有志於道德　其次志乎事業　其次志乎文章　最下者　志乎富貴而已　科擧之徒　則志乎富貴者也(중략)

**주석** 〖趨〗 향하다 추 〖爲人之學(위인지학)〗 남에게 보여 주기 위한 학문 〖干〗 구하다 간 〖迂〗 현실에 맞지 아니함 우 〖汚隆(오륭)〗 땅의 낮음과 높음. 전하여 쇠퇴와 융성함을 이름 〖縱〗 설령 종 〖綸〗 다스리다 륜 〖廟堂(묘당)〗 =朝廷 〖淸班(청반)〗 =淸官: 지위가 낮고 녹이 많지 아니하나 뒷날 높이 될 좋은 벼슬

**국역** 선비가 남을 위한 학문으로 향하니, 재주가 높은 자는 오로지 詞章에 힘을 쓰고, 재주가 짧은 자는 과거장에만 분주하여, 육경을 봉록을 구하는 도구로 여기고 인의를 현실에서 먼 길이라 생각하여, 문은 관도지기가 되지 못하고 도는 경

세지용이 되지 못하게 되었다. 문의 폐단이 이에 이르렀다면 세도의 쇠퇴와 융성은 따라서 알 수 있는 것이다. 그 폐단이 된 까닭은 반드시 유래한 곳이 있을 것이다. 요즘 사람을 취하는 것은 다만 科擧 한 가지 길만이 있을 뿐이다. 설령 경륜의 재주와 국정에 참여할 만한 재주가 있더라도, 만약 이 길에 말미암지 않으면, 높은 벼슬에 참여할 수 없다. ……가장 위에 있는 선비는 도덕에 뜻을 두고, 그 다음은 사업에 뜻을 두고, 그 다음은 문장에 뜻을 두고, 가장 아래는 부귀에 뜻을 둘 뿐이다. 科擧 공부만 하는 무리들은 부귀에 뜻을 둔 자들이다.

誠使今之學行俱備 得與於斯文者 俾居權衡之任 其取人也 先德行而後文藝 其講學也 尊爲己而黜爲人 其考文也 取義理而捨浮華 則必使人人勵志 日趨正學 屛去浮僞 敦尙道德 莫不以聖賢之文爲文也(後略)

**주석** 〖誠使(성사)〗 만약 〖俾〗 하여금 비 〖權衡(권형)〗 저울, 균형, 권력 〖黜〗 물리치다 출 〖勵〗 권면하다 려 〖屛〗 물리치다 병 〖敦〗 도탑다 돈

**국역** 만약 지금 세상에 학행을 구비하고 사문에 참여할 수 있는 사람에게 권형의 책임을 맡게 하여, 그가 인재를 뽑을 적에 덕행을 우선으로 하고 문예를 뒤로하며, 그가 학문을 강론할 적에는 자기를 위하는 것(爲己之學)을 높이고 남을 위하는 것(爲人之學)을 물리치며, 그가 문을 살필 적에는 의리를 취하고 부화한 것을 버리게 한다면, 반드시 사람들로 하여금 뜻을 격려하게 하여 날마다 바른 학문으로 나아가 부화하고 거짓된 것을 물리치고 도덕을 돈독히 숭상하여 성현의 文으로 文을 짓지 않을 수 없을 것이다.

**감상** ● 栗谷은 전형적인 성리학자로서 道와 文의 관계를 道本文末로 보았다. 그리고 文이 담아야 할 道는 四書와 六經에 실려 있는 聖賢의 가르침으로 보았다. 반대로 배척해야 할 문장은 俗儒之文이다. 聖賢之文과 俗儒之文이 나뉘는 기준은

내용 면에서는 道의 有無이며, 형식적인 측면에서는 인위적인 조작의 有無이다. 聖賢의 문장은 수식하지 않고 문장으로 자연스러운 아름다움 속에 깊은 뜻을 담고 있으며, 俗儒의 문장은 짓는 데는 교묘하여 말은 번잡하고 매끄러우나 결과적으로는 道義에 벗어나고 이치는 막혀 모순을 면하지 못한다. 그러므로 율곡은 문장에서 억지로 꾸미고 부화한 것을 반대했다. 관료적 문학을 주도했던 詞章派의 문학에 대한 생각은 士林派가 등장하면서 문학에 대한 재반성을 촉구하게 되는데, 이 작품이 사림파의 문학에 대한 입장을 잘 대변한 글이라 하겠다.

**참고논문** ▶ 이민홍, 「栗谷詩歌와 性情美學」, 『조선중기 시가의 이념과 미의식』, 성균관대출판부, 1993.

최문형, 「栗谷의 主氣論的 文學觀과 詩世界」, 성균관대 박사논문, 2004.

# 16.「精言妙選序」李珥

人聲之精者爲言 詩之於言 又其精者也 詩本性情 非矯僞而成 聲音高下 出於自然 三百篇 曲盡人情 旁通物理 優柔忠厚 要歸於正 此詩之本源也 世代漸降 風氣漸淆 其發爲詩者 未能悉本於性情之正 或假文飾 務說人目者多矣 余數年抱病 居閒處獨 殿屎之隙 時搜古詩 備得衆體 患詩源久塞 末流多岐 學者睢盱 眩亂莫尋其路 乃敢採其最精而可法者 集爲八篇 加以圈點 名曰精言妙選

**주석** 〖矯〗 속이다 교 〖曲盡(곡진)〗 마음과 힘을 다함 〖旁〗 널리 방 〖優柔(우유)〗 優雅와 和諧 〖淆〗 흐리다 효 〖殿屎(전시)〗 신음함 〖搜〗 찾다 수 〖岐〗 갈림길 기 〖睢盱(휴우)〗 눈을 부릅떠서 봄 〖眩〗 아찔하다 현 〖尋〗 찾다 심 〖法〗 본받다 법 〖圈點(권점)〗 詩文의 要處 옆에 찍은 동그라미

**국역** 사람의 소리 가운데 정밀한 것이 말이 되고, 시는 말에 있어서 더욱 그 정밀한 것이다. 시는 성정에 바탕을 두어서, 거짓으로 속여서 이루어지는 것이 아니요, 성음의 높낮이는 자연에서 나온 것이다. 삼백 편(『시경』)은 인정에 곡진하고, 널리 물리에 통하고, 우유 충후하며, 요체가 바른 데로 돌아가니, 이것이 시의 본원이다. 세대가 점점 내려올수록 풍기가 점점 흐려져, 그 드러나 시가 된 것이 모두 성정의 바름에 근본을 두지는 않고, 간혹 거짓으로 꾸미거나 남의 눈을 기쁘게 하는 데 힘쓰는 자가 많았다. 나는 여러 해 동안 병을 앓아서 한가로운 곳에 혼자 살면

서 병으로 신음하는 사이에, 때때로 옛 시들을 찾아서 여러 체를 갖추어 놓고서, 시의 본원이 오랫동안 막히고 말류에 갈래가 많아 학자들이 눈을 휘둥그러니 어지러워 그 길을 찾지 못할 것을 근심하였다. 이에 감히 그 가장 정수이며 본받을 만한 것을 뽑아 모아 8편으로 만들어서, 권점을 가하고 『정언묘선』이라 이름 하였다.

以沖淡者爲首 使知源流之所自 以次漸降 至於美麗 則詩之絡脈 殆近於失眞矣 乃以明道韻語終焉 俾不流於矯僞 去取之間 有意存焉 詩雖非學者能事 亦所以吟詠性情 宣暢淸和 以滌胸中之滓穢 則亦存省之一助 豈爲雕繪繡藻 移情蕩心而設哉 覽此集者 其念在玆

**주석** 〖絡〗 줄 락 〖殆〗 거의 태 〖韻語(운어)〗 押韻의 어구 〖俾〗 하여금 비 〖暢〗 펴다 창 〖滌〗 씻다 척 〖滓〗 찌끼 재 〖穢〗 더럽다 예 〖雕〗 =彫 새기다 조 〖繪〗 그리다 회 〖繡〗 수놓다 수 〖藻〗 꾸미다 조 〖蕩〗 방자하다 탕

**국역** 충담한 것으로 으뜸을 삼아 원류가 시작되는 곳을 알게 하고, 차례로 점차 내려와 미려한 데에 이르러서는 시의 맥락이 거의 진을 잃는 데에 가까워졌다. 이에 명도운어로써 끝맺음을 하여 거짓 속이는 데로 흐르지 않도록 하였으며, (시를) 버리고 취하는 사이에 뜻을 남겨 두었다. 시가 비록 학자들의 능한 일은 아니지만, 또한 성정을 읊조리고 청화를 펼치어 가슴속의 찌꺼기를 씻을 수 있다면, 또한 存心省察하는 데 일조가 될 수 있을 것이니, 어찌 새기어 그리고 수놓아 정을 옮기고 마음을 방탕하게 하는 데 쓸 것인가? 이 시집을 보는 자는 여기에 유념해야 할 것이다.

**감상** ● 栗谷은 당대의 詩를 "詩源久塞 末流多岐"라고 진단하여 배척했다. '末流多岐'란 本을 잃고 末, 즉 기교와 美麗에 치중하는 詩風에 대한 비판이다. 곧 美辭麗句를 일삼는 技巧派에 대한 저항이기도 하다. 詩는 성정이 矯僞하지 않아야 하

며, 聲音의 고하가 자연스럽게 흘러나와 溫柔忠厚에 귀결해야지, 文飾하거나 사람의 이목을 즐겁게 하는 데만 힘써선 안 된다는 것이다. 따라서 雕繪繡藻의 꾸밈을 거부하였으므로, 자연히 沖淡을 최상의 것으로 여겼던 것이다. 또한 율곡은 詩의 효용은, 詩로 인하여 본성을 보존 성찰할 수 있다는 의미에서 性情醇化와 性情陶冶의 수단이 된다고 보았다. 이처럼 栗谷을 비롯한 士林派의 문학관은 '以道爲文'이었다. 文이 道를 나타낸다고 보는 데서 그치지 않고, 덕행과 학문에 의한 내재적인 자기 성취에 의해서 자연히 이루어져야 하는 것으로 보았다(문학의 독자적인 의의는 인정될 수 없다). 그렇다고 士林派가 문예 자체를 거부한 것은 아니다. 문학을 第一義로 삼고 정공하는 태도를 반대한 반면, 그것이 인생에 있어서 없을 수 없는 것으로 보았다(가령 시를 읊거나 짓는 일은 생활의 일부로 보았다).

**참고논문** ◗ 
임형택, 「16세기 士林派의 文學意識」, 『한국문학사의 시각』, 창작과비평사,1984.

이민홍, 「栗谷詩歌와 性情美學」, 『조선중기 시가의 이념과 미의식』, 성균관대출판부, 1993.

박경신, 「栗谷의 文學觀」, 『한문고전연구』 제14집, 한국한문고전학회, 2007.

# 17.「山水屛序」崔岦[9]

吾樂山水也 有聲山水于琴者 而吾聽之 則琴足樂乎 曰 然 然則是向也樂山水 而今也樂琴乎 曰 山水在此矣 吾樂聽乎此 乃所以樂山水也 吾愛山水也 有形山水于畫者 而吾觀之 則畫足愛乎 曰 然 然則是向也愛山水 而今也愛畫乎 曰 山水在此矣 吾愛觀乎此 乃所以愛山水也

**주석** 〖向〗 접때 향 〖所以(소이)〗 때문 〖愛〗 아끼다 애

**국역** 나는 산수를 좋아한다. 거문고로 산수를 소리 낸 것이 있어서 내가 그것을 들으면 거문고를 좋아할 수 있을 것인가? 그렇다. 그렇다면 이것은 저번에는 산수를 좋아한다고 했다가, 지금은 거문고를 좋아한다는 것인가? 산수가 여기(거문고)에 있어서이다. 내가 이것을 듣기 좋아하는 것은 바로 산수를 좋아하기 때문이다. 나는 산수를 아낀다. 그림으로 산수를 표현해 낸 것이 있어서 내가 그것을 보면 그림을 아낄 수 있을 것인가? 그렇다. 그렇다면 이것은 저번에는 산수를 아낀다고 했

---

9) 최립 1539(중종 34)~1612(광해군 4). 호는 簡易 · 東皐. 최립은 빈한한 가문에서 태어났으나, 당대 일류의 문장가로 인정을 받아 중국과의 외교문서를 많이 작성하였다. 중국에 갔을 때에 王世貞을 만나 문장을 논하였으며, 그곳의 학자들로부터 名文章家라는 격찬을 받았다. 그의 文과 車天輅의 詩와 韓濩의 書를 松都三絶이라고 일컬었다. 그는 시보다 문으로 이름이 높았으나, 시에서도 蘇軾과 黃山谷을 배워 풍격이 豪橫하며, 質致深厚하고 聲響이 굳세어 금석에서 나오는 소리 같다는 평을 들었다. 최립의 문장은 일시를 풍미하였으나, 擬古文體에 뛰어났기 때문에 문장이 평이한 산문을 멀리하고 先秦文을 모방하여 억지로 꾸미려는 경향이 있었다. 글씨에도 뛰어나 宋雪體에 일가를 이루었다. 문집으로는 『簡易集』이 있다.

다가, 지금은 그림을 아낀다는 것인가? 산수가 여기에 있어서이다. 나는 이것을 보기를 아끼는 것은 바로 산수를 아끼기 때문이다.

古之琴焉者伯牙 而聽焉者鍾子期也 世談之至于今不衰 獨未知伯牙之與鍾子期爲何等人也 今畫焉者 乃李興孝其人 興孝者國工也 而尙書李公及其生也 使爲之而藏弆之 旣其歿也 而裝飾之以屛左右 而閑居則觀焉 有以見公所取者能初不以其人 而興孝之受知 亦可謂難矣

**주석** 〖獨〗 다만 독 〖何等(하등)〗 어떤 〖弆〗 감추다 거 〖屛〗 병풍 병 〖有以(유이)〗 ~할 수 있다

**국역** 옛날 거문고를 연주하던 이는 백아였고, 그것을 들어 주던 이는 종자기였다. 세상에서 그들에 대한 이야기가 지금까지 시들지 않았지만, 다만 백아와 종자기가 어떤 사람인지는 아직도 모르고 있다. 지금 그것을 그린 자는 바로 이흥효 그 사람이다. 흥효는 나라의 畵工으로, 상서 이공(李恒福)이 살아 있을 때, 그림을 그리게 하여 그것을 보관해 두었다가, 그가 죽은 뒤에 좌우 병풍으로 그것을 장식하고 한가히 거처하면서 그것을 감상하였으니, 공이 취한 것은 재능이지 처음부터 그 사람으로서(신분)가 아님을 알 수 있으며, 흥효가 知遇를 받게 된 것도 또한 (얻기) 어려운 일이었다고 할 수 있겠다.

屛有空焉 以要鄙人敍述 因得而觀之 其峯巒之崷崒 洞壑之窈窕 樹老而石蒼 瀑壯而溪駛 寒暑煙雨雪月之所變 虹橋飛檻之所凌 往往有人跨驢馬往來 隨以酒具 或倚船而捻笛 或臨流而濯足者矣 對之怡然融神 而怳然不自覺我身不與之岸巾垂袖於其間也 又足以見公之愛是畫也 自其山水之愛深且眞也 而與夫樂峨洋之絃者 殊託而一致耳矣

**주석** 〖巒〗 산등성이 만 〖崷崒(추줄)〗 산이 높고 험준한 모양 〖窈窕(요조)〗 골짜기가 깊은 모양 〖蒼〗 초목 푸르다 창 〖駛〗 빠르다 사 〖虹〗 무지개 홍 〖檻〗 난간 함 〖凌〗 건너다 릉 〖跨〗 걸터앉다 과 〖驢〗 당나귀 려 〖捻〗 집다 념 〖濯〗 씻다 탁 〖怡〗 기뻐하다 이 〖融〗 녹다 융 〖恍〗 멍하다 황 〖岸〗 모자를 밀어 올려 앞이마가 보이다 안 〖巾〗 두건 건 〖袖〗 소매 수 〖峨洋(아양)〗 백아의 연주에 종자기가 평한 말(峨 높다 아)

**국역** 병풍에 공간이 있어 나에게 서술해 달라고 요구하였으므로, 그것을 얻어서 보았다. 그 봉우리는 높고 험준하였으며 골짜기는 깊었다. 나무는 오래되었고 돌은 이끼가 끼었으며, 폭포는 웅장하고 시내는 빨리 흘렀다. 추위와 더위・안개와 비・눈과 달이 변하는 것과 무지개 같은 다리・나는 듯한 난간이 솟아오르는 곳에, 종종 어떤 사람이 당나귀에 걸터앉아 왕래하며 술도구를 따르게 하며, 어떤 사람은 배에 기대어 피리를 불고 어떤 사람은 시내에 임하여 발을 씻고 있었다. 그림을 대하니 흐뭇해져서 정신이 녹고 황홀하여 내 자신이 그들과 그 사이에서 두건을 제쳐 올려 이마를 드러내고 소매를 늘어뜨리고 있지나 않는지 자각하지 못할 정도였다. 또한 공이 이 그림을 아끼는 것은 산수를 아낌이 깊고도 진실한 데에서 유래하였으며, 저 높고 넓은 거문고 연주를 좋아했던 자(백아와 종자기)들과 의탁한 것은 달라도 다다름은 똑같음을 알 수 있었다.

噫 羿逢蒙 天下之善射者也 不自爲弓 而用倕之弓 倕之爲弓善也 王良造父 天下之善御者也 不自爲車 而用奚仲之車 奚仲之爲車善也 今公以天官冢宰而帶大學士 實人物之銓衡 而文章之宗匠也 將推夫愛山水取畫者之心 而爲之 則其事業之盛 鄙人不能量矣

**주석** 〖爲〗 만들다 위 〖倕〗 고대 황제 때 巧人 수 〖天官(천관)〗 吏曹의 별칭 〖帶〗 차다 대 〖銓衡(전형)〗 저울 〖宗匠(종장)〗 道德과 學藝가 출중한 사람

**국역** 아! 예와 봉몽은 천하에서 활을 잘 쏘는 자들인데, 스스로 활을 만들지 않고 수가 만든 활을 쓴 것은 수가 화살을 잘 만들었기 때문이다. 왕량과 조보는 천하에서 말을 잘 모는 자들인데, 스스로 수레를 만들지 않고 계중이 만든 수레를 쓴 것은 계중이 수레를 잘 만들었기 때문이다. 지금 공은 천관의 총재로서 태학사를 겸하고 있으니, 실로 인물의 전형이요, 문장의 종장이다. 장차 산수를 아끼고 그림을 취하는 마음을 미루어 직무를 행한다면, 그 사업의 성대함을 나는 헤아릴 수 없을 것이다.

且聞之 孔子曰 仁者樂山 智者樂水 韓氏爲人引之而曰 仁以居之 智以謀之 鄙人輒忘其僭 爲公復效是說 而特爲當世慶公之道大行也 遂書此而歸之

**주석** 〖輒〗 번번이 첩 〖僭〗 참람하다 참 〖效〗 드러내다 효 〖特〗 다만 특

**국역** 또 듣자니, 공자께서 "인자는 산은 좋아하고 지자는 물을 좋아한다."고 하였는데, 韓愈가 어떤 사람(王仲舒)을 위해 이것을 끌어다 말하길 "(「燕喜亭記」에) 인으로 거처하고 지혜로 도모하라."고 하였다 한다. 나는 번번이 그 참람됨을 잊고 공을 위해서 다시 이 말을 드러내니, 다만 오늘날 공의 도가 크게 행해지기를 축하하려는 때문이다. 마침내 이렇게 써서 돌려주었다.

**감상** ● 崔岦은 당시의 대표적인 문장가 가운데 한 명이었을 뿐만 아니라 書畵 방면에 있어서도 뛰어난 식견을 갖춘 藝人이기도 하였다. 이 글은, 첫째 단락은 반복적 구식을 사용해 산수를 소재로 한 음악이나 繪畵에 대한 관심은 음악과 회화 그 자체를 아끼고 사랑해서가 아니라 산수를 아끼고 사랑하기 때문이라는 玩物喪志의 혐의를 요령 있게 피해 나가고 있다. 둘째 단락에서는 用典法을 사용해 의론을 전개하고 있으며, 셋째 단락은 서정적 미감이 돋보이며, 마지막 단락에서는 산수의

관념을 '樂山樂水'의 관념으로 수렴하고 있다. 최립 산문에 대해 張維는 "글을 지을 때에는 고심하며 깊이 생각하여 한 글자 한 구절을 모두 옛날 작가들의 법도에 맞추었으며, 초고를 세 번 네 번 고치지 않고는 내놓지를 않았다. 뜻이 지나치게 깊어 차라리 알 수 없게 될지언정 행여 천박하게 하려 하지 않았으며, 어구가 지나치게 기이하여 차라리 난삽할지언정 행여 범속하게 지으려고 하지 않았다(其爲文刻意湛思 一句字 皆繩墨古作者 草藁不三四易 不出也 意過深而寧晦 毋或淺 語過奇而寧澁 毋或凡『계곡집』, 「簡易堂集序」)"고 지적한 바 있다. 이 작품을 통해서도 확인되는 것처럼 최립은 편장의 구성으로부터 字句의 운용에 이르기까지 一言一句도 허투로 쓰이지 않도록 치밀하고 유기적으로 織造했으며, 이러한 작법상의 기교가 작품의 주제와 내용을 진지하고 선명하게 드러낼 수 있도록 고심하였다.

**참고논문** ▶ 심경호, 「崔岦의 '文章之文'論과 古文詞」, 『진단학보』 제65집, 진단학회, 1988.

김우정, 「崔岦의 「山水屛序」와 柳夢寅의 「無盡亭記」를 통해 본 古文辭의 文藝美」, 『한문학논집』 제23집, 근역한문학회, 2005.

# 18.「贈吳秀才竣序」崔岦

秀才若有過情之聞於吾也 以相從問文字爲事 旣私而業之經歲矣 今復要吾一言以勉其進者焉 是將利於科擧之謂乎 科擧之文 吾固先進也 然特年少時 穎脫而驟得耳 蓋未嘗從事焉 而亦謂其業之陋 以足乎己則利 而非必義也 以悅乎親則名 而非必實也 抑先儒戒以奪志者嚴甚 不可以屈高明 而高明已自不汲汲矣

**주석** 〖經〗 지나다 경 〖先進(선진)〗 =先輩 〖穎脫(영탈)〗 주머니 안의 송곳 끝이 삐져나오는 것처럼, 재능이 남보다 뛰어나게 나타남(穎 끝 영) 〖驟〗 갑작스럽다 취 〖抑〗 또한 억 〖汲〗 분주하다 급

**국역** 오수재는 나에 대해 실제보다 지나친 소문이 있는 듯하여, 서로 따르며 문자를 묻는 것을 일로 삼았으며, 이미 사사로이 그것을 업으로 삼은 지 1년이 지났다. 지금 다시 나의 한마디 말로 그 나아감을 권면해주기를 요구하고 있으니, 이것은 장차 과거에 이롭도록 해 달라는 말인가? 과거의 문은 내가 정말 선배이다. 그러나 특별히 나이가 젊은 시절에 남보다 재능이 뛰어나 갑자기 얻은 것일 뿐이지, 아직 일찍이 그것에 종사해 본 적이 없었다. 또한 그 일(科擧)의 비루함에 대해 말하자면, 자기를 만족시키는 것은 이롭지만 반드시 의로운 것은 아니요, 어버이를 기쁘게 해 드리는 것은 명분이 되지만 반드시 실질이 있는 것은 아니다. 또한 선유들이 (科擧가) 뜻을 빼앗는다는 것을 경계한 것이 매우 엄하였으니, (과거가) 고명한 사람을 굽힐 수 없고, 고명한 사람은 스스로 급급해하지도 않는다.

去乎此 一等可勉焉者 文章之文 卽所讀韓子之文 而大抵得之矣 如曰上規姚姒 下逮莊騷等云者 其有以閎于中 爲可肆也 曰家中百物 皆賴而用 然所珍愛 必非常物 其不與奇詭期 而奇詭不厭也 曰不可以不養也 無絶其源 終吾身而已矣 其愈不已 而要於成也

**주석** 〖規〗 모범으로 삼다 규 〖姚姒(요사)〗 姚는 舜, 姒는 禹의 姓을 말하는데, 『書經』의 「舜典」·「禹貢」 등의 문장을 이름 〖逮〗 미치다 태 〖閎〗 넓게하다 굉 〖肆〗 마음대로 하다 사 〖賴〗 의뢰하다 뢰 〖詭〗 기이하다 궤 〖愈〗 더욱 유

**국역** 이것에서 벗어나 가장 힘써야 할 것은 문장지문이니, 한유의 글을 읽어 보면 대략 그것을 터득할 수 있다. 예를 들어 "(「進學解」에) 위로는 『서경』을 모범으로 하고, 아래로는 『장자』와 「이소」 등에 이르렀다."고 말한 것은 그가 마음을 넓게 하여 마음대로 써 나갈 수 있었다는 것이다. "(「答劉正夫書」에) 집 안의 모든 물건은 모두 필요에 따라 쓸 수 있지만, 귀하게 여겨 아끼는 것은 반드시 보통 물건은 아닐 것이다."라 말한 것은 그가 기궤함을 기약한 것은 아니나 기궤함을 싫어하지 않았다는 것이다. "(「答李翊書」에) 수양하지 않을 수 없다. 그 근원을 끊는 일이 없게 하여 내 몸을 마칠 뿐이다."라고 말한 것은 그가 더욱 수양을 그치지 않아서 이루어짐을 구하는 것이다.

成之如何 如古人也 就令一如古人 不足見其近道耳 如稱樊紹述之爲文曰不襲蹈前人一言一句 又何其難也 此不過爲奇詭者之一已 及味乎其銘詞 則曰神徂聖伏道絶塞 旣極乃通發紹述 文從字順各識職 有欲求之此其躅 識職字做語 正如聽位一般 於是思之 韓公一時與人之善云耳 紹述之能至乎否 則未知也 然文不通乎聖 此道之所以塞也 但得文從字順 則通乎聖人之文 而此其軌躅也 果哉 文章之不爲小道也 先儒所戒玩物喪志之類 蓋無與焉 於乎 秀才勉矣哉

**주석** 〖就令(취령)〗 가령 〖襲蹈(습도)〗 전에 하던 대로 따라함 〖徂〗 가다 조 〖躅〗 자취 촉 〖做〗 짓다 주 〖般〗 같다 반 〖軌躅(궤촉)〗 수레바퀴 자국, 前人이 남긴 모범 〖於〗 감탄사 오

**국역** 그것을 이루기 위해서는 어찌해야 하는가? 옛사람같이 해야 한다. 가령 옛사람과 똑같이 한다면, 그것이 도에 가까움을 볼 수 없을 것이다. 예를 들자면, (한유가) 번소술이 지은 문장을 칭찬하면서 "(「南陽樊紹述墓誌銘」에) 앞 사람의 한 마디 한 구절도 답습하지 않았으니, 또한 얼마나 정말 어려운 일인가?"라 하였는데, 이것은 기궤하게 하는 것 가운데 하나에 지나지 않는다. 그 명사를 음미해 보면, 곧 "신은 가 버리고 성인도 숨어 도가 끊어지고 막혔는데, 극에 이르자 마침내 통하여 소술이 나왔네. 글자가 타당하고 순수하여 각각 마땅함을 얻는 것, 그것을 찾으려 한다면 이것이 그 자취라네."라고 하였다. 識職은 글자로 말을 만들 때 바로 '자리를 따른다(聽位)'는 뜻과 같은 것이다. 이것에 대해 생각해보니, 한유가 한때 남에게 주는 좋은 말일 뿐이며, 소술이 이르렀는지 여부는 알 수 없다. 그러나 문이 성인과 통하지 못하니, 이것이 도가 막히게 된 까닭이다. 다만 '문종자순'할 수 있다면 성인의 문과 통하는 것이니, 이것이 바로 (성인의 문을 따른) 자취이다. 과연 그렇도다! 문장이 작은 도가 아님이여. 선유들이 경계했던 완물상지 같은 것은 대개 여기에 포함되지 않는다. 아! 수재는 힘써야 할 것이다.

然豈可以止於是哉 易乾之文言曰 脩辭立其誠 君子脩之文辭 當用功者如此 然須詳程子說 脩非脩飾之脩 而脩省之義也 誠者 心體中固有之 自未發與發 一中無過不及而指言則中也 自眞實无妄 不容一毫虛假而指言則誠也 防閑去邪 而誠自存矣 脩省去妄 而誠自立矣 存誠立誠 此合天德之道也 況文辭足脩乎 於乎 秀才勉矣哉

**주석** 〖用功(용공)〗 공부함 〖閑〗 막다 한

**국역** 그러나 어찌 여기에 머물겠는가? 『주역』 「건괘」 문언전에 "사를 닦아서 그 성을 세운다."라 하였으니, 군자가 문사를 닦을 때는 마땅히 공부해야 하는 것이 이와 같아야 한다. 그런데 모름지기 정자의 해설을 자세히 살펴보아야 하니, 脩는 수식의 수가 아니라 수성의 뜻인 것이다. 성은 마음의 본체 중에 본래 가지고 있는 것인데, '아직 드러나지 않은 것'과 '드러난 것'으로부터 한결같이 중하여 과불급이 없는 것을 가리켜 중이라 하며, 진실하여 망령됨이 없음으로부터 조금도 헛됨과 거짓도 용납됨이 없는 것을 가리켜 성이라 한다. 막아서 간사함을 제거하면 성은 저절로 존재하고, 수양하고 반성하여 망령됨을 제거하면 성은 저절로 서게 된다. 성이 존재하고 성을 세우는 것은 하늘의 덕의 도에 부합되는 것이다. 하물며 문사는 닦을 수 있는 것에 있어서랴? 아! 수재는 힘써야 할 것이다.

吾且漫及焉 吾年十六時 同李栗谷 作樂莫樂新相知詩 偶使東坡更結來生未了因一語 退溪先生方在京城 一隣長取呈 覽過爲寄語曰 願孺子之毋使此等語也 吾平生不敢以聞學得名字 然自是及今五十六年來 小大文字間 絶不得正用佛家語 此猶畏先生勉焉者也 後學記之 未必不有益也

**주석** 〖漫〗 함부로 만 〖使〗 쓰다 사 〖因〗 인연 인 〖呈〗 드리다 정 〖孺子(유자)〗 젊은 사람을 천하게 부르는 말 〖聞〗 알리다 문 〖絶〗 결코 절

**국역** 내가 또한 멋대로 언급하고자 한다. 내 나이 16살 때 율곡과 함께 「樂莫樂新相知」란 시를 지었는데, 우연히 동파의 '(「寄子由」에) 다시 내생에서 끝내지 못한 인연을 맺자'라는 한 구절을 사용하였다. 퇴계 선생이 바야흐로 서울에 있었는데, 어느 이웃 어른이 가져다 보여 주니, 읽어 보시고 말을 전해 왔는데 "그대는 이런 말을 쓰지 않았으면 한다."라 하였다. 내가 평소에 감히 학문을 알려서 이름을 얻으려 하지 않았다. 그러나 이로부터 지금까지 56년 동안 작은 글이건 큰 글이건 결코 바로 불교어를 사용할 수 없었으니, 이것은 여전히 선생이 권면해 주신 말을

두려워하기 때문이다. 후학들이 그것을 기억해 둔다면, 반드시 이익이 없지만은 않을 것이다.

**감상** ● 이 글은 조선 중기 擬古主義의 대표적인 문학가인 崔岦의 문장 학습 과정에 대한 생각을 잘 보여 주고 있는 작품이다. 이 글은 제자인 吳竣에게 준 글로, 科擧之文이 義와 實이 없는 헛된 명성과 이익만을 추구하는 것이라 하여 비판하였으며, 마땅히 힘써야 할 것으로 '文章之文'을 제시하고 있다. 문장지문을 학습하는 방법에 있어, 첫째 六經에서부터 제자백가의 문장까지 두루 학습하여 자신의 것으로 만들 것, 둘째 상투적 표현에 빠지기보다는 차라리 기궤함을 추구할 것, 셋째 立言의 경지에 도달하기 위해 부단한 수양을 할 것 등이다. 두 번째 방법에 있어, 위에 인용된 부분은 韓愈의 문장 창작론으로 '문장이 영원한 생명력을 얻기 위해서는 작가 나름의 창조적 공력을 기울여 진부한 고정 격식을 답습하지 말고 文辭의 독창적 경지를 이루어 내야 한다.'는 의미이다. 그런데 최립은 이 부분을 '기궤함을 싫어하지 않았다.'라고 풀이하여, 독창적인 글을 이루어 내기 위해서는 기궤함도 거부하지 않는다는 적극적인 의미로 전환시켜 수용함으로써 독창성을 추구한 한유의 文論을 수용하고 있다.

**참고논문** 오상희, 「簡易 崔岦의 문학론 연구」, 충남대 석사논문, 1995.
이성민, 「崔岦 散文 硏究」, 성균관대 석사논문, 1998.

## 19.「無盡亭記」柳夢寅[10]

大凡有始而無不卒 造物者之意也 天下萬物 畢竟同歸於盡 而欲鄿其無盡者 違天理也 今松巖公構三楹小亭於垂老之年 以無盡扁之 其意何居 萬物之中 莫久者海岳 而東海桑泰山礪 曾不能以一瞬 而蘇軾一拘儒也 乃敢貪天之物 以江上山間之淸風明月爲無盡藏 不亦異哉

**주석** 〖大凡(대범)〗 무릇 〖畢〗 마침내 필 〖鄿〗 =蘄 바라다 기 〖違〗 어기다 위 〖楹〗 기둥 영 〖扁〗 편액 편 〖礪〗 숫돌 려(泰山如礪) 〖瞬〗 눈 깜짝하다 순 〖拘儒(구유)〗 융통성이 없는 학자

**국역** 무릇 시작은 있으나 마치지 않음이 없는 것은 조물자의 뜻이다. 천하 만물이 필경 다함에 함께 돌아가는데도 다함이 없기를 바라는 자는 천리를 어기는 것이다. 지금 송암공이 노년에 세 칸짜리 작은 정자를 얽어서 무진정이라 편액을 하였으니, 그 뜻은 어디에 있는가? 만물 가운데 더 없이 장구한 것이 바다와 산이지만, 동해도 뽕밭이 되고 태산도 숫돌같이 되어, 일찍이 눈을 한 번 깜짝거릴 수 없다(언제나 변하고 있다). 소식은 융통성이 없는 학자로, 이에 감히 하늘의 사물을

---

10) 유몽인 1559(명종 14)~1623(인조 1). 成渾과 申濩에게서 수학했으나 경박하다는 책망을 받고 쫓겨나 성혼과는 사이가 좋지 못하였다. 한성부좌윤·대사간 등을 지냈으나 廢母論이 일어났을 때 여기에 가담하지 않고 도봉산 등에 은거하며 성안에 발을 들여놓지 않았다. 이리하여 1623년 인조반정 때 화를 면했으나 관직에서 물러나 방랑생활을 하였다. 그는 조선 중기의 문장가 또는 외교가로 이름을 떨쳤으며 篆書·예서·해서·초서에 모두 뛰어났다. 저서로는 야담을 집대성한 『於于野談』과 시문집 『於于集』이 있다.

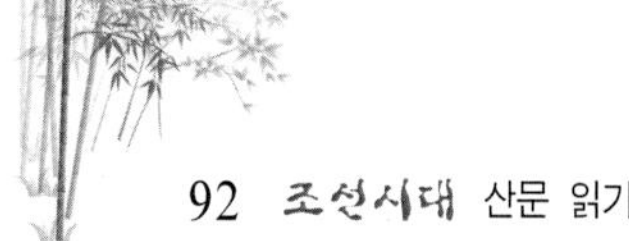



탐하여 (「赤壁賦」에서) 강 위와 산 사이의 맑은 바람과 밝은 달을 다함이 없는 창고로 여겼으니, 또한 이상하지 않은가?

彼蓬蓬然起於北海 蓬蓬然入於南海 其入也非風之盡乎 但見宵從海上來 寧知曉向雲間沒 其沒也非月之盡乎 噫 海也而盡 岳也而盡 風也而盡 月也而盡 矧乎世之人 其知者有限 而不知者無限 其得者有窮 而不得者無窮 其生者有涯 而其死者無涯 如是而求無盡於有盡之域 是造物者之賊也

**주석** 〖蓬蓬(봉봉)〗 무성한 모양 〖宵〗 밤 소 〖從〗 ~부터 종 〖向〗 ~으로 향 〖矧〗 하물며 신 〖涯〗 끝 애

**국역** 저 무성하게 북해에서 일어났다가 무성하게 남해로 들어가니, 그 들어감은 바람이 다해서가 아니겠는가(『莊子』, 「秋水」)? 다만 밤에 바다 위로부터 솟아오름만 볼 수 있을 뿐이니, 어찌 새벽에 구름 사이로 사라지는 것을 알 수 있겠는가(李白 「把酒問月」)? 그 사라짐은 달이 다함이 아니겠는가? 아! 바다인데도 다하고, 산인데도 다하고, 바람인데도 다하고, 달인데도 다하니, 하물며 세상 사람에 있어 그 아는 것은 유한하고 모르는 것은 무한하며, 그 얻은 것은 다함이 있지만 얻지 못하는 것은 다함이 없으며, 그 삶은 끝이 있지만 그 죽음은 끝이 없음에 있어서랴? 이와 같은데 다함이 있는 곳에서 다함이 없기를 구하니, 이것은 조물자의 적이다.

雖然 乾坤剝復之理 化化而生生 未嘗斯須間斷 宜君子之體之 以自强不息 不息於天理爲不違 然則爲近其楚苦縣人之言乎 其言曰 知足之足常足 今日到斯亭 得江山風月之趣無盡 宜主人之名之也

**주석** 〖乾坤(건곤)〗 =陰陽 〖剝復(박복)〗 剝卦와 復卦로, 治亂興亡의 機運을 의

미 〖斯須(사수)〗 잠깐 〖體〗 본받다 체 〖其～乎〗 추측의 의미 〖趣〗 풍치 취

**국역** 비록 그렇지만, 음양이 성하고 쇠하는 이치는 끊임없이 변화하고 낳아서, 일찍이 잠시라도 멈추지 않으니, 마땅히 군자는 그것을 본받아 자강불식해야 한다. 천리에 자강불식함이 (천리를) 어기지 않는 것이 된다. 그렇다면 혹시 초나라 고현 사람(老子)의 말에 가까울 수 있으려면? 그의 말에 "(『老子』에) 만족은 아는 만족은 늘 만족한다."라 하였다. 지금 이 정자에 이르러, 강산과 풍월의 풍치가 다함이 없음을 얻었으니, 주인이 그렇게 명명한 것이 마땅하도다!

**감상** ● 穆陵盛世라는 낭만적인 언명이 시사하듯이 宣祖朝의 한문학은 詩文에 걸쳐 다양한 문학적 양태들이 뒤엉켜 각각의 광채를 발휘했다. 富贍하고 豪放한 문체를 특징으로 鮮初의 문단을 구가했던 詞章派의 문풍이 점차 퇴조하며 성리학의 사유체계를 바탕으로 典雅하고 樸實한 문체를 추구한 士林派의 문풍이 전면에 부상하는 추세였다. 성리학의 본말론적 세계관에 의해 규정된 道本文末의 문학관은 문학의 자율적 존재 의의를 속박하는 결정적 준거로 작용했으며 경우에 따라서는 전면적으로 부정하는 단계까지 이르렀다. 하지만 태생적으로 강렬한 문예취를 억누를 수 없었던 일단의 문인들은 성리학의 사유체계를 보다 정교하게 차용하여 문학 행위의 정당성을 인정받고자 하거나 문인임을 자처하며 독보적이고 창조적인 경지를 개척하고자 하는 이가 있었으니, 崔岦과 柳夢寅이었다. 유몽인은 당시의 문인들과 달리 道와 文의 관계에 심각하게 얽매이지 않아 문장을 폄시하는 세태와 단절하고자 했기에 문학의 존재의의를 찾고자 하였다. 이 작품은 無盡이라는 亭子의 명칭에 담긴 함의를 蘇軾의 「赤壁賦」에 견주어 서술한 의론형 樓亭記이다. 첫 단락은 "천하 만물이 필경 다함에 함께 돌아가는데도 다함이 없기를 바라는 자는 천리를 어기는 것"이라는 亭子의 명칭 자체를 부정하는 의도적인 비틀기로 시작하여, 상식을 전도함으로써 의론의 단서를 끌어내고, 두 번째 단락은 『장자』와 李白의 시를 묘하게 引用하고 虛詞의 연용을 통해 자신의 주장을 선명하게 제시하고 있으며, 마지막 단락에서는 陰陽盛衰의 『周易』的 사고를 들어 自强不息하는 것이 君子의 도

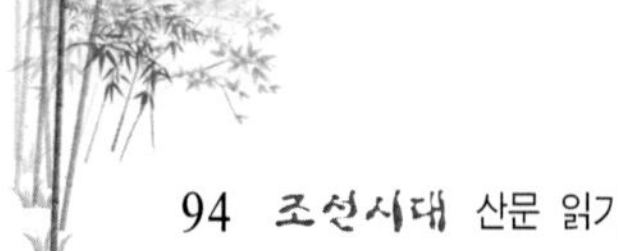



리라 하여, 盡과 無盡의 경계를 초월한 성리학적 修養論을 보여 주고 있다.

**참고논문** ▶ 신익철, 「유몽인의 문학관과 표현수법의 특징」, 성균관대 박사논문, 1995.
김우정, 「최립의 「山水屛序」와 유몽인의 「無盡亭記」를 통해 본 古文辭의 文藝美」, 『한문학논집』 제23집, 근역한문학회, 2005.

## 20.「題自庵詩帖」尹根壽11)

自庵金公諱絿 字大柔 此帖卽公詩 而手自寫者也 公己卯正人 往聞一時諸賢 如趙靜庵則一意道學 不暇他才藝 金冲庵以下則蓋旁及文章矣 諸賢之論 以爲文則漢 詩則唐 眞草則晉 人物則宋 以是視法 而爲終身俛焉之地 亦盛矣哉 今觀此帖 不其信然乎

**주석** 〖帖〗 문서 첩 〖手〗 손수 수 〖己卯正人(기묘정인)〗 =己卯名賢: 기묘사화 때 희생된 조광조·김 식 등을 말함 〖暇〗 겨를 가 〖旁〗 널리 방 〖視〗 본받다 시 〖俛〗 힘쓰다 면

**국역** 자암 김공의 휘는 구요, 자는 대유이다. 이 책은 바로 공의 시인데, 손수 쓰신 것이다. 공은 기묘정인으로, 일찍이 듣기로 당시의 여러 어진 사람들 가운데 정암 조광조 같은 분은 오로지 도학에 뜻을 두고 다른 재주에 미칠 겨를이 없었으며, 충암 김정 이하는 대개 널리 문장에 이르렀다. 제현의 논의는, 문은 한, 시는 당, 眞書와 초서는 진, 인물은 송이라고 여겨, 이것으로 법으로 삼아 죽을 때까지 힘쓸 곳으로 삼았다니, 또한 성대하도다! 지금 이 시첩을 보면, 정말 미덥지 않은가?

---

11) 윤근수 1537(중종 32)~1616(광해군 8). 호는 月汀. 李滉·曺植으로부터 학문을 배우고 成渾·李珥 등과 사귀면서 주자의 학문을 깊이 연구했으며, 당시 명으로부터 들어오기 시작한 양명학에 대해서 유해무익한 것으로 배척하고, 陸九淵·王守仁의 文廟從祀를 반대했다. 문장과 글씨에 뛰어나 당대의 巨匠으로 손꼽혔으며, 특히 그의 글씨는 永和體라 하여 격찬을 받았다.

諸賢方得君行道　力挽三代之治　而憸人間之　北門禍起　遷謫四出　而甚者命且不保　公以副學　遠投海上　癸巳恩宥　還禮山舊居　遂以翌年甲午捐館舍　享年僅四十七　後復原職　又以在玉堂時　預宗系之議　錄光國原從功一等　贈吏曹參判　此卽公衰榮之大槪也

**주석** 〖三代(삼대)〗 夏·殷·周 〖挽〗 당기다 만 〖憸〗 간사하다 섬(험) 〖間〗 이간하다 간 〖北門禍(북문화)〗 북문은 弘文館을 지칭하는 말로, 홍문관과 기묘사림들이 공신을 개정하자고 하자, 훈구파가 조광조를 비롯한 신진사류들을 몰아냄 〖遷謫(천적)〗 죄로 인하여 관직을 떨어뜨려 먼 곳으로 보냄 〖投〗 추방하다 투 〖宥〗 용서하다 유 〖翌〗 이튿날 익 〖捐館舍(연관사)〗 =捐館: 살던 집을 버린다는 뜻으로, 사망의 敬稱 〖預〗 참여하다 예 〖宗系〗 =宗系辨誣: 고려 말 尹彝가 중국에 가서 "이성계는 고려의 逆臣 李仁任의 아들이며, 연달아 네 임금을 시해하고 나라를 빼앗았다."라고 하자, 『大明會典』 등에 그 내용이 실려, 조선 초부터 바로잡기 위해 노력하다, 결국 宣祖代에 이르러 해결됨 〖大槪(대개)〗 =大略

**국역** 제현들이 바야흐로 임금을 만나 도를 얻어 힘써 삼대의 다스림을 회복하고자 하였는데, 간사한 사람들이 이간질하니, 북문에서 화가 일어나 사방으로 유배를 갔으며, 심한 자는 목숨조차 보전하지 못했다. 공은 副提學으로 멀리 바닷가에 유배를 당했다가, 계사년(1533)에 은혜를 입어 예산의 옛집으로 돌아왔는데, 마침내 다음 해 갑오년에 세상을 떠났으니, 나이 겨우 47세였다. 뒤에 원래의 관직을 회복하였고, 또 옥당에 있을 때 종계변무의 의논에 참여하여 광국원종공신 1등에 追錄되고 이조참판을 追贈하였으니, 이것이 곧 공의 몰락과 영달의 대략이다.

樹德者獲報　而公之孫持平韞別提軨　俱殞於壬辰兵禍　天之報施善人者舛耶　又聞公纔弱冠　應生進試　考官先正金慕齋見公文　亟嘆賞　兩試俱擢第一名　旋以癸酉榜眼釋褐　秉史筆　上玉堂　自正字　積官至副學　中間除外

職者 惟吏曹政府郎 掌樂正而已 其拜掌樂 則以解音律 而且賜暇湖堂 以詩文預期於後日者 固遠且大 而卒以廢斥 又奪其壽 古所謂人忌之而天亦忌之者耶

**주석** 〖樹〗 심다 수 〖殞〗 죽다 운 〖舛〗 어그러지다 천 〖纔〗 겨우 재 〖先正(선정)〗 =先哲, 先賢: 옛날의 賢哲 〖亟〗 자주 기 〖嘆賞(탄상)〗 =歎賞: 칭찬함 〖擢〗 뽑다 탁 〖旋〗 조금 선 〖榜眼〗 甲科 2등 〖釋褐(석갈)〗 천한 사람들이 입는 褐옷을 벗어 버린다는 뜻으로, 처음으로 벼슬살이함을 이름 〖除〗 제수하다 제 〖拜〗 벼슬 주다 배 〖卒〗 갑자기 졸 〖忌〗 시기하다 기

**국역** 덕을 심은 사람은 보답을 얻는다고 하는데, 공의 손자인 지평 온이나 별제 급은 다 임진년 병란에 죽었으니, 하늘이 선한 사람에게 베푸는 것이 잘못된 것인가? 또 듣기로, 공이 겨우 20세에 생원시와 진사시에 응시했는데, 시험관이던 옛날의 賢臣 모재 金安國이 공의 문장을 보고서 자주 칭찬했다고 한다. 두 시험 모두 1등으로 뽑히고, 이어 계유년(1513)에 방안으로 벼슬을 시작하였다. 사필을 잡고 옥당에 올랐으며, 정자로부터 관직을 쌓아 부제학에 이르렀는데, 중간에 외직에 제수된 것은 오직 이조와 의정부의 낭관과 장악정뿐이었다. 그가 장악정의 벼슬을 받은 것은 음률을 알았기 때문이며, 또 호당에서 賜暇讀書하니, 시문으로 후일을 기대하는 것이 진실로 원대하였다. 그런데 갑자기 폐하여 내치고, 또 그 목숨까지 빼앗으니, 옛날 이른바 '사람들이 시기하면 하늘도 시기한다.'라는 것인가?

公書深得魏晉筆意 至今學書者 臨摸不衰 而評書者 或謂金某威而不猛 姜漢猛而不威 互致瑕瑜 又安得爲定論乎 詩宛有有唐風骨 使假之以年 綸而不息 廓而大之 則玆所就業 豈其秜駕所哉 帖爲主簿趙君大得所有 余謂鍾趙王儲諸人 俱闕于行 而徒有其藝 後之人見其書法若詩 猶愛玩不置 況公之皭然名臣 而才復兼至 如此帖者 其寶藏之 當如何哉 趙君其知所重乎

哉 旣以語趙君 復書所概于懷者 而歸之 萬曆壬寅端陽月 後學海平尹某題

**주석** 〖摸〗 베끼다 모 〖姜漢(강한)〗 字는 宗于로, 연산군 2년(1496)에 진사가 됨 〖瑕瑜(하유)〗 옥의 티와 빛으로, 缺點과 美點을 이름(瑕 티 하 瑜 옥빛 유) 〖宛〗 완연 완 〖使〗 만약 사 〖綸〗 다스리다 륜 〖稅駕(탈가)〗 수레를 끌던 말을 수레에서 푸는 것으로, 휴식을 의미(稅 풀다 탈) 〖鍾趙王儲(종조왕저)〗 鍾繇(삼국시대 魏의 서예가)·趙孟頫(元의 書畵家: 宋 태조의 후손인데, 元 세조에게 발탁되어 영달했기에 비난을 받음)·王羲之(東晋의 서예가)·褚遂良(唐의 서예가: 儲는 褚의 착오인 듯) 〖闕〗 모자라다 궐 〖若〗 및 약 〖置〗 그만두다 치 〖皭〗 깨끗하다 작 〖槪〗 느끼다 개 〖端陽(단양)〗 =端午: 5월 5일

**국역** 공의 글씨는 위진의 필법을 깊이 터득하여 지금도 글씨를 배우는 자들이 모사하는 것을 그치지 않으며, 글씨를 평하는 이들은 간혹 김 모는 위엄이 있으나 사납지 않고, 강한은 사나우나 위엄이 없어 서로 장단점이 된다고 하지만, 또한 어찌 정한 의론으로 삼을 수 있겠는가? 시는 완연히 당의 풍격이 있으니, 만약 몇 년을 그에게 빌려 주어 경륜하여 그치지 않아 넓히고 크게 하였다면, 성취한 것이 어찌 여기에서 그쳤겠는가? 시첩은 주부 조대득의 소유이다. 나는 (조대득에게) "종조왕저 여러 사람은 다 행실은 없고 다만 그 재주만 있었는데, 후대 사람들이 서법과 시를 보고 오리려 좋아서 감상을 그치지 않았다. 하물며 공은 깨끗하고 이름난 신하이면서 재주도 다시 아울러 지극하니, 이러한 시첩은 보배처럼 간직해야 하니 마땅히 어떻게 해야 하겠는가? 조군은 정말로 소중히 여길 줄 알 것이다."고 하였다. 이미 조군에게 말하고서, 다시 마음에 느낀 것을 써서 그에게 돌려준다. 만력 임인(1602)년 5월에, 후학 해평 윤 모가 쓰다.

**감상** ● 임진왜란으로 인해 중국과 빈번한 사신의 왕래가 이루어져 중국의 문물이 급속도로 우리에게 전파되었으며, 이러한 와중에 前後七子의 復古的인 문풍도 수입되어 조선의 문단에 많은 영향을 끼쳤다. 내재적 요인으로는, 위 글에서처럼 中

宗 연간부터 당시의 士林派 문인들 사이에서 '文必秦漢 詩必盛唐'을 추구하는 경향이 나타나고 있었다. 이렇게 秦漢의 문장과 盛唐의 詩를 추구하는 분위기에다 문장의 형식적인 면에도 관심을 보이던 당시 문인들은 점차 중국의 문단에 주목하게 된다. 이때 중국 문단은 前後七子를 필두로 하는 復古的인 분위기가 지배하고 있었는데, 이들의 문풍이 16세기 중반부터 조선에 도입되기 시작한다. 이 과정에서 처음으로 전후칠자의 문풍을 추종하고 도입한 사람이 바로 尹根壽이다.

**참고논문** ▶ 정민, 『朝鮮後期 古文論 研究』, 아세아문화사, 1995.
서한석, 「月汀 尹根壽의 散文에 관한 연구」, 성균관대 석사논문, 1998.

# 21.「正氣錄序」尹根壽

嗚呼 壬辰賊變之初 參議高公 倡湖南 起義旅 凡檄書通文 往復赤牘 彙爲一帙 不出於參議手筆 則出於臨陂兄弟之手 一家忠義之辭 萃於此編 烈烈之氣 溢於言外 嗚呼 其可敬也夫 熄滅之綱常 賴此以存 匪直言之 終允蹈之 其所以勸臣子臨難盡節之擧者 殆無窮矣

**주석** 〖倡〗 부르다 창 〖赤牘(적독)〗 편지(赤=尺) 〖彙〗 모으다 휘 〖帙〗 책 질 〖手〗 손수 수 〖萃〗 모이다 췌 〖溢〗 넘치다 일 〖熄〗 꺼지다 식 〖匪〗 =非 〖直〗 다만 직 〖允〗 진실로 윤 〖蹈〗 실천하다 도 〖殆〗 거의 태

**국역** 아! 임진년 적의 변란 초기에, 참의 고공(高敬命)께서 호남에서 앞장서서 의병을 일으켰다. 무릇 격서와 통문 그리고 주고받은 편지들을 모아서 한 권의 책으로 만드니, 참정이 직접 쓴 것이 아니면 임피공 형제(고경명의 아들인 高從厚와 高仁厚)의 손에서 나온 것이다. 한 집안의 충의로운 말들이 이 책에 모여 있어 열렬한 기운이 말 밖에 넘쳐흐른다. 아! 존경스럽도다. 꺼지려던 강상이 이것에 힘입어 보존되었으며, 다만 말하는 데에 그치지 않고 끝내 진실로 실행에 옮겼으니, 신하 된 자에게 어려움에 임하여 절개를 다하는 행동을 권장한 것이 거의 끝이 없다 하겠다.

噫 公與其子俱死王事 實同於卞成陽 而文章則卞無傳焉 以大科壯元 而死節於賊手 公又同於文信國 而信國二子 只病死於道路而已 又非公之

二子先後殉節者比也 公之一家所成就 豈不亦卓絶鮮覯哉 處承明 賜長暇而以文章著 綰黃綬 典鉅郡 而以廉白聞 提烏合之兵 抗猋銳之賊 徒以大義激勵之 成敗在天 旣不效矣 則以身殉之 終以忠節顯 公豈非一代之全人哉 世之日訾薄文人鮮實用者至此 其有不爽然自失者乎 昔羅一峯跋文山帖 自謂一字一涕 讀斯錄者 字字可以釀淚矣 非夫一字一涕者哉

**주석** 〖卞成陽(변성양)〗 晋나라 사람으로, 이름은 卞壺임. 蘇峻이 반란을 일으키자 변호가 군사를 거느리고 맞섰으나 두 아들과 함께 전사함 〖文信國(문신국)〗 宋나라 文天祥으로 자는 文山, 元나라 군대에 대항하다 패하여 억류되었는데, 元 세조가 항복하지 않을 것임을 알고 죽였다. 죽기 전에 「正氣歌」를 지어 자신의 뜻을 보이고 죽었는데, 『正氣錄』은 여기서 인용한 듯함 〖覯〗 보다 구 〖承明(승명)〗 朝臣들이 쉬는 곳 〖綰〗 매다 관 〖綬〗 인끈 수 〖鉅〗 크다 거 〖猋〗 달리다 표 〖激勵(격려)〗 격려함 〖訾〗 헐뜯다 자 〖薄〗 가벼이 여기다 박 〖爽然(상연)〗 失意하여 멍한 모양 〖羅一峯(라일봉)〗 명나라 사람으로 羅倫 〖涕〗 눈물 체 〖釀〗 자아내다 양

**국역** 아! 공과 그 아들이 다 왕의 일에 돌아가신 것은 진실로 변성양과 같지만, 문장에 있어서는 변성양이 전하는 것이 없다. 대과로 장원하여 적의 손에 절개를 지키다 죽은 것은 공이 또한 문신국과 같으나, 문신국의 두 아들은 다만 도로에서 병으로 죽었을 뿐이어서, 또한 공의 두 아들이 차례로 순절한 것과 비교가 되지 않는다. 공의 한 집안이 이루어 낸 것이 아마 또한 우뚝하여 보기 드문 일이 아니겠는가? 湖堂에서 賜暇讀書하게 되어 문장으로 드러났고, 인끈을 두르고 큰 고을을 다스림에 청렴결백으로 알려졌다. 오합지졸을 끌고 빠르고 날쌘 적을 대항함에 다만 대의로써 그들을 격려하였지만, 성패는 하늘에 달린 일이어서 효험이 없자 곧 몸으로 순절하여 끝내 충절을 드러내었으니, 공은 어찌 한 시대의 온전한 덕을 이룬 사람이 아니겠는가? 세상에서 날마다 문인을 경시하여 실용이 적다고 헐뜯던 자들이 이에 이르러 망연자실하지 않을 자가 있겠는가? 옛날 나일봉이 문천상의 첩에 발문을 쓰면서 스스로 말하기를 "글자 한 자에 눈물 한 줄기"라 하였는데, 이 기록

을 읽는 자들은 글자마다 눈물을 흘릴 것이니, 저 '글자 한 자에 눈물 한 줄기'라는 것이 아니겠는가?

歲乙未 余有嶺南之行 回駐鳳城 公之子由厚氏 謬以余爲公之知己 來見余客館 出示斯編 而請名 余題曰正氣錄 而併諾其序文之請 乃未卽就 荏苒數歲 而由厚氏亦已下世 悲夫 今其弟用厚氏又申前請 余豈敢已諾於逝者乎 抑因此而竊有概矣 印行靖節文山等集者 出於特命 而乃在兵亂之前 淵衷若知有今日 而預爲培植節義計者 謂非默契天心而何哉 斯錄之有關於世教者 實與是集竝 則此豈但藏於一家而止哉 兵塵稍息 而議及文事 則爲臣勸忠 莫先是編 剞劂而行於世 余斯拱而竢之耳 萬曆紀元之己亥十月 某官某序

**주석** 〖駐〗 머무르다 주 〖謬〗 잘못 류 〖併〗 아우르다 병 〖荏苒(임염)〗 시간을 자꾸 끎 〖抑〗 또한 억 〖概〗 느끼다 개 〖淵〗 깊다 연 〖衷〗 마음 충 〖默契(묵계)〗 은연중에 뜻이 서로 통함 〖關〗 관련하다 관 〖稍〗 점점 초 〖剞劂(기궐)〗 새김칼 〖拱〗 팔짱끼다 공 〖竢〗 기다리다 사 〖紀元(기원)〗 연수를 起算하는 첫 해

**국역** 을미(1595)년에 내가 영남에 갔다가 돌아오다 봉성에 머물렀다. 공의 아들 유후가 나를 공의 지기로 잘못 알고 객관으로 나를 찾아와 이 책을 꺼내 보여 주며 제목을 청하였다. 나는 『정기록』이라 제목을 지었고 아울러 그 서문에 대한 청도 허락하였는데, 이에 바로 짓지 못하고 몇 년이 흘러 유우 역시 이미 세상을 떠났으니, 슬프도다! 지금 그의 동생 용후가 또 예전의 청을 하니, 내가 어찌 감히 이미 돌아가신 분에게 허락한 것을 (지키지 않겠는가?) 또한 이것에 말미암아 마음속으로 느끼는 것이 있다. 靖節徵士 陶潛과 문천상 등의 문집을 간행하도록 특명을 내리셨는데 이에 병란 전의 일로서, (우리 임금께서) 깊은 마음으로 오늘 같은 일이 있을 것을 아시고 미리 절의를 기르기 위한 계책으로 삼으신 듯하니, 하늘의 마음과 은

연중에 합한 것이 아니면 무엇이라 하겠는가? 이 기록(『정기록』)이 세교와 관련이 있는 것이 실로 이 문집들과 나란하니, 이 어찌 다만 한 집안에서만 소장하고 그치겠는가? 병화의 먼지가 점차 꺼지고 의논이 문사에 미치면, 신하에게 충성을 권장하는 것으로 이 책보다 앞서는 것이 없을 것이니, 인쇄하여 세상에 행해야 한다. 나는 이제 팔짱을 끼고 그것을 기다리면 될 뿐이다. 만력 기원 기해(1599)년 10월에 모관 모는 서한다.

**감상** ● 이 글은 고경명과 그의 두 아들이 의병을 일으킨 후 지은 檄書와 通文, 왕복문서들을 모아서 만든 책에 붙인 서문이다. 윤근수는 문장의 기세를 중시했는데, 특히 충의로운 인물들과 관련된 글들은 문장의 변화가 크고 감정에 호소하는 부분이 많아 격정적이고 강개한 느낌을 준다. 이 글은 '嗚呼'라는 감탄사로 글을 시작하여 처음부터 긴장된 분위기를 자아내며, 첫 단락에서는 비교적 짧은 문장에다 4자씩의 일정한 리듬을 유지하고 있으며, 중간에 변화를 주어 散句를 포함시키고 있다. 두 번째 단락은 반복적으로 對句를 사용하고 문장이 비교적 긴 데다 반어법을 사용함으로써 유장하고 강개한 느낌을 받게 한다. 마지막 단락은 문장의 길이도 짧고 특별한 수사법도 사용하지 않으며, 있는 사실을 담담하게 서술함으로써 앞 문장과는 달리 평이하고 조용한 느낌을 준다. 이 작품은 내용전개의 기복변화에 따라 어투와 문체도 변화하고 있음을 볼 수 있다. 이렇게 문장의 長短 緩急의 변화를 준 점과 문장의 리듬감을 고려한 점, 그리고 다양한 수사법을 사용하는 것 등은 바로 다름 아닌 문장의 기세를 높이기 위한 시도인 것이다.

**참고논문** 박영호, 「朝鮮中期 古文論 研究」, 경북대 박사논문, 1992.
서한석, 「月汀 尹根壽의 散文에 관한 연구」, 성균관대 석사논문, 1998.

# 22.「蔣生傳」許筠[12)]

蔣生不知何許人 己丑年間 往來都下 以乞食爲事 問其名 則吾亦不知 問其祖父居住 則曰 父爲密陽座首 生我三歲而母沒 父惑婢妾之譖 黜我莊奴家 十五 奴爲娶民女 數歲婦死 因流至湖南西數十州 今抵洛矣 其貌甚都秀 眉目如畫 善談笑捷給 尤工謳 發聲凄 絶動人 常被紫錦裌衣 寒暑不易 凡倡店姬廊 靡不歷入慣交 遇酒輒自引滿 發唱極其懽而去

12) 허균 1569(선조 2)~1618(광해군 10). 호는 蛟山·鶴山·惺所·白月居士. 학문은 柳成龍에게 배웠고, 시는 三唐詩人의 한 명인 李達에게 배웠으며, 이달은 인생관과 문학관에도 많은 영향을 주었다. 1598년에 황해도 都事가 되었는데, 서울의 기생을 끌어들여 가까이 하였다는 탄핵을 받고 여섯 달 만에 파직되었으며, 1604년 遂安郡守로 부임하였다가 불교를 믿는다는 탄핵을 받아 또다시 벼슬길에서 물러났다. 1606년에 삼척부사가 되었으나 석 달이 못 되어 불상을 모시고 염불과 참선을 한다는 탄핵을 받아 쫓겨났고, 그 뒤에 공주목사로 기용되어 庶流들과 가까이 지냈다. 허균에 대한 평가는 당시의 총명하고 英發하여 능히 시를 아는 사람이라 하여 문장과 식견에 대한 칭찬을 아끼지 않았다. 그러나 그 사람 됨됨이에 대하여서는 경박하다거나 인륜도덕을 어지럽히고 異端을 좋아하여 행실을 더럽혔다는 등 부정적 평가를 내리고 있다. 허균은 유교집안에서 태어나 儒學을 공부한 儒家로서 학문의 기본을 儒學에 두고 있다. 그러나 당시의 이단으로 지목되던 불교·도교에 대하여 사상적으로 깊이 빠져들었다. 특히 불교에 대해서는 한때 출가하여 중이 되려는 생각도 있었다. 도교사상에 대해서는 주로 그 양생술과 신선사상에 깊은 관심을 보이고 있고, 은둔사상에도 지극한 동경을 나타내었다. 허균은 禮敎에만 얽매어 있던 당시 선비사회에서 보면 이단시할 만큼 다각문화에 대한 이해를 가졌던 인물이며, 편협한 자기만의 시각에서 벗어나 핍박받는 하층민의 입장에서 정치관과 학문관을 피력해 나간 시대의 선각자였다. 반대파에 의해서도 인정받은 그의 詩에 대한 鑑識眼은 詩選集『國朝詩刪』을 통하여 오늘날까지도 평가받고 있다.

**주석** 〖許〗 곳 허 〖都下(도하)〗 서울 〖座首(좌수)〗 州郡縣에 두었던 鄕廳의 우두머리 〖譖〗 참언 참 〖黜〗 좇아내다 출 〖莊〗 장전 장 〖抵〗 다다르다 저 〖洛〗 서울 락 〖都〗 우아하다 도 〖捷給(첩급)〗 말을 썩 잘하여 막히지 않음 〖謳〗 노래하다 구 〖絶〗 대단히 절 〖紫〗 자줏빛 자 〖裌〗 겹옷 겹 〖倡〗 =娼 갈보 창 〖姬〗 아씨 희 〖廊〗 곁채 랑 〖慣〗 익숙하다 관 〖懽〗 =歡 기뻐하다 환

**국역** 장생은 어떠한 사람인지 모른다. 기축(1589, 선조22) 연간에 서울에 왕래하며 음식을 빌어먹는 것으로 일삼았다. 그의 이름을 물으면 '나도 역시 알지 못한다.' 하였고, 그의 할아버지와 아버지가 거주했던 곳을 물으면, "아버지는 밀양의 좌수였는데, 내가 태어난 후 세 살이 되어 어머니가 돌아가시자, 아버지께서 婢妾의 속임수에 빠져 나를 農莊 종의 집으로 좇아냈소. 15세에 종이 常民의 딸에게 장가들게 해 주었는데 몇 해 뒤에 아내가 죽자, 떠돌아다니다 湖南과 湖西의 수십 고을에 이르렀고, 지금 서울까지 왔소." 하였다. 그의 용모는 매우 우아하고 수려했으며 눈썹과 눈도 그린 듯하였다. 담소를 잘하여 막힘이 없었고, 더욱 노래를 잘 불렀으니, 노랫소리가 처절하여 사람들을 매우 감동시켰다. 늘 자주색 비단으로 된 겹옷을 입고 다녔는데, 추울 때나 더울 때에도 바꾸지 않았다. 무릇 창녀 가게나 기생집에도 두루 다녀 잘 알지 못하는 사람이 없었으며, 술만 만나면 곧 자기가 끌어다 잔뜩 마시고는, 노래를 불러 아주 즐겁게 해 주고는 떠나가 버렸다.

或於酒半 效盲卜醉巫懶儒棄婦乞者老仍所爲 種種逼眞 又以面孔學十八羅漢 無不酷似 又蹙口作笳簫箏琵鴻鵠鶖鶩鵝鶴等音 難辨眞贋 夜作鷄鳴狗吠 則隣犬鷄 皆鳴吠焉 朝則出乞於野市 一日所獲 幾三四斗 炊食數升 則散他丐者 故出則群乞兒尾之 明日又如是 人莫測其所爲

**주석** 〖懶〗 게으르다 라 〖逼〗 가까이 다다르다 핍 〖酷〗 매우 혹 〖蹙〗 찡그리다 축 〖笳〗 갈대피리 가 〖簫〗 퉁소 소 〖箏〗 쟁 쟁 〖鶖〗 무수리 추(황샛과) 〖鶩〗 집오

리 목 〖鴉〗 큰부리까마귀 아 〖贗〗 가짜 안 〖吠〗 짖다 폐 〖幾〗 거의 기 〖炊〗 불 때다 취 〖尾〗 뒤밟다 미

**국역** 간혹 술이 반쯤 취했을 때, 맹인 · 점쟁이 · 술 취한 무당 · 게으른 선비 · 소박맞은 여인 · 걸인 · 노파들이 이에 하는 짓을 흉내 냈으니, 하는 짓마다 아주 똑같았다. 또 가면으로 십팔나한을 흉내 내면 똑같지 않은 경우가 없었다. 또 입을 찡그려서 피리 · 퉁소 · 쟁 · 비파 · 기러기 · 고니 · 무수리 · 집오리 · 까마귀 · 학 등의 소리를 내는데, 진짜와 가짜임을 구별하기 어려웠다. 밤에 닭 우는 소리 · 개 짖는 소리를 내면, 이웃 개나 닭이 모두 울고 짖어댔다. 아침이면 밖으로 나와 거리나 시장에서 구걸을 했으니, 하루 동안에 얻는 것이 거의 서너 말이었다. 몇 되를 밥해 먹고 나면 다른 거지들에게 나누어 주었다. 그러므로 밖으로만 나오면 여러 거지 아이들이 뒤를 따랐다. 다음 날에도 또 그와 같이 하니, 사람들은 그가 하는 짓을 헤아릴 수 없었다.

嘗寓樂工李漢家 有一叉鬟學胡琴 朝夕與之熟 一日失綴珠紫花鳳尾 莫知所在 蓋朝自街上來 有俊年少 調笑偎倚 因而不見 啼哭不止 生曰 唉小兒何敢乃爾 願娘無泣 夕當袖來 翩然而去 及夕 招叉鬟出 迤從西街傍景福西墻 至神虎門角 以大帶綰鬟之腰 纏於左臂 奮迅一踊 飛入數重門時曛黑莫辨逕路 倏抵慶會樓 上有二年少秉燭相迓 相視大噱 因自梁上鑑嵌中 出金珠羅絹甚多 鬟所失鳳尾亦在焉 年少自還之 生曰 二弟愼行止毋使世人瞰吾蹤也 遂引還飛出北城 送還其家 未明詣李家謝之 則醉臥齁齁 人亦不知夜出也

**주석** 〖叉〗 갈래 차 〖鬟〗 쪽 환(부인의 結髮) 〖綴〗 장식 철 〖調〗 조롱하다 조 〖偎〗 가까이하다 외 〖啼〗 울다 제 〖唉〗 한탄하다 애 〖爾〗 그러하다 이 〖袖〗 소매에 넣다 수 〖翩〗 훌쩍 날다 편 〖迤〗 연하다 이 〖角〗 모퉁이 각 〖綰〗 묶다 관 〖纏〗

감다 전 〖臂〗 팔뚝 비 〖迅〗 빠르다 신 〖踊〗 뛰다 용 〖曛〗 어스레하다 훈 〖倏〗 빨리 달리다 숙 〖迓〗 마중하다 아 〖噱〗 껄껄 웃다 갹 〖嵌〗 굴 감 〖絹〗 명주 견 〖瞰〗 보다 감 〖蹤〗 자취 종 〖還〗 다시 환 〖詣〗 이르다 예 〖齁〗 코고는 소리 후

**국역** 일찍이 악공 이한의 집에서 더부살이한 적이 있었다. 어떤 머리를 쌍갈래로 땋은 계집이 호금(깡깡이 비슷한 악기)을 배우느라 조석으로 만나므로 서로 친해졌다. 하루는 구슬로 장식한 자줏빛 꽃 모양의 鳳尾(머리에 꽂는 노리개)를 잃어버리고 있는 곳을 몰랐다. 대개 아침에 길가로 오다가 어떤 준수한 소년이 웃으며 농을 붙이고 몸이 닿고 스치더니 봉미가 보이지 않더라는 것이다. 울기를 그치지 않으니, 장생은, "허허! 어린것들이 어찌 감히 그런 짓을 하다니. 아가씨는 울지 마라. 저녁이 되면 반드시 내 소매 속에 넣어 오겠다." 하고는, 훌쩍 나가 버렸다. 저녁이 되자, 계집아이를 불러내어 서쪽 거리 곁 경복궁 서쪽 담장을 따라 신호문의 모퉁이에 이르렀다. 큰 띠로 계집의 허리를 묶어 왼쪽 팔뚝에 감고 풀쩍 뛰어, 몇 겹으로 된 문으로 날아서 들어갔다. 한창 어두울 때여서 길도 분간할 수 없었지만 빨리 달려 경회루에 다다르니, 위에 두 소년이 촛불을 잡고 마중 나와 서로 보며 껄껄 웃어대었다. 그러더니 들보 위의 뚫어진 구멍에서 금구슬·비단·명주를 끄집어냈는데 무척 많았다. 계집이 잃어버린 봉미 또한 그곳에 있었다. 소년들이 스스로 그것을 돌려주자, 장생은, "두 아우는 행동거지를 삼가서 세상 사람들이 우리들의 종적을 보지 못하도록 하라." 하였다. 마침내 끌고 다시 날아서 북쪽 성으로 나와 그의 집으로 돌려보냈다. (계집은) 다음 날 밝기 전에 이씨 집으로 가서 감사의 말을 하려 했더니, 술이 취해 누워 코를 쿨쿨 골고 있었고, 사람들 또한 밤에 외출했던 일을 알지 못하였다.

壬辰四月初吉　賒酒數㪷大醉　攔街以舞　唱歌不綴　殆夜倒於水標橋上　遲明　人見之　死已久矣　屍爛爲蟲　悉生翼飛去　一夕皆盡　唯衣襪在　武人洪世熹者　居于蓮花坊　最與之昵　四月從李鎰防倭　行至鳥嶺　見生　芒屩曳

杖 握手甚喜曰 吾實非死也 向海東 覓一國土去矣 因曰 君今年不合死 有兵禍 向高林 勿入水 丁酉年 愼毋南來 或有公幹 勿登山城 言訖 如飛而行 須臾失所在 洪果於琴臺之戰 憶此言 奔上山得免 丁酉七月 以禁軍在直 致有旨於梧里相 都忘其戒 回至星州 爲賊所迫 聞黃石城有備 疾馳入 城陷倂命 余少日狎游俠邪 與之諧謔甚親 悉覩其技 噫 其神矣 卽古所謂劍仙者流耶

**주석** 〖吉〗 초하루 길 〖賖〗 외상거래 하다 사 〖㪷〗 斗의 俗字 〖攔〗 막다 란 〖綴〗 그치다 철 〖殆〗 거의 태 〖倒〗 넘어지다 도 〖遲〗 무렵 지 〖屍〗 주검 시 〖爛〗 문드러지다 란 〖韈〗 버선 말 〖昵〗 친하다 닐 〖芒屩(망갹)〗 짚신 〖握〗 쥐다 악 〖覓〗 찾다 멱 〖幹〗 주관하다 관 〖訖〗 마치다 글 〖須臾(수유)〗 잠깐 〖禁軍(금군)〗 대궐을 경호하는 군사 〖直〗 번들다 직 〖致〗 전하다 치 〖都〗 모두 도 〖疾〗 빠르다 질 〖倂〗 나란히 하다 병 〖狎〗 친하다 압 〖俠〗 호협하다 협 〖邪〗 =耶: 句 중에 쓰여 멈춤을 나타냄 〖覩〗 보다 도 〖流〗 무리 류

**국역** 임진년(1592, 선조25) 4월 초하룻날, 외상으로 술 몇 말을 사서 아주 취해서는 길을 막고 춤을 추고 노래 부르기를 그치지 않다가, 거의 밤이 되어 수표교 위에서 넘어졌다. 해 뜰 무렵 사람들이 그를 발견했는데, 죽은 지가 이미 오래되었었다. 시체가 부패하여 벌레가 되더니, 모두 날개가 돋아 전부 날아가 버려 하룻밤에 다 없어지고 오직 옷과 버선만이 남아 있었다. 무인 홍세희는 연화방에서 살며, 가장 장생과 친했다. 4월에 이일을 따라 왜적을 방어했었는데, 가다가 조령에 이르렀을 때 장생을 만났다. 그는 짚신을 신고 지팡이를 끌면서 손을 붙잡고는 무척 기뻐하면서 "나는 사실 죽지 않았소. 바다 동쪽으로 향하여 한 나라를 찾아 떠나 버렸소." 하였다. 그러면서 "그대는 금년에 죽을 나이가 아니오. 전쟁의 화가 있으면, 높은 숲으로 향해 가고 물에는 들어가지 마시오. 정유년(1597, 宣祖 30)에는 삼가고 남쪽으로는 오지 마시오. 혹시 공사를 주관한 일이 있더라도 산성으로 오르진 마시오." 하고는 말을 끝마치자, 나는 듯 가버리니 잠깐 사이에 있는 곳을 잃어버렸다.

홍세희는 과연 彈琴臺의 전투에서 이 말을 기억해 내서 산 위로 달아나 죽음을 면할 수 있었다. 정유년 7월에 禁軍으로 숙직할 때, 오리(李元翼) 정승에게 임금의 교지를 전해 주느라 그가 경계해 준 것을 모두 잊어버렸다. 돌아오다 성주에 이르러 적군의 추격을 당하자, 황석성이 전쟁 준비가 잘되어 있다는 것을 듣고 빨리 달려갔는데, 성이 함락되자 함께 죽고 말았다. 내가 젊은 시절에 俠士들과 친하게 지냈고, 그와도 해학을 걸 정도로 아주 친하게 지냈으므로, 그의 기술을 모두 구경하였다. 아! 그것은 神技였다. 곧 옛날에 말하던 劍仙과 같은 부류인가?

**감상** ◗ ● 이 이야기는 許筠의 3편의 傳(「張山人傳」·「南宮先生傳」) 중의 하나로, 허균은 거지였으면서도 異人으로 소문나 있었던 자기 시대 장생의 異聞奇事를 點綴하여 이 작품을 지었던 것이다. 이 이야기는 16세기 이래 성행한 異人說話를 바탕으로 한 神仙傳으로 17세기에 새로이 성립된 것이다. 허균은 젊은 시절부터 仙家에 경도되었는데, 중년에 정치적으로 불행하면서 더 심화되었으며, 바로 이 무렵의 강렬한 신선동경이 그로 하여금 神仙傳을 창작하게 했던 것이다.

**참고논문** ◗ 김진세, 「許筠論」, 『한국문학작가론』, 형설, 1993.
박희병, 「이인설화와 신선전」, 『한국고전인물전연구』, 한길사, 1993.

## 23.「遺才論」許筠

爲國家者 所與共理天職 非才莫可也 天之生才 原爲一代之用 而其生之也 不以貴望而豐其賦 不以側陋而嗇其稟 故古先哲辟知其然也 或求之於草野之中 或拔之於行伍 或擢於降虜敗亡之將 或擧賊 或用莞庫士 用之者咸適其宜 而見用者亦各展其才 國以蒙福 而治之日隆 用此道也 以天下之大 猶慮其才之或遺 兢兢然側席而思 據饋而歎 奈何山林草澤 懷寶不售者比比 而英俊沈於下僚 卒不得試其抱負者 亦多有之 信乎才之難悉得 而用之亦難盡也

**주석** 〖爲〗 다스리다 위 〖理〗 다스리다 리 〖原〗 원래 원 〖貴望(귀망)〗 신분이 높은 집안 〖賦〗 주다 부 〖側陋(측루)〗 신분이 천함(側 낮다 측) 〖嗇〗 인색하다 색 〖稟〗 받다 품 〖哲辟(철벽)〗 어질고 밝은 임금 〖行伍(항오)〗 군대를 편성한 행렬 〖擢〗 뽑다 탁 〖莞〗 골풀 완 〖蒙〗 받다 몽 〖兢〗 조심하다 긍 〖側席(측석)〗 근심하여 坐不安席함 〖據〗 웅거하다 거 〖饋〗 식사 궤 〖售〗 쓰이다 수 〖比〗 나란하다 비 〖僚〗 벼슬아치 료

**국역** 국가를 다스리는 사람과 함께 하늘이 맡겨 준 직분을 다스릴 사람은 人才가 아니고서는 되지 않는다. 하늘이 인재를 태어나게 함은 본래 한 시대의 쓰임을 위해서이다. 그래서 인재를 태어나게 할 때는 높은 집안이라 하여 그 부여한 것을 풍부하게 해 주지 않고, 미천한 집안이라고 하여 그 받은 것을 인색하게 하지 않는다. 그러므로 옛날의 밝은 임금들은 그런 줄을 알아서, 어떤 때는 초야에서도 인재

를 구했으며, 어떤 때는 兵士의 대열에서 뽑아냈고, 어떤 때는 패전하여 항복한 적장에서 발탁하기도 하였다. 때로는 도둑 무리에서 고르며, 때로는 창고를 수리하는 사람을 등용했었다. 임용한 사람마다 모두 임무를 맡기기에 적당하였고, 임용당한 사람들도 각자가 지닌 재능을 펼쳤었다. 나라는 복을 받았고 다스림이 날로 융성하였음은 이러한 도를 썼기 때문이었다. 천하의 큰 나라로서도 여전히 그러한 인재를 혹시 놓칠까 염려하여, 근심 많은 듯 몸을 비스듬히 하여 생각하고 밥상머리에 앉아서도 탄식했었다. 어찌하여 산림과 초택에서 보배스러운 포부를 품고도 등용되지 못하는 사람이 많으며, 영특하고 준수한 인재들이 낮은 벼슬에 침체하여 끝내 그들의 포부를 시험할 수 없는 사람들이 또한 그렇게도 많이 있는가? 미덥도다! 인재를 모두 얻기도 어렵고, 쓰더라도 재능을 다하도록 하는 일은 또한 어렵다는 말이.

我國地褊　人才罕出　蓋自昔而患之矣　入我朝　用人之途尤狹　非世胄華望　不得通顯仕　而巖穴草茆之士　則雖有奇才　抑鬱而不之用　非科目進身不得躡高位　而雖德業茂著者　終不躋卿相　天之賦才爾均也　而以世胄科目限之　宜乎常病其乏才　古今之遠且久　天下之廣　未聞有孼出而棄其賢　母改適而不用其才者　我國則不然　母賤與改適者之子孫　俱不齒仕路　以區區之國　介於兩虜之間　猶恐才之不爲我用　或不卜其濟事　乃反自塞其路　而自歎曰 無才無才　何異適越北轅　而不可使聞於隣國矣

**주석** 〖褊〗 좁다 편 〖罕〗 드물다 한 〖狹〗 좁다 협 〖世胄(세주)〗 =世家: 대대로 국록을 타 먹는 집안 〖茆〗 =茅 띠 묘 〖躡〗 오르다 섭 〖茂著(무저)〗 우뚝이 드러남 〖躋〗 오르다 제 〖爾〗 그러하다 이 〖病〗 걱정하다 병 〖乏〗 모자라다 핍 〖孼〗 서자 얼 〖適〗 시집가다 적 〖齒〗 나란히 서다 치 〖濟〗 이루다 제 〖介〗 끼이다 개 〖轅〗 끌채 원 〖聞〗 알리다 문

**국역** 우리나라는 땅이 좁아 인재가 드물게 나옴은 대개 예부터 걱정하던 일이

었다. 조선에 들어와서는 인재 등용하는 길이 더욱 좁아져, 대대로 벼슬하던 명망 높은 집안이 아니면 높은 벼슬에는 오를 수 없었고, 바위굴이나 띠 집에 사는 선비라면, 비록 기이한 재주가 있더라도 억울하게 쓰이지 못했다. 科擧出身이 아니면 높은 지위에 오를 수 없어, 비록 덕업이 매우 훌륭한 사람도 끝내 판서나 정승에 오르지 못한다. 하늘이 재능을 부여함은 이와 같이 균등한데, 대대로 벼슬하던 집안과 과거 출신으로만 그것을 한정하고 있으니, 항상 인재가 모자람을 걱정함은 당연한 것이다. 예부터 지금까지 시대가 멀고 오래며, 천하가 넓기는 하더라도 서자 출신이어서 어진 인재를 버려두고, 어머니가 改嫁했으니 그의 재능을 쓰지 않는다는 것은 아직 듣지 못했다. 우리나라는 그렇지 않으니, 어머니가 천하거나 개가한 자손은 모두 벼슬길의 차례에 끼지 못한다. 변변찮은 나라로서 두 오랑캐 사이에 끼어 있으니, 오히려 인재들이 우리의 쓰임으로 되지 못할까 염려하더라도 때로는 나랏일을 이루게 될지 점칠 수 없다. 그런데 이에 도리어 스스로 그 길을 막고 스스로 탄식하기를 “인재가 없구나! 인재가 없구나!” 하니, 월나라로 가면서 수레를 북쪽으로 돌리는 것과 무엇이 다른가? (이 사실을) 이웃 나라에 알리게 해서는 안 된다.

匹夫匹婦含冤 而天爲之感傷 矧怨夫曠女半其國 而欲致和氣者 亦難矣 古之賢才 多出於側微 使當世用我之法 是范文正無相業 而陳瓘潘良貴不得爲直臣 司馬穰苴衛青之將 王符之文 卒不見用於世否 天之生也 而人棄之 是逆天也 逆天而能祈天永命者 未之有也 爲國者 其奉天而行之 則景命亦可以迓續也

**주석** 〖感傷(감상)〗 마음에 느끼어 슬퍼함 〖矧〗 하물며 신 〖怨夫(원부)〗 아내가 없는 남자 〖曠女(광녀)〗 남편이 없는 여자 〖使〗 만약 사 〖否〗 아닌가 부 〖景〗 크다 경 〖迓〗 맞이하다 아

**국역** 보통의 사람들이 원한을 품어도 하늘은 그들을 위해 마음에 느끼어 슬퍼

하는데, 하물며 아내가 없는 남자와 남편이 없는 여자들이 나라 안의 절반이나 되니, 그러고도 화평한 기운을 이루고자 하는 것은 또한 어려운 일이다. 옛날의 어진 인재는 미천한 데서 나온 것이 많았다. 만약 당시에 우리나라의 법을 사용했다면, 범문정(范仲淹으로 宋나라의 제일의 재상)은 정승의 功業이 없었을 것이고, 진관(宋나라 사람으로 諫官으로 유명)이나 반양귀(宋나라 사람으로 부당한 관리를 여러 차례 탄핵함)는 곧은 신하가 되지 못했을 것이다. 사마양저(춘추시대 齊나라 사람으로 미천한 출신으로 병법에 밝음)와 위청(漢나라 장수로 본래는 鄭氏인데 어머니가 개가하여 衛氏가 되었음)과 같은 장수, 왕부(後漢 사람으로 지조를 지켜 벼슬하지 않고 「潛夫論」을 지었음)와 같은 문장 등은 끝내 세상에 쓰이질 못했을 것이다. 하늘이 낳아 주셨는데 사람이 그것을 버리니, 이것은 하늘을 거역하는 것이다. 하늘을 거역하고 하늘에 빌어 운수를 영위할 수 있던 사람은 없었다. 나라를 다스리는 사람이 진실로 하늘을 받들어 하늘의 뜻대로 행한다면, 큰 운수를 또한 맞아 이어 갈 수 있을 것이다.

**감상** ◗ ● 이 글은 재주 있는 人才가 등용되지 못하고 버려짐을 논리적으로 풀어간 論이다. 허균은 不拘禮敎, 崇尙異端, 反支配秩序 등으로 불리는 인물로, 이 글에서 신분에 의해서 인간이 결정되어서는 안 된다는 점을 주장하고 있다. 인간의 재능은 신분의 귀천에 관계없는 것이므로, 신분에 의해서 차별을 두어 불평등하게 대우하는 것은 天을 거역하는 행위라고 지탄하였다. 인간은 天으로부터 부여받은 것을 능력껏 발휘하며 살아갈 당연한 권리를 기지고 있다고 한 것이다.

**참고논문** ◗ 
임형택, 「許筠의 문예사상」, 『한국문학사의 시각』, 창작과비평사, 1984.
차용주, 「許筠論」, 『한국문학작가론』, 현대문학, 1993.

## 24. 「詩辨」 許筠

今之詩者 高則漢魏六朝 次則開天大曆 最下者乃稱蘇陳 咸自謂可奪其位也 斯妄也已 是不過掇拾其語意 蹈襲剽盜 以自衒者 烏足語詩道也哉 三百篇自謂三百篇 漢自漢 魏晉六朝自魏晉六朝 唐自爲唐 蘇與陳亦自爲蘇與陳 豈相倣傚 而出一律耶 蓋各自成一家 而後方可謂至矣 間或有擬作 亦試爲之 以備一體 非恒然也 其於人脚跟下爲生活者 非豪傑也

**주석** 〖則〗 본받다 칙 〖掇〗 줍다 철 〖蹈襲(도습)〗 =踏襲 〖剽盜(표도)〗 훔침(剽 겁박하다 표) 〖衒〗 자랑하다 현 〖烏〗 어찌 오 〖倣傚(방효)〗 모방함 〖擬〗 본뜨다 의 〖跟〗 발꿈치 근

**국역** 오늘날 시를 짓는 사람들이, 높은 수준에서는 漢魏・六朝 시대의 것을 본받고, 다음은 開天(開元과 天寶로, 모두 唐 玄宗의 연호임)・大曆(唐 代宗의 연호) 연간의 것을 본받고, 가장 낮게는 이에 蘇軾과 陳師道를 일컬으며, 모두가 스스로 '그 위치를 뺏을 수 있다.'고 한다. 그러나 이것은 망령된 것이다. 이것은 그 말뜻을 주워 모아 그대로 답습하고 표절하여 스스로 자랑하는 자에 불과하니, 어찌 詩道를 말할 수 있겠는가? 『詩經』 3백 편은 스스로 3백 편이고, 漢은 스스로 한이며, 魏晉・六朝는 스스로 위진・육조이고, 唐은 스스로 당이며, 소식과 진사도 또한 스스로 소식・진사도이니, 어찌 서로 모방하여 일률적으로 나왔겠는가? 대개 제각기 나름대로 一家를 이룬 다음에야 바야흐로 (어떤 경지에) 이르렀다고 말할 수 있을 것이다. 간혹 남의 글을 본떠 짓더라도, 또한 시험 삼아 이것을 지어서 하나의 체를 갖추는

것이지, 늘 그런 것은 아니다. 남의 발밑에서 생활하는 사람은 뛰어난 자가 아니다.

然則詩何如 而可造極耶 曰 先趣立意 次格命語 句活字圓 音亮節緊 而取材以緯之 不犯正位 不着色相 叩之鏗如 卽之絢如 抑之而淵深 高之而騰踔 闔而雅健 闢而豪縱 放之而淋漓鼓舞 用鐵如金 化腐爲鮮 平澹不流於淺俗 奇古不隣於怪癖 詠象不泥於物類 鋪敍不病於聲律 綺麗不傷理 論議不粘皮 比興深者通物理 用事工者如己出 格見於篇成 渾然不可鐫 氣出於外言 浩然不可屈 盡是而出之 則可謂之詩也 彼漢魏以下諸公 皆悟此而力守者也 不然 則雖漢趨魏步 六朝服而唐言動 御蘇陳以馳 足自形其穢而已 吁其非矣

**주석** 〖造〗 이르다 조 〖趣〗 풍치 취 〖命〗 사용하다 명 〖亮〗 밝다 량 〖緊〗 견고하다 긴 〖緯〗 짜다 위 〖着〗 붙이다 착 〖叩〗 두드리다 고 〖鏗〗 쇳소리 갱 〖卽〗 나아가다 즉 〖絢〗 곱다 현 〖騰〗 뛰다 등 〖踔〗 뛰다 탁 〖闔〗 닫다 합 〖闢〗 열다 벽 〖豪縱(호종)〗 =豪放: 의기가 壯하여 작은 일에 구애하지 아니함 〖放〗 멋대로 하다 방 〖淋漓(임리)〗 원기가 넘치는 모양 〖澹〗 담박하다 담 〖癖〗 오래 체함 벽 〖泥〗 막히다 니 〖鋪〗 펴다 포 〖綺〗 화려하다 기 〖粘〗 붙이다 점(粘皮=執着) 〖比興(비흥)〗 六義 중에 比는 비유이고, 興은 먼저 다른 사물을 말하여 읊을 말을 일으키는 것 〖用事(용사)〗 =引用 〖篇〗 편 편 〖渾然(혼연)〗 둥글어 모가 없는 모양 〖鐫〗 새기다 전 〖趨〗 추창하다 추(종종걸음으로 빨리 걸음) 〖穢〗 더럽다 예 〖吁〗 탄식하다 우

**국역** 그렇다면 시는 어떻게 하여야 극에 이를 수 있는가? 흥취보다 앞서 뜻을 세우고, 격조를 다음으로 하고 말을 엮는다. 구절은 활기 있고 글자는 원만하며, 음향은 밝고 節奏(음절의 변화와 리듬)는 굳건하게 하고, 소재를 취하여 엮되 바른 위치를 범하지 말고, 색상을 붙이지 말아야 한다. 두드리면 쇳소리가 나게 하고 나아가 보면 화려하게 하며, 눌러서 깊이 있게 하고 높게 올려서 뛰게 하며, 닫을 때는

고상하고 힘차게 하며 열 때는 호기롭게 하며, 생각을 멋대로 하여 원기가 넘쳐 북치고 춤추듯이 해야 한다. 쇠를 사용하여 금을 만들고 썩은 것을 변화시켜 싱싱하게 하며, 평범하고 담담하나 천박하고 속된 것에 흐르지 말고 기이하고 고고하나 괴벽에 가깝게 말며, 형상을 읊되 물체에 정체하지 말고 깔아서 늘이되 성률에 병들게 하지 말며, 화려하되 이치를 손상하지 말고 논의하되 집착하지 말라. 비흥을 깊이 있게 하는 자는 사물의 이치를 통하게 하고 인용을 잘하는 자는 자신의 입에서 나온 것과 같이 한다. 그리하여 품격이 완성된 편에 나타나 혼연히 새길 수 없고 기가 말 밖에 튀어나와 호연히 꺾을 수 없게 된다. 이상의 법칙을 모두 갖춘 다음에야 내놓으면 시라고 할 수 있다. 저 漢魏 이하 제공들은 모두 이 법칙을 깨닫고 힘써 지킨 사람들이다. 그렇지 않다면 비록 漢의 달림에다 魏의 걸음을 걷고 六朝의 옷을 입고 唐의 말과 행동을 하며 소식과 진사도를 마부 삼아 달리더라도, 스스로 그 추함만을 드러낼 수 있을 뿐이니, 아! 그릇된 것이다.

**감상** ● 허균은 당시 詩를 한다는 사람들이 걸핏하면 최고의 경지로 漢·魏·六朝의 古詩, 다음 경지로 盛唐詩, 최하의 경지로 宋詩를 한다고 과시하지만, 각 시대마다 그 시대의 詩가 있기 때문에, 모방이나 표절하는 데 불과하며, 요컨대 자기대로 하나의 독자적 세계를 달성해야 한다고 주장했다. 이것은 첫째, 擬古主義를 반대하고 문학의 개성을 강조한다는 점에 의의가 있다. 16세기 우리나라 詩壇을 보면 종래 黃庭堅·陳師道의 江西派를 추종하던 경향이 일시 유행하더니 이를 격이 떨어지는 것으로 비판하고 이른바 '三唐'을 중심으로 해서 상당히 새로운 詩風이 일어나고 있었다. 그러나 이 삼당시인 역시 宋詩를 반대하는 대신 唐詩를 모범으로 삼았으며, 아직 적극적으로 독자적 시세계를 개척하려는 데까지는 도달하지 못했다. 文에 있어서도 先秦·兩漢의 산문을 배운다거나 唐宋古文을 본받아야 한다거나 하여 역시 擬古風을 탈피하지 못하고 있었다. 특히 明대에 있어서 前後七子의 의고주의자들이 일세를 驚動하였으며, 그러한 영향이 우리나라에도 미쳐 의고주의가 더욱 강화되고 있었다. 擬古의 문학은 언어와 意想을 표절한 것이어서 마치 '남의 집 밑에다 집을 짓는 격(屋下架屋)'이라 전혀 문학적 가치를 인정할 수 없다고 신랄하게 공격하였다. 무엇보다 문학은 나의 개성을 창조하는 것이 아니면 안 된다고 확신했기 때문이다. 그런데 擬古를 반대하는 중요한 立論의 하나로, 일상어를 문장에 도입하는 것이 옳다고 했다. 오늘날 古文에 가치를 부여하고 있듯이 현재 일상어로 쓴 문장이 후세에 가서는 오늘날 古文에 부여하는 것과 같은 가치를 인정받게 될 것이라고 하였다(「文辨」). 이러한 문학의 사상은 다음 시대에 나온 實學派文學의 新文體 理論과 '朝鮮風'·'朝鮮詩'의 시도와 연맥이 되게 되었다. 둘째, 문학의 역사적 진보를 인식하고 신흥문예의 가치를 인식하고 있다는 데 의의가 있다. 擬古主義는 인간의 문화가 발달한다고 하는 역사의 진실을 인식하지 못한 데서 온 것이다. 비단 의고주의자만이 아니라, 당시 일반적인 지적 풍토가 尙古精神 아래 시대적 변화를 마치 타락의 자취인 양 생각하는 경향이 농후하였다. 이에 대항하여 허균은 반의고주의의 입장에서 각 시대는 그 시대의 문학이 있기 때문에 어느 특정한 시대의 문학을 후대에 재생시키려는 것은 무의미하다는 이론을 내놓았던 것이다.

**참고논문** ▶ 임형택, 「許筠의 문예사상」, 『한국문학사의 시각』, 창작과비평사, 1984.
허경진, 「許筠의 詩論」, 『한국의 한문학』, 민음사, 1991.

## 25.「與李蓀谷」許筠

翁以僕近體爲純熟嚴縝 不涉盛唐 斥而不御 獨善古詩 爲顔謝風格 是翁膠不知變也 古詩雖古 是臨搨逼眞而已 屋下架屋 何足貴乎 近體雖不逼眞 自有我造化 吾則懼其似唐似宋 而欲人曰許子之詩也 毋乃濫乎

**주석** 〖純熟(순숙)〗 숙련됨 〖縝〗 면밀하다 진 〖涉〗 관계하다 섭 〖御〗 총애하다 어 〖膠〗 집착하다 교 〖搨〗 박다 탑 〖逼〗 가까이 다다르다 핍 〖架〗 얽다 가 〖濫〗 외람하다 람(분수에 넘치는 일을 하여 도덕이나 예의에 어그러짐)

**국역** 옹께서는 저의 近體詩를 純熟하고 嚴縝하여 盛唐의 시와는 관계가 없다고 여겨 배척하고는 좋아해 주지 않고, 오직 古詩만 좋다고 하여 (南朝의 문장가인) 顔延之와 謝靈運의 풍격이 있다고 하니, 이는 옹께서 고지식하시고 변할 줄을 모르신 것입니다. 古詩가 비록 예스러우나, 이것은 탑본에 임한 것으로 핍진할 따름이니, 집 아래에 집을 더한 것을 어떻게 귀하다고 할 수 있겠습니까? 近體詩는 비록 (盛唐의 시와) 핍진하지는 않더라도, 나름대로 저의 造化가 있습니다. 저는 저의 시가 唐詩나 宋詩와 비슷해질까 두려워하며, 남들이 '허균의 시'라고 말하는 것을 원하니, 너무 건방진 생각이 아닐까요?

**감상** ▶ ● 이 글은 허균의 詩 스승인 蓀谷 李達에게 보내는 편지로, 허균은 자신의 詩가 어느 시와도 유사하지 않는 '許子之詩'라 불리고 싶다고 역설하였다. 여기서 '許子之詩'란 역대의 詩 가운데 각각의 長處를 습득하여 자연스럽게 조화를 이룬 詩이다. 그러므로 비록 허균이 詩를 평하고 논함에 있어 盛唐의 詩를 기준으로 설정한 것은 사실이지만, 宋詩나 古詩 등을 철저하게 배척한 것은 아니다. '許子之詩'를 어느 누구의 詩와도 구별될 수 있는 자기만의 개성적인 詩的 경지라고 해석하기도 한다.

**참고논문** ▶ 박수천, 「許子之詩의 詩體選擇과 歸去來意志」, 『관악어문연구』 제14집, 서울대국어국문과, 1989.

박영호, 「許筠 詩論 硏究」, 『한국한문학연구』 제17집, 한국한문학회, 1994.

# 26.「酒吃翁夢記」許筠

酒吃翁者 二十年前 余始交於場屋 甚相狎 中歲俱登第 吃翁仕或顯 而僕則浮沈 索長安米 故蹤跡不相値 或遇諸友家 驩然無間 頃歲同僚於西塞 以僕不持時論 多吐盡心蘊 有時談及三教 則君或爲之涇渭 亦不甚力也

**주석** 〖吃〗 어눌하다 흘 〖場屋(장옥)〗 과거시험장 〖狎〗 친압하다 압 〖長安米(장안미)〗 서울에 오라가 벼슬을 구한다는 의미(漢나라 때 東方朔이 천자를 만나 "신의 말이 쓸 만하면 특별한 예로 대우해 주시고 쓸 만하지 않으면 파기시켜 주시어, 부질없이 長安米를 찾게 하지 마소서." 했다는 데서 나온 말: 『漢書』) 〖値〗 만나다 치 〖驩〗 =歡 기뻐하다 환 〖頃〗 근자에 경 〖僚〗 벼슬하다 료 〖蘊〗 쌓이다 온 〖涇渭(경위)〗 흐린 涇水와 맑은 渭水로, 淸濁是非를 이름 〖力〗 힘쓰다 력

**국역** 주흘옹(柳淵叔의 호)이란 사람은 20년 전에 내개 과거장에서 처음 사귀어 서로 몹시 친했는데, 중년에 함께 급제했다. 흘옹은 벼슬이 때로 현달하기도 했으나, 나는 부침의 신세로 벼슬을 찾고 다녔으므로, 종적이 서로 마주치지 못했었는데, 간혹 친구 집에서 그를 만나게 되면 몹시 반가워하며 간격이 없었다. 근년에 서쪽 변방에서 같이 벼슬을 할 때, 나는 時論을 지지하지 않았기 때문에 가슴속에 쌓인 것을 죄다 토로한 적이 많았다. 때로는 이야기가 三敎에 이르면, 그는 간혹 그것에 시비를 밝히기도 하였으나, 또한 심하게 역설하지는 않았었다.

今年省于冤山 宿湍州民舍 夢有皁衣 引翁行甚疾 乞免不顧 至大官府 戟衛甚嚴 歷四重門 俱夾戺 屯甲盾 大殿垂簾 燃蠟炬 左右廡 綠衫象簡 而治文書 殆數百人分庭 而辨牒訴 男女雜沓 肅不譁 皁衣令翁跪於中陛 少選 有淡黃方袍小和尙四人 從西階下指曰 夫夫嘗闢我法者 環立而視之

**주석** 〖皁〗 검다 조 〖乞〗 청하다 걸 〖戟〗 미늘창 극(끝이 좌우로 가닥 진 창) 〖俱〗 다 구 〖戺〗 집 모퉁이 사 〖屯〗 진 치다 둔 〖蠟炬(랍거)〗 초(蠟 밀초 랍) 〖廡〗 곁채 무 〖衫〗 옷 삼 〖簡〗 홀 간 〖殆〗 거의 태 〖牒訴(첩소)〗 소송의 문서(牒 송사 첩) 〖沓〗 겹치다 답 〖譁〗 떠들썩하다 화 〖跪〗 꿇어앉다 궤 〖陛〗 섬돌 폐 〖少選(소선)〗 잠시 뒤에 (選 잠깐 선) 〖方袍(방포)〗 袈裟의 모양이 네모졌기 때문에, 중의 가사를 일컬음 〖和尙(화상)〗 수행이 많은 중으로, 중의 尊稱 〖夫〗 저 부 〖闢〗 물리치다 벽

**국역** 올해 冤山에 성묘하러 갔다가 단주의 민가에 묵었다. 꿈에 검은 옷 입은 자가 나타나 옹을 끌고 매우 빨리 가는데 놓아 달라고 애걸하는데도 들은 척도 하지 않았다. 큰 관청에 이르니 무장 호위가 몹시 엄중하였는데, 네 겹 문을 지날 때 보니, 모두 집 모퉁이를 끼고 갑옷과 방패로 진을 쳤으며, 大殿에는 주렴이 드리웠고 촛불이 밝혀져 있었다. 좌우의 행랑에는 푸른 옷에 상아홀을 쥐고서 문서를 처리하는데, 거의 수백 명의 사람들이 뜰에 나뉘어서 소장을 분별하고 있었다. 남녀가 뒤섞여 있었지만 엄숙하여 떠들지 않았다. 검은 옷 입은 자가 옹으로 하여금 계단 중간에 무릎을 꿇게 했다. 잠시 뒤에 엷은 황색의 방포를 입은 젊은 중 네 사람이 서쪽 계단으로부터 내려와 손가락질하며 "저 사나이는 일찍이 우리의 법을 물리친 자이다." 하면서 빙 둘러서서 보았다.

俄而殿上軸簾 遙見遠遊冠紫衫玉帶者 據案問曰 鞫夫己氏 緋衣吏一人 從中下 操紙筆 命置對 翁莫喩所以 操筆不肯 下吏若舊相識者 以指瓜畫臏背曰 平生未嘗謗佛 同僚許某知之 翁卽以是對 殿上坐者曰 可屈某來 俄闢東廊第一門 微聞璜佩音 有華陽巾白氅紺裳紅紗中單 珠履紫鞓者 升

自東階 立左楹 顧睨翁而微哂 仰睇之則余也 殿上問曰 是人引卿 證其不謗法 信否 曰 渠雖未達禪教 亦不能深排也 殿上笑曰 然則亟釋之 皁衣牽出門 而驚寤 鷄已鳴矣

**주석** 〖軸〗 두루마리로 하다 축 〖遙〗 멀다 요 〖遠遊冠(원유관)〗 제후의 관 이름(위진 이후 元나라 때까지 썼음) 〖據〗 의지하다 거 〖問〗 알리다 문 〖鞫〗 국문하다 국 〖已〗 句中에 쓰여 뜻이 없음 기 〖緋〗 붉다 비 〖喩〗 깨닫다 유 〖牘〗 서찰 독 〖廊〗 곁채 랑 〖璜〗 패옥 황 〖氅〗 새털옷 창 〖紺〗 감색 감 〖紗〗 깁 사(지극히 엷고 고와 가벼운 견직물) 〖中單(중단)〗 남자의 喪服 속에 입는 소매가 넓은 두루마기 〖鞓〗 가죽 띠 정 〖睨〗 곁눈질하다 예 〖哂〗 웃다 신 〖睇〗 흘끗 보다 제 〖渠〗 그 거 〖排〗 배척하다 배 〖亟〗 빨리 극 〖寤〗 =寤 깨다 오

**국역** 잠시 있으니 전 위에서 주렴이 걷히는데, 멀리 遠遊冠에 자줏빛 옷과 옥띠를 두른 자가 보였다. (그 자가) 책상에 기대어 "아무개를 국문하라." 하니, 붉은 옷 입은 관리 하나가 가운데서 내려와 종이와 붓을 쥐고서 대답을 쓰도록 명하였다. 옹은 그 까닭을 깨닫지 못하여 붓을 쥐고도 쓰려 하지 않았다. 아래 관리는 옛날에 서로 알던 자 같았는데, 손의 손톱으로 문서 뒤에 쓰기를 "평생 일찍이 불교를 비방한 적이 없습니다. 동료인 허 모가 압니다." 했다. 옹이 곧 이것으로써 대답을 하였더니, 전상에 앉은 자가 "허 모를 데리고 와야겠구나." 했다. 잠시 있다가 동쪽 행랑의 첫째 대문을 여니, 희미하게 패옥 소리가 나면서 화양건에 흰 창의와 검푸른 하의에 붉은 깁의 중단을 입고 구슬 단린 신발에 자줏빛 띠를 한 자가 나타나서 동쪽 계단으로부터 올라와 왼쪽 기둥에 서서 옹을 슬쩍 돌아보며 빙그레 웃는데, 고개를 쳐들고 흘끗 보니 바로 나였다. 전상에서 "이 사람이 그대를 끌어들여 자기가 佛法을 비방하지 않은 것을 증명하였는데, 진실로 그러한가?" 하였다. 내가 "저 사람이 비록 선교에 통달하지는 못하였지만, 또한 깊이 배척하지는 않았습니다." 하였더니, 전상에서 웃으며 "그렇다면 빨리 놓아주어라." 하였다. 검은 옷을 입은 자가 그를 인도하여 대문을 나서는데, 깜짝 놀라 깨어 보니, 닭이 이미 울었다.

吃翁回朝首訪余 道其詳且曰 君雖在人世 而名則錄於上淸也 余曰 仙釋二家 吾儒所不道者 吾當自盡誠明之學 以措治平之業而已 不必呶呶强與辨斥之也 余嘗以佞佛見抨 余豈業佛者也 不過不謗而已 世人顧不之察耳 斯夢也亦偶然 何足據信 然亦可爲俗子不知道而强自爲知者之戒也 因筆而識之 翁喜酒 醉則輒吃不能語 故以自號云

**주석** 〖上淸(상청)〗 하늘 〖誠明(성명)〗 至誠의 心과 完美한 德性(誠則明矣 明則誠矣『中庸』) 〖呶〗 떠들썩하다 노 〖佞〗 아첨하다 녕 〖抨〗 탄핵하다 평

**국역** 흘옹이 아침에 맨 먼저 나를 방문하여 상세히 그 꿈을 이야기하면서 “그대가 비록 인간 세상에 있으나, 이름은 上淸에 기록되어 있소.” 하였다. 나는 “仙教와 불교 두 가지는 우리 儒家에서는 말하지 않는 것이요, 나는 마땅히 스스로 誠明의 학을 다함으로써 治國平天下의 사업에 실행할 따름이지, 반드시 떠들어대면서 억지로 더불어 시비를 가려 배척할 것은 없소. 나는 일찍이 불교에 아첨했다 하여 탄핵을 받은 적이 있지만, 내가 어찌 불교를 업으로 삼는 자가 될 수 있겠소? 다만 비방하지 않은 데 불과한데, 세상 사람들은 다만 그것을 살피지 않을 뿐이지요. 이 꿈도 역시 우연이니, 어찌 의거해서 믿을 만한 것이겠소? 그러나 또한 속인 중에 도를 알지 못하면서 억지로 자기는 아는 척하는 자들의 경계가 될 수 있을 것입니다.” 하였다. 그리하여 붓을 들어 그것을 기록하였다. 옹은 술을 좋아하여 취하면 번번이 말을 더듬어 말에 능하지 못했다. 때문에 주흘로 자기의 호를 삼았다 한다.

**감상** ● 記는 ‘紀事之文’이어야 하는데, 이 글은 이러한 성격에서 벗어나 허구가 가미된 것으로 문학의 영역에 깊숙이 移行된 것으로 볼 수 있고, 小說文學에 한층 가까이 접근한 작품으로 평가할 수도 있다. 허균이 儒教社會에 살면서 그 사회가 이단시했던 佛教에 관심을 기울이고 그것의 가치를 나름대로 인정하려 했던 것은 주지의 사실이다. 그래서 그는 三陟府使가 됐다가 佛에 아첨했다 하여 파직당하기도 했다. 그러나 허균은 당대인이 비판했던 것처럼 그렇게 佞佛한 인물이 아니다.

그는 유교를 正學으로 받아들여 정치의 이념으로 삼아야 한다고 보았으며, 그러한 테두리 안에서 불교의 가치를 인정하려 했었다. 하지만 이단자로 몰리자, 허균은 당대 사회와 대립하지 않을 수 없었고, 나름대로의 세계관을 모색하지 않을 수 없었기에, 이러한 배경에서 이 작품이 나온 것이다. 허균이 이 작품에서 보여 주고자 한 것은 儒佛 두 세계관의 조화와 화합이다. 즉 이 작품은 꿈을 전후로 하여 유교적 세계관과 불교적 세계관이 서로 대립되어 있다고 볼 수 있다. 현실은 유교적 세계관이 지배하고 있지만, 꿈속은 불교적 세계관이 지배하고 있다. 그런데 허균은 이 두 대립되는 세계관에 대한 나름대로의 견해를 명백히 밝힘으로써 이 두 이념에 대한 화해를 시도하고 있다. 그는 현실적으로 儒者의 입장을 지지하면서도 꿈속의 불교의 세계도 인정하려 한다. 따라서 허균은 이런 꿈의 제시를 통해 이 두 세계를 넘어선 보다 가치 있는 세계를 지향하고자 한 것이다.

**참고논문** ▶ 
이문규, 「許筠作 '酒吃翁夢記', '夢記'의 소설적 성격검토」, 『한국판소리·고전문학연구』, 아세아문화사, 1983.

이문규, 「許筠의 記에 대한 고찰」, 『고전산문연구1』, 국어국문학회, 태학사,1998.

# 27.「皇華集序」李廷龜[13)]

惟我東方 國於海表 壤地褊小 而文獻之徵 粤自殷師 歷漢迄宋 使蓋相望 大明中天 八荒同軌 謂敝封秉禮教 恪侯度 克有遺風 慶弔宣勞 視于親藩 將命之臣 必妙選一時之英 採掇風謠 布昭恩德 咳唾之屑 積成篇帙 上自倪馬 下逮朱梁 珠璣璨爛 輝映前後 間以東人攀和之什 有似商魯頌之續周雅 此皇華集之所以作也

**주석** 〖海表(해표)〗 =海外 〖褊〗 좁다 편 〖徵〗 밝히다 징 〖粤〗 어조사 월 〖迄〗 ~까지 흘 〖八荒(팔황)〗 팔방의 끝 〖同軌(동궤)〗 수레바퀴 사이가 같다는 것에서, 천하가 통일됨을 이름 〖敝封(폐봉)〗 자기 나라의 겸칭 〖恪〗 삼가다 각 〖克〗 =能 〖宣勞(선

13) 이정구 1564(명종 19)~1635(인조 13). 호는 月沙. 尹根壽의 문인으로, 1598년에 명나라의 병부주사 丁應泰가 임진왜란이 조선에서 왜병을 끌어들여 중국을 침범하려고 한다는 무고사건을 일으키자,「戊戌辨誣奏」를 작성하여 명나라에 들어가 정응태의 무고임을 밝혀 그를 파직시켰다. 이정구의 생애는 어디까지나 조정의 관리로서 소임을 다하는 것이었으므로 致君澤民의 이상과 以文華國의 관인문학을 성실히 전개해 갔다. 이 점에서 그는 정통적인 사대부문학의 典範을 보인 셈이다. 이 때문에 그의 문장은 張維·李植·申欽과 더불어 이른바 漢文四大家로 일컬어지게 되었다. 이정구의 문장에 대해서 장유는 그의 才氣를 격찬함과 아울러 高文大冊의 신속한 창작능력을 높이 평가하였고, 正祖도 그의 문장을 높게 평가한 바가 있다. 이러한 평가들은 그가 집권층의 醇正文學을 대변하면서「변무주」를 계기로 이름이 널리 알려지게 된 상황과 직접적으로 연관되어 나온 것들이다. 이정구의 문학은 한편으로 善隣外交에 있어서 문학이 가지는 공용성을 십분 발휘한 것으로 일단의 의의를 갖는다. 그러나 문학 자체의 독자적 영역을 넓히고 진실한 감정과 사상을 처리한다는 면에서는 다소간 미흡한 점이 있다 할 것이다.

로)』 임금의 말을 전하고 위로함(宣 임금이 말하다 선) 『藩』 울타리 번 『將』 받들다 장 『掇』 줍다 철 『咳唾(해타)』 기침과 침으로, 말의 경칭 『屑』 잗다하다 설 『逮』 미치다 태 『珠璣(주기)』 구슬 『攀』 당기다 반 『什』 시편 집 『所以(소이)』 까닭

**국역** 생각건대 우리 동방은 나라가 해외에 있어 지역이 비좁고 작다. 그러나 징험할 수 있는 문헌은 멀리 은사(箕子)로부터 한나라를 거쳐 송나라에 이르기까지 사행이 계속 이어졌다. 대명의 시대가 되어 온 천하가 통일되자, 우리나라가 예교를 지키고 제후의 법도를 삼가 남은 풍도를 가지고 있다고 하여, 경조와 선로는 내국의 제후에 견주게 하고, 명을 전하는 신하는 반드시 당대의 뛰어난 인물을 잘 선발하여 풍요를 채집하고 은덕을 펴게 하였다. 작은 말이 쌓여 편질을 이루었다. 위로는 예씨와 마씨로부터 아래로는 주씨와 양씨에 이르기까지 주옥같은 시들이 찬란하여 전후로 빛나고 있으며, 우리나라 사람들이 화답한 시들도 끼여 있으니, 「상송」과 「노송」이 「주아」를 이은 것과 같다. 이것이 『황화집』이 만들어진 까닭이다.

今皇帝三十六年 我昭敬王 奄棄臣民 帝爲震悼 別選廷臣 賜賻祭若謚 越明年夏 行人司行人熊公化 實膺是命而來 公風儀端整 器度溫粹 有似景星祥鳳 令人快覩爭先 而其沖澹之想 簡潔之操 皆可爲遠人矜式 我殿下感皇恩之隆 歆使華之賢 庶幾縶駒空谷 以永今夕 而使事甫竣 星軺遽返 國人瞻望莫及 悵然如失 伴送使柳根 旋自江上 將公詩若文一帙以進 殿下卽命鋟梓以壽其傳 仍命臣序其卷首 臣謬忝館任 獲陪下風 薰挹德宇於觴詠之間 評詩說賦 累承緖論 賸馥殘膏 沾丐已多 西郊祖席 話及斯集 公實屬臣爲序 而今適承命 臣雖不文 烏得無言

**주석** 『奄』 갑자기 엄 『震悼(진도)』 신하의 죽음을 몹시 슬퍼함 『若』 및 약 『行人(행인)』 국외로 가는 사신과 빈객의 접대를 맡은 벼슬 『膺』 받다 응 『器度(기도)』 도량 『覩』 보다 도 『沖澹(충담)』 성질이 맑고 깨끗하여 욕심이 없음 『操』 풍치

조 〖矜式(긍식)〗 삼가 본보기로 삼음(矜 삼가다 긍) 〖隆〗 높다 륭 〖歆〗 부러워하다 흠 〖庶幾(서기)〗 바라다 〖縶駒空谷 以永今夕(집구공곡 이영금석)〗『詩經』「小雅, 白駒」에 있는 내용으로, 어진 이를 떠나지 못하게 만류하는 시 〖甫〗 겨우 보 〖竣〗 마치다 준 〖星軺(성초)〗 먼 곳으로 가는 사신이 타는 수레 〖遽〗 갑자기 거 〖悵〗 한탄하다 창 〖旋〗 돌아오다 선 〖鋟〗 새기다 첨(침) 〖梓〗 판목 재 〖謬〗 잘못되다 류 〖忝〗 황송하다 첨 〖陪〗 모시다 배 〖下風(하풍)〗 남의 아래 〖挹〗 읍하다 읍 〖德宇(덕우)〗 너그러운 품성 〖緖〗 실마리 서 〖賸〗 남다 승 〖馥〗 향기 복 〖沾丐(첨개)〗 남에게 이익을 줌 〖祖〗 떠나는 송별연 조 〖適〗 마침 적

**국역** 금황제(明 神宗) 36년, 우리 소경왕(宣祖)이 갑자기 승하하시자, 황제께서는 몹시 슬퍼하시어 따로 조정의 신하를 선발하여 부의와 제사와 시호를 내리셨으며, 이듬해 여름 행인사 행인 웅화가 실로 이 명을 받들고 왔다. 공은 풍모와 위의가 단정하고, 도량이 온화하고 순수하여 경성이라는 별과 상서로운 봉황(걸출한 인물에 비유) 같았으므로, 사람들이 앞 다투어 보려 하였으며, 그 충담한 생각과 간결한 조행은 모두 멀리 있는 사람들의 본보기가 될 만하였다. 우리 전하께서는 높은 황은에 대해 감격하고, 어진 사신의 인품을 부러워하여 텅 빈 골짜기에 망아지를 붙들어 매어 오늘 밤을 길이 보내기를 바랐다. 그러나 사신의 일이 끝나자마자 수레가 갑자기 돌아가니, 나라 사람들은 바라봄이 미치지 못하여 잃은 듯 서운해하였다. 반송사 유근이 압록강가로부터 돌아와 공의 시문 한질을 받들어 바치니, 전하께서 곧 판목에 새겨 오래 전하도록 명하시고, 이에 신에게 서문을 쓰라고 명하시었다. 저는 황송하게 관임을 맡아 아래에서 모시고 시와 술을 즐기는 자리에서 너그러운 인품을 뵙고, 시부를 토론하며 여러 번 말씀을 듣고 많은 가르침과 좋은 영향을 받은 것이 아주 많다. 서쪽 들 밖 전별하는 자리에서 이 시집에 대한 이야기가 미치자, 공이 신에게 서문을 부탁하였는데, 지금 마침 명을 받았으니, 신이 비록 글을 잘 짓지 못하나 어찌 말이 없을 수 있겠는가?

臣竊惟文章之盛衰 關於氣化之醇漓 而詩之美惡 本於性情之邪正 蓋自三百篇 變而爲騷選 降而爲晉魏 其間號爲作者 孰不欲左袒斯文 高視詞場而其能稟氣化之醇 得性情之正者 有幾人哉 逶迤歷代 氣象日卑 浮靡之習至於穢元而極矣 欽惟皇明鼎新華風 奎開文運 三光五嶽之氣 鍾爲人物之秀 道德才藝之士 彬彬輩出 文章之體 煥然一變 直可規姚姒而軼秦漢 觀於使乎諸賢 亦可驗矣 今公之詩 淸婉有趣 韻格超凡 不煩繩削 自出機杼屬思寓興 未嘗沿襲陳言 眞千載希聲也 獨恨公靡盬心忙 不遑燕息 入國境僅匝月 留王都未浹旬 倏爾而返 兼程而馳 仙軿莫淹 暇日無多 其收拾於錦囊者 不能千百之一焉 有似崑山片玉 愈寡而愈珍 吁亦盛矣

**주석** 〖醇〗 도탑다 순 〖漓〗 엷다 리 〖左袒(좌단)〗 편을 듦 〖稟〗 받다 품 〖逶迤(위이)〗 구불구불 가는 모양 〖浮靡(부미)〗 浮薄하고 화려함 〖穢〗 더럽다 예 〖欽〗 공경하다 흠 〖鼎新(정신)〗 혁신함 〖奎〗 규성 규(文運을 맡음) 〖鍾〗 모이다 종 〖彬〗 빛나다 빈 〖規〗 본받다 규 〖姚姒(요사)〗 姚는 舜임금의 성이고, 姒는 禹임금의 성 〖軼〗 앞지르다 일 〖繩削(승삭)〗 먹줄을 치고 깎아 내는 것으로, 반듯하게 깎음 〖杼〗 북저 〖沿襲(연습)〗 전례를 좇음 〖陳〗 묵다 진 〖盬〗 소홀히 하다 고 〖忙〗 바쁘다 망 〖遑〗 겨를 황 〖匝〗 둘레 잡 〖浹〗 두루 미치다 협 〖倏〗 갑자기 숙 〖軿〗 수레 병 〖淹〗 머무르다 엄 〖囊〗 주머니 낭 〖愈~愈(유)〗 ~하면 할수록 더욱 ~하다 〖吁〗 탄식할 우

**국역** 제가 생각건대, 문장의 성쇠는 도탑고 엷은 기화에 달렸으며, 시의 미악은 사악하고 바른 성정에 근본 한다. 대개 3백 편으로부터 변하여 「離騷」와 『文選』이 되고, 내려와 진·위의 시대 그 사이에 작가로 이름난 사람들 중에 그 누가 斯文에 편들고 詞場을 굽어보고 싶어 하지 않은 사람이 있겠는가? 그러나 도타운 기화를 받고 바른 성정을 얻을 수 있는 사람이 몇 사람이나 되겠는가? 후대로 오면서 기상이 날로 비루해져 부박한 습속이 더러운 원나라에 이르러 극도에 이르렀다. 삼가 생각건대 명나라가 중화의 기풍을 혁신하고 규성이 문운을 여니, 삼광과 오악의 기

운이 모여 빼어난 인물이 되었다. 도덕과 재예를 갖춘 선비들이 많이 배출되자, 문장의 바탕이 환히 한 번 변하여 곧바로 요순의 시대를 본받고 진한을 능가할 수 있을 정도니, 사신으로 온 여러 현인들을 보면 증험할 수 있다. 지금 공의 시는 청완한 멋이 있고, 운격이 범속한 경지를 뛰어넘었으며, 법도에 번거롭지 않아 자신의 베틀로 직접 베를 짜 내듯이 작품을 써서 의사와 흥취를 기탁한 것이 일찍이 묵은 말을 답습하지 않았으니, 진실로 천 년 동안 드문 소리이다. 다만 한스러운 것은, 소홀히 할 틈도 없이 바빠 편안히 쉴 겨를도 없어 우리나라에 들어온 지 겨우 한 달, 왕도에 머문 지 열흘도 못 미쳐 갑자기 돌아가 일정을 단축하여 달려갔다. 신선의 수레를 머무르게 할 수도 없고 한가한 날이 많지 않아 비단 주머니에서 수습한 것이 천분의 일도 되지 않는다. 그러나 이것은 곤륜산의 한 조각 옥이 적을수록 더욱 진귀한 것과 같으니, 아! 또한 성대하도다.

然此特公之餘事耳 觀公之禮容閒雅 符彩映人 周旋酬應 動中規節 燕餼辭受 悉裁義理 莅祀事則致其精白 接賓筵則盡其恪敬 樽俎雍容 情義交孚 不啻同朝之好 至於念民瘼而省煩弊 軫邦憂而戒戎備 周詳勤款 曲盡人情 甚得原隰咨詢之體 公歸之後 中外人民 感公之惠澤 挹公之淸芬 老羸扶杖 至有涕泣者 何令人見慕一至於此 詩云 無以我公歸 無使我心悲 其斯之謂也

**주석** 〖特〗 다만 특 〖符彩(부채)〗 사람의 거동 〖周旋(주선)〗 기거동작 〖酬應(수응)〗 응대 〖餼〗 보내다 희 〖辭受(사수)〗 사양과 받음 〖莅〗 임하다 리 〖恪〗 삼가다 각 〖啻〗 뿐 시 〖孚〗 싸다 부 〖瘼〗 고통 막 〖軫〗 마음 아파하다 진 〖款〗 정성 관 〖原隰咨詢(원습자순)〗 『시경』「小雅, 皇皇者華」에 나온 말로, 왕명을 받은 사신이 사방을 다니면서 두루 자문하는 것을 말함 〖挹〗 읍하다 읍 〖芬〗 향내 분 〖羸〗 파리하다 리

**국역** 그러나 이것은 다만 공의 여사일 뿐이다. 공의 한아한 예용과 헌칠한 풍채를 보니 모든 거동과 응대가 법도에 맞았으며, 연회나 접대에 대해 사양하는 것과 받는 것은 모두 의리에 따라 결정하였다. 제사에 임해서는 그 순정과 결백을 다했고, 접대하는 자리에서는 공경을 다했으며, 술자리에서는 화락한 모습에 정의가 가득하여 같은 조정의 동료보다 친밀감이 느껴졌다. 백성의 고통을 생각하여 번거로운 폐단을 줄이고 나라의 우환을 마음 아파하여 군사적인 대비를 경계할 때에는 주밀하고 간곡하여 인정에 곡진했으니, 참으로 왕명을 받은 사신이 사방을 다니며 자문하는 바탕을 터득한 것이다. 공이 돌아간 뒤에, 중외의 인민들이 공이 끼친 은택에 감격하고, 공의 고결한 덕행을 흠모하여 노약자들조차 지팡이를 짚고 (공을 전송하였으며), 심지어 눈물을 흘리는 자도 있었으니, 어찌하여 사람들로 하여금 이토록 사모하게 하였단 말인가? 『시경』에 "우리 공을 데려가지 말아서, 나의 마음을 슬퍼하게 하지 말라."라 하였으니, 이것을 말할 것이로다.

惟其蘊諸中者旣如是 故發於外者無不正 片言隻字 皆足爲東韓所敬重 思其人而讀其詩 使人詠歎淫泆而不知止 蘭馨玉潔之襟韻 宛然於文墨之間 此實有道者之言也 夫豈嘲風弄月 組織爲工者所可擬哉 將見歌賡載 煥皇猷以鳴大雅之盛 則是編也 非但膾炙於偏邦 其必被之八音 傳諸萬方 使聖朝一視同仁之化 吾王畏天享上之忠 赫然竝耀於無窮 豈非大幸也歟

**주석** 〖蘊〗 쌓이다 온 〖隻〗 하나 척 〖詠歎(영탄)〗 읊어 칭찬함 〖淫泆(음일)〗 빠짐 〖襟韻(금운)〗 가슴속의 風韻(襟 가슴 금) 〖擬〗 비기다 의 〖賡載歌(갱재가)〗 순임금과 皐陶가 주고받는 노래로, 어진 임금과 신하가 뜻을 모아 정사를 의논하는 것을 의미 〖八音(팔음)〗 8가지 악기 〖一視同仁(일시동인)〗 피아의 차별 없이 똑같이 사랑함 〖享〗 드리다 향 〖赫〗 빛나다 혁

**국역** 오직 그 마음에 쌓인 것이 이미 이와 같기 때문에, 밖으로 발현되는 것이

바르지 않음이 없어, 편언척자도 모두 우리나라 사람들로부터 존중을 받을 만하였다. 그 사람을 생각하고 그 시를 읽으면 사람을 칭찬에 빠져 그칠 줄 모르게 된다. 난초처럼 향기롭고 옥처럼 고결한 흉금이 글에 완연히 드러나니, 이것은 실로 도를 지닌 사람의 말씀인 것이다. 대저 어찌 음풍농월하며 문장을 교묘히 꾸미는 자들에 비길 수 있겠는가? 장차 「갱재가」를 노래하고 황제의 꾀를 빛나게 하여 「대아」의 성대한 시편을 울리게 될 것을 보게 될 것이다. 그렇게 되면 이 시편들은 다만 작은 나라에서 회자될 뿐만 아니라 반드시 팔음에 실려 만방에 두루 퍼져서 천하의 백성을 한 동포로 보는 성스러운 조정의 교화와 천명을 두려워하고 皇上에게 드리는 우리 왕의 충성을 무궁한 후세에 나란히 빛내게 될 것이니, 어찌 큰 다행이 아니겠는가?

**감상** ▶ ● 月沙는 문장을 一技로 보아 道學에 대해 문장은 하나의 재주에 지나지 않는 것으로 여겼다. 이는 朱子學的 문학관을 가진 문인들이 즐겨 쓰던 용어로 결국 道가 本이고 文이 末이라는 道本文末의 문학관으로 간주할 수 있다. 月沙는 마음속에 충만하게 쌓인 것이 밖으로 드러나야 훌륭한 글이 될 수 있으며, 이것이 바로 道를 가진 사람의 말씀이라고 하였다. 문장의 본질은 道와 관련된 것이므로, 吟風弄月하거나 억지로 꾸미려는 자들의 浮華한 문장은 쓸모없다는 것이다. 그리고 문장의 盛衰는 氣化가 醇正한지 여부에 관련되고 詩의 美惡은 性情의 邪正에 근본을 둔다고 하여, 문장과 시에 있어서 기상의 醇化를 중시하고 있다. 훌륭한 글이 되기 위해서는 性情의 올바른 수양을 거쳐야 되며 기상의 순정함에 바탕을 두어야 하는데, 魏晉 이래로 그러한 문인이 없음을 개탄하고 있어, 月沙는 문장을 통해 인간의 성정을 醇化하고 나아가서 세상의 敎化를 이루어야 한다는 效用論的 문학관을 지니기도 하였다.

**참고논문** ▶ 박영호, 「月沙 李廷龜의 文學觀 硏究」, 『동방한문학』 제2집, 동방한문학회, 1989.

오세현, 「月沙 李廷龜의 文翰活動과 學統 意識」, 『한국사론』 제51집, 서울대국사학과, 2005.

# 28.「芝峯集序」李廷龜

文章之顯晦 係世道消長 遇其時 則化於今 不遇時 則傳諸後 遇者恒少 而不遇者恒多 文如子長子雲 可謂大鳴千古 而猶以不遇憂 至欲藏之名山 以竢後世知己 文人之用心 良苦矣 遇時固難 傳後之難 又如是耶 我宣廟 勵精文治 作新人才 道德文章之士 彬彬輩出 前後數十年間 名家大集 次第剞劂 猗歟盛哉

**주석** 〖竢〗 기다리다 사 〖良〗 진실로 량 〖勵精(여정)〗 힘써 행함 〖彬〗 빛나다 빈 〖次第(차제)〗 차례 〖剞劂(기궐)〗 새김칼 〖猗〗 아! 의

**국역** 문장의 드러남과 어두움은 세상 도의 사라지고 자라는 것과 관계되니, 바른 때를 만나면 당세에 교화를 펴고 때를 만나지 못하면 후세에 전하는 것이다. 때를 만나는 사람은 항상 적고, 만나지 못하는 사람은 항상 많다. 문으로 자장(司馬遷)・자운(揚雄) 같은 이는 천고를 크게 울렸다고 말할 만하지만, 여전히 때를 만나지 못한 것을 근심하여 심지어 명산에 저서를 감추어 두고 후세의 지기를 기다리려 했으니, 문인의 마음 씀이 진실로 힘들다. 때를 만나는 것이 진실로 어려운데, 후세에 전하는 어려움도 또한 이와 같은가? 우리 宣祖께서 문치를 힘써 행하여 새로운 인재를 양성하여 도덕과 문장의 선비가 많이 배출되어, 전후 수십 년간 명가의 큰 문집이 차례로 간행되었으니, 아! 성대하도다.

芝峯集者 故吏曹判書李公潤卿著也 芝峯少耽書 於古文辭無不工 而尤長於詩 公退杜門謝事 沈潛書史 或棲遑州郡 或斂迹郊扉 一室蕭然 吟洒不倦 凡遇憂愁困厄不平無聊 一以詩遣 雖屢遭禍機 終始自靖 完名保哲 超然於文罔之外 逮際昌期 位望隆顯 而居寵若驚 不以爲榮 以簡制煩 以靜制動 本源澄澈 微瀾不起 以故發之於詩者 一味沖澹 無繁音無促節 其聲鏗而平 其氣婉而章 每一讀之 宛然想見其人 傳曰 詩可以觀 不其然乎

**주석** 〖耽〗 즐기다 탐 〖謝〗 사양하다 사 〖棲〗 살다 서 〖遑〗 한가하다 황 〖斂迹(염적)〗 자취를 감춤 〖扉〗 집 비 〖蕭〗 조용하다 소 〖倦〗 게으르다 권 〖厄〗 재앙 액 〖無聊(무료)〗 근심이 있어 아무 즐거움이 없음(聊 즐겁다 료) 〖靖〗 편안히 하다 정 〖文罔(문망)〗 법 〖隆〗 높다 륭 〖澄澈(징철)〗 맑음 〖瀾〗 물결 란 〖沖澹(충담)〗 맑고 깨끗함 〖促〗 급하다 촉 〖節〗 절조 절 〖鏗〗 맑은 소리 갱 〖婉〗 아름답다 완 〖章〗 밝다 장

**국역** 『지봉집』은 돌아가신 이조판서 이윤경의 저서이다. 지봉은 어려서 책을 좋아하여 고문의 글에 뛰어나지 않은 것이 없었고, 특히 시에 뛰어났다. 공무를 마치고 퇴근하면 문을 닫고 일을 사절한 채 書史에 빠졌으며, 때로는 주군에 살면서 여유롭게 지내고 때로는 교외 집에 자취를 감추기도 하였다. 온 집이 조용한 채 시를 읊고 술을 마시는 일을 게을리 하지 않았다. 무릇 걱정 · 근심 · 어려움 · 재앙 · 불평 · 무료를 만나면 모두 시로써 달랬으며, 비록 자주 화의 기미를 만났으나, 처음부터 끝까지 스스로 편안하면서 明哲保身으로 이름을 완전히 하여 법의 밖에서 초연히 노닐었다. 새 시대가 열리자 자리와 명망이 높아졌으나, (노자가 말했듯이) 총애를 받으면 놀라는 듯하여 영화로 여기지 않았으며, 간략함으로써 번거로움을 제어하고 고요함으로써 움직임을 제어하여 본원이 맑아 작은 물결도 일지 않았다. 그러므로 시로 드러나는 것이 한결같이 충담하여 번다한 소리가 없고 촉급한 절조가 없으며, 그 소리는 맑으면서도 평이하고 그 기운은 아름다우면서도 밝았다. 늘 한 번 그것을 읽으면 완연히 그 사람을 상상해 볼 수 있으니, 『논어』에 “시는 살필 수

있다."라고 한 것이 그렇지 않은가?

其文發於六經 根於性理 如菽粟如芻豢 絶無浮華僻澁之態 至如務實十二條 萬言封事 陳說國體 切中時病 眞是中興第一箚 公雖靜坐譚詩 若無意於世務 而精神文采之發 爲經綸事業者 乃如是 噫 公之在世也 公之詩已播於天下 安南琉球之使 亦聞公名 旣沒而公之籍 益大行於國中 不啻家傳而戶誦 若公可謂能化今 而能傳後者也 然則公之著述 只是詩若文耶 余觀公學誡及自新箴 則可見公晚年工夫專在學問上 文章特其餘事耳 吁其可敬也

**주석** 『芻豢(추환)』 초식하는 소·양 따위와 곡식을 먹는 개·돼지 따위 『絶』 결코 절 『澁』 껄끄럽다 삽 『箚』 차자 차(신하가 임금에게 올리는 문서) 『譚』 이야기 담 『經綸(경륜)』 천하를 다스림 『播』 펴다 파 『啻』 뿐 시 『若』 및 약 『特』 다만 특

**국역** 그의 문은 육경에서 나왔고, 성리에 뿌리를 두어 콩과 벼와 같고 소나 개 같아 전혀 부화하고 난삽한 모양이 없다. 「무실 12조」와 「만언봉사」와 같은 것은 나라의 바탕을 진술한 것으로 당시 병통에 절실히 맞는 것이었으니, 진실로 중흥 제일의 箚子였다. 공이 비록 조용히 앉아 시를 담론하여 마치 세상일에 뜻이 없는 듯하였으나, 정신과 문채가 드러나 경륜과 사업이 된 것이 이에 이와 같다. 아! 공이 생존할 때 공의 시는 이미 천하에 퍼져 안남과 유규의 사신이 또한 공의 명성을 들었고, 이미 돌아가시자 공의 저술이 나라에 널리 행해져 집집마다 전하고 외울 뿐만 아니니, 공과 같은 사람은 당세를 교화시킬 수 있고 후세에 전할 수 있는 사람이라 할 수 있을 것이다. 그렇다면 공의 저술은 단지 시와 문뿐인가? 내가 공의 「학계」와 「자신잠」을 보니, 공의 만년공부가 오로지 학문상에 있었고, 문장은 다만 여사일 뿐임을 알 수 있었다. 아! 정말로 공경할 만하도다.

**감상** ▶ ● 이 글 역시 앞 작품과 같이 月沙의 문학에 대한 생각을 읽을 수 있는 작품이다. 月沙는 문장이 드러나고 묻히는 것은 世道의 消長과 관련이 있어서 시대를 만나서 당세를 교화하는 자는 언제나 적다고 하면서, 시대를 만나는 것도 어려운데 후세에 전할 만한 글을 남기기는 더욱 어렵다고 하였다. 그리고 化今傳後할 만한 문장은 六經과 性理에 바탕을 두어야 하며, 절대로 浮華하거나 僻澁한 글을 써서는 안 된다고 하였다. 이와 같이 月沙는 문장이 經典에 바탕을 두어야 한다는 朱子學的 문인들의 보편적인 宗經精神의 문학관을 가졌으며, 文章과 世務를 겸해야 한다는 經世致用의 문학관을 견지했다.

**참고논문** ▶ 박영호, 「月沙 李廷龜의 문학관 연구」, 『동방한문학』 제2집, 동방한문학회, 1989.

오세현, 「月沙 李廷龜의 文翰活動과 學統 意識」, 『한국사론』 제51집, 서울대국사학과, 2005.

## 29. 「廣寒樓記」 申欽[14)]

介於湖嶺之堧 爲一大都會曰南原 山川之所湊集 而廣寒樓得其全 樓毁有年 而府伯申公 復其舊徵其勝 則曰 之樓也 西有蛟龍城 南有金溪山 東有方丈山 有水源於方丈 迤邐而下 爲蓼川 折而注樓前 瀦而爲湖 涵泓澄澈 若天漢起箕尾間 南經傳說 北經龜宿 而襟帶之也 湖外有曠野 長沙斷壟 奇岩島嶼花竹 若青城洞裏 玄界初開 瓊華石英 互發而交拆 赤水丹丘 惝恍而靡窮也

**주석** 『堧』 강가 땅 연 『湊』 모이다 주 『徵』 밝히다 징 『之』 =是 이 지 『迤邐(이리)』 잇달아 뻗은 모양(迤 연하다 이 邐 연하다 리) 『注』 흐르다 주 『瀦』 괴다 저 『涵』 가라앉다 함 『泓』 물 맑다 홍 『澄澈(징철)』 맑음 『天漢(천한)』 은하수 『襟』 옷깃 금 『壟』 언덕 롱 『青城(청성)』 四川省에 있는 산으로 모양이 城처럼 생겼으며,

14) 신흠 1566(명종 21)~1628(인조 6). 李廷龜·張維·李植과 함께 月象谿澤이라 통칭되는 조선 중기 漢文四大家의 한 사람으로, 호는 象村. 7세 때 부모를 잃고 藏書家로 유명했던 외할아버지 밑에서 자라면서 경서와 제자백가를 두루 공부했으며 陰陽學·雜學에도 조예가 깊었다. 개방적인 학문태도와 다원적 가치관을 지녀, 당시 지식인들이 朱子學에 매달리고 있었던 것과는 달리 異端으로 공격받던 陽明學의 실천적인 성격을 높이 평가하기도 했다. 문학론에서도 詩는 形而上者이고 文은 形而下者라고 하여 詩와 文이 지닌 본질적 차이를 깨닫고 창작할 것을 주장했다. 특히 詩에서는 객관 사물인 境과 창작주체의 직관적 감성인 神의 만남을 창작의 주요 동인으로 강조했다. 시인의 영감, 상상력의 발현에 주목하는 이러한 詩論은 당대 문학론이 대부분 내면적 敎化論을 중시하던 것과는 구별된다. 宣祖에게 뛰어난 문장력을 인정받아 對明 외교문서의 작성, 詩文의 정리, 각종 의례문서의 제작에 참여했다.

산속에 8개의 동굴과 72개의 작은 동굴이 있어 풍경이 빼어남. 東漢의 張道陵이 여기서 수도하여 道教에서는 '第五洞天'이라 함 〖瓊〗 옥 경 〖拆〗 터지다 탁 〖惝〗 경황없다 창 〖怳〗 멍하다 황 〖靡〗 없다 미

**국역** 호남과 영남의 언저리에 끼어 하나의 큰 都會가 된 곳이 南原이다. 산과 물이 모여드는 곳으로 광한루는 산수의 전경을 얻었다. 누대가 헐린 지 몇 해가 지나 府伯 申公이 복구를 하였는데, 그곳 승경을 살펴보자면 이 누대는, 서쪽에는 蛟龍城이 있고, 남쪽에는 金溪山, 동쪽에는 方丈山이 있으며, 물은 방장산에서 근원하여 잇달아 뻗어 내려 요천이 되고, 꺾여서 광한루 앞에 흘러 와서는 괴여서 호수가 되어 깊고 맑기가 마치 하늘의 은하수가 箕星과 尾星 사이에서 일어나 남으로 부열성을 거치고 북으로는 귀수를 거쳐 깃과 띠처럼 두르고 있는 것과 같다. 호수 밖에는 넓은 평야 · 긴 모래밭 · 낭떠러지 · 기이한 바위 · 島嶼 · 花竹이 있어 青城山의 洞天 속과 같다. 오묘한 세계가 처음 열렸을 때는 아름다운 옥과 수정 같은 돌이 여기저기서 드러나고, 붉은 물과 붉은 언덕이 황홀하여 끝이 없었을 것이다.

湖上有橋跨空者四 若婺女渡河 仙官集役 橫橋一成 碧落平地 名之曰烏鵲 記其似也 統諸勝而樓之 虹梁畫栱 珠箔瑤窓 若五城十樓 紅雲擁之 雖眞仙 亦不得尋也 名以廣寒 其在是乎 顧廣寒之說 難知也 嫦娥奔月 此焉攸宅 百丈之桂 三千之斧 守杵之兎 若有若無 浩浩茫茫 乃援而名斯樓者 其然乎其不然乎 其可乎其不可乎

**주석** 〖跨〗 걸치다 고 〖碧落(벽락)〗 푸른 하늘 〖虹〗 무지개 홍 〖栱〗 두공 공(대들보를 받치는 나무) 〖箔〗 발 박 〖瑤〗 옥돌 요 〖擁〗 가리다 옹 〖廣寒(광한)〗 달 〖焉〗 = 也 〖攸〗 바 유 〖杵〗 절굿공이 저 〖援〗 끌어 증거로 삼음 원

**국역** 호수 위에는 공중에 걸쳐 있는 다리 넷이 있는데, 婺女별(28수의 하나)이 은하를 건너가게 하기 위하여 仙境의 관원들이 모여 일하여 가로지른 다리가 놓이

자, 하늘이 평지로 변해 버린 것과 같은 것이다. 그것의 이름을 烏鵲橋라고 한 것은 그와 비슷하다는 것을 기록한 것이다. 여러 승경을 총망라하여 그곳에 누대를 세웠는데, 무지개 같은 대들보에 단청한 두공과 진주 발에 구슬 창문은 五城十二樓(곤륜산 위에 있는 신선이 산다는 곳)를 붉은 구름이 가리고 있어 비록 진짜 신선이라도 찾을 수가 없는 것과 같았다. 광한으로 이름 한 뜻도 아마 여기에 있을 것이다. 다만 광한이라는 말은 (뜻을) 알기가 어렵다. 항아가 달로 도망가서 거기서 살고 있다지만, 백장의 계수나무와 삼천의 도끼와 절굿공이를 지키는 토끼는 있는 것인지 없는 것인지 아득한데, 이에 끌어다 이 누대에 이름 지었다는 것이 과연 그런 것인가? 그렇지 않은 것인가? 또 그것이 옳은 것인가? 옳지 않은 것인가?

鄒衍之言曰 九州之外 更有九州 佛氏之言曰 恒河之內 有三十三天 仙家之言曰 度世之所 有三十六洞天 雖出於荒唐無端倪 而亦未宜徒謂之弔詭也 今以天象稽之 三公九卿 酒旂市樓 人間之所稱 而引以爲列星之號 則天上之廣寒 獨不足爲南原之廣寒乎 人間天上不必論也 塵躅眞遊不必分也

**주석** 〖端倪(단예)〗 일의 시작과 끝(倪 끝 예) 〖弔詭(조궤)〗 지극히 기이한 일 〖躅〗 자취 탁

**국역** 추연(戰國시대 齊의 사람)이 말하길 "九州 밖에 다시 다른 구주가 있다." 고 하였고, 불씨는 말하길 "항하 내에 삼십삼천이 있다." 하였으며, 선가에서는 말하길 "세상을 건너는 곳에 36개의 동천이 있다." 하였다. 비록 황당하여 본말도 없지만, 또한 다만 매우 기이한 일이라고만 할 것은 아니다. 지금 하늘의 형상으로 상고해 보더라도 三公(별이름)·九卿·酒旂·市樓는 인간이 일컫는 말들이지만, 끌어다 별들의 이름으로 삼았다. 그렇다면 하늘 위의 광한만이 홀로 남원의 광한이 되지 않을 수 있겠는가? 인간과 천상은 반드시 논할 필요가 없고, 세속의 자취와 신선놀이는 반드시 구분할 필요도 없는 것이다.

當其沆瀣初收 素影流輝 俯瞰平湖 傍臨烏鵲橋 山河大地 擧聚目前 於是乎手把金屈巵 口誦明月篇 座有素娥 披阿錫 揄紵縞 和而侑之 吾不知天上之與人間 其有辨乎 其視羅家老子奉天寶皇帝 幻遊暫時 聽霓裳羽衣 銀橋一掣 蓬海遂隔 而竊竊然持以誇詡者 又何如也 達人觀物 在驪黃牝牡之外 抑余三十年前 從元帥幕會于玆樓 適丁牛女交會之夕 桂苑天香 已夢境矣 恨不偸大藥 駐韶齡 白首鍾漏已 府伯 卽余家弟 名鑑字明遠 經方伯侍郞 莅府以治行著云 天啓六年歲舍丙寅孟秋 右議政停杯道人申欽記

**주석** 〖沆瀣(항해)〗 이슬기운 〖素影(소영)〗 흰 달 그림자 〖俯〗 숙이다 부 〖瞰〗 보다 감 〖擧〗 모두 거 〖巵〗 잔 치 〖素娥(소아)〗 흰옷을 입은 姮娥 〖披〗 입다 피 〖阿錫(아석)〗 곱게 짠 비단 〖揄〗 끌다 유 〖紵〗 모시 저 〖縞〗 흰빛 호 〖侑〗 권하다 유 〖羅家(라가)〗 唐 玄宗 초기에 羅公遠이 현종을 모시고 月宮을 구경 가려면서 계수나무 가지 하나를 공중에 던지자, 그것이 은빛을 내려 다리로 변하여 그 다리를 타고 올라가 수백 선녀가 연출하는 예상우의곡을 관람하고 돌아왔다고 함(『唐逸史』) 〖掣〗 끌다 체 〖竊竊(절절)〗 아는 체하는 모양 〖誇詡(과후)〗 자랑함 〖驪〗 검다 려 〖牝〗 암컷 빈 〖牡〗 수컷 모 〖外〗 제외하다 외 〖抑〗 또한 억 〖適〗 마침 적 〖丁〗 당하다 정 〖偸〗 훔치다 투 〖駐〗 머무르다 주 〖韶〗 아름답다 소 〖齡〗 나이 령 〖鍾漏〗 시간이 지남 〖莅〗 임하다 리 〖舍〗 머무르다 사

**국역** 그 이슬 기운 처음 걷히고 흰 달이 빛을 발할 때, 평평한 호수를 내려다보고 곁에 오작교에 임하면, 산하와 대지가 모두 눈앞에 모일 것이니, 이에 손으로 금굴치를 들고 입으로는 명월편(『시경』의 편명)을 외우며, 자리에는 흰옷을 입은 계집이 있어 고운 비단옷을 입고 세모시옷을 끌어당기면서 화답하고 술을 권하면, 나는 천상과 인간 세상을 구별할 수 있을지 모르겠다. 나씨 집 늙은이가 천보황제를 모시고 잠시 환상세계에서 놀며 예상우의곡을 듣다가 은교를 끌어당겨 버리자 봉래와 드디어 단절되어 버렸으면서도 아는 체하여 자랑거리로 여기는 것과 또한 어떠한가? 통달한 사람은 사물을 관찰하는 데 있어 검정말 · 누런 말 · 암컷 · 수컷을 따

지지 않는 법이다. 또한 내가 30년 전에 원수의 종사관으로서 그 누대에 모였을 때, 마침 견우와 직녀가 만나는 밤이었는데, 계수나무 동산의 천연의 향기가 이미 꿈속 일이 되고 말았다. 불로초를 훔쳐 먹고 젊은 나이에 머무르지 못하고, 이제 백수로 시간이 다하기만 기다리고 있는 것이 한스러울 뿐이다. 府伯은 바로 내 아우로, 이름은 鑑이고 자는 明遠인데, 방백과 시랑을 역임하고 남원부를 맡아 잘 다스렸다는 행적으로 알려졌다고 한다. 천계 6년(1626 인조 4) 7월 우의정 정배도인 신흠은 기록한다.

**감상** ▶ ● 이 글은 광한루에 쓴 樓亭記로, 象村은 이 작품에서, 佛家와 仙家의 우주관을 통해 세상과 天上의 구분에 대해 부정적으로 언급하고, 지상의 광한루와 오작교 등을 보며 천상의 姮娥와 織女를 상상하면서 천상과 지상이 구분되지 않을 정도로 충일한 흥취에 빠져 있음을 서술하였다. 이것은 광한루와 천지의 풍경에서 촉발된 상상력을 통한 精神的 遊戲의 산물이라고 할 수 있다. 記는 사실을 기록하는 것이기는 하지만, 樓亭이라는 공간은 긴장의 해소라는 주요한 목적을 지니고 있기 때문에, 그 공간 속에서 逍遙하는 가운데 정신적 유희를 즐기기도 한다.

**참고논문** ▶ 김정인, 「16세기 사림의 기문 연구」, 이화여대 박사논문, 2003.
안득용, 「谿谷 張維 樓亭記 硏究」, 『고전문학연구』 제32집, 한국고전문학회, 2007.

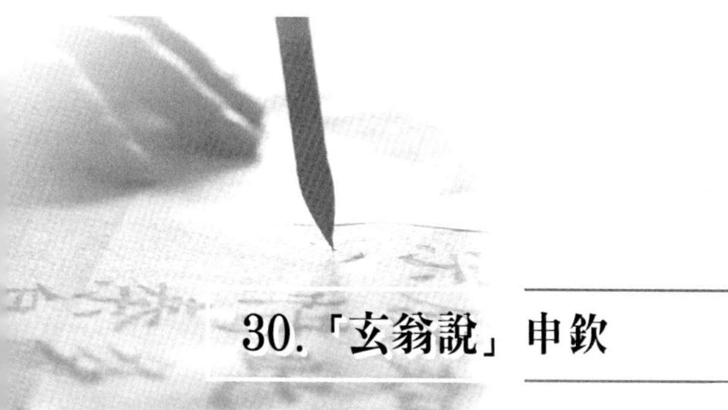

# 30.「玄翁說」申欽

曩吾稚歲 自號敬堂 旣長又號百拙 或曰南皐 數年間 易之以玄翁 客有來語余曰 敬者 聖功也 拙者 素履也 南皐 實跡也 而子去之 卒宅乎玄 豈有說耶

**주석** 〚曩〛 접때 낭 〚素履(소리)〛 자기의 본분을 지키는 바른 행위(履 행함 리) 〚跡〛 자취 적 〚宅〛 자리 잡다 택

**국역** 옛날 내가 어렸을 때는 스스로 敬堂이라 불렀고, 장성하여서는 또 百拙, 혹은 南皐로도 부르다가, 몇 해 사이에 그것을 '현옹'으로 바꾸었다. 어떤 객이 나에게 와서 말하기를 "敬이란 聖人을 배우는 공력이고 拙은 순박한 행실이고 남고는 실지로 걸어온 자취이다. 그런데 그대는 그것들을 버리고, 마침내 '현'에 자리를 잡았으니, 혹시 이야기할 것이 있는가?" 하였다.

余對曰 世之有色者有文 有文者有彩 唯玄者無色 無色故無文 無文故無彩 不可涅以爲緇 亦不可練以爲白 深深乎其朴也 淵淵乎其質也 渾渾乎其不可辨也 其類於至人之守乎 收視返聽 溟溟涬涬 若存若亡 而一氣沕然者 玆所謂吾玄之事 而衆妙之門乎 抑人漓道喪 蒼素倒置 龜文而焦 孔翠而羅 吾其守吾之玄 而庶免爲澤中之罦乎 客笑而去 遂書以爲玄翁說

**주석** 〖文〗 무늬 문 〖涅〗 검은 물 들이다 녈 〖緇〗 검다 치 〖練〗 표백하다 련 〖朴〗 순박하다 박 〖渾〗 크다 혼 〖溟〗 어둡다 명 〖涬〗 크다 행 〖沕〗 아득하다 물 〖抑〗 또한 억 〖漓〗 엷다 리 〖焦〗 태우다 초 〖孔〗 공작새 공 〖翠〗 비취색 취 〖羅〗 걸리다 라 〖澤〗 지금의 婣澤鳥로, 검푸른 색깔을 띠고 있으며 항상 연못 가운데서 사는데, 사람을 보면 울면서 떠나지 않아 마치 관원과도 같으므로 이 이름을 붙임(『爾雅』) 〖罦〗 그물 부

**국역** 내가 대답하기를 "세상에 색이 있는 것은 무늬가 있게 마련이고 무늬가 있는 것은 채색이 있게 마련인데, 오직 현만은 색이 없다. 색이 없으므로 무늬가 없고 무늬가 없으므로 채색이 없다. 그러므로 검게 물들여 검게 할 수도 없고, 또한 표백하여 하얗게 만들 수도 없다. 그 순박함이 한없이 깊고 그 바탕이 매우 깊어서 분별할 수 없이 큰 것인데, 아마지극한 사람이 지키는 것과 비슷할 것이다. 듣는 것이나 보는 것을 거둬들여 어둑어둑하고 커서 있는 것 같기도 하고 없는 것 같기도 하여, 한 기운이 아득한 듯하니, 이것이 말하자면 나의 '현'에 대한 일로서, 모든 오묘함의 문이다. 또한 인심이 박해지고 도덕이 상실되어 푸르고 흰 것이 도치됨에 따라 거북이는 등에 무늬가 있으므로 불로 지져 점을 치는 도구가 되었고 孔雀은 비취색 깃으로 그물에 걸려 잡혔소. 나는 나의 '현'을 지켜 연못에 사는 택우처럼 그물에 걸리기를 면해 볼까 한다." 하였더니, 객이 웃고는 떠났다. 드디어 대화한 것을 써서 '현옹'에 관한 설로 삼았다.

**감상** ● 이 글은 자신의 號에 대한 설을 풀이하는 號說로, 玄이란 글자에서부터 道家的 색채를 띠고 있으며, 거북이나 공작의 예를 들어 無用之用의 가치에 대해 언급하고 있다. 당시 일반적인 儒者들이 朱子學 이외의 학문에 대해 갖고 있었던 경직된 태도는 四大家의 한 사람인 李植에게서 전형적으로 나타난다. 이에 반해 申欽은 老莊의 장단점을 비교하기도 하고, 莊子를 읽음으로써 얻게 되는 효용을 긍정적으로 피력하기도 하였다(時取莊子之文見之 胸次覺快活 「江上錄」). 老莊에 대한 이러한 태도가 그의 號를 玄翁이라 짓게 한 것이다.

**참고논문** 최웅, 「申欽의 文學觀에 대하여」, 『한국고전산문연구』, 동화문화사, 1981.
우응순, 「신흠의 문학론 연구」, 『어문연구』 제28집, 민족어문학회, 1989.

## 31.「蜃樓記」 張維[15)]

蜃樓在溟海中 結構窈冥 機巧神變 故莫詳其制作 浮游無定 見滅無常 故莫指其方所 望之而有 卽之而無 故莫測其近遠云 列子書曰 有神山在涬海中 其上臺觀皆金玉 仙聖之種居之 其山無所根著 常隨波往還 其後秦皇帝好神仙 方士盧敖徐市等 皆言海中有仙人之居 去人不遠 始皇喜其言 東巡海上 若或見之 自列子所記 其實皆指是樓 而其製作遠近之詳 諸書皆不能載

**주석** 〖蜃〗 대합조개 신 〖溟〗 바다 명 〖窈〗 어둡다 요 〖機巧(기교)〗 기계 장치 〖滅〗 없어지다 멸 〖涬〗 渤(바다 이름 발)의 誤字인 듯함 〖仙聖(선성)〗 道通한 신선 〖巡〗 돌다 순

**국역** 신루는 깊은 바다 속에 있다. 건축 구조가 심오하고 솜씨가 신비롭기 때문에 그 제작에 대해 자세히 알 수가 없고, 정처 없이 떠다니고 보였다가 사라지는 것이 일정함이 없기 때문에 그 장소를 지목할 수가 없고, 바라보면 있다가도 나아가면 없어져 버리기 때문에 그 거리를 잴 수가 없다. 『列子』라는 책에 말하길 "어

---

15) 장유 1587(선조 20)~1638(인조 16). 호는 谿谷. 李植은 그의 학설이 朱子와 반대된 것이 많다 하여 陸王學派로 지적했으나, 宋時烈은 "그는 문장이 뛰어나고 의리가 程子와 朱子를 주로 했으므로 그와 더불어 비교할 만한 이가 없다."고 칭송하였다. 천문·지리·의술·병서 등 각종 학문에 능통했고, 書畵와 특히 문장에 뛰어나 李植 등과 더불어 조선문학의 四大家라는 칭호를 받았다. 많은 저서가 있다고 하나 대부분 없어지고 현재 『谿谷漫筆』·『谿谷集』·『陰符經注解』가 전한다.

떤 신선이 발해 가운데 있는데, 그 위에 대관은 모두 금과 옥으로 되어 있으며, 도통한 신선의 종족이 거기에 살고 있다. 그 산은 뿌리를 내린 것이 없어 항상 물결따라 갔다 왔다 한다." 하였다. 그 뒤에 진나라 시황제가 신선을 좋아하였는데, 방사 노오와 서불 등이 모두 '바다 가운데 신선이 사는 곳이 있는데, 인간 세상과 떨어진 것이 멀지 않습니다.'라고 하자, 진시황이 그 말을 기뻐하여 동쪽으로 바닷가를 순행하다가 그것을 본 듯하였다. 『列子』에 기록된 것으로부터 시작해서 그 실체는 모두가 이 신루를 가리키는데, 그 제작과 거리의 상세함은 여러 책에 모두 기록해 놓지 못하였다.

其始也 蓋介氏之族經營焉 介氏世居海中 得神仙之術 能變化爲幻 嘗聚族而謀曰 吾屬雖與魚鱉爲伍 實有仙靈之道 嘗聞神仙好樓居 豈可無壯麗瑰傑之所 以稱其神明哉 遂相與吹噓之 基以虛無 建以象罔 飾以忽荒 蓋不日而輪奐矣 旣成 大會落之 屬子虛子記焉

**주석** 〖介〗 딱지 개 〖屬〗 무리 속 〖鱉〗 자라 별 〖伍〗 다섯 집(행정단위) 오 〖瑰〗 크다 괴 〖稱〗 맞다 칭 〖吹噓(취허)〗 숨을 내쉼 〖輪奐(윤환)〗 건물이 장대하고 美麗함 〖落〗 낙성식을 하다 락 〖屬〗 권하다 촉

**국역** 그 처음은, 대개 개씨(甲殼類로, 여기서는 조개를 가리킴)의 족속이 경영한 것이었다. 개씨는 대대로 바다 속에 살면서 신선술을 터득하여 변화를 일으켜 幻影을 만들 수도 있었다. 언젠가 족속을 모아 놓고 모의하기를, "우리들이 비록 물고기나 자라와 뒤섞여 살고 있지만, 실로 신선의 신령스러운 도가 있다. 일찍이 '신선들은 누각에 거처하기를 좋아한다.'고 들었는데, 어찌 장대하고 화려하며 큰 집으로 그 神明에 맞게끔 살지 않을 수 있겠는가?" 하였다. 마침내 서로들 숨을 불어 허무로 토대를 삼고 상망(無心을 의미함)으로 세우고 홀황(元氣가 분리되지 않은 혼돈 상태를 뜻함)으로 장식을 하여, 얼마 되지 않아 장대하고 화려한 집을 만들어 내

었다. 이미 완성되자, 크게 모아 놓고 낙성식을 하고, 子虛子에게 記文을 써 달라고 부탁해 왔다.

或詰子虛子曰 子以是構也爲果實乎 曰 依乎虛 焉得實 爲果常乎 曰 實猶不得 況常乎 亦倏焉而有 忽焉而無也已矣 不實不常 倏有而忽無 則亦無幻也歟 曰然 然則爲是者固幻 子又從而文之 玆非幻之幻哉

**주석** 〖詰〗 묻다 힐 〖焉〗 어찌 언 〖倏〗 갑자기 숙 〖玆〗 이 자

**국역** 어떤 사람이 자허자에게 묻기를 "그대는 이 건축물이 과연 實在한다고 생각하는가?" 하자, (자허자가) 대답하기를 "허무에 의지하고 있는데, 어떻게 실재할 수가 있겠는가?" 하였다. (어떤 사람이) 말하길 "과연 常存하는가?" 하자, 대답하기를, "실재하지도 않는데, 어찌 常存하겠는가? 갑자기 있게 되었다가 홀연히 없어지는 것일 뿐이다." 하였다. (말하길) "실재하지도 않고 상존하지도 않으며, 갑자기 있다가 홀연히 없어진다면, 또한 幻影이 아닌가?" 하자, (자허자가) "그렇다."고 하니, (어떤 사람이 말하길) "그렇다면 이것은 진실로 환영인데, 그대가 또 따라서 글을 지으니, 이것은 환영 중의 환영이 아니겠는가?" 하였다.

子虛子曰 噫 子以幻果不足以爲 亦不足以文耶 夫天下何往而非幻哉 天有時而踣 地有時而滅 則天地亦幻矣 天地猶幻 況其中之人與物與其事而非幻哉 阿房未央銅雀五鳳 此人類所謂宏固巨麗不拔之構也 傾天下之力而成之 竭詞人之藝而文之 而今果有存者耶 自無而有 又自有而無 彼與此等矣 幻則均幻 實則均實 如之何其抑此而揚彼也 且海非吾國哉 而有時而塵矣 況吾期斯樓之久哉 有則安其有 無則任其無 及其無也 吾固不能使之不無 當其有也 吾安可不以爲吾有哉 旣以爲吾有 無論幻與非幻 吾又何可不爲文之哉 或者無以應 遂爲之記

**주석** 〚踣〛 넘어지다 복 〚而〛 도리어, 마침내 이 〚宏〛 크다 굉 〚拔〛 제거하다 발 〚竭〛 다하다 갈 〚如之何〛 어떻게

**국역** 자허자가 말하길 "아! 그대는 환영을 과연 만들 수도 없으며, 또한 글로 지을 수도 없다고 생각하는가? 대저 천하는 어디를 간들 환영이 아니겠는가? 하늘도 어느 땐가는 엎어지고 땅도 언젠가는 사라지고 말 것이니, 그렇다면 하늘과 땅 역시 환영인 셈이다. 하늘과 땅도 오히려 환영인 셈이라면, 하물며 그 속에 사람이나 물건이나 일은 마침내 환영이 아니겠는가? 아방궁(秦始皇의 궁)과 미앙궁(漢高祖의 궁전)과 동작대(삼국시대 魏나라 曹操의 누대)와 오봉루(梁 太祖의 누각)는 인류가 웅장하고도 화려하여 제거할 수 없는 건축물이라고 이야기해 오던 것들이다. 천하의 힘을 기울여 만들고, 글 짓는 사람들의 기예를 다하여 글을 지었는데, 지금 과연 존재하는 것이 있는가? 없음으로부터 있게 되었고, 또 있음으로부터 없어진 것은 저것이나 이것이나 똑같다. 환영이면 똑같이 환영이고, 실재한다면 똑같이 실재하는 것인데, 어떻게 정말 이것은 짓눌러 버리고 저것은 추켜세울 수가 있단 말인가? 또한 바다도 우리나라가 아닌가? 그러나 어느 땐가는 티끌로 변할 것이다. 그러니 하물며 내가 이 누각이 오래 지속되기를 기약하겠는가? 있으면 그 있음을 편안히 여기고, 없어지면 없어진 대로 놔둘 따름이다. 그것이 없어질 때, 나는 정말로 그것을 없어지지 않도록 할 수 없으니, 그것이 있을 동안만이라도 내가 어떻게 나의 소유로 삼지 않을 수가 있겠는가? 이미 나의 소유로 삼으면, 그것이 환영이든 환영이 아니든 논할 것도 없으니, 내가 또 어떻게 글로 쓰지 않을 수가 있겠는가?"라 하니, 어떤 자가 응할 수 없었다. 마침내 이것으로 記文을 삼는다.

**감상** ● 이 작품은 전반부의 敍事와 후반부의 議論으로 나뉜다. 서사는 신루의 형상과 제작과정에 대한 서술이고, 후반부는 신루에 글을 지을 수 있는가에 대한 가치 판단에 의해 발생한 논쟁이다. 위 글을 관통하고 있는 의식은 相對主義이다. 幻과 實을 이분법적으로 보고 幻을 억제하고 實을 높여야 한다고 생각하는 혹자를, 세상 모든 것이 幻의 입장에서 본다면 모두 幻이 될 수 있고, 實의 입장에서 본다

면 實이 될 수 있다는 근거로 제압하고 있다. 한 걸음 더 나아가 세상에 아무것도 無限하지 않으니, 그것이 나의 소유일 때 편안히 여기고, 사라진다고 해도 괘념치 않는다는 의식은 삶의 有限性에 悲感을 가지기보다 처한 상황에 따라 자연스럽게 살고자 하는 태도로 보인다. 그런데 이러한 장유의 인식 태도는 『莊子』 「齊物論」에서 주로 보이는, 相對主義的 의식과 자신의 선입견을 따르지 않고 自然을 따르는 태도와 흡사하다. 張維는 다양한 학문이 존재하는 중국에 비해 程朱學에만 지나치게 집착하는 조선의 학자들을 비판하는데(『谿谷漫筆』), 이러한 개방적인 학문의 태도가 莊子的 思惟를 통해 이 작품을 짓게 된 배경으로 작용한 것이다.

**참고논문** ▶ 정연봉, 「張維의 文學思想」, 『한국문학사상사』, 계명문화사, 1991.
안득용, 「谿谷 張維 樓亭記 硏究」, 『고전문학연구』 제32집, 한국고전문학회, 2007.

## 32.「答人論文」張維

別來歲已四五周矣 雖南北隔絶 嶺嶠間之 悠悠之思 未嘗少已於中也 每念足下有妙質儁才 昔時已嶄然頭角矣 乖闊以來 日月已多 必能奮張變化 蔚然可驚 而恨不能致其身於我側 或致我身於其側 浸挹餘波 以自澤其枯槁也 乃今得惠書 辭致之工 識趣之高 果不負於宿昔所期 離索之慰 殊不可言

**주석** 〖周〗 돌다 주 〖嶠〗 산봉우리 교 〖悠悠(유유)〗 많은 모양 〖儁〗 뛰어나다 준 〖嶄然(참연)〗 뛰어난 모양 〖乖〗 떨어지다 괴 〖闊〗 멀다 활 〖蔚〗 성대하다 울 〖挹〗 뜨다 읍 〖致〗 곱다 치 〖負〗 저버리다 부 〖離群索居(이군색거)〗 동료들과 떨어져 외로이 삶 〖慰〗 위로 위 〖殊〗 특히 수

**국역** 이별한 지 벌써 4~5년이나 되었는데, 비록 남과 북으로 떨어져 있고 산맥이 그 사이를 가로막고 있어도, 그리워하는 마음은 일찍이 조금도 가슴속에서 사라진 적이 없었습니다. 늘 족하에게 뛰어난 재질이 있음을 생각하곤 하는데, 옛날에 벌써 (족하는) 우뚝 頭角을 나타냈었지요. 멀어진 이래로 세월이 이미 많이 흘렀으니, 반드시 크게 분발하여 변화되어 깜짝 놀랄 정도가 되었을 텐데, 내 옆으로 그의 몸을 이르게 할 수도 없고 혹은 그의 곁으로 내 몸을 이르게 할 수도 없어, 남은 여파에 잠기고 떠서 스스로 내 마른 몸뚱이에 물기가 돌도록 할 수 없었던 것이 한입니다. 이에 지금 서찰을 받아 보니, 어휘의 구사가 뛰어나고 식견이 고매하여 과연 옛날에 기대했던 것을 저버리지 않으셨으니, 친구와 떨어져 있는 내 처지에서

위로받는 점이 특히 말할 수 없을 정도였습니다.

來書所及論文之旨 頗皆得之 獨於稱僕過實 近於溢美 豈欲引而進之歟 何待故人之不誠也 僕往時於文 僅識趨向 譬如涉浡澥者纔離崖耳 終日覼縷 略有一二語近似 而不見有完篇焉 蓋未嘗熟一部書 宜所得之淺也 數年來 無他事故 可以大肆力於舊業 而怠惰因循 且累於科擧之務 僅讀數部書 作數十篇文字 雖稍長於往時之爲 而局促凡下 不足闚作者之域 生平壯志 索然漸衰 每得一語稍勝 輒慊然自足 恐不足以終成賈馬事業也 然斯技也 何必極其能哉 顧我於大於斯者 全未有得焉 則斯技也 雖止於是而不復進 亦何足深病焉 以是自寬 尤足以長怠懶之習也

**주석** 〖稱〗 칭찬하다 칭 〖溢〗 넘치다 일 〖美〗 칭찬하다 미 〖僅〗 겨우 근 〖浡澥〗 = 渤海(浡(용솟음하다 발)은 渤(바다 이름 발)의 오자인 듯함) 〖纔〗 겨우 재 〖崖〗 물가 애 〖覼縷(나루)〗 자세히 말하는 모양(覼 자세하다 라) 〖肆〗 힘쓰다 사 〖惰〗 게으르다 타 〖因循(인순)〗 舊習에 따라 행함 〖累〗 묶다 루 〖稍〗 작다 초 〖局促(국촉)〗 소견이 좁은 모양 〖闚〗 엿보다 규 〖索〗 쓸쓸하다 삭 〖慊〗 만족하다 겸 〖怠〗 게으르다 태 〖懶〗 게으르다 라

**국역** 보내신 서찰에서 언급하신 문장을 논한 그 취지는 상당히 모두 동감이 갑니다. 다만 나에 대해 칭찬한 것이 실질을 지나쳐 지나친 칭찬에 가까운데, 혹시 나를 이끌어 그러한 경지로 나아가게 하려는 것입니까? 어찌 친구에게 참되지 않은 평가를 내릴 줄 기대나 했겠습니까? 나는 과거에 글에 대해서 겨우 나아갈 방향만을 알았을 뿐이니, 비유컨대 바다를 건너가려고 하는 자가 겨우 물가를 떠난 것과 같은 것입니다. 하루 종일 자세히 말해도 대략 한두 가지 근사한 어휘만을 찾아낼 뿐 완성된 편을 보지 못했는데, 아마 1부의 글도 일찍이 익히지 못한 탓이니, 소득이 얕았던 것은 당연합니다. 그러다가 몇 년 이래로는 다른 일이 없어 예전 일에 크게 힘을

쏟을 수 있었는데도 게을러서 舊習만 따랐고, 또 科擧의 일에 얽매여 겨우 몇 부의 글을 읽고 수십 편의 문자를 지었을 따름입니다. 그러나 비록 (이것이) 과거에 지었던 것보다는 조금 낫다고 할지라도, 모두 소견이 좁고 비천한 것들이라서 작자의 영역을 넘보기에는 역부족입니다. 평소의 씩씩한 志氣도 쓸쓸하게 점점 쇠해져 가는데, 늘 조금 괜찮은 어휘 하나라도 얻게 되면 문득 최고인 양 스스로 만족해 버리니, 끝내 賈誼나 司馬相如의 사업을 이루지 못할까 걱정입니다. 그러나 이런 기예가 어찌 반드시 그 능력을 최대한으로 발휘할 필요가 있겠습니까? 돌아보건대 나는 이것보다 더 중대한 것에 대해서조차 전혀 얻은 것이 없는데, 이런 기예가 비록 여기에 그치고 다시 발전하지 못한다 하더라도, 또한 어찌 깊은 병폐라 할 수 있겠습니까? 이것으로 자신에게 관대하다 보니, 더욱 나태한 습관만 자라날 뿐입니다.

夫文有華有實　辭者其華也　理者其實也　聖賢之文　華實俱備　自諸子以下　始岐而二矣　文之至者　必華實兼　然與其華而不實　寧實而不華矣　濂洛諸儒之文是也　今世之人　用心於雕繪之技　憊敝精神　終未能造其工　況責夫能求其實哉　退之華勝實者也　猶有根茂實遂之論　其徒亦言　必深於道而後至　蓋稍志於古者　皆能知所先後矣　下此則直童子淺淺耳　何足道哉

**주석** 〖岐〗 갈라지다 기 〖與其A寧B〗 A하느니 차라리 B하겠다 〖雕〗 새기다 조 〖繪〗 그리다 회 〖憊〗 고달프다 비 〖敝〗 피폐하다 폐 〖造〗 이르다 조 〖遂〗 자라다 수 〖直〗 다만 직 〖道〗 말하다 도

**국역** 대저 글에는 華가 있고 實이 있는데, 辭는 그 화요 理는 그 실입니다. 聖賢의 글은 화와 실이 모두 갖추어져 있는데, 諸子 이하로부터 비로소 갈려져 나오면서 둘이 되었습니다. 글이 지극한 것은 반드시 화와 실이 겸비되어야 합니다. 그러나 화만 있고 실이 없기보다는 차라리 실이 있고 화가 없는 것이 더 낫습니다. 염락(濂溪의 周敦頤와 洛陽의 程子 형제로, 宋儒를 말함)의 여러 儒者의 글이 이것

입니다. 그런데 지금의 세상 사람들은 글을 아름답게 꾸미는 기예에만 마음을 써서 정신을 극도로 소모시키고 있는데도 끝내 그 공교로움에 이르지 못합니다. 하물며 그 實을 추구할 수 있도록 책임 지울 수 있겠습니까? 退之(唐 韓愈)는 華가 實을 이긴 사람인데도 오히려 "뿌리가 무성해야 열매가 자란다."라는 논의가 있었고, 그 의 무리들 역시 또한 "반드시 도의 경지가 깊어진 뒤에야 이를 수 있다."고 하였으니, 대개 옛것에 조금이라도 뜻을 둔 자라면, 모두 먼저 하고 나중에 할 것을 알았다고 할 것입니다. 이보다 아래는 단지 지식수준이 낮은 어린애와 같을 뿐이니, 어찌 말할 만하겠습니까?

足下之所問於僕 與僕之所自爲者 皆今世之習而已也 而顧其言如此 能言而不能行 其去於實也亦遠矣 嗚呼 可不惕然念之哉 世人識不明 取舍甚陋 能者固有不見知之歎矣 然君子之進其業 非以覬知於人也 特以自裕於己而已 苟得於我者 旣足 雖不遇於此 可以必遇於彼 雖不遇於今 可以必遇於後 何足歎哉 傳曰 百世以俟而不惑 老氏之言曰 知我希則我貴 君子所存 當如是 若使咨歎鬱抑 必願其一售 則於不慍無悶之義 無乃剌謬乎 彼韓柳諸公 猶未免此 僕常恨之 願足下勿再存於懷也 若曰 知己難遇 有唱無和云 則彼此誠同矣 古人以朋來爲樂 以道孤爲歎 可謂先獲此心矣 南中必多識者 幸以鄙見質之 其以爲如何

**주석** 〖惕〗 두려워하다 척 〖覬〗 분수에 넘치는 일을 바람 기 〖俟〗 기다리다 사 〖若使(약사)〗 만약 〖鬱抑(울억)〗 억제를 당해 답답함 〖售〗 팔리다 수 〖慍〗 성내다 온 〖悶〗 번민하다 민 〖剌謬(랄류)〗 어그러져 틀림(剌 어그러지다 랄) 〖質〗 묻다 질

**국역** 족하가 나에게 물은 것과 나 자신이 스스로 하고 있는 일은 모두 오늘날 세상의 풍습일 뿐입니다. 그러나 다만 말은 이와 같이 하지만, 말만 하면서 행동할 수 없다면, 實과 동떨어진 것이 또한 멀다고 할 것입니다. 아! 두려운 마음으로 생각

해 보지 않을 수 있겠습니까? 세상 사람들의 식견이 밝지 못해 취하고 버리는 것이 매우 비루하니, 능한 사람은 진실로 알아주지 않는다는 탄식이 생길 법도 합니다. 그러나 군자가 그 일을 진행시켜 나아가는 것은 남이 알아주기를 바라기 때문이 아니고, 단지 스스로 자기를 넉넉하게 하려는 때문일 뿐이니, 만약 자기에게 얻은 것이 있다면 이미 만족인 셈입니다. 비록 이쪽에서 만나지 못한다 하더라도 반드시 저쪽에서는 만날 수도 있고, 비록 오늘날에 만나지 못한다 하더라도 반드시 미래에는 만날 수도 있으니, 어찌 탄식할 만한 것이겠습니까? 傳에 이르기를 "百世에 (聖人을) 기다려도 의혹되지 않는다." 하였고, 老子는 말하기를 "나를 아는 자가 드물면 나는 귀해지는 것이다."고 하였는데, 군자의 보존할 (마음가짐)은 마땅히 이와 같아야 할 것입니다. 만약 탄식하고 답답하게 여기며 반드시 한 번 팔리기를 바란다면, (남이 나를 알아주지 않아도) 성내지 않고 번민하지 않는다는 뜻에 비추어 볼 때, 이에 잘못이 아니겠습니까? 저 韓愈·柳宗元 등 여러 사람들도 오히려 이런 잘못을 면하지 못했으므로, 내가 늘 유감스럽게 생각해 왔는데, 원컨대 족하께서는 다시 (그런 생각을) 마음에 두지 말았으면 합니다. 만약 "知己를 만나기가 어려워 노래를 해도 和答할 사람이 없다."고 한다면, 피차 정말로 똑같은 입장입니다. 옛사람도 벗이 찾아오는 것을 즐거움으로 삼고 자신의 道가 외로워지는 것을 탄식으로 삼았으니, 이런 심정을 먼저 맛보았다고 할 만합니다. 南道에는 필시 식자들이 많을 테니, 비루한 (저의) 견해로써 質正해 본다면 다행이겠습니다. 어떻게 생각하시는지요?

**감상** ▶ ● 이 작품은 張維의 문학에 대한 생각이 잘 드러난 글이다. 장유는 문장에 있어서 理致(文理)를 강조했는데, 이치가 뛰어난 문장은 아름답기를 꼭 기대하지 않더라도 스스로 아름다워진다고 보았으며, 이치가 어그러짐에도 불구하고 글이 아름다운 것에 대해서는 군자는 그것을 아름다움으로 여기지 않는다고 하였다(『谿谷漫筆』). 그러나 그가 문학에 있어서의 實과 質을 존중하다고 하여 문장의 기교와 修辭의 중요성을 전적으로 부정하는 것은 아니다. 원칙적으로는 문장의 華와 實, 그 양면성을 인정하고, 두 측면을 고루 갖춘 문장이 이상적인 것이라는 입장을 취하고 있다. 그러나 近世人들이 聖賢의 글과는 달리 다듬고 그리는 재주에만 마음을 쓰고

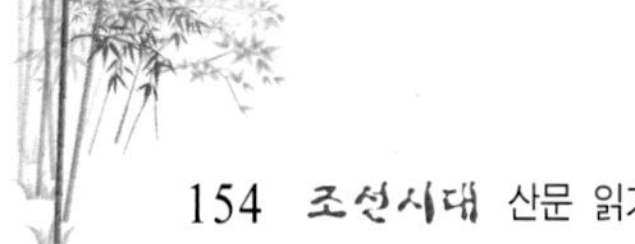



實을 구하지 않기 때문에 '華而不實'보다는 차라리 '實而不華'가 낫다고 말하게 된 것이다. 결국 文과 質이 조화를 이룬 문장을 지향하되 華보다는 實에 더 비중을 두는 견해라 하겠다.

**참고논문** ▶ 정연봉, 「谿谷 張維의 文學論과 陽明學觀」, 『石軒 鄭奎福博士 還曆紀念論叢』, 민족어문학회, 1987.

정연봉, 「張維 詩文學 硏究」, 고려대 박사논문, 1989.

# 33.「石洲集序」張維

詩天機也 鳴於聲 華於色澤 淸濁雅俗 出乎自然 聲與色 可爲也 天機之妙 不可爲也 如以聲色而已矣 顚冥之徒 可以假彭澤之韻 齷齪之夫 可以效靑蓮之語 肖之則優 擬之則僭 夫何故 無其眞故也 眞者何 非天機之謂乎

**주석** 〖天機(천기)〗 본래의 眞性 〖澤〗 윤나다 택 〖顚冥(전명)〗 =迷惑 〖齷齪(악착)〗 작은 일에 구애하는 모양 〖擬〗 본뜨다 의 〖優〗 광대 우 〖僭〗 참람하다 참

**국역** 詩는 天機(자연의 樞機가 발동한 것)이다. 소리로 울리고 색과 광택으로 화려하게 하여, 맑고 탁하며 고상하고 저속한 것이 자연에서 나오는 것이니, 소리와 색은 (인위적으로) 할 수 있으나, 天機의 묘함은 할 수가 없다. 만약 소리와 색으로 써뿐이라면, 미혹한 무리가 팽택(陶淵明)의 운을 빌릴 수 있고(도연명의 시를 흉내 냄을 말함), 옹졸한 사내들도 청련(李白)의 어휘를 모방할 수 있을 것이다. 그러나 닮으려면 광대요, 본뜨려 하면 참람된다. 어째서인가? 그 '眞'이 없기 때문이다. '참'은 무엇인가? 천기를 말하는 것이 아니겠는가?

世之人 以詩觀詩 不以人觀詩 若然者 豈唯不得其人 幷與其詩而失之 詩可易言乎哉 石洲之詩 談者謂百年來所未有 此固以詩論也 乃余實得其人焉 余生後公幾二十年 弱冠幸得從公游 爲人廣顙哆口 疏眉目 貌偉而

氣豪 言論磊落動人 間雜詼謔 性酷嗜酒 酒後語益放 傲睨吟嘯 風神散朗 卽不待操紙落筆 而凡形於口吻 動於眉睫 無非詩也者 及其章成也 情境妥適 律呂諧協 蓋無往而非天機之流動也

**주석** 〖幾〗 거의 기 〖顙〗 이마 상 〖哆〗 크다 치 〖偉〗 크다 위 〖磊落(뇌락)〗 뜻이 커서 작은 일에 구애하지 않는 모양 〖詼謔(회학)〗 농담 〖酷〗 심하다 혹 〖放〗 멋대로 하다 방 〖傲睨(오예)〗 오만하여 남을 업신여김 〖嘯〗 읊조리다 소 〖風神(풍신)〗 = 風采: 모습이나 인품 〖散朗(산랑)〗 뛰어나고 명랑함 〖吻〗 입술 문 〖睫〗 눈썹 첩 〖妥〗 온당하다 타 〖律呂(율려)〗 음조 〖諧〗 조화롭다 해

**국역** 세상 사람들은 시로써 시를 보고 사람으로서 시를 보지 않는다. 만약 그렇다면 어찌 오직 그 사람을 얻지 못할 뿐이겠는가? 아울러 그 시와 함께 잃게 될 것이니, 시를 쉽게 말할 수 있겠는가? 석주의 시는, 말하는 자들이 '백 년 이래로 아직 없었다.'고 하니, 이는 실제로 시로써만 논한 것이다. 그런데 나는 실제로 그 사람을 알고 있으니, 나는 공보다 거의 20년 뒤에 태어났지만, 약관의 나이에 다행히 공을 따라 노닐 수가 있었다. 공은 사람됨이 넓은 이마에 입이 크고 눈썹과 눈이 훤칠하였으며 용모가 크고 기상이 호탕하였다. 언론이 활달하여 사람의 마음을 움직였으며, 간혹 농담을 섞어 가며 이야기하기도 했으며, 본성이 술을 몹시도 좋아하였다. 술을 마신 뒤의 말은 더욱 호방해져서 오만스럽게 세상을 깔보면서 읊조릴 때면, 풍신이 뛰어나고 명랑하여서 곧 종이를 잡고 붓으로 써 내려가기를 기다리지 않아도, 입술로 표현하고 눈썹을 움직이면, 시가 아닌 것이 없었다. 문장이 이루어짐에 정서와 外境이 알맞고 음조가 고루 어울려서, 대개 어디에 가든지 천기가 흘러나온 것이 아닌 것이 없었다.

公雖以詩酒自放 然天資甚高 內行甚飭 讀濂洛諸書 見解通明 雖老師宿儒 無以遠過之 宣廟聞其名 命進所爲詩 大加稱賞 至以布衣佐儐使 光海

政亂 屢以危言忤權貴 竟中蜚語 坐詩案以死 及今上踐阼 命贈某官 以伸直道

**주석** 〖飭〗 삼가다 칙 〖進〗 올리다 진 〖儐〗 대접하다 빈 〖忤〗 거스르다 오 〖蜚〗 날다 비 〖坐〗 연루 좌 〖踐阼(천조)〗 임금의 자리에 오름

**국역** 공이 비록 시와 술로 스스로 방탕하였으나, 천부적 자질이 매우 뛰어나고 안으로는 행실을 매우 삼갔으며, 염락(濂溪의 周敦頤와 洛陽의 程子 형제로, 성리학을 가리킴)의 여러 글들을 읽고서 그 견해가 통하고 밝았으니, 비록 老師나 宿儒라도 그를 멀리 지나칠 수가 없었다. 宣祖께서 그의 명성을 듣고 그가 지은 시를 올리도록 명하고서 크게 칭찬하여 상을 주시고, 포의의 신분으로 빈사를 보좌하게까지 하였다. 光海의 정사가 문란해지자, 여러 차례에 위험을 무릅쓰고 하는 直言으로 권세 있는 귀족들에게 거슬리더니, 마침내는 유언비어에 걸려 詩案(詩로 인한 筆禍 사건의 재판)에 연좌되어 죽고 말았다. 그러다가 금상(仁祖)께서 즉위하시고 나서 모의 관직을 追贈하도록 하여 곧은 도가 펴지게 하였다.

湖南方伯沈公器遠完山尹洪公霶 皆公門下士 始鋟公遺稿 刻成 屬余序之 余結髮知慕公 嘗得一言獎許 至今未敢忘也 序卷之託 又何可辭 噫 公以豪傑之資 用志不分 專發之於詩 然其遇於世也 只一當華使而已 奇禍之憯 竟亦繇是致焉 不知天之畀公絶藝 榮之歟 抑禍之歟 乃今遺集之行 出於禍釁之餘 殘膏賸馥 將沾被寰中 其視富貴而名磨滅者 得失何如哉 逝者而有知 亦足以自慰矣 悲夫

**주석** 〖沈器遠(심기원)〗 조선 중기 공신으로, 권필에게 배우고, 유생의 신분으로 인조반정에 참여함 〖洪霶(홍보)〗 조선 중기의 문신으로, 광해군의 亂政에 실망하여 落鄕함 〖鋟〗 새기다 첨(침) 〖屬〗 권하다 촉 〖獎許(장허)〗 칭찬 〖奇禍(기화)〗 뜻밖의

재난 〖憯〗 비통하다 참 〖繇〗 =由 말미암다 요 〖畀〗 주다 비 〖抑〗 아니면 억 〖釁〗 틈 흔 〖賸〗 남다 잉 〖馥〗 향기 복 〖沾〗 적시다 첨 〖寰〗 천하 환 〖視〗 견주다 시 〖而〗 만약 이 〖慰〗 위로하다 위

**국역** 호남의 방백 심기원과 완산윤 홍보는 모두 공의 문하생이다. 처음으로 공의 유고를 새겨서 판각이 이루어지자, 나에게 서문을 부탁해 왔다. 나는 머리를 묶을 때부터 공을 사모할 줄 알았고, 일찍이 얻은 한 마디의 칭찬의 말씀을 지금까지 감히 잊지 못하고 있으니, 책에 서문을 써 달라는 부탁을 또 어떻게 사양할 수 있겠는가? 아! 공은 호걸스러운 자질로 마음 씀을 분산시키지 않고 오로지 詩에만 발휘하였다. 그러나 그가 세상에서 만난 일은 오직 중국 사신을 감당하는 하나의 일뿐이었는데, 뜻밖의 참혹한 화가 마침내 이로 말미암아 일어나게 되었다. 모르겠다만, 하늘이 공에게 준 뛰어난 재능이 그를 영예롭게 해 주기 위한 것이었는가? 아니면 그에게 재앙을 주기 위해서였는가? 이에 지금 유집의 간행이 화를 당한 뒤끝에 간행되어, 남은 향기가 장차 세상을 적시게 되리니, 부귀하지만 이름이 마멸되는 사람과 견주어 보면 득실이 어떠한가? 떠나신 분이 만약 알 수만 있다면, 또한 스스로 위로할 수 있을 것이다. 슬프도다!

**감상** ● 조선 후기에 들어와 산발적으로 사용되던 '天機'가 張維에 와서는 본격적 문학이론상에 자리 잡아 쓰이게 되었다. 天機란 여러 가지 의미로 쓰이지만, '일체의 인위적인 요소를 배제한 자연의 상태에서 자연스럽게 흥기되는 진정으로서의 느낌'이다. 소리나 빛깔만 지어서 된 것은 詩라고 할 수 없으며, 그 淸濁雅俗이 자연으로부터 나와서 眞을 얻은 것이라야 가치 있는 詩가 된다는 말이다. 또한 張維는 꾸밈이 없는 글·진실한 글이 가장 좋은 글이라 여겼는데, 그가 높이 평가한 實의 의미는 무엇인가? 위의 두 번째 단락에서 그 해답을 찾을 수 있다. 즉 한 편의 詩를 이해함에 있어서 그 표현이나 작품 자체만을 연구하기보다는 그 시인의 생애나 사상과 같은 작가연구·배경연구에도 주의를 기울여야 한다는 것이다. 谿谷 사상의 기저에는 知行合一과 같은 陽明學的 현실인식이 깊이 자리 잡고 있음을 상

기해 볼 때, 이러한 지적은 곧 '言行이 일치된 문학' 혹은 '작가의 생생한 체험으로부터 우러난 진실한 문학'을 實로 파악하고 있는 것이다.

**참고논문** ▶ 정연봉, 「谿谷 張維의 文學論과 陽明學觀」, 『石軒 鄭奎福博士 還曆紀念論叢』, 민족어문학회, 1987.

정연봉, 「張維 詩文學 硏究」, 고려대 박사논문, 1989.

# 34.「作文模範」李植[16)]

古今風俗事情懸殊 而文章詞令 通於其間 雖使古人生於今世 必爲今之文 此與詩學不同 當以唐宋以下爲法 惟其本源來歷 不可不遡求而知之也 詩書正文 孟子正文 論語庸學幷傳註 爲先熟讀 終身溫習 此義理本源 不可一日塞也 荀楊乃韓文之所從出 數十篇抄讀 此外易繫辭 春秋三傳中左傳禮記等書 有餘力 則熟觀採穫

**주석** 〖懸〗 현격하다 현 〖詞令(사령)〗 응대하는 데 마땅한 말 〖遡〗 거슬러 올라가다 소 〖正文(정문)〗 =本文 〖溫〗 익히다 온 〖抄〗 베끼다 초 〖穫〗 거두다 확

**국역** 옛날과 오늘날은 풍속이나 사회 현상이 현격하게 달라, 문장과 응대하는 말이 그 사이에 통용되어 왔다. 비록 옛날 사람으로 하여금 오늘 세상에 태어나게 했더라도, 반드시 오늘의 글을 지었을 것이니, 이것이 詩學과 같지 않은 점이다. 마땅히 당·송 이후의 문장을 법도로 삼아야 하겠는데, 오직 그 本源과 내력만큼은 거

16) 이식 1584(선조 17)~1647(인조 25). 1618년 廢母論이 일어나자 은퇴하여 경기도 지평으로 낙향하여, 남한강변에 澤風堂을 짓고 오직 학문에만 전념하였으며, 호를 澤堂이라 한 것은 여기에 연유하였다. 1642년에 金尙憲과 함께 斥和를 주장한다 하여 瀋陽으로 잡혀 갔다 돌아올 때에 다시 의주에서 잡혀 갇혔으나 탈출하여 돌아와, 대사헌과 형조·이조·예조의 판서를 역임하였다. 당대의 이름난 학자로서 많은 제자를 배출하였으며, 문장이 뛰어나 漢文四大家의 한 사람으로 꼽혔다. 그의 문장은 우리나라의 정통적인 古文으로 높이 평가되었으며, 金澤榮에 의하여 麗韓九大家의 한 사람으로 뽑혔다. 문집으로는『澤堂集』이 전한다.

슬러 올라가 찾아서 알아 두지 않을 수 없다. 『시경』과 『서경』의 正文 및 『맹자』의 정문, 『논어』와 『중용』과 『대학』은 傳註까지도 아울러서 우선 숙독을 하고 죽을 때까지 익혀야 할 것이니, 이 글들은 義理의 본원이니 하루라도 막히게 해서는 안 될 것이다. 荀子와 揚雄의 문장은 바로 韓愈의 문장이 나온 근원이니, 수십 편을 베껴서 읽어야 할 것이다. 이 밖에 『주역』의 「繫辭傳」과 『춘추』 3傳 중의 『춘추좌전』과 『예기』 등의 글도 여력이 있으면, 숙독을 하여 캐어 거두어 들여야 할 것이다.

韓文 文之宗 不可不先讀 七八十首抄讀 若得臭味 仍以爲終身模範可也 然末學之得力者少 不可專爲歸宿 如詩之杜詩也 茅鹿門所抄八大家文最爲中正 柳之於韓 如伯仲 歐王曾 專出於韓 三蘇雖學莊國 亦不出韓之模範 大蘇雖詭 文氣不下於韓 以意爲主 筆端有口 以此爲歸宿地 抄讀七八十首 尋常熟覆 不必多讀而得力也 柳以下六家之文 抄其尤絶妙者四五十篇 餘力一讀 時復閱覽 從其所好 增減其所抄可也 此是古文章正脈 韓子所謂仁義之言也

**주석** 〖抄〗 뽑다 초 〖仍〗 이에 잉 〖歸宿(귀숙)〗 =歸着: 돌아가 닿음 〖茅坤(모곤)〗 호는 鹿門으로, 明나라 擬古派 풍조가 성행할 때 唐宋古文을 抽賞하여 『唐宋八大家文抄』 144권을 편집함 〖伯仲(백중)〗 서로 비슷하여 우열이 없음 〖詭〗 기이하다 궤 〖尋常(심상)〗 항상 〖覆〗 되풀이하다 복 〖尤〗 가장 우 〖閱〗 읽다 열

**국역** 韓愈의 산문은 문장의 으뜸이므로, 먼저 읽지 않을 수 없으니, 7~80수를 뽑아서 읽을 것이고, 만약 취미를 얻으면 이에 죽을 때까지 모범으로 삼아도 좋을 것이다. 그러나 말학으로서는 힘을 얻는 자가 적으니, 마치 시에 있어서의 杜詩처럼 전적으로 (한유의 산문에) 귀의하라고는 할 수가 없다. 모록문이 뽑은 『八大家文抄』가 가장 中正하고, 柳宗元은 한유와 비슷하며, 歐陽脩·王安石·曾鞏은 오로지 한유에서 나왔고, 三蘇(蘇洵·蘇軾·蘇轍)는 비록 『莊子』와 『國語』를 배웠어도 한유

의 법도에서 벗어나지 못했다. 大蘇(蘇軾의 별칭)는 비록 궤변적이나, 문의 기운이 한유보다 못하지 않고, 뜻을 위주로 하여 붓끝에 입이 붙어 있는 것 같으니(능숙하게 써 내려감을 의미), 이것을 귀착지로 삼아서 7~80수를 베껴 읽어서 늘 익숙하도록 반복할 것이지, 반드시 많이 읽어서 힘을 얻으려고 해서는 안 된다. 유종원 이하 六家(구양수 · 소순 · 소식 · 소철 · 증공 · 왕안석)의 글 가운데 가장 절묘한 작품 4~50편을 뽑아서 여력이 있거든 한번 읽어 보고, 때때로 다시 열람하면서 그중의 좋은 것을 좇아 그 베끼는 것을 더하거나 줄이는 것이 좋다. 이것이 옛날 문장의 正脈이니, 한유가 말한 '인의에 관한 말(「原道」에서 "凡吾所謂道德云者 合仁與義言之也 天下之公言也")'이다.

此外老莊管韓異端之文 馬班兩史實錄記事之文 世以爲古文正宗 然非聖賢義理之文 又不宜於今 至於取數十篇 終身千萬讀 欲得其精髓 其計左矣 雖韓柳歐之學古 不過全帙博覽而已 不如是專門也 惟記事之法 馬班得之 後世莫及 作史及序記碑誌之類 尤當取法於兩氏 馬十餘篇 班數十篇 一番抄讀後 又遍覽兩書 採穫文字可也 莊老以下 文選所載秦漢魏之文 專棄可惜 亦須抄錄 時讀 以爲羽翼

**주석** 〖髓〗 골 수 〖左〗 그르다 좌 〖帙〗 책 질 〖番〗 번 번 〖遍〗 두루 편 〖羽翼(우익)〗 보좌하는 사물

**국역** 이 밖에 『老子』 · 『莊子』 · 『管子』 · 『韓非子』 등 이단의 글과 司馬遷 · 班固의 두 사실 기록의 記事적인 글(『史記』와 『漢書』)은 세상에서 古文의 정통으로 여기고 있으나, 이것은 성현의 의리의 글도 아니고, 또 오늘날에도 적합하지 않다. 심지어 수십 편을 뽑아서 종신토록 천만 번을 읽어 그 정수를 얻으려 하는 것은 잘못된 계책이라고 해야 할 것이다. 비록 한유 · 유종원 · 구양수가 옛글을 배웠을지라도, 전질을 널리 본 것에 불과할 따름이요, 이와 같이 전문으로 한 것은 아니었다.

오직 일을 기록하는 방법은 사마천과 반고만이 이를 터득하여 후세에 그들을 따를 자가 없었으니, 역사·序·記·碑·誌 등의 글을 지을 때에는 더욱 마땅히 이 두 사람에게서 법도를 취해야 할 것이다. 그러니 사마천의 10여 편과 반고의 수십 편을 한 번 베껴 읽은 뒤에 다시 두 책을 두루 보아서 문자를 채택하는 것이 좋다. 그리고 『노자』와 『장자』 이하의 『文選』에 수록된 秦·漢·魏의 글은 전부 버리기는 아깝다 할 만하니, 또한 모름지기 베껴 기록하여 때때로 읽어서 보좌하는 것으로 삼아야 한다.

大槩行文 雖才高之人 學識不廣 則不能應變多作 吾所云云 亦甚簡約 比之學詩 則所讀十倍 此未易學也 且通熟四書義理 熟讀古文眞寶文章軌範中一書 旁通陸宣公朱晦菴奏議之文 亦足爲朝廷上下辭令之文 如碑誌序記 作史著書之業 則不可染指也 大明之文有二道 方遜志王陽明 最爲中正 乃韓歐之類也 崆峒以下四大家十大家 則專學左國班馬 務以不諧世俗爲高 施之於今 一無當於詞令 學之又極難 決不可入其門也 吾文法旣定之後 時一取覽 不無一二可喜也

**주석** 〖旁〗 널리 방 〖辭令(사령)〗 관직의 임명장 〖染〗 적시다 염 〖諧〗 어울리다 해 〖決〗 결코 결

**국역** 대개 글을 짓는 일은 비록 재주가 뛰어난 사람이라 할지라도 학식이 넓지 못하면, 변화에 적응하여 많이 지을 수가 없다. 내가 이렇게 말하는 것은 또한 매우 간략하나, 시를 배우는 것에 비교하면 10배나 읽어야 되니, 이것은 쉽게 배울 수 있는 것이 아니다. 게다가 四書의 의리를 통틀어 익히고, 『古文眞寶』와 『文章軌範』 중에서 한 책을 숙독하고, 널리 陸宣公(陸贄)과 朱晦菴(朱熹)의 주의문을 통달한 뒤에야 또한 조정 상하 辭令의 글을 지을 수 있으나, 비·지와 서·기를 짓거나 역사를 찬술하고 저술을 하는 경우에는 손을 대서는 안 될 것이다. 大明의 글은 두 갈

래가 있다. 方遜志(方孝孺)와 王陽明(王守仁)이 가장 中正하니, 바로 한유와 구양수의 부류다. 崆峒(李夢陽) 이하 四大家나 十大家(8대가·李翶·孫樵)는 오로지 『左傳』과 『國語』와 반고와 사마천을 배워, 힘써 세속과 어울리지 않는 것을 고상하게 여겼다. 오늘날 그것을 시행하더라도 하나도 사령에 마땅한 것이 없으며, 그것을 배우는 것도 또한 매우 어렵기만 하니, 결코 그 문에 들어가서는 안 될 것이다. 내가 문장에 대한 법도를 이미 정해 놓은 뒤에, 때때로 한 번씩 가져다 보면 한두 가지 기쁠 만한 점이 없지는 않을 것이다.

宋世義理之文 太極西銘溫公之文 見於古文眞寶者 及朱呂文最佳者 與經傳諸書 一時讀之 存諸心可也 四六之文 亦有古有今 古四六 學之難而無所用 欲學制誥之文 須以歐王蘇呂眞大家爲主 精採汪藻劉克莊李劉文山數子之作 爲準的 古四六 徐庾爲上 四傑次之 取其宏大絶妙者 人各二三篇 以助藻麗之氣 雖學今文 不可廢也 綱目正史也 作文者 必通識事務 又必稽古引史 雖無暇於讀 不可不從頭至尾 二三番致精閱覽 使前古治亂得失 略存諸胸中也

**주석** 〖制誥(제고)〗 =詔勅 〖準的(준적)〗 표준 〖宏〗 크다 굉 〖藻〗 꾸미다 조 〖從〗 ~부터 종

**국역** 宋代에 義理에 관한 글로 「太極圖說」과 「西銘」과 溫公(司馬光)의 글 가운데 『고문진보』에 보이는 것과 朱熹와 呂祖謙의 글은 가장 좋은 것이니, 經傳의 여러 책들과 동시에 읽어서 마음에 간직해 두는 것이 좋다. 四六文에도 또한 古體와 今體가 있다. 옛날의 사륙문은 배우기가 어렵고 쓸데도 없으니, 制誥의 글을 배우려면 모름지기 歐陽脩·王安石·蘇軾·여조겸·眞德秀 같은 대가를 위주로 해야 하고, 汪藻·劉克莊·李劉·문산(文天祥) 같은 몇 사람의 작품을 정밀하게 뽑아 표준으로 삼아야 한다. 옛 사륙문은 徐陵과 庾信이 상등이고, 사걸(王勃·楊炯·盧照

鄰·駱賓王)이 그 다음이니, 그중 宏大하고 絶妙한 것으로 사람마다 각각 두세 편씩 취하여 화려한 기운을 돕는 것은 비록 今文을 배우더라도 폐할 수 없는 것이다. 『資治通鑑綱目』은 正史이다. 글을 짓는 자는 반드시 事務를 두루 알아야 하고 또 반드시 옛일을 상고하여 역사를 인용해야 하니, 비록 읽을 시간이 없다 하더라도, 처음부터 끝까지 두세 번 정신을 집중해서 열람하여 옛날의 치란과 득실을 대략적으로나마 가슴속에 간직해 두어야 할 것이다.

**감상** ● 澤堂이 살던 시대는 문학사적으로는 載道的 문학관으로부터 逸脫현상, 사상사적으로는 陽明學의 도입 등 아주 중요한 일들이 일어난 때였다. 이로 인해 조선왕조는 봉건 지배 체제의 동요가 심화되고 있었다. 이러한 전환기적 상황에서 兩亂을 겪은 백성은 지배층에 대한 강한 비판 의식을 표출했고, 사장파와 도학파들은 文과 道의 관계를 해명하기 위해 논쟁을 벌였으며, 양명학 도입에 따른 사상과 학문의 개방이 요청된 시기였다. 택당이 古文의 학습을 위해 강조한 모범은 唐宋의 글이었다. 우리나라의 古文家들은 古文派와 擬古文派 두 계보로 나눌 수 있는데, 唐宋의 고문을 모범으로 삼는 이들을 唐宋派 혹은 古文派라고 하며, 秦漢의 고문을 존중하는 이들을 秦漢派 혹은 擬古文派라고 한다. 택당을 비롯한 許筠·張維가 당송파 고문가이며, 崔岦·申欽·許穆 등은 진한파다. 당송파 고문가들은 당송의 고문을 통하여, 진한파 고문가들은 진한 고문을 통해서 六經에 이르자고 주장하여, 과정은 다르지만 목표는 서로 같았다. 택당은 唐宋古文을 주장하여, 仁義 道德을 글의 근간으로 삼아 唐宋의 글을 고문의 모범으로 삼고자 한 것이다.

**참고논문** 최태림, 「澤堂 李植의 詩世界」, 단국대 석사논문, 1989.
이한우, 「澤堂 李植 古文 硏究」, 『한국사상과 문화』 제24집, 한국사상문화학회, 2003.

# 35.「送權生尙遠序」李植

大抵有所挾 而無所求難矣 讀書以爲博 攻詞以爲工 其爲挾也 豈淺尠哉 有是挾 而能不求利祿固難 卽不求利祿者有矣 而能不求名聞爲尤難 持此二難 久而不渝 困窮而自泰 斯又古今之至難也

**주석** 〖挾〗 믿고 의지하다 협 〖攻〗 닦다 공 〖尠〗 몹시 적다 선 〖卽〗 설령 즉 〖尤〗 더욱 우 〖渝〗 변하다 투 〖泰〗 편안하다 태

**국역** 대저 믿고 의지하는 것이 있으면서도 바라는 것이 없기가 어려운 일이다. 글을 읽어 학식을 넓히고 詞章을 닦아 뛰어나게 되었다면, 그가 믿고 의지하는 것이 어찌 하찮은 것이겠는가? 이런 믿고 의지하는 것이 있으면서도 이익과 봉록을 구하려 하지 않을 수 있기는 정말로 어려운 일이다. 설령 이익과 봉록을 구하려 하지 않는 자가 있을지라도, 명예를 구하지 않을 수 있기는 더욱 어려운 일이다. 이 두 가지 어려움을 지니고서 오래도록 변치 않고, 아무리 곤궁해도 스스로 편안해하는 것은 이 또한 고금에 있어 지극히 어려운 일이다.

永嘉權生尙遠 吾所謂博文攻詞人也 然而不習科業 而有時乎應擧 自喜詞學 而不期乎名世 敝褐破鞋 浮遊城市 悠悠忽忽 土苴形骸 間或傲言高論 未嘗降辭色 以少徇時好 雖出入士友間 寡與親善 或見掃迹 而去之

**주석** 〖期〗 바라다 기 〖敝〗 해지다 폐 〖褐〗 베옷 갈 〖鞋〗 신 혜 〖悠悠(유유)〗 한가로운 모양 〖忽〗 잊다 홀 〖土苴(토저)〗 쓰레기(苴 두엄풀 자) 〖形骸(형해)〗 몸 〖傲〗 거만하다 오 〖徇〗 좇다 순 〖善〗 친하다 선 〖掃〗 쓸다 소 〖迹〗 자취 적

**국역** 영가(安東의 옛 이름)의 권상원은 내가 말한 '학식을 넓히고 사장을 닦은' 사람이다. 그런데 과거 공부는 익히지 않으면서 때때로 과거에 응시하기만 하고, 스스로 사장학을 좋아하기만 하고 세상에 이름나기를 바라지도 않으며, 해진 옷에 찢어진 신발을 끌고 성시를 떠돌아다니며 유유자적하며 몸을 쓰레기처럼 간주한다. 간혹 오만하게 高談峻論을 말하면서, 일찍이 말투나 기색을 낮추어 시대의 분위기에 조금도 따르려 하지 않는다. 비록 士友들 사이에 출입을 하더라도, 함께 친하게 지내는 이도 적고, 어떤 때는 자취를 완전히 감추고 떠나 버리기도 하였다.

噫 生於其所挾與其所遭 非有所利之 而安之若命 豈吾所謂古今之至難者非耶 雖然 君子進德修業 盡吾性而已 名有所不避 祿有所當受 過此以往 聖人謂之索隱行怪 非大中之道也 權生好遊名山 多方外交 吾懼其道虛曠無所倚 或流於異術 故於其歸 申以警之

**주석** 〖遭〗 일을 당함 조 〖曠〗 비다 광 〖倚〗 믿다 의 〖申〗 거듭하다 신

**국역** 아! 권생은 그가 믿고 의지하는 것과 그가 처한 상황에 (그렇게 행동하는 것은 결코) 이로운 것이 아닌데도, 운명처럼 편안해하고 있으니, 이것이 어찌 내가 말한 '고금에 있어 지극히 어려운 일'이 아니겠는가? 비록 그렇다고는 하더라도, 군자가 덕으로 나아가고 학업을 닦는 것은 내 본성을 다하려는 것일 따름이다. 명예에 피하지 말아야 할 것도 있고 봉록에 당연히 받아야 할 것도 있다. 이것을 뛰어넘어 지나치게 행동한다면, 성인께서는 그것을 '(『중용』에) 숨을 것을 찾고 이상한 것을 행한다.'라고 하셨으니, 이것은 크게 바르고 지극히 알맞은(大中至正) 도리가

아니라고 할 것이다. 권생은 名山에 노닐기를 좋아하면서 方外의 인사들과 많이 교제하고 있다. 그래서 나는 그의 도가 허탄하여 의지할 것이 없어 혹시 이단의 術에 흐를까 걱정이 되기 때문에, 권생이 돌아갈 즈음에 거듭하여 그를 경계한다.

**감상** ● 이 글은 權尙遠에게 이별할 때 써 준 送序로, 짧으면서도 함축적인 의미를 내포하고 있다. 즉 權尙遠에 대하여 方外人과 교유가 많음을 경계해서 준 글이다. 권상원의 인품과 처세에 관해서 이야기하면서, 마지막 단락에 주제를 제시하여 군자의 나아갈 길은 덕에 나아가고 학업을 닦는 일이라는 것임을 보여 주고 있다. 권상원에 대한 경계를 통하여 澤堂이 나타내고자 한 道의 실체를 엿볼 수 있는 글이다.

**참고논문**
나상근, 「澤堂 李植의 文論 研究」, 국민대 석사논문, 1989.
이한우, 「澤堂 李植 古文 研究」, 『한국사상과 문화』 제24집, 한국사상문화학회, 2003.

## 36. 「斗室記」 李植

舍弟材寓居常山縣之斗谷 就寓舍西北偏稍淸奧處 築室三架 覆以茅 制從儉 以爲宴居讀書之所 余名其扁曰斗室 蓋俗謂室之方而狹者曰斗室 國音谷亦謂之室 因谷而名室 亦從簡也 亡友任茂叔 嘗爲人作斗亭記數千言 其說以凡人往來於亭中者 如以斗量物 仍歷敍世間人物數十種 其文倣包朴子人品 而語特奇 學者多傳誦焉 今材寓居僻塢 人物之往來絶少 止以是爲讀書之室 不當更取任子之說騈拇之也 特以余之少來讀書粗法 密相授焉

**주석** 〖舍弟(사제)〗 자기의 아우 〖寓〗 우거 우 〖偏〗 치우치다 편 〖稍〗 끝 초 〖奧〗 그윽하다 오 〖架〗 시렁 가 〖制〗 법 제 〖宴〗 편안하다 연 〖扁〗 편액 편 〖凡〗 평범하다 범 〖歷〗 매기다 력 〖倣〗 본받다 효 〖僻〗 후미지다 벽 〖塢〗 마을 오 〖絶〗 심히 절 〖止〗 겨우 지 〖當〗 맞다 당 〖騈拇(병무)〗 발가락 다섯 중에서 엄지발가락과 둘째발가락이 붙어서 네 발가락이 된 것으로, 붙음이나 무용지물의 의미 〖特〗 다만 특 〖粗〗 거칠다 조 〖密〗 몰래 밀

**국역** 내 동생인 材가 常山縣 斗谷에 임시로 살면서, 우사의 서북쪽으로 치우친 끝에 맑고 그윽한 곳에 나아가, 세 칸의 방을 짓고 띠로 덮었다. 제도는 검소함을 따랐으며, 한가로이 거처하며 독서하는 곳으로 삼았기에, 내가 그 편액에 이름 붙이기를 斗室이라 하였다. 대개 세속에서 집이 모나면서 협소한 것을 斗室이라 말하며, 우리나라의 소리가 곡을 또한 실이라고도 하기 때문이다. 谷에 말미암아 室이라 이

름 붙인 것이니, 이 또한 간소함을 따른 것이다. 죽은 친구 임무숙(茂叔은 任叔英의 字임)이 일찍이 어떤 이를 위해 「斗亭記」 수천 언을 지었다. 그 이야기는, 亭子를 왕래하는 평범한 사람들을 마치 말로 물건을 되듯 하면서, 이에 세간의 인물들을 수십 종으로 차례로 서술했는데, 그 글이 『抱朴子』의 인품론을 본뜨면서도 말이 특히 기발하였기 때문에, 학자들이 많이들 전하며 읊었다. 하지만 지금 材가 우거하는 곳은 궁벽한 마을이라 사람의 왕래가 매우 적고, 겨우 이곳을 독서하는 집으로만 삼고 있으니, 다시 任子의 이야기를 취해 그것에 덧붙이는 것은 마땅한 일이 아니기에, 다만 내 젊어서부터 독서한 거친 법을 은밀히 전해 줄까 한다.

余性甚魯 習甚慵 少又多疾病 不能着力讀書 雖病間 輒親簡冊 讀不過三四遍 甚則一遮眼而已 然方其讀閱時 經則略究其義理 而驗之於身 史則略究其得失 而擬之於今 詩若文則略倣其意義 而思欲出之於吾之口 以此方其讀時 覺有味 久而或能記也 其後視與余共讀者 頗聰敏 且勤讀輒倍數 而常苦忘 余怪而究其故 則曰 吾讀經 要通之於講席也 吾讀史 或讀詩若文 要采之於科場也

**주석** 〖魯〗 미련하다 로 〖慵〗 게으르다 용 〖着力(착력)〗 힘을 씀 〖間〗 낫다 간 〖遍〗 번 편 〖遮〗 가리다 차 〖閱〗 읽다 열 〖略〗 대략 략 〖驗〗 증험하다 험 〖擬〗 헤아리다 의 〖若〗 및 약 〖方〗 방법 방

**국역** 나는 성품이 매우 노둔하고 습관은 게으른데, 젊어서 또 병이 많아 독서에 힘을 쓸 수 없었다. 비록 병이 좀 나으면, 번번이 簡冊을 가까이해 보기도 하였지만, 서너 번 읽어 보는 것에 불과하였고, 심하면 한 번 눈가림할 뿐이었다. 하지만 바야흐로 읽을 때는, 경전은 대략 그 의리를 탐구하여 그것을 몸에 증험해 보고, 역사는 대략 그 득실을 따져 보고 그것을 오늘날에 헤아려 보았으며, 시와 산문은 대략 그 뜻을 본떠서 내 입에서 그것을 표현해 보려고 생각하였다. 이러한 방식으

로 읽었을 때 맛이 있음을 깨달았고, 오래 지난 뒤에도 간혹 기억할 수 있었다. 그 뒤에 나와 함께 읽은 사람들을 보니, 상당히 총명하고 민첩한 데다 부지런히 독서한 것이 번번이 나의 몇 배는 되는데, 항상 잊어버리는 것을 걱정하고 있었다. 내가 괴이하게 여겨 그 까닭을 궁구해 보니, 곧 (그들이) 말하기를, "나는 경서를 읽을 때에는 강연하는 자리에서 통하기를 바라고, 내가 역사를 읽거나 시와 산문을 읽을 때에는 과거장에서 채택되기를 바라고 있다."고 한다.

嗟乎 經以明道 史以稽古 詩文以纂言 是皆聖賢進德修業之資 固不爲科試設也 而學者以是心讀之 則固與古聖賢本旨 相剌繆矣 其汗漫遺亡 向足怪哉 噫 余向者讀書 雖不以科試爲心 而所病者略而不精也 故雖驗之於身 而無以充其志 雖擬之於今 而無以施諸事 雖思欲出之於吾之口 而無以潤色於撰造 至今兀然爲一庸人耳 顧以其讀之有味 而久而或能記 故反有資於科試 而得之 此匠慶忘賞成簴之效也

**주석** 〖稽〗 상고하다 계 〖纂〗 모으다 찬 〖剌〗 어그러지다 랄 〖繆〗 틀리다 무 〖汗漫(한만)〗 아득히 먼 모양 〖遺〗 잃다 유 〖向〗 설령, 접때 향 〖無以(무이)〗 ~할 수 없다 〖潤色(윤색)〗 문채를 가함 〖兀〗 무식하다 올 〖庸〗 어리석다 용 〖匠慶(장경)〗 춘추시대 魯나라의 小君 定姒가 죽었을 때, 당시 실력자인 季文子가 장례에 대한 일을 소홀히 하여 虞祭도 지내지 않으려고 하였는데, 도목수인 장경이 계문자의 棺材用 나무를 베어 관으로 쓰고 원만하게 우제사를 지내게 했던 고사로, 『춘추좌전』 襄公 4년조에 보임 〖簴〗 종을 걸어 두는 나무 거(虞의 오자인 듯)

**국역** 아! 경으로써 도를 밝히고, 역사로써 옛날을 상고하고, 시문으로써 말을 모은다. 이것은 모두 성현이 덕을 쌓고 학업을 닦는 바탕이 되는 것들이지, 진실로 과거시험을 위해서 마련된 것이 아니다. 그런데 배우는 자들이 이런 마음으로 읽어 간다면, 진실로 옛 성현들의 本旨와 서로 어긋난다 할 것이니, 시간이 아득히 지나면서 사라져 버린다고 설령 괴이하게 여길 만하겠는가? 아! 나는 지난번 글을 읽을 때, 비록 과거시험을 염두에 두지는 않았지만, 병통인 것은 대충 보고 정밀하지 못한 것이었다. 그러므로 비록 몸에 증험해 보았지만 그 뜻을 채울 수가 없었고, 비록 오늘날에 헤아려 보았어도 일에 그것을 시행할 수가 없었으며, 비록 내 입에 표현해 보려고 생각했어도 뽑아서 지음에 윤색할 수가 없었다. 그리하여 오늘날까지 무지해서 한 어리석은 사람일 뿐이다. 다만 글을 읽는 것에 맛이 있음을 알았기 때문에, 오래 지나도 간혹 기억할 수가 있었다. 그러므로 도리어 과거시험에 도움이 되어 급제할 수 있었으니, 이것은 장경이 상 받는 것은 잊고 우제사를 지냈던 효험과 비슷한 경우라고 할 것이다.

今材貧而多役 常苦不能勤誦習 幸以吾法試之 則未必無所補也 如欲更究古聖賢讀書之法 則有不然者 所謂循序而漸進 熟讀而精思 其大要也 顧吾未嘗行之 不敢必之於材 材如有意於此 則可以捨我粗法矣

**주석** 〖必〗 기필하다 필 〖捨〗 버리다 사

**국역** 지금 材가 가난한데도 일은 많아 항상 부지런하게 읊고 익힐 수 없는 것을 아파했는데, 요행히 나의 독서법으로 시험해 본다면, 반드시 도움이 없지만은 않을 것이다. 만약 다시 옛날 성현들의 독서법을 궁구하려 한다면, 그렇지 않은 점(나의 방법과는 같지 않은 점)이 있을 것이니, 말하자면 차례를 따라 점차적으로 나아가고, 숙독을 하면서 정밀하게 사색하는 것이 바로 그 큰 요체라 할 것이다. 다만 나도 아직 일찍이 그것을 시행해 본 적이 없으니, 감히 材에게 꼭 그렇게 하라고 요구할 수는 없는데, 材가 만약 여기에 뜻을 갖고 있다면 나의 조잡한 독서법은 내던져 버려도 좋을 것이다.

**감상** ● 이 글은 澤堂이 아우 李材에게 자신의 독서법을 전해 주는 記文이다.

두실이라는 명칭에 대해 작은 방이며, 고을의 이름이기도 하다는 간략한 敍事 이후 마치 편지를 쓰듯 친동생에 대한 권면의 뜻을 전하고, 자신의 생각을 진솔하게 표현하면서도 자신의 방법을 강요하지 않는 특성을 지니고 있는 小品的 특성을 지니고 있다. 16세기에 들어 성리학에 대한 이해가 심화되면서 유희적 태도보다는 경세제민과 원리탐구에 대한 고민이 커졌고, 16세기 후반 임진왜란이 발발하였기 때문에 이 시기 실질적으로 16세기의 누정기 특징 가운데 하나인 閑寂精神을 본격적으로 드러내기는 쉽지 않았다. 오히려 시공간과 出處의 제약 속에서 제한적으로 발현될 뿐이다. 그런데 樓亭은 이러한 한적 정신이 발현되기에 적당한 공간이기에 소품적 성향이 발현된 누정기가 출현한 것이다.

**참고논문** ▶ 김정인, 「16세기 士林의 記文 研究」, 이화여대 박사논문, 2003.
안득용, 「谿谷 張維 樓亭記 研究」, 『고전문학연구』 제32집, 한국고전문학회, 2007.

## 37.「蒼氓說」權韠17)

氓有室于太倉之傍者 不廢著 不耕收 每夕出而夜歸 則必持五升米焉 問所從得 不告 雖其妻兒 莫覺也 如是者 積數十年 其食粲如也 其衣華如也 而視其室 則空如也

**주석** 『蒼氓(창맹)』 백성 『太倉(태창)』 官府의 창고 『廢著(폐저)』 상품을 버리거나 저장한다는 뜻으로, 시세를 보아 물건을 賣買하여 이익을 얻는 일 『粲』 곱게 찐 쌀 찬

**국역** 백성 중에 곁에 관부의 창고가 있는 집이 있었다. 물건을 매매하지도 않고 밭을 갈거나 거두지도 않는데, 늘 저녁에 나가서 밤에 돌아오면 반드시 다섯 되의 쌀을 가지고 돌아왔다. 얻은 곳을 물으면 알려 주지 않아, 비록 그의 처자식도 알지 못했다. 이와 같이 한 지 수십 년 동안 그 먹는 것은 고운 쌀이었고 그 입는

---

17) 권필 1569(선조 2)~1612(광해군 4). 호는 石洲. 鄭澈의 문인으로, 성격이 자유분방하고 구속받기 싫어하여 벼슬하지 않은 채 야인으로 일생을 마쳤다. 술로 낙을 삼아, 부인이 금주를 권하니 시 「觀禁獨酌」을 짓고, 강화에서 많은 유생을 가르쳤다. 광해군 초에 권신 李爾瞻이 교제를 청했으나 거절했으며, 柳希奮 등의 방종을 任叔英이 「策文」에서 공격하다가 광해군의 뜻에 거슬려 削科된 사실을 듣고 분함을 참지 못하여 「宮柳詩」를 지어서 풍자, 비방하였다. 이에 광해군이 대노하여 시의 출처를 찾던 중, 1612년 金直哉의 誣獄에 연루된 趙守倫의 집을 수색하다가 연좌되어 해남으로 귀양 가다가 동대문 밖에서 행인들이 동정으로 주는 술을 폭음하고는 이튿날 44세로 죽었다. 詩才가 뛰어나 자기성찰을 통한 울분과 갈등을 토로하고, 잘못된 사회상을 비판, 풍자하는 데 주목할 만한 성과를 거두었다. 『石洲集』과 한문소설 「周生傳」이 현전한다.

것은 화려했으나, 그 집을 보니 텅 비어 있었다.

氓病且死 密詔其子曰 倉之第幾柱 有竅焉 其大容指 米之堆積于內者 咽塞而不能出 爾取木之如指者 納于竅中 迎而流之 日五升卽止 無取贏焉 氓旣死 子嗣爲之 其衣食如氓時 旣而恨竅小不可多取 鑿而巨之 日取數斗 猶不足 又鑿而巨之 倉吏覺其奸 拘而戮之

**주석** 〖且〗 장차 차 〖密〗 몰래 밀 〖詔〗 가르치다 조 〖第〗 집 제 〖竅〗 비다 관 〖堆〗 쌓이다 퇴 〖咽〗 막히다 열 〖贏〗 남다 영 〖嗣〗 잇다 사 〖旣而〗 머지않아 〖鑿〗 뚫다 착 〖戮〗 죽이다 륙

**국역** 백성이 병이 들어 장차 죽게 되자, 몰래 그 자식에게 가르치며 말하길 "창고의 몇 기둥에 구멍이 있어, 그 크기가 손가락을 받아들일 정도다. 안에 쌓여 있는 쌀은 막히면 나올 수 없으니, 너는 손가락만 한 나무를 가져다 구멍 속으로 넣어서 그것을 흐르게 하는데, 날마다 다섯 되가 되면 그쳐서 지나치게 많게 취하지 말라." 하였다. 백성이 이미 죽자, 아들이 이어서 그 일을 하였는데, 그 입고 먹는 것이 백성의 때와 같았다. 머지않아 구멍이 작아서 많이 취하지 못하는 것을 한스럽게 여겨, 뚫어서 구멍을 크게 하여 날마다 몇 되를 취하고도 오히려 부족하다고 여겨, 또 뚫어서 구멍을 크게 하였다. 창고의 관리인이 그의 간사함을 깨닫고서 잡아다 죽였다.

噫 穿窬 小人之惡行 苟能知足 亦可以保身氓是也 升斗 利之細者 苟不能知足 亦可以殺身 氓之子是也 況君子而知足者耶 況取天下之大利 而不知足者耶 高靈申貿夫 爲余言

**주석** 〖穿窬(천유)〗 구멍을 뚫거나 담을 넘어 훔치는 좀도둑

**국역** 아! 좀도둑질은 소인의 나쁜 행동으로, 진실로 만족을 알 수 있어서 또한 몸을 보전할 수 있었던 것은 백성이다. 되와 말은 이익의 작은 것으로, 진실로 만족을 알 수 없어서 또한 몸을 죽게 할 수 있었던 것은 백성의 자식이다. 하물며 군자이면서 만족을 아는 자에 있어서랴! 하물며 천하의 큰 이익을 취했으면서도 만족을 모르는 자에 있어서야! 고령의 신무부가 나를 위해 말해 주었다.

**감상** ◗ ● 이 글의 주제는 인간의 過慾을 경계하는 것이다. 권필은 과욕의 위험함을 강조하기 위해 전반부에 좀도둑의 逸話를 배치하고, 후반부에서는 이 일화로부터 유추되는 勸戒의 道를 풀어 가고 있다. 이러한 유추의 과정은 매우 긴밀하고 유기적인 관계를 맺고 있다. 유추나 추리는 주어진 사실과 관련된 다른 사실을 알아내는 행위를 말한다. 이러한 추리에는 객관성과 보편성이 있어야 한다. 이 객관성과 보편성이란 한 개체로부터 나온 추리는 그 한 개체에게만 옳으면 안 되고 다른 보편적 개체에게도 옳게 적용될 수 있을 때만 획득되는 것이다. 때문에 좀도둑의 일화로부터 유추된 禁慾의 道는 君子, 나아가 천하제일 가는 이득을 취한 자에게도 해당되는 것이다. 권필이 이 글을 지은 것은 마지막의 이 언급, 즉 "하물며 군자이면서 만족을 아는 자에 있어서랴! 하물며 천하의 큰 이익을 취했으면서도 만족을 모르는 자에 있어서야!"라는 말을 유추해 내기 위한 의도였던 것이다.

**참고논문** ◗ 허권수, 「권필론」, 『한국문학작가론』, 현대문학, 1993.
양현승, 『한국 '說' 문학 연구』, 박이정, 2001.

## 38.「答朴德一論文學事書」許穆[18)]

子之愛我深 責我厚 勉之以古聖人賢人之事 穆淺敝 何可當也 穆初不學爲文章 徒嘐嘐然誦說古人 日讀古人書 竊自嘆世降俗下 古道旣不復見於今而唯可以行之於身 而樂之於心者在書 屛絶人事 不與世俗相交攝 獨恣其所好 伏羲以來 群聖人之書 口誦心思 自朝至暮 或夜而繼日 孜孜矻矻 至今餘四十年 而不怠篤好猶初 凡聖經賢傳之旨 庶幾窺及其大段 求之於心愚不自量 若有餘裕 其發於言詞者 亦不無幾乎古人者

**주석** 〖敝〗 피폐하다 폐 〖當〗 감당하다 당 〖嘐〗 닭 울다 교 〖屛〗 물리치다 병 〖攝〗 돕다 섭 〖孜〗 부지런하다 자 〖矻〗 힘써 일하다 굴 〖凡〗 모두 범 〖傳〗 經의 뜻을 풀이한 것 〖庶幾(서기)〗 바람 〖窺〗 엿보다 규 〖段〗 조각 단 〖幾〗 가깝다 기

18) 허목 1595(선조 28)~1682(숙종 8). 호는 眉叟. 南人으로 17세기 후반 2차례의 禮訟을 이끌었으며 군주권 강화를 통한 정치·사회 개혁을 주장했다. 그의 사상은 理氣·太極·心性을 일원적으로 파악하려는 心學이 중심이었다. 그는 천지자연의 변화는 인간의 심성에 의해 좌우된다고 보아 인간에 내재되고 주체화된 천리인 本性의 함양과 보존, 그 실천을 강조했다. 이러한 인간의 심성에 대한 파악은 그의 학문적 모색과 자아실현의 자세에 있어 주체성의 강조로 나타난다. 허목은 이상적인 인간상을 孔子에게서 발견하고 그 실현방법으로서 古文·古學(六經學)에 주목했다. 그러나 공자 또는 육경의 내용을 묵수하는 것이 아니라, 諸子百家의 학문을 섭렵함으로써 자신도 공자와 마찬가지로 한 사람의 인격주체임을 깨닫게 되었다. 그는 이러한 자아의 발견을 현실의 주체적 인식과 비판의 자세로까지 확대하여 사물의 실제·실상을 직시하고 이렇게 얻어진 경험사실의 가치를 古典에 근거하여 확인하려고 노력했다.

**국역** 그대가 나를 깊이 아끼고 많이 나를 책하여 옛 성인·현인의 일로 권면하고 있으나, 나는 학식이 얕고 결함이 많은데 어찌 감당할 수 있겠는가? 나는 처음에는 문장 짓는 것을 배우지 않고 다만 옛사람의 글을 큰소리로 외우고 말했을 뿐이다. 요즘 옛사람의 글을 읽다가 마음속으로 스스로 '세대가 내려올수록 풍속이 못해져서 옛 도를 이미 다시 현재에 볼 수 없음'을 탄식하였다. 오직 몸에 행하고 마음에 즐길 수 있는 것은 글에 있기 때문에, 인사를 물리쳐 단절해서 세속과 더불어 교섭하지 아니하고, 홀로 그 좋아하는 것을 멋대로 하여 복희씨 이래로 여러 성인의 글을 입으로 외우고 마음으로 생각하되 아침부터 저녁까지 혹은 밤부터 낮이 밝을 때까지 계속해서 부지런히 노련한 것이 지금 40여 년에 이르렀다. 게을리 하지 않고 독실하게 좋아함을 처음과 같이 하여, 모든 성인의 경과 현인의 전의 뜻을 엿보아 대단에 이르러 마음에서 구하기를 바랐다. 내가 스스로 헤아리지는 못하겠으나, 만약 여유가 있어 그것을 말로 표현하다면, 또한 옛사람에 가까운 것이 없지는 않을 것이다.

竊復思之 文章之作 本非異道 如此而求之 如此而得之 如此而發之 故曰 蘊之爲德行 施之爲事業 發之爲文章 如易之奇 詩之葩 春秋之義 虞夏之書 皥皥噩噩 殷盤周誥之佶屈敖牙 皆不出於聖人賢人之手乎 自子思孟子之後 聖人之道不傳 如老莊之虛無 楊朱之爲我 墨子之兼愛 儀秦之從橫 申韓之慘礉 管商之利 孫吳之變 鄒子之怪 各自爲道 爭高競長 於是文學散亂 遊學之徒 迭蕩泛濫 於侈言逸詞其能者 莫不偃蹇驕溢 自謂得聖人之精微 而求其心 則未也 其後如司馬遷相如楊雄劉向韓愈之倫 皆可謂文章之尤著者也 皆未得聖人之心 自此道德之與文章 相去不啻萬里

**주석** 〖葩〗 꽃 파 〖皥皥(호호)〗 침착한 모양 〖噩噩(악악)〗 엄숙한 모양 〖佶屈聱牙(길굴오아)〗 글의 뜻이 어렵고 막혀서 매우 읽기가 거북한 글 〖慘礉(참핵)〗 법이 가혹하고 엄함 〖迭蕩(질탕)〗 성격이 호방하여 예속에 얽매이지 않음 〖侈〗 사치하다 치 〖逸〗 아름답다 일 〖偃蹇(언건)〗 교만한 모양 〖溢〗 넘치다 일 〖倫〗 무리 륜 〖啻〗 뿐 시

**국역** 마음속으로 다시 생각해 보니, 문장을 짓는 것이 본래 다른 방도가 있는 것이 아니라, 이와 같이 하여 구하고, 이와 같이 하여 얻으며, 이와 같이 하여 드러내는 것이다. 그러므로 쌓으면 덕행이 되고, 베풀면 사업이 되며, 나타내면 문장이 되는 것이다. 『주역』의 기이함 · 『시경』의 꽃다움 · 『춘추』의 의리 · 「우서」와 「하서」(『서경』의 편명)의 여유만만하고 엄숙함 · 「은반」과 「주고」(『서경』의 편명)의 어려움은 모두 성인과 현인의 손에서 나오지 않았는가? 자사 · 맹자 이후부터 성인의 도가 전해지지 못했으니, 노자 · 장자의 허무, 양주의 위아, 묵자의 겸애, 張儀 · 蘇秦의 합종연횡, 申不害 · 韓非子의 가혹, 管仲 · 商鞅의 利, 孫臏 · 吳起의 변통, 鄒衍의 괴이함이 각각 스스로 도를 만들어 뛰어나다고 다투었다. 이에 문학이 어지럽게 되어서 유학하는 무리들이 멋대로 범람하게 되었고, 사치스러운 말과 아름다운 문사에 능한 자들은 잘난 체 교만하여 스스로 말하기를 "성인의 정미함을 얻었다."고 말하나, 그 마음을 구하면 그렇지 못했다. 그 후에 사마천 · 사마상여 · 양웅 · 유향 · 한유 등의 무리는 모두 문장이 더욱 현저한 사람이라 할 수 있으나, 모두 성인의 마음을 얻지는 못하였으니, 이로부터 도덕과 문장은 서로의 거리가 만 리뿐만이 아니었다.

宋時程氏朱氏之學 闡明六經之奧纖悉 委曲明白 懇懇複繹 不病於煩蔓 此註家文體 自與古文不同 其敷陳開發 使學者了然無所疑晦 不然 聖人敎人之道 竟泯泯無傳 穆雖甚勤學 亦何所從 而得古文之旨哉 後來論文學者 苟不學程朱氏而爲之 以爲非儒者理勝之文 六經古文 徒爲稀闊之陳言 穆謂儒者之所宗 莫如堯舜孔子 其言之理勝 亦莫如易春秋詩書 而猶且云爾者 豈古文莫可幾及 而註家開釋易曉也 穆非捨彼而取此 主此而汚彼 惟平生篤好古文 專精積久 至於白首 而其所得如此 穆行事愨直 不趨世俗蹊徑 文詞逼古 又不喜蹈襲後世翰墨工程 詆誹異端 抑絶浮誇 尋追古人遺緖 兀

兀忘飢寒 迨老死而不悔者 將擧一世 而稱我爲一人 穆不必多讓

**주석** 〖奧〗 깊다 오 〖纖悉(섬실)〗 미세한 데까지 두루 미침 〖委曲(위곡)〗 자세함 〖複〗 겹치다 복 〖繹〗 풀다 역 〖蔓〗 감다 만 〖敷〗 펴다 부 〖了〗 분명하다 료 〖泯〗 멸하다 민 〖稀闊(희활)〗 疏遠함 〖陳〗 묵다 진 〖愨〗 성실하다 각 〖蹊徑(혜경)〗 지름길 〖逼〗 닥치다 핍 〖蹈襲(도습)〗 =踏襲 〖工程(공정)〗 작업의 과정 〖詆〗 흉보다 저 〖兀〗 우뚝하다 올 〖迨〗 미치다 태

**국역** 송나라 때 정주학이 육경의 깊고 미세한 뜻을 천명하여 자세히 밝히고 정성스럽게 겹쳐 풀기에 번거로움을 싫어하지 않았으니, 이것이 註를 내는 자의 문체이다. 저절로 고문과 같지 않으나, 그 뜻을 자세히 밝혀서 배우는 사람으로 하여금 분명하게 깨닫게 하여 의심나는 것이 없게 하였다. 그렇지 않다면 성인의 사람을 가르치는 도는 마침내 다 없어져 전해지지 못했을 것이니, 내가 비록 매우 부지런히 배우려고 하더라도, 또한 무엇을 따라 고문의 뜻을 얻을 수 있겠는가? 후에 문학을 논하는 자들이 만약 정씨·주씨를 배우지 않고 문학을 한다면, 유자의 理勝한 문이 아니고 육경 고문도 한갓 소원한 진부한 말이 될 것이다. 내가 생각하기를, 유자들이 받드는 사람은 요·순·공자만 한 이가 없고, 그 말의 이치의 승함도 『주역』·『춘추』·『시경』·『서경』만 한 것이 없는데, 오히려 이렇게 말하는 것은 혹시 고문은 거의 미칠 수 없고 주석가가 펴놓은 해석은 알기 쉬워서인가? 내가 저것을 버리고 이것을 취하거나 이것을 주장하고 저것을 더럽다고 여기는 것은 아니다. 오직 평소에 고문을 매우 좋아하여 정신을 오로지하고 쌓기를 오래 하여 백발에 이르러 얻은 것이 이와 같은 것이다. 나는 일을 성실하고 곧게 행하여 세속의 지름길을 좇지 않았으며, 글은 옛것에 가까웠고 또 후세의 문장 짓는 과정을 답습하기를 좋아하지 않았으며, 이단적인 글을 배척하고 허황되고 과장된 글을 억제하고 단절하여 고인이 남긴 실마리를 찾아 뒤따랐다. 그리하여 꼿꼿하게 춥고 배고픔을 잊고서 늙어 죽음에 이르도록 후회하지 않을 것이니, 장차 온 세상을 들어서 나를 한 사람만이라고 일컫더라도, 나는 반드시 많이 사양하지는 않을 것이다.

來書所譏 似若近矣 然傳不云乎 孔子之門 亦稱文學子游子夏 孟子傳堯舜孔子之道 而孟子稱雄辯 此何可易言也 其言語其文章 一出於道德而不悖 足以繼古而傳後 則古聖人賢人之敎人勉人者此也 穆窮思畢精 竭力願欲 企及而不能者 亦此也 又何辭也 顧不敢當也 惟吾子復之

**주석** 〖譏〗 비난하다 기 〖雄辯(웅변)〗 뛰어난 변론 〖悖〗 어그러지다 패 〖企〗 도모하다 기 〖顧〗 다만 고 〖當〗 감당하다 당

**국역** 보내 주신 편지에서 비난한 것은 이치에 가까운 듯하나, 경전에 이르지 않았던가? 공자의 문하에서 또한 문학으로는 자유·자하라 일컬으시었고, 맹자는 요·순·공자의 도를 전하시었는데 맹자는 웅변한다고 일컬어졌으니, 이것을 어떻게 쉽게 말할 수 있겠는가? 그 언어와 문장이 한결같이 도덕에서 나와서 어긋나지 않으면, 옛것을 계승하여 후세에 전할 수 있을 것이니, 곧 옛날 성인과 현인이 사람들을 가르치고 권면했던 것이 이것이요, 내가 생각을 다하고 정신을 다하며 바라는 것에 힘을 다하여 미치기를 도모하여도 할 수 없는 것이 또한 이것이니, 또 무엇을 말하겠는가? 다만 감히 당해 낼 수 없다고 여기고 있으니, 그대는 그것을 반복해서 생각해 보라.

**감상** ● 眉叟 許穆이 살았던 17세기는 月象谿澤이라는 걸출한 문장가를 배출하기도 하는 한편, 임진왜란 이후 明과의 빈번한 접촉으로 擬古主義 문풍이 조선에 유입되기도 하였다. 이 글은 젊어서 동문수학하던 박덕일에게 보낸 편지글이다. 허목은 학문이 가슴속에 온축이 되면 덕행이 되고, 밖으로 나오면 사업이 되며, 언사로 드러나면 문장이 된다는 것으로, 진정한 문장은 당대의 꾸미고 아로새긴 彫琢之文·世俗之文이 아니라, 성현의 도를 담은 '도덕문장'이라는 것이다. 허목은 程朱의 註疏學(宋文)에 대해 긍정을 하면서도 일면 부정적인 측면을 보유하고 있다. 17세기 사상계의 동향은 크게 정통의 고수와 지속, 그리고 새로운 방향을 모색하는 두 축으로 대별할 수 있다. 집권층은 정주학적 세계관에 기초하여 정권을 유지 존속시

키려고 한 반면, 기존의 사상체계로는 난국을 타개하지 못할 것으로 여긴 학자들은 나름의 독자적인 견해를 내놓기도 하였다. 하지만 이들은 斯文亂賊으로 몰려 죽음에 이르게 되었다(尹鑴, 朴世堂이 대표). 당시 정주학에 대한 신봉은 절대적인 것이기 때문에, 이런 현실 속에서 허목의 정주학에 대한 입장은 위의 글에서처럼 자연스레 완곡하게 표현될 수밖에 없었던 것이다.

**참고논문** ▶ 한영우, 「17세기 중엽 南人 許穆의 古學과 역사인식」, 『조선후기 사학사연구』, 일지사, 1989.

권진호, 「眉叟 許穆의 古文論」, 『대동한문학』 제13집, 대동한문학회, 2000.

# 39.「答客子言文學事書」許穆

惠書使人甚慙 僕少時 愚不自量 妄謂古人可不勉而能 不躬行力學 徒樂讀其文章 又有鼓之者 乃大謬 務博不務擇 聖人之外 踰越百家 如老子之虛無 莊周之誕 左氏國語戰國長短之書及屈原之怨 馬遷之感憤 相如揚雄之縱諛 無所不讀 十年不悟 所得流蕩放肆 卒無裨益於心術之要 然後中心愧懼 專事聖人之文 且三十年 成癖已痼 今至白首 悔之無及 每讀古人文字 至辭切意到 其文愈鼓愈揚 不覺忻然喜動 每與知者對 面赧心愧

**주석** 〖惠書(혜서)〗 주신 글 〖謂〗 생각하다 위 〖謬〗 그릇되다 류 〖踰〗 넘다 유 〖誕〗 거짓 탄 〖縱諛(종유)〗 부추김 〖及〗 및 급 〖流蕩(류탕)〗 =放蕩 〖放肆(방사)〗 =放恣 〖裨〗 돕다 비 〖癖〗 버릇 벽 〖痼〗 고질 고 〖切〗 정성스럽다 절 〖到〗 周密하다 도 〖愈~愈〗 ~하면 할수록 더욱 ~하다 〖忻〗 기뻐하다 흔 〖赧〗 붉히다 난

**국역** 주신 글이 사람을 매우 부끄럽게 한다. 내가 어려서는 어리석게도 스스로 헤아리지 못해 함부로 옛사람(의 학문 정도)는 힘쓰지 않고도 능할 수 있다고 생각하여, 몸소 행하거나 힘써 배우지 않고, 다만 그 문장 읽기만을 즐겼다. 또 충동하는 자가 있어 이에 크게 그르쳐서 넓게 하는 것만 힘쓰고 가려서 읽을 것을 힘쓰지 않았다. 성인의 글 외에 백가로 넘어가서 노자의 허무, 장주의 허탄, 『좌전』과 『국어』와 『전국책』의 장단서 및 굴원의 원망, 사마천의 감분, 사마상여·양웅의 종유함을 읽지 않은 것이 없었다. 그러나 10년이 되도록 그 뜻을 깨닫지 못하고, 얻은 것

은 방탕 방자한 것이어서 끝내 심술의 중요함에 보탬이 없었다. 그런 뒤에 마음속에 부끄럽고 두려운 생각이 들어 오로지 성인의 글만 일삼은 지 또한 30년이 되었으나, 이루어진 버릇이 이미 고질이 되어 이제 백발에 이르렀으니, 그것을 뉘우쳐도 미칠 수 없다. 늘 고인의 글을 읽을 때마다 말이 간절하고 뜻이 주밀한 데에 이르면, 그 글이 고무시킬수록 더욱 앙양되어 자신도 모르게 기쁨이 움직였으나, 늘 (나를) 아는 자와 상대하면 낯이 붉어지고 마음이 부끄러워졌다.

嘗竊嘆三墳五典八索九丘之文 今不可復見 其見於載籍者 莫盛於虞夏殷周之際 故六經之文 聖人之大法載焉 詩長於風 書長於政 禮義之大宗莫過於春秋 窮天地之變 莫過於易 孔子讀易 韋編三絶 以孔子之聖 何於文若是之勤也 孔子述堯舜文武周公之道 以傳於後世者 文也 聖人之文 侔天地造化 聖人何可當也 孔子之後 曾子作十傳 子思作中庸 孟子得於子思 當東周之末世 異言喧豗 百家紛起 孟子能言 拒詖行 放淫詞 以承周公孔子 孟子醇乎醇者也

**주석** 〖際〗 시기 제 〖虞夏(우하)〗 유우씨(舜)의 시대와 하나라 〖風〗 노래 풍 〖韋〗 가죽 위 〖述〗 말하다 술 〖當〗 감당하다 당 〖侔〗 같다 모 〖十傳(십전)〗『대학』의 經 1장과 傳 10장 〖喧豗(훤회)〗 시끄러움 〖詖〗 치우치다 피 〖放〗 내치다 방 〖醇〗 溫厚하다 순

**국역** 일찍이 몰래『삼분(三皇의 책)』·『오전(五帝의 책)』·『팔삭(八卦의 설)』·『구구(九州의 기록)』 같은 글을 이제 다시 볼 수 없음을 한탄하였다. 그 실려 있는 문서에 보이는 것은 우·하·은·주 시대보다 더 성대한 것은 없다. 그러므로 육경의 글 가운데 성인의 큰 법이 실려 있으니,『시경』은 노래에 장점이 있고,『서경』은 정치에 장점이 있고, 예의의 대종은『춘추』보다 더 나은 것이 없고, 천지의 변화를 궁구하는 것은『주역』보다 더 나은 것이 없다. 공자께서『주역』을 읽을 때 가죽 끈이 세 번이나 끊어졌으니, 공자와 같은 성인으로서 어찌 글 읽기를 이와 같이 부지

런히 하였는가? 공자께서 요·순·문·무·주공의 도를 기술하여 후세에 전한 것이 문장이니, 성인의 문장은 천지조화와 같으므로, 성인을 어찌 감당할 수 있겠는가? 공자 뒤에 증자가 『십전』을 지으셨고, 자사가 『중용』을 지으셨고, 맹자는 자사에게서 얻으셨는데 東周의 말세를 당하여 이단적인 말이 떠들썩하여 백가가 어지럽게 일어났으나, 맹자께서 말에 능하여 치우친 행동을 막고 음란한 말을 추방하여서 주공과 공자를 이으셨으니, 맹자는 순후한 가운데 순후하신 분이다.

蓋天地之文 在人爲文章 道隆則文亦隆 道汚則文亦汚 文者 天地之文也 文不可以一藝云也 故吾聞道德文章 未聞禮樂射御書數文章 彼記誦文詞而已者 道喪德衰 文學之末弊 非吾所謂文也 嗟乎 世無古人 況古人之文乎 註疏起而古文廢 隸書作而篆籒亡 古人之文 如太音之稀闊 讀而不知其味者有之 註疏者 蓋不得已而作也 然古文 魏晉氏來 知者益尠 設使彖象之奇 十翼之變化 出於後世 世無程朱氏 其視之不過如陰符太玄之比而止耳

**주석** 〖隆〗 성대하다 륭 〖弊〗 폐단 폐 〖太音(태음)〗 미약한 소리 〖稀闊(희활)〗 疏遠함 〖尠〗 적다 선 〖設使(설사)〗 만약 〖彖象之奇(단상지기)〗 『주역』에서 彖曰 또는 象曰이란 문구 아래에 쓰여 있는 글이 기이함을 말함 〖十翼(십익)〗 孔子가 『주역』의 원리를 부연한 10편의 글

**국역** 대개 천지의 문채가 사람에게 있어서는 문장이 되는 것이니, 도가 융성하면 문장도 융성해지고 도가 혼탁해지면 문장도 혼탁해지는 것이다. 문장은 천지의 문채이니, 문을 하나의 기예로 말할 수는 없다. 그러므로 나는 도덕에 관한 문장은 들었지, 아직 예악사어서수에 관한 문장은 듣지 못했으니, 저 문사를 기억하고 외우기만 하는 자들은 도덕이 쇠퇴한 문학의 말단적 폐단이요, 내가 말하는 문장이 아니다. 아! 세상에 고인이 없는데, 하물며 고인의 문장이 있겠는가? 주소가 나오자

고문이 폐기되고, 예서가 일어나자 전과 주가 없어졌다. 고인의 문은 미약한 소리의 소원함과 같아서 읽어도 그 맛을 알지 못하는 자가 있으니, 주소는 대개 부득이해서 지은 것이다. 그러나 고문은 위진 이래로 아는 자들이 더욱 적어졌으니, 설령 단·상의 기이함과 「십익」의 변화가 후세에 나왔다 한들 세상에 정자와 주자가 없었더라면, 그것을 보는 것이 『음부경(중국 黃帝가 지었다는 책)』·『태현경(漢 揚雄이 『易經』을 모방하여 지은 책)』에 비유하는 데 그침에 지나지 않았을 것이다.

文王周公孔子之不誣後世 愚者皆知之 蘇洵曰 聖人於易 用其機權 以持天下 而濟其道 洵於古文 自謂得聖人之道 而猶其言如此 二蘇之頗僻不足言也 韓愈氏生衰亂之末 言道德仁義 自任以繼孟氏之醇 樂稱周公孔子之術者 而以爲得聖人之心 則未也

**주석** 〖誣〗 속이다 무 〖機權(기권)〗 機巧와 權謀 〖持〗 지탱하다 지 〖頗〗 치우치다 파 〖僻〗 치우치다 벽

**국역** 문왕·주공·공자께서 후세를 속이지 않았다는 것은 어리석은 자도 모두 알고 있는데, 소순이 말하길 "(「易論」에서) 성인은 『주역』에서 기교와 권모를 써서 천하를 유지하고 그 도를 제도했다."고 하였다. 소순이 고문에 대해 스스로 성인의 도를 얻었다고 말하면서도 오히려 이와 같이 말했으니, 蘇軾과 蘇轍의 치우침은 말할 것도 없다. 한유는 쇠퇴하고 어지러운 말기에 태어나서 도덕과 인의를 말하여서 맹자의 순후함을 이은 것으로 자임하여, 주공·공자의 학술을 일컫기를 좋아한 자이니, 성인의 마음을 얻었다고 여긴다면 그것은 아니다.

僕讀古人之文 五十年 後世彫琢之文 未嘗一經於心目 發憤求聖人之心 魯鈍 學不通而道不純 年老雖無所得 其心亹亹猶未已 不幾於恥過而遂非

耶 責諭深切 當勉之 深謝深謝 東湖學者 信而好古 有時乎益我 甚善之 信之篤而好之不已 至於樂而忘倦 則何患其守之不確也 顧自力如何耳 賢 詳密英發 警人如此 足得相長之樂 亦勉之 勉之 則古人矣

**주석** 〖彫琢(조탁)〗 아로새김 〖憤〗 성내다 분 〖魯〗 미련하다 로 〖亹〗 부지런하다 미 〖遂非(수비)〗 나쁜 줄 알면서도 하고 맒 〖諭〗 깨우치다 유 〖東湖(동호)〗 지명이나 號로 未詳 〖倦〗 게으르다 권 〖確〗 견고하다 확 〖賢〗 敬稱 현 〖詳密(상밀)〗 성질이 치밀함 〖英發(영발)〗 才氣가 밖에 나타남 〖警〗 깨우다 경

**국역** 내가 고인의 글을 읽은 지 50년이 되었는데, 후세의 조탁하는 문장은 일찍이 한 번도 마음과 눈을 거친 적이 없었고, 발분하여 성인의 마음을 구하고자 했으나, 노둔하여 배움이 통하지 못하고 도도 순수하지 못하였다. 나이가 늙어서 비록 얻은 것은 없으나, 그 마음만은 부지런하여 오히려 그치지 않았으니, 잘못을 부끄러워하나 잘못을 저지름에 가까운 것이 아니겠는가? 꾸짖어 타이름이 깊고 절실하니, 마땅히 힘쓰겠다. 깊이 감사하고 깊이 감사한다. 동호학자는 진실하고 옛것을 좋아하여 때때로 나를 유익하게 해 주니, 매우 좋게 생각한다. 진실이 독실하고 (옛것을) 좋아함이 그치지 않아 즐거워하여 게으름을 잊는 데까지 이르렀으면, 어찌 그 지킴이 확고하지 않음을 근심하겠는가? 다만 스스로 힘쓰기를 어떻게 하느냐에 달려 있을 뿐이다. 그대는 성품이 치밀하고 재주가 뛰어나 이와 같이 사람을 깨우쳐 주어 서로 성장하는 즐거움을 얻을 수 있으니, 또한 힘써라. 힘쓰면 옛사람이 될 수 있을 것이다.

**감상** ● 이 글은 客子가 문학에 관하여 말한 일에 회답하는 편지로, 객자는 누구인지 미상이다. 허목은 ‘도덕문장’과 ‘기예문장’으로 대비시켜, 도덕문장은 긍정하고 文詞의 記誦에만 치중하는 기예문장을 배척하였다. 도덕문장은 바로 “공자께서 요·순·문·무·주공의 도를 기술하여 후세에 전한 것”이라는 문장이다. 『시경』·『서경』·『주역』·『예기』·『춘추』의 六經의 古文은 聖人이 하늘의 뜻을 이어받아

표준을 세우며, 만물의 뜻을 열어 사업을 성취한 글로, 천지의 지극한 가르침이요, 그 속에는 성인의 큰 법이 실려 있다고 하였다. 허목은 三代 이전의 글을 볼 수 없어 안타깝다고 하고서, 六經의 글은 성인의 큰 법이 실려 있어 감당하기 쉽지는 않지만 즐기는 것이 있다고 하여, 六經 古文에 대한 자부와 자신이 지향해야 할 문장의 전범이 여기에 있음을 분명히 밝히고 있다. 허목의 尙古的 문학관, 즉 그가 제창한 古文論은 기존의 정통적·주류적 문단의 唐宋古文論과 차별성을 견지함과 동시에 당대에 유입된 擬古主義 문풍과도 그 지향성을 달리하고 있다. 한마디로 지리·번쇄한 문풍을 혁신하고, 간결·素朴한 문풍을 지닌 '六經 古文'을 문학적 전범으로 내세워 새로운 문학의 전환을 시도하였다.

**참고논문** 정옥자, 「眉叟 許穆 硏究」, 『한국사론』 제5집, 서울대 국사학과, 1979.
권진호, 「眉叟 許穆의 古文論」, 『대동한문학』 제13집, 대동한문학회, 2000.

## 40. 「猧說」 金得臣[19]

余投大軱兩猧 一猧先齧之 一猧次齧之 先齧猧暴怒唅呀 噬次齧猧 則兩猧共鬪 不暇齧軱 忽一他猧過之 見棄軱 銜而走之 兩猧以共鬪抎其軱 一猧小者大傷 一猧大者甚勞

**주석** 〖猧〗 발바리 와 〖軱〗 큰 뼈 고 〖齧〗 깨물다 설 〖唅呀(함하)〗 큰 입을 벌린 모양(唅 입 딱 벌리다 함) 〖噬〗 물다 서 〖銜〗 물다 함 〖抎〗 잃다 운

**국역** 내가 두 발바리에게 큰 뼈를 던져 주었는데, 한 발바리가 먼저 그것을 깨물자 또 한 발바리가 다음으로 그것을 물었다. 먼저 깨문 발바리가 사납게 화내며 입을 벌리며 다음 깨문 발바리를 물자, 곧 두 발바리가 함께 싸워 큰 뼈를 물 틈이 없었다. 갑자기 다른 발바리가 지나가다 버려진 큰 뼈를 보고 물고 달아나니, 두 발바리가 함께 싸우느라 그 뼈를 잃어버렸다. 작은 발바리 한 마리는 크게 다치고, 큰 발바리 한 마리는 매우 지쳤다.

---

19) 김득신 1604(선조 37)~1684(숙종 10). 호는 柏谷. 어릴 때 천연두를 앓아 노둔한 편이었으나, 아버지의 가르침과 훈도를 받아 서서히 문명을 떨친 인물이다. 당시 李植으로부터 “그대의 시문이 당금의 제일”이라는 평을 들음으로써 이름이 세상에 알려지게 되었다. 공부할 때에 옛 선현과 문인들이 남겨놓은 글들을 많이 읽는 데 치력하였는데, 그중 「伯夷傳」은 억 번이나 읽었다고 하여 자기의 서재를 ‘億萬齋’라 이름하였다. 저술이 병자호란 때 많이 타 없어졌으나, 문집인 『栢谷集』에는 많은 글들이 전하고 있고, 술과 부채를 의인화한 가전소설 「歡伯將軍傳」과 「淸風先生傳」을 남기기도 했다.

嗟夫 若使小猧知其力弱 不與大猧鬪 則固無大傷 不量其力 相與鬪而大傷 彼小猧甚不量其力者也 兩猧以骶共鬪 竟以骶與他猧 嗟夫 世之爭功名者 無乃亦如兩猧之爭骶耶

**주석** 〖若使(약사)〗 만약 〖竟〗 마침내 경 〖與〗 주다 여

**국역** 아! 만약 작은 발바리가 그 힘이 약한 것을 알았다면, 큰 발바리와 싸우지 않았을 것이다. 그렇다면 진실로 크게 다치는 일도 없었을 것이다. 그 힘을 헤아리지 않고 서로 싸우다 크게 다쳤으니, 저 작은 발바리는 전혀 그 힘을 헤아리지 않은 것이다. 두 발바리가 뼈 때문에 함께 싸우고, 마침내 뼈를 다른 발바리에게 주어 버렸다(빼앗겼다). 아! 세상에서 공명을 다투는 것도 이에 또한 이 두 마리 발바리가 뼈를 다투는 것과 같지 않은가?

**감상** ● 이 작품은 발바리를 통해 功과 名譽를 다투는 일반 세태에 대한 비판을 가하는 풍자적 성격이 강하며, 전형적인 寓言의 형식을 취하고 있는 작품이다. 김득신은 이러한 동물의 부정적 物性에 인간의 세태를 비추어 자신의 능력과 역량을 헤아리지 못하고 功과 명예에 눈이 어두워 아귀다툼하는 인간계의 모습을 "아! 세상에서 공명을 다투는 것도 이에 또한 이 두 마리 발바리가 뼈를 다투는 것과 같지 않은가?"라 하여, 마지막 부분에 제시하고 있다. 김득신은 힘이 센 발바리에 대해서는 양보의 미덕이라든가 상부상조의 모습을 요구하는 해석을 가하지 않고 있으나, 兩非論의 입장에서도 의미 부여가 가능한 작품이다.

**참고논문** 
정대림, 「金得臣의 詩論」, 『이조후기 한문학의 재조명』, 창작과비평사, 1983.

양현승, 『한국 '說' 문학 연구』, 박이정, 2001.

# 41. 「義狗說」 權斗寅[20)]

野城有一農夫與傭者居 其妻私於傭 謀殺夫 一日詭曰 聞某地有樂土可居 盍往焉 農夫信其說 撤家產以徙 有狗隨之 農夫先 妻與傭後 至無人處 傭椎殺之 取其屍 沈之淵 狗見其爲 卽回走之里中人家 以足掘地 仰首鳴號 若有告哀狀 里人異之出 狗爲之前導 人欲觀狗所爲 往而或止 狗前於人 哀鳴復如初 至沈屍處 狗輒投入于水 復出哀號 視之果有屍 里人卽告于官 官跟捕其妻與傭 訊之果服 遂幷誅之

**주석** 〖傭〗 품팔이꾼 용 〖私〗 간통하다 사 〖詭〗 속이다 궤 〖盍〗 어찌 아니 하다 합 〖撤〗 거두다 철 〖椎〗 치다 추 〖屍〗 주검 시 〖沈〗 가라앉히다 침 〖掘〗 파다 굴 〖號〗 울다 호 〖輒〗 문득 첩 〖跟〗 뒤따르다 근 〖訊〗 묻다 신 〖服〗 伏罪하다 복

**국역** 시골 성에 한 농부와 머슴이 살고 있었는데, 그 처가 머슴과 사통하였다. (머슴과 처는) 남편을 죽이기로 모의하고, 하루는 속여서 말하길 "어느 곳에 좋은 땅이 있어 살 만하다고 들었습니다. 어찌 그곳에 가지 않으십니까?" 하니, 농부가 그의 말을 믿고 가산을 거두어 이사를 하는데, 어떤 개가 그를 따랐다. 농부가 먼저 가고, 아내와 머슴이 뒤따르다 사람이 없는 곳에 이르러 머슴이 방망이로 그를 쳐 죽이고 그 시체를 가져다 연못에 빠뜨렸다. 개는 그가 하는 짓을 보고 곧 마을의 인가로 돌아 달려가 발로 땅을 파면서 하늘을 보고 울부짖는데 마치 슬픈 상황을

---

20) 권두인 1643(인조 21)~1719(숙종 45). 자는 春卿, 호는 荷塘.

알리는 것 같았다. 마을 사람들이 그것을 이상히 여겨 나가자, 개가 그들을 위해 앞에서 인도하였다. 사람들이 개가 하는 것을 보려고 하니, 가다가 혹 멈추기도 하면서, 개가 사람들 앞에서 슬피 울기를 다시 처음과 같이 하였다. 시체를 빠뜨린 곳에 이르자, 개는 갑자기 물로 뛰어 들어가 다시 나오면서 슬피 울부짖었다. 그곳을 보니 과연 시체가 있었다. 마을 사람들이 곧 관가에 알리니, 관가에서는 그 아내와 머슴을 뒤따라가 잡아 그들을 심문하니 과연 인정하였다. 마침내 둘 다 그들을 베어 죽였다.

嗟乎 異哉 狗一無知走獸耳 其職伺盜也 其能摶兎也 蠢蠢而動 逐逐而行 非有虛靈知覺與人同也 是狗也遇難 而知告急於人 非智耶 卒能爲主報仇 非義耶 旣智且義 斯可謂之狗耶 今夫人圓首横目 具五常之性 爲萬物之靈 而朝隋暮唐 事仇讎而不知恥者 雖其名人也 而其行反此狗之不若也 哀哉

**주석** 〖伺〗 살피다 사 〖摶〗 잡다 박 〖蠢蠢(준준)〗 어지럽게 움직이는 모양 〖逐逐(축축)〗 빨리 달리는 모양 〖虛靈不昧(허령불매)〗 마음은 공허하여 형체가 없으나, 그 기능은 맑고 환하여 거울이 물건을 비추는 것과 같음을 이름 〖旣～且〗 ～하고도 또 ～하다 〖五常(오상)〗 仁義禮智信, 五倫 〖仇〗 원수 구 〖反〗 도리어 반

**국역** 아! 이상하도다. 개는 하나의 무지하며 달리는 짐승일 뿐이고, 그 직책은 도둑을 살피는 것이고, 그의 능력은 토끼를 잡는 것이며, 이리저리 움직이며 빨리 달리니, 맑고 환한 지각이 사람과 같은 것이 있지 않다. 그런데 이 개는 어려움을 만나 사람에게 위급함을 알릴 줄 아니, 지혜롭지 않은가? 마침내 주인을 위해서 원수를 갚을 수 있었으니, 의롭지 않은가? 지혜롭고도 의로우니, 그것을 개라고 할 수 있겠는가? 지금 대저 사람은 둥근 머리와 가로지른 눈으로 오상의 천성을 갖추어 만물의 영장이 되어, 아침에는 수나라를 따르다 저녁에는 당나라를 섬기며 원수를

섬기면서도 부끄러움을 모르니, 비록 그 이름이 사람이나, 그 행실은 도리어 이 개만 못하니, 슬프도다!

**감상** ● 이 작품은 항간에 빈번하게 회자되는 '의로운 개'에 대한 이야기로, 전반부는 개의 의로운 행동을 서술하는 逸話 부분이고, 후반부는 개의 행동에 대해서 논술하면서 개만도 못한 인간들을 질타하는 戒世懲人으로 구성되어 있다. 전반부의 逸話 부분은 단편 서사물적 구성 요소와 서술 구조를 가지고 항간에 널리 알려진 '의로운 개'를 소재로 한 전승 설화에 작가의 논술을 더한 것으로 보이는 說話的 성격의 '寓言的 說'이다.

**참고논문** 양현승, 『한국 '說' 문학 연구』, 박이정, 2001.

## 42.「送宋道實光涑宰金化序」金昌協[21)]

得百里之地 而爲之宰 涖之以莊 行之以恕 政令必信 訟獄必平 節用以寬征斂 時使以勸農桑 養老興學 以善其風俗 使姦猾不得作 而鰥寡孤獨者皆有業 士君子之用於世 此亦足以行其志焉爾

**주석** 〖宰〗 우두머리 재 〖涖〗 임하다 리 〖莊〗 엄하다 장 〖訟〗 송사 송 〖征〗 조세 정 〖猾〗 교활하다 활 〖作〗 일어나다 작 〖鰥〗 홀아비 환

**국역** 백 리의 땅을 얻어 그곳의 수령이 되어 위엄으로 임하고 용서로 행하며, 政令은 반드시 믿음직스럽게 하고 訟事는 반드시 공평하게 하며, 비용을 절약하여 세금 징발을 너그럽게 하고 시기에 맞게 부림으로써 농사와 누에치기를 권장하고, 노인을 봉양하고 배움을 일으켜 그 풍속을 좋게 하여 간사하고 교활한 자가 일어날 수 없게 하며, 홀아비 · 과부 · 부모 잃은 자 · 자식 없는 자들도 모두 제 업을 지니게 하는 일들은, 세상에 쓰임을 받은 士君子로서 이것은 또한 그 뜻을 행해 볼 만하다.

---

21) 김창협 1651(효종 2)~1708(숙종 34). 호는 農巖. 고고하고 기상이 있는 문장을 썼고, 글씨도 잘 쓴 당대 문장가이다. 六昌으로 불리는 여섯 형제 중에서 특히 창협의 文과 동생 昌翕의 시는 당대에 이미 명망이 높았다. 문장은 단아하고 순수해 歐陽修의 정수를 얻고, 그의 시는 杜甫의 영향을 받았지만 그대로 모방하지 않고 고상한 시풍을 이루었다. 24세 때 宋時烈을 찾아가 『小學』에 대해 토론했고 李珥의 학통을 이었으나 湖洛論爭에서는 湖論의 입장을 취했다. 典雅하고 순정한 문체를 추구한 古文家로 전대의 누습한 文氣를 씻었다고 金澤榮에게 높은 평가를 받았다.

然以余之試於淸 行且及期 而於是道也 無一之能行焉 則今於道實乎 欲以是說告之 得無爲人笑耶 然東家之婦 語西家之婦曰 必敬事而夫子 毋得罪於尊章 必謹視而筦籥 灑掃而室堂 善而蠶績 潔而飮食酒漿 是其言也 皆己之所未能行也 然其心則固愛隣婦之心也 其事則固善爲婦之道也 是以在東家婦而言之 則不免於愚 在西家婦而行之 則足以爲賢 今吾且自爲東家之愚婦 而以己之所未能者告道實 道實能行吾言 而爲西家之賢婦 不亦可乎 是以遂言之而不慚

**주석** 〖乎〗 句中에서 멈춤이나 느슨함을 나타냄 〖而〗 너 이 〖尊章(존장)〗 시부모 〖管籥(관약)〗 열쇠 〖灑掃(쇄소)〗 물을 뿌리고 먼지를 쓺 〖績〗 실 뽑다 적 〖潔〗 깨끗하다 결 〖漿〗 장 장 〖遂〗 마치다 수

**국역** 그러나 내가 淸風에서 시도해 보았으나, 임기가 다 되어서는 이 방법 중에 하나의 능한 행위도 없었다. 이제 道實에게 이것으로 그에게 말한다면, 사람들의 웃음거리가 되지 않겠는가? 그러나 동쪽 집의 며느리가 서쪽 집의 며느리에게 말하기를 "반드시 너의 남편을 공경으로 섬기고, 시부모에게 죄를 얻지 말며, 반드시 너의 열쇠를 삼가 살피고, 너의 집 안을 잘 청소하고, 너의 길쌈을 잘하며, 너의 음식과 술과 장을 깨끗하게 하라."라고 한다. 이 말은 모두가 자기도 할 수 없는 것이긴 하지만, 그의 마음은 진실로 이웃집 며느리를 아끼는 마음이요, 그 일은 진실로 좋은 부인이 되는 도이다. 그러므로 동쪽 집의 며느리로 말하면 어리석음을 면하기가 어려우나, 서쪽 집의 며느리로 그것을 행한다면 현명한 며느리가 될 수 있을 것이다. 이제 내가 또한 스스로 동쪽 집의 어리석은 며느리가 되어 내가 할 수 없었던 것을 도실에게 일러 주어, 도실이 나의 말을 실천하여 서쪽 집의 현명한 며느리가 된다면, 또한 괜찮지 않겠는가? 그러므로 그 말을 마치면서도 부끄러워하지 않노라.

**감상** ● 이 글은 금화군수로 부임하는 道實 宋光涑을 전송하며 지은 送序이다. 農巖 산문에 있어 送序類는 많은 비중을 차지하며, 이 글은 간결한 문체의 맛을 최대로 드러내기 위해 문장의 처음부터 牧民官의 바른 도리로 시작하여 끝까지 牧民

官의 바른 도리와 자신의 논리의 타당성만을 서술하고 있다. 먼저 첫머리에 명제를 내세워 간결한 문체의 맛을 두텁게 하였으며, 자신을 낮추어 논리를 친근하게 하고 앞뒤 문장의 연결을 자연스럽게 하였으며, 동쪽 집과 서쪽 집 며느리를 내세워 비근한 비유를 제시하여 논리의 타당성을 도모하였다. 說이 아닌 送序에서 이런 비유적 수법을 사용한 것은 흔치 않은 것으로 立論을 더욱 효과적으로 전달하고 있다.

**참고논문** ▶ 채종환, 「農巖 金昌協 文學 研究」, 충남대 박사논문, 1994.
오석환, 「農巖 金昌協의 贈序類 散文文學 研究」, 『한자한문교육』 제8집, 한국한자한문학회, 2002.

## 43.「三一亭記」金昌協

亭在谷雲之華陰洞 吾伯父所置也 何以名三一 三柱而一極也 何取於三柱一極 以爲有三才一理之象焉爾 曰是象之而爲也歟 亦爲之而有是象也 始伯父杖屨於溪上 有石焉 如龜鼉之曝于涯 其背可以亭也 而前贏後殺 劣容三柱 因以成之 而象具焉 成而名之 而義見焉 是亦自然而已矣

**주석** 〖極〗 용마루 극 〖三才(삼재)〗 天地人 〖亦〗 아니면 역 〖屨〗 신 구 〖鼉〗 악어 타 〖曝〗 쬐다 폭 〖涯〗 물가 애 〖贏〗 남다 영 〖殺〗 덜다 쇄 〖劣〗 겨우 렬

**국역** 삼일정은 谷雲의 華陰洞에 있는데, 나의 백부(金壽增)께서 설치한 것이다. 왜 삼일정이라 이름 지었는가? 세 기둥에 하나의 용마루로 되어 있기 때문이다. 어디에서 세 기둥과 한 용마루를 취한 것인가? 생각건대 三才와 一理의 象을 취한 것이다. 그것을 본떠서 지은 것인가? 아니면 그것을 지어 놓고 보니 이러한 상이 생긴 것인가? 일찍이 백부께서 시내 상류에 이르렀는데, 거기에 돌이 있는데 거북이와 악어가 물가에서 볕을 쪼이는 모양과 같아서, 그 등에 정자를 세울 만하였다. 그런데 앞은 넓고 뒤는 좁아서, 겨우 세 기둥밖에 세울 수가 없었다. 말미암아 완성해 놓고 보니 그런 상이 되었고, 완성되고서 이름을 붙이고 보니 그러한 뜻이 나타나게 되었다. 이것은 또한 자연적으로 그렇게 되었을 따름이다.

凡物於天地間者 其爲數至不齊也 而莫不皆有自然之象焉 知道者 默而

觀之 無往而不相值焉 顧昧者不察耳 河之圖也 洛之書也 人但見其十與九而已矣 而伏羲夏禹得之 則天地生成之序 陰陽奇耦之數 一擧目而森如也 故八卦作焉 九疇敍焉 至後之君子 乃謂觀於賣兎者 亦可以畫卦 蓋善觀物者 不以物觀物 而以象觀物 不以象觀象 而以理觀象 以象觀物 則無物而非至象也 以理觀象 則無象而非至理也 譬之 庖丁眼中 無復有全牛焉

**주석** 〖值〗 만나다 치 〖昧〗 어둡다 매 〖河圖(하도)〗 伏羲 때 황하에서 나왔다고 하는 龍馬의 등에 나타난 도형. 易卦의 원리가 됨 〖洛書(낙서)〗 夏나라 禹왕 때 洛水에 나온 神龜 등에 쓰여 있었다는 글로, 洪範의 원본이 됨 〖奇耦(기우)〗 짝수와 홀수 〖森〗 늘어서다 삼 〖畵〗 긋다 획 〖庖丁(포정)〗 『莊子』에 나오는 소를 잘 해부하는 사람

**국역** 무릇 천지간에 사물은 그 수가 지극히 고르지 못한 것이기는 하나, 모두 자연의 상을 갖지 않은 것은 없다. 도를 아는 자가 묵묵히 보면, 어디를 가더라도 서로 만나지 않는 것이 없지만, 다만 몽매한 자는 그것을 살피지 못할 뿐이다. 하도와 낙서는, 사람들이 다만 그 10과 9만을 볼 뿐이지만, 伏羲와 夏禹가 그것을 얻으면 천지 生成의 차례와 음양 奇耦의 수가 一目瞭然해지는 것이다. 그리하여 八卦가 지어지고 九疇가 차례 지어졌으며, 후세의 군자에 이르러 이에 '토끼 파는 사람만 보고도 괘를 그릴 수 있다.'라 말한 것이다. 대개 사물을 잘 보는 사람은 사물로 사물을 보는 것이 아니라 象으로서 사물을 보며, 상으로서 상을 보는 것이 아니라 이치로서 상을 본다. 상으로 사물을 보면 어느 사물이나 지극한 상 아닌 것이 없고, 이치로 상을 보면 어느 상이나 지극한 이치가 아님이 없다. 비유하자면 포정의 눈에 다시 완전한 소가 없다는 것과 같다.

今是亭也 其爲三與一者 山之牧兒蕘叟 皆可指而言之 而其理象之妙 則先生獨默契焉 蓋朝夕俯仰其間 有足玩以樂之 而無俟乎圖書之陳於前矣 然

則是亭之作 而先生之名之也 惟無意於取義 而邂逅相値 爲可喜耳 豈區區象之云乎 抑嘗讀易大傳 古之制器用者 棟宇舟車 以至弓矢杵臼 所取象凡十有三卦 嗚呼 聖人之神智創物 果有待於逐卦取象乎 亦觀於其旣成而以爲有是象焉耳 故仲尼著之 而曰蓋取 蓋之爲言 若然而不必然之辭也 後有登是亭者 觀於其法象 苟亦曰蓋取乎則可也 如必曰象之而後爲 則非是亭之實也 時癸酉季冬上旬 從子昌協 記

**주석** 〖蕘〗 나무꾼 요 〖契〗 맞다 계 〖俯仰(부앙)〗 기거 동작함 〖玩〗 사랑하다 완 〖俟〗 기다리다 사 〖邂逅(해후)〗 우연히 서로 만남 〖制〗 만들다 제 〖棟〗 마룻대 동 〖杵〗 공이 저 〖臼〗 절구 구 〖凡〗 모두 범 〖亦〗 아니면 역 〖從子(종자)〗 조카

**국역** 지금 이 정자가 세 기둥과 한 용마루로 된 것은 산중의 목동이나 나무꾼들이 모두 가리키며 말할 수 있는 것이지만, 그 이치와 상의 오묘함은 선생만이 말없는 가운데 이해하고 있을 뿐이다. 대개 아침저녁으로 사이를 다니면서 사랑하고 즐거워할 뿐, 하도나 낙서가 앞에 펼쳐져 있기를 기다리지 않았다. 그렇다면 이 정자를 짓고 선생이 거기에 이름을 붙인 것은 오직 의미를 취하려는 의도가 아니고 우연히 서로 만난 것이니, 기뻐할 만하다. 그러니 어찌 구차하게 상을 말할 필요가 있겠는가? 또한 일찍이 『周易』의 大傳을 읽어 보니, 옛날에 器用을 만드는 자가 마룻대·집·배·수레로부터 활·화살·방아·절구에 이르기까지 취한 상은 모두 13괘이다. 아! 성인이 신묘한 지혜로써 사물을 창조한 것이 과연 괘에 따라 상을 취한 것을 기다렸다고 할 수 있겠는가? 아니면 그것이 이미 이루어진 것을 보고 이러한 상이 있다고 보는 것인가? 그러므로 공자가 이것을 저술하면서 '대개 취하였다.'라고 한 것이다. '대개'라는 말은 그럴 수도 있고, 반드시 그렇지만은 않다는 말이다. 뒷날 이 정자에 오르는 자가 그 法象을 살펴보고, 만약 또한 "대개 취했다."라고 말한다면 괜찮지만, 만약에 반드시 "상이 있은 뒤에 만들어졌다."고 말한다면 이 정자의 실상은 아니다. 계유년(1693, 숙종19) 12월 상순 조카 昌協 씀

**감상** ▶ ● 이 작품은 農巖의 나이 43세에 伯父가 세운 亭子에 쓴 記文이다. 농암은 정자의 이름을 '三一'이라고 지은 것을 바탕으로 보통은 네 기둥이어야 하는데 세 기둥을 지닌 모순적 구조를 가진 사물의 형태를 三才一理의 원리를 이용해 物·象·理의 의미로 확대시키면서 궁극적 至理의 모습으로 寫意를 구축하고 있다. 그리고 농암은 단아한 선비의 모습처럼 뛰어난 은유를 통해 伯父를 완곡하면서도 훌륭하게 부각시키고 있고, 불충분한 논리와 불확실성을 내포한 '蓋'를 오히려 자신의 논리를 뒷받침하는 매개체로 사용하고 있다. 김창협은 조선의 대표적인 古文家의 한 사람으로 鄭寅普가 그를 "我東五千年唯一人"이라 말할 정도로 최고의 문인으로 여긴 것은 이러한 글쓰기가 작용했기 때문일 것이다.

**참고논문** ▶ 안영길, 「金昌協의 文學 硏究」, 성신여대 박사논문, 1996.
정경훈, 「「三一亭記」의 구성과 표현기교」, 『한문학보』 제11집, 우리한문학회, 2004.

## 44.「六弟墓誌銘」金昌協

吾弟昌立 安東人 先君子領議政諱壽恒第六男也 年十六 老峰閔公鼎重冠而字之曰卓而 十七 西河李公敏敍 歸以女 十八死 死後七年 而有己巳之禍 禍之日 先君子顧語昌協曰 而弟之墓 余欲誌焉久矣 顧哀甚不能文今已矣 汝宜卒誌之 昌協旣涕泣受命 而哀益甚 愈不能文 蓋又七年而始克敍 而銘之云

**주석** 〖歸〗 시집가다 귀 〖己巳禍(기사화)〗 肅宗 15년(1689) 희빈 張氏 소생의 아들을 세자로 삼으려는 숙종에 반대한 宋時烈 등 西人이 이를 지지한 南人에 의해 패배당하고, 정권이 西人에서 南人으로 바뀐 일 〖而〗 너 이 〖已〗 버려두다 이 〖旣~又〗 ~이며 그 외에~ 〖克〗 =能

**국역** 내 동생 金昌立은 안동인으로, 선친 영의정 휘 金壽恒의 6남이다. 16세에 老峯 閔鼎重이 관례를 맡아 자를 卓而라 지어 주었고, 17세에 西河 李敏敍의 딸을 아내로 맞았는데 18세에 죽었다. 죽은 지 7년 후에 기사의 화가 있었다. 화가 있던 날 선친은 나를 돌아보시며 말하기를 "네 동생의 묘에 내가 誌銘을 해 주려고 한 지가 오래다. 다만 슬픔이 심해 글을 지을 수 없다가 지금까지 버려두었는데, 네가 마땅히 지명을 마치도록 해라." 하였다. 내가 울면서 명을 받들었으나 슬픔이 더욱 심해져 더욱 글을 지을 수 없다가, 또 7년이 되어서야 비로소 쓸 수 있어 다음과 같이 명을 새긴다.

君爲人美晳俊朗 幼卽勃勃露鋒鍔 十歲 隨先君子南遷 已能控一驢 獨馳千里 及長 乃更折節 爲舒緩 然其意氣高厲 常慨然有矯世拔俗之志 少從諸兄學 則已聞風雅源流 古今聲律高下之辨 知所取舍 而其識解透悟 所自得者多矣 於是悉棄去平日狗馬博雜之好 專用力於文辭 旣壹以叔兄昌翕子益爲師 而倡率里中同志五六人 日夜游處 相切劘爲事 蓋自三百篇楚辭文選古樂府 以及盛唐諸家 無不沈浸酣飫 以放於歌詩 尤好太史公書 每讀至慶卿高漸離擊筑悲歌事 輒歔欷慷慨 泣下 顧謂同學者曰 吾欲與若輩日飮酒 吟諷離騷 以終吾年 足矣 蓋其意 於世俗富貴功名 視之蔑如 間出游庠序 屢捷課試 而亦不屑也

**주석** 〖晳〗 밝다 석 〖勃勃(발발)〗 왕성한 모양 〖鋒〗 날카로운 기예 봉 〖鍔〗 칼날 악 〖控〗 당기다 공 〖驢〗 당나귀 려 〖折節(절절)〗 자기를 굽히고 의지를 꺾음 〖厲〗 맹렬하다 려 〖透〗 꿰뚫다 투 〖壹〗 한 가지로 일 〖倡〗 선도하다 창 〖劘〗 베다 마 〖酣飫(감어)〗 酒食을 실컷 먹음 〖放〗 내놓다 방 〖慶卿(경경)〗 荊軻로, 조상이 齊나라 사람인데, 衛나라로 오면서 衛나라 사람들이 그를 慶卿이라 부름 〖筑〗 악기 축(거문고 비슷함) 〖歔欷(허희)〗 흐느껴 욺 〖諷〗 외다 풍 〖蔑〗 업신여기다 멸 〖庠序(상서)〗 학교 〖屢〗 여러 루 〖捷〗 과거급제하다 첩 〖屑〗 달갑게 여기다 설

**국역** 군은 용모가 아름답고 밝으며 준수하고 명랑하며, 어려서 왕성하게 예리함을 보였다. 10세에 선친을 따라 남쪽으로 갔을 때, 자기가 한 나귀를 끌어당겨 혼자 천 리를 달렸다. 자라면서 자신을 굽혀 느긋하게 바뀌었으나, 그 의기가 높아 언제나 개연히 세속을 바로잡으려는 뜻이 있었다. 어려서 여러 형들에게서 배우는데, 벌써 風雅의 원류와 고금 성률의 높낮이 차이를 듣고서 취하고 버릴 것을 알았으며, 그 이해하고 깨달음에 있어서 자득한 것이 많았다. 그리하여 평소에 좋아하던 개·말·雜技들을 다 버리고, 오로지 文辭에만 전력하였다. 이미 오로지 숙형인 자익 김창흡을 스승으로 삼고서 마을의 동지 5·6인을 선도하여 이끌고 밤낮으로 놀던 곳에서 서로 공부하는 것을 일삼았다. 대개 『詩經』·『楚辭』·『文選』·古樂府로

부터 盛唐의 제가에 이르기까지 다 깊이 음미하여 詩歌로 부르지 않은 것이 없었다. 더욱 『史記』를 좋아하여 늘 (「荊軻傳」의) 高漸離가 축을 타고 형가가 슬픈 노래로 화답하는 것을 읽을 때마다, 문득 흐느껴 비분강개하여 울면서 동학들을 돌아보고 "나는 그대들과 함께 날마다 술 마시고 「이소」를 읊으며 나의 일생을 마치는 것으로 만족한다." 하였으니, 아마 그의 뜻은 세속의 부귀공명을 아무것도 아니라고 여긴 것이다. 간간이 학교에 나가 노닐어 누차 課試에 급제하였으나, 또한 달갑게 여기지 않았다.

然君慈良泛愛 居家孝謹 與人交有信義 尤篤於朋友 以故從其游者 莫不誠心愛慕 哭其死如喪同氣 至有加麻者 癸亥正月 君輒大書于壁曰 我年十八 蓋自勵之辭也 而竟以是歲十二月廿六日死 人以爲讖 君病時 傍人竊聽其唫囈語 皆文字間事 間忽喟然曰 至高之志 而不能了其語 然知其自歎矣 又見父母焦勞 輒嗟吁隱痛曰 吾何貽此憂也 其孝心至死如此 嗚呼 以君之才與志 不幸短命 不得有所成就 斯誠終古之恨矣 然以其孝心之篤 則亦幸而蚤死 不及見己巳之禍也

**주석** 〖泛〗 널리 범 〖同氣(동기)〗 형제·자매의 총칭 〖加麻(가마)〗 小殮 때 상제가 首絰을 머리에 씀 〖勵〗 권면하다 려 〖廿〗 스무 입 〖讖〗 조짐 참 〖唫囈(암예)〗 잠꼬대 〖喟〗 한숨 쉬다 위 〖了〗 명확히 알다 료 〖焦勞(초로)〗 勞心焦思 〖嗟吁(차우)〗 한탄함 〖貽〗 끼치다 이 〖終古(종고)〗 언제까지나 〖以〗 논하다 이 〖蚤〗 일찍 조

**국역** 그러나 군은 인자하고 어질며 널리 사랑하였으며, 집안에서는 효도하고 삼가며 남들과 사귈 때에는 신의가 있었으며, 특히 친구들과 우정이 돈독했기 때문에, 함께 노닐었던 사람은 진심으로 아끼고 그리워하지 않는 자가 없었다. 그 죽음에 곡하는 것이 형제간의 상을 당한 것같이 하여 심지어 상복을 입는 사람까지 있었다. 계해년(1683, 숙종9) 1월에 군은 문득 벽에다 '내 나이 18세이다.'라고 크게

써 놓았었다. 아마 스스로 격려하는 말이겠지만, 마침내 이해 12월 26일에 죽으니, 사람들은 이것이 조짐이라고 생각하였다. 군이 병을 앓을 때, 옆의 사람이 그가 잠꼬대하는 말을 엿들으니, 모두가 문자에 관한 일이었고, 간혹 갑자기 탄식하면서 지극히 높은 뜻을 말하였는데, 그 말을 명확히 알 수는 없으나, 그가 스스로 탄식하는 것임을 알 수가 있었다. 또 부모가 노심초사하는 것을 보고는, 번번이 한탄하고 몰래 애통해하며 말하기를 "내 어찌 이런 근심을 끼쳐 드리는가?" 하였으니, 그 효심은 죽을 때까지 이와 같았던 것이다. 아! 군과 같은 재주와 뜻을 가지고 불행히 단명하여 성취한 것을 얻지 못하였으니, 이것은 진실로 영원한 한이라 하겠다. 그러나 돈독한 효심으로 논해 본다면, 또한 다행히 일찍 죽어 己巳의 화를 보지 않게 되었다고 하겠다.

悲夫 君爲詩歌 淸婉豪宕 格高而饒情致 旣沒 同志胠其篋 得數十篇 就子益刪定 因其所嘗講習之室 而名之曰澤齋稿 先輩諸公見者 皆歎息 以爲可傳 墓在楊州栗北里 距石室先壟數里 先君子之藏 在其東數十步 我金肇自高麗太師諱宣平 曾祖考諱尙憲 左議政文正公淸陰先生 祖考諱光燦 同知中樞府事 外祖海州牧使羅公星斗 安定望族也 君有一女無子 子益以其子厚謙 與君爲後 今九歲矣

**주석** 〖淸婉(청완)〗 맑고 고움 〖饒〗 넉넉하다 요 〖情致(정치)〗 멋 〖胠〗 열다 거 〖篋〗 상자 협 〖就〗 곧 취 〖距〗 떨어지다 거 〖壟〗 무덤 롱 〖肇〗 비롯하다 조 〖望族(망족)〗 名望 있는 집안

**국역** 슬프다! 군이 지은 시가는 맑고 고우며 호탕하고, 격조가 높으면서 운치가 넉넉했다. 군이 죽은 뒤 동지들이 그의 책장을 열어 수십 편을 얻었다. 곧 子益이 산정을 하고, 일찍이 강습하던 집에 말미암아 이름을 『澤齋稿』라 하였는데, 선배 중에 여러 보는 사람마다 모두 탄식하며 전할 만하다고 하였다. 묘는 楊州 栗北里에

있는데, 石室의 선영으로부터는 몇 리 떨어져 있고, 선친의 산소는 그 동쪽 수십 보에 위치하고 있다. 우리 김씨는 高麗太師 휘 金宣平으로부터 시작되었다. 증조의 휘는 金尙憲으로 좌의정 文正公 淸陰先生이다. 조부의 휘는 金光燦으로 동지중추부사를 지냈다. 외조는 海州牧使 羅星斗로 安定(나씨의 관향)의 명망 있는 집안이다. 군은 딸이 하나 있고 아들이 없어, 자익이 그 아들 金厚謙을 군에게 주어 뒤를 잇게 하였는데, 지금 9세이다.

銘曰 其死也 前先君之禍 其藏也 近先君之宅 嗟爾之夭 可樂非戚 是頑然者 以生爲毒 涕漬爾銘 唯哀是告

**주석** 〖爾〗 너 이 〖夭〗 일찍 죽다 요 〖戚〗 슬퍼하다 척 〖頑〗 완고하다 완 〖涕〗 눈물 체 〖漬〗 물들다 지 〖唯A是B〗 A를 B하다

**국역** 다음과 같이 銘한다. 그 죽음은, 선친의 화에 앞섰고, 그 무덤은, 선친의 幽宅에 가까우니, 아! 그대의 요절은, 기쁨이지 슬픔이 아니로다. 이 완악한 사람은, 살아서 고통이다. 눈물이 그대의 명을 물들이며, 슬픈 마음을 고하노라.

**감상** ● 이 작품은 조선 중기 古文論의 定立者로 평가받고 있는 金昌協이 아버지의 명령으로 夭折한 동생을 위해 지은 墓誌銘이다. 農巖은 비지는 簡하지만 嚴한 體要가 중요하다고 하였다(「雜識」). 簡嚴은 간략히 서술하지만 大體는 자세히 하는 것으로, 이 글 역시 簡嚴한 요체를 작품에 그대로 실천하고 있어, 金澤榮이 『麗韓十家文鈔』에서 農巖의 대표작품 가운데 하나로 선정하고 있는 것이다.

**참고논문** 강혜선, 「農巖 金昌協의 古文硏究」, 서울대 석사논문, 1990.
박영호, 「朝鮮中期 古文論 硏究」, 경북대 박사논문, 1992.

## 45.「海東遺珠序」洪世泰[22)]

農巖金相公嘗謂余曰 東詩之採輯行世者多矣 而閭巷之詩獨闕焉 泯滅不傳可惜 子其採之 余於是廣加搜索 得諸家詩稿 披沙揀金 務歸精約 至於人所口誦 其可者靡不收錄 積十餘年 而編乃成 自朴繼姜以下 凡四十八人詩廑二百三十餘首 名之曰海東遺珠 以遺其人之爲子孫者 而印行焉 遂爲之叙曰

**주석** 〖輯〗 모으다 집 〖泯〗 멸하다 민 〖搜〗 찾다 수 〖披〗 헤치다 피 〖揀〗 가리다 간(련) 〖靡〗 없다 미 〖凡〗 모두 범 〖廑〗 겨우 근 〖遺〗 보내다 유

**국역** 농암 김상공(金昌協)이 일찍이 나에게 말하길 "동방의 시를 채집하여 세상에 간행한 것이 많으나, 여항시만은 홀로 빠져서 없어지고 전하지 못하게 될 것이 애석하니, 그대가 그것을 채집하라." 하였다. 나는 이에 널리 수색을 하여 여러 집의 시고를 얻어 모래를 헤치고 금을 가려내듯 하여 정하고 요약함에 귀착하도록 힘썼으며, 사람들이 입으로 읊조리는 것에 이르러서 그 괜찮은 것은 거두어 기록하지 아니한 것이 없게 하였다. 십여 년을 쌓아서 편집이 이에 이루어지게 되었으니,

---

22) 홍세태 1653(효종 4)~1725(영조 1). 호는 滄浪・柳下. 신분이 中人層이라 제약이 많았으나, 시로 이름이 나서 金昌協 등의 사대부들과 절친하게 지냈다. 중인 신분으로서의 좌절과 사회 부조리에 대한 갈등이 시 속에 우수와 感憤을 담게 하였다. 漢詩에 대한 재능을 널리 인정받았고, 委巷文學의 발달에도 중요한 구실을 하였으며, 중인층의 문학을 옹호하는 天機論을 전개하였다. 위항인의 시를 모아 『海東遺珠』라는 委巷詩選集을 간행하였다.

박계강(중종~선조 때 활동하던 여항시인)으로부터 이하로 모두 48인이었고, 시는 겨우 2백 3십여 수였다. 그것을 이름 하기를 『해동유주』라 하여, 그 사람의 자손 된 자에게 주어서 인쇄하여 발행하도록 하고, 드디어 그것에 서문을 쓰며 다음과 같이 말한다.

夫人得天地之中以生 而其情之感 而發於言者爲詩 則無貴賤一也 是故三百篇 多出於里巷歌謠之作 而吾夫子取之 卽兎罝汝墳之什 與淸廟生民之篇 並列之風雅 而初不係乎其人 則此乃聖人至公之心也

**주석** 〖什〗 시편 집 〖係〗 매다 계

**국역** 대저 사람은 천지의 중간을 얻어서 태어나서, 그 정이 감동되어서 말로 드러난 것이 시가 되니, 그렇다면 귀천이 없이 똑같다. 그러므로 3백 편의 시가 많게는 마을가요의 작품에서 나왔는데, 우리 공자께서 그것을 취하였으니, 곧 「토저」·「여분」과 같은 시가 「청묘」·「생민」 편과 더불어 풍아에 나란히 나열되어서, 처음부터 그 사람(의 신분)에게는 관련시키지 않으셨으니, 곧 이것이 바로 성인의 지극히 공평한 마음이었던 것이다.

吾東文獻之盛 比埒中華 蓋自薦紳大夫一倡于上 而草茅衣褐之士鼓舞於下 作爲歌詩 以自鳴 雖其爲學不博 取資不遠 而其所得於天者 故自超絶瀏瀏乎風調近唐 若夫寫景之淸圓者 其春鳥乎 而抒情之悲切者 其秋虫乎 惟其所以爲感而鳴之者 無非天機中自然流出 則此所謂眞詩也 若使夫子而見者 其不以人微而廢之也審矣

**주석** 〖埒〗 같다 날 〖薦紳(천신)〗 =縉紳: 신분이 높은 사람 〖倡〗 제창하다 창 〖草茅(초모)〗 在野 〖褐〗 갈옷 갈 〖超絶(초절)〗 남들보다 월등히 뛰어남 〖瀏〗 맑다 류 〖其~乎〗 아마 ~일 것이다 〖若使(약사)〗 만약 〖審〗 명백하다 심

**국역** 우리 동방의 문헌의 성대함이 중국과 비등하였으니, 대개 진신대부들이 위에서 한 번 제창함으로부터 재야에서 갈옷을 입고 지내는 선비들이 아래에서 고무되어서 노래와 시를 저작하여 스스로 울리었으니, 비록 그 배움은 넓지 않고 취한 자료가 원대하지는 못하였으나, 그것은 天機에서 얻은 것이었다. 그러므로 스스로 월등히 뛰어나 맑기로는 풍조가 당나라에 가까웠으며, 저 경치를 베낀 것의 맑고 원만하게 한 것과 같은 것은 아마 봄 새소리인 듯하고, 서정을 슬프고 절실하게 한 것과 같은 것은 아마 가을 벌레소리인 듯했다. 오직 감동이 되어 울리게 된 것은 천기 중에서 자연스럽게 흘러나오지 않은 것이 없었으니, 곧 이것이 말하자면 참다운 시라고 하는 것이다. 만약 공자께서 보았다면, 사람의 미미함 때문에 그것을 폐기하지 않으셨을 것이 명백하다.

諸人生逢聖明之治 與被菁莪之化 得以文詞表見於世 垂輝于後 則斯已奇矣 然而余獨惜 其人多貧賤汨沒 不能大肆其志業 以追古之作者 而其間往往 有豪傑卓異之才 不見知於世 沈抑以死者 尤可悲也 噫 斯篇之作 實自農巖公發之 而公今已下世 無可質者 顧余寂寥數語 其何能發揮也哉 姑書之 以俟他日觀風者採焉

**주석** 〖與〗 따르다 여 〖菁莪(청아)〗『詩經』「小雅」「菁菁者莪」편으로, 人才를 기름을 즐거워한 시 〖輝〗 빛 휘 〖已〗 너무 이 〖汨沒(골몰)〗 한 일에만 몰두함 〖肆〗 힘쓰다 사 〖卓異(탁이)〗 보통사람보다 뛰어나게 다름 〖下世(하세)〗 죽음 〖寂寥(적료)〗 적적하여 쓸쓸함 〖發揮(발휘)〗 떨치어 나타냄 〖姑〗 잠시 고 〖俟〗 기다리다 사 〖他日(타일)〗 과거나 미래 〖觀風(관풍)〗 풍속과 인정을 관찰함

**국역** 여러 사람들이 태어나서는 성스럽고 밝게 다스려지는 시대를 만나는 것이 「청아」 편의 감화를 입은 것을 따르게 되었으니, 문사로써 세상에 표현하여 빛을 후세에 드리울 수 있게 된다면 이것은 너무나 기이한 일이다. 그러나 내가 다만 애석하게 생각하는 것은, 그 사람이 대부분 빈천에 골몰하였기에 그 뜻 둔 일에 크게 힘써서 옛날 작가를 따를 수 없었으며, 그 사이에는 종종 호걸스럽고 뛰어난 재능이 있었으나 세상에 알려지지 못하여 침몰되어 억제된 채로 죽은 자가 있었으니, 매우 슬픈 일이다. 아! 이 편을 지은 것이 실로 농암공으로부터 출발한 것인데, 공은 지금 이미 돌아가셔서 질정할 수 있는 사람이 없게 되었으니, 돌아보건대 나의 적료한 몇 마디 말이 그 어찌 발휘할 수 있겠는가? 잠시 이것을 써서 후일 풍속을 관찰하는 자들이 여기에서 채택하기를 기다린다.

**감상** ● 이 글을 『해동유주』에 쓴 序文으로, '海東'은 '우리나라'를 가리키며, '유주'는 '흘린 구슬'로 여항 시인들의 詩作 중에서 우수한 작품을 가리키는 말이다. 여항시집은 『六家雜咏』에서 비롯되었으나 그들만의 시집을 편찬하겠다는 뚜렷한 의식을 가지고 편찬한 것은 홍세태의 『해동유주』에서 비롯되었다. 홍세태는 天機를 표출한 시가 좋은 시라 하였는데, 天氣는 외물에 의해 마음이 얽매여짐이 없는 천연 그대로의 상태로, 窮賤한 가운데서도 마음의 맑음을 지켜 天機를 잘 표현한 詩가 眞詩라 하였다(天機論은 서경덕 → 趙聖期 → 김창협 · 홍세태(홍세태의 생각이 中人에 영향을 끼침) → 性靈論(李彦瑱)으로 발전)

閭巷文學은 士大夫文學과 대척적인 것으로, 17~19세기에 형성된 것이다. 17세기 중엽부터 사대부문학은 여전히 지속되지만, 그 일각에서 實學派文學이 혁신적인 기풍을 조성했을 뿐 아니라 中人 · 胥吏들로 중심이 된 중간층에서 여항문학이 형성되었다. 여항문학은 서울의 도시적 발전으로 여항인들에게 생활의 여유를 누리고 취미를 발전시킬 기회를 주었다(당시 여항의 자제들은 교육을 통해 의식 · 지식 수준의 향상이 자기들의 처지를 더욱 불만스럽게 느끼도록 만들었다). 이들은 인왕산을 중심으로 여항시인의 동인적인 결합인 詩社가 결성되고, 노래의 모임도 있어 여항의 시와 여항의 노래를 발생한 직접적 배경이 되었으며, 여항문화로서 가장 성황을 이룬 것은 漢詩文學이었다(3대 풍요집: 『昭代風謠』·『風謠續選』·『風謠三選』). 그러나 이들의 詩는 독자적인 문학세계를 형성하였다기보다는 다분히 士大夫文學의 亞流的 성격에서 탈피하지 못한 한계점을 지니고 있다.

**참고논문** ◗ 이경수, 「委巷詩人의 天機論」, 『이조후기 한문학의 재조명』, 창작과비평사, 1983.

임형택, 「閭巷文學과 庶民文學」, 『한국 문학사의 시각』, 창작과비평사, 1984.

# 46.「古今文章」李瀷[23)]

古今文章 以樹木取比 唐虞三代之文 如方夏花葉極盛 無一條枯櫱 而燦然可觀也 秦漢之文 如秋冬以後 華實摧落 而眞形自在也 後世之文 如丹靑繪畫 摸狀雖逼 而生意颯爾也 我東之文 如鄕社畵師 不見其物 但憑傳模 依俙彷佛 桃身柳枝杏葉棠花 圓楕違眞 丹碧無準 不審其何物也

**주석** 〖唐虞(당우)〗 堯·舜 〖三代(삼대)〗 夏·殷·周 〖方〗 바야흐로 방 〖櫱〗 =蘖: 움 얼 〖燦〗 빛나다 찬 〖摧〗 꺾이다 최 〖摸〗 본뜨다 모 〖逼〗 가까이하다 핍 〖颯〗 쇠하다 삽 〖鄕社(향사)〗 =鄕里 〖憑〗 의지하다 빙 〖模〗 모양 모 〖依俙(의희)〗 어렴풋이 보이는 모양 〖彷佛(방불)〗 아주 비슷함 〖棠〗 팥배나무 당 〖圓楕(원타)〗 타원 〖違〗 어긋나다 위 〖準〗 표준 준 〖審〗 깨닫다 심

**국역** 고금의 문장을 수목으로 비유해 보자면, 요·순·삼대의 문은 바야흐로 여름에 꽃과 잎이 지극히 무성하여 한 가지도 말라붙은 싹이 없이 모두 찬란하여 볼만한 것과 같고, 진한의 문은 가을과 겨울 이후에 꽃과 열매가 떨어져서 본래의 형태만 그대로 있는 것과 같고, 후세의 문은 단청과 회화로 모양을 본뜬 것이 비록

---

23) 이익 1681(숙종 7)~1763(영조 39). 호는 星湖. 柳馨遠의 학문을 계승하여 조선 후기의 실학을 대성했다. 독창성이 풍부했고, 항상 世務實用의 學에 주력했으며, 時弊를 개혁하기 위하여 사색과 연구를 거듭했다. 그의 개혁방안들은 획기적인 변혁을 도모하기보다는 점진적인 개혁을 추구한 것으로 현실에서 실제로 시행될 수 있는 것을 마련하기에 힘을 기울였다. 그의 실학사상은 丁若鏞을 비롯한 후대 실학자들의 사상 형성에 커다란 영향을 끼쳤다.

逼眞하다 하더라도 생생한 뜻은 쇠한 것 같고, 우리나라의 문은 향리의 화가가 그 물건을 보지 못하고 다만 전하는 모양만을 의지해 어렴풋이 복숭아나무 기둥·버드나무 가지·살구나무 잎·팥배나무 꽃과 비슷하게 그렸는데, 타원이 실제와 어긋나고 색채가 표준이 없어, 그것이 무슨 물건인지 알 수 없는 것과 같다.

**감상** ● 星湖의 이 글은 倣古를 배격한 그의 문학을 잘 보여 주고 있다. 星湖는 우리나라의 문장가들은 漢·唐·宋의 문장가들의 문장이 지닌 眞意를 제대로 파악하지 못한 채, 이곳저곳에서 文句를 절취하여 작문하기 때문에 독자에게 내용을 온전하게 전달할 수 없다고 말하고 있다. 이와 같이 星湖가 문인들의 무분별한 倣古風潮를 배격한 것은 근본적으로 六經·四書·漢·唐·宋의 詩文을 典範으로 한 古文의 典範性에 대한 회의에서 비롯된 것으로, 작품 창작에 있어서 작가의 절실한 체험을 개성적인 언어로 표현하여야 독자들에게 진실한 감동을 줄 수 있다는 문학창작과 관련된 진보된 의식의 일단이다.

**참고논문** 김남형, 「星湖 李瀷의 문학론과 시세계」, 고려대 석사논문, 1983.
김남형, 「李瀷의 文學思想」, 『한국문학사상사』, 계명문화사, 1991.

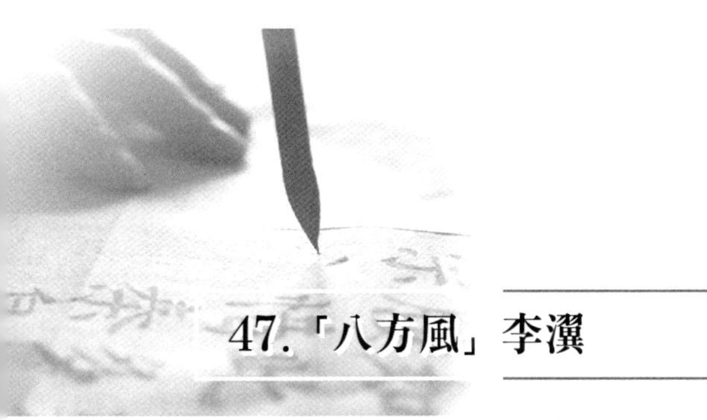

# 47.「八方風」李瀷

余處耕漁之間 多詢俚語氓俗 候雨占風 名號各殊 東風謂之沙 卽明庶風 爾雅謂之谷風也 東北風謂之高沙 卽條風也 南風謂之麻 卽景風 爾雅謂之凱風也 東南風謂之緊麻 卽景明風也 西風謂之寒意 卽閶闔風 爾雅謂之泰風也 西南風謂之緩寒意 或謂之緩麻 卽凉風也 西北風謂之緊寒意 卽不周風也 北風謂之後鳴 卽廣漠風 爾雅謂之凉風也 皆可以入詩料

**주석** 〖詢〗 묻다 순 〖俚〗 시골 리 〖氓〗 백성 맹 〖候〗 점치다 후

**국역** 나는 밭 갈고 고기 잡는 사이에 살고 있어서 시골의 말과 백성의 풍속을 많이 물어보았다. 비가 오고 바람이 부는 것을 점치는데, 명칭이 각각 다르다. 동풍을 사(샛바람)라고 하는데, 곧 명서풍으로 『이아』에서는 그것을 곡풍이라 했다. 동북풍을 고사(높새바람)라 하는데 곧 조풍이요, 남풍을 마(마파람)라고 하는데, 곧 경풍으로 『이아』에서는 그것을 개풍이라 했다. 동남풍을 긴마(된 마파람)라 하는데, 곧 경명풍이다. 서풍을 한의(하늬바람)라고 하는데, 곧 창합풍으로 『이아』에서는 그것을 태풍이라 했다. 서남풍을 완한의(늦하늬바람)라 하고, 혹은 완마(늦마파람)라고도 하니, 곧 양풍이다. 서북풍을 긴한의(된 하늬바람)라 하니, 곧 부주풍이요, 북풍을 후명이라 하니, 곧 광막풍으로 『이아』에서는 그것을 양풍이라 했다. 모두 시의 재료로 사용할 수 있다.

**감상** ▶ ● 이 글은 우리나라의 俗語를 漢詩의 詩語로 수용할 수 있다는 星湖의 주장이다. 이것은 두 가지 요인이 작용한 것이다. 우선 문학사적 측면에서 볼 때, 漢詩에 있어서 中國的인 소재와 의경에서 벗어나려는 시도는 고려 중기부터 있어 왔다. 詩僧 元湛이 李奎報의 詩 「南遊」에 吳·楚의 중국 지명을 쓰고 있는 것을 비판하였고, 柳夢寅·許筠 등에 의해 조선의 지명을 詩語로 수용하여야 한다는 의견이 거듭 개진되었다. 시속어를 漢詩의 자료로 쓸 수 있다는 위와 같은 星湖의 주장은 바로 고려 중기 이래 눈뜨기 시작한 문학의 自國的 특수성에 대한 성찰의 전통을 계승하여 심화한 것으로, 조선 후기에 이르러 야기된 문학사적 질곡, 즉 唐詩 혹은 宋詩로 압축되는 중국의 고전적인 모델에의 지향이 누적되어 와 하나의 역사적 인습이 되면서 드러낸 한계를 극복하고자 하는 의지의 표출인 것이다. 또한 星湖의 자주의식과 그것의 연장인 우리말과 글에 대한 각별한 관심이 원인이 되었다. 성호는 "우리나라는 스스로 우리나라다."·"한글은 온갖 소리를 글자로 형용하지 못할 것이 없다."라 하여 자주성과 한글의 우수성을 인정하고 있었다. 星湖의 창작론의 한 부분을 이루고 있는 '朝鮮風'·'朝鮮詩'로의 지향은 이와 같은 문학사적 상황 및 자신의 각성된 의식을 바탕으로 성립된 것으로, 조선의 자연풍토와 현실을 조선적인 사고와 감각에 맞게 표현하고자 하는 漢詩의 자국적 특수성에의 자각을 보여 준다는 점에서 文學史的 의의를 지닌다 할 수 있으며, 朴趾源·丁若鏞 등 후배 실학자들에게 계승되면서 확대 심화되어 實學派文學의 중요한 특징의 하나로 자리 잡는다.

**참고논문** ▶ 김남형, 「李瀷의 文學思想」, 『한국문학사상사』, 계명문화사, 1991.
김남형, 「星湖文學의 實學的 性格」, 『한국실학연구』 제7집, 한국실학학회, 2004.

# 48. 「風謠續選序」 洪良浩[24)]

風者 東南之和氣也 其行地上 於易爲觀 其鼓萬物 於人爲詩 故古之聖王 欲觀民風 必於詩焉觀之 以唐堯之聖 微服而聽於民 康衢擊壤之歌是已 逮于成周 遂有陳詩觀風之法 三百篇之國風是已 盖列國之風 皆出於村謳巷謠 敍其情志 發於天機 於以見四方之俗 審治亂之本 孔子曰 詩可以觀 此之謂也

**주석** 〖觀〗 觀卦는 風地觀으로 地上에 風이 있음 〖微服(미복)〗 변장함 〖已〗 ~이다 이 〖逮〗 미치다 체 〖成周(성주)〗 周나라의 美稱 〖陳詩(진시)〗 詩를 모아 살피는 일 〖謳謠(구요)〗 노래 〖巷〗 마을 항 〖於〗 =以: ~에 의거하여

**국역** 풍은 동남쪽의 온화한 기운이다. 그것이 땅 위를 가는 것이 『역경』에는 觀卦가 되고, 그것이 만물을 울리는 것이 사람에게는 시가 된다. 그러므로 옛날 성왕이 민풍을 보고자 할 때는 반드시 시에서 그것을 보아서, 요임금의 성스러움으로

---

24) 홍양호 1724(경종 4)~1802(순조 2). 호는 耳溪. 두 차례에 걸쳐 燕京을 다녀오면서 중국의 석학들과 교유해 文名을 날렸으며, 考證學을 수용·보급하는 데 기여하였다. 『영조실록』·『국조보감』·『羹墻錄』·『同文彙考』를 비롯한 각종 편찬사업을 주관하기도 했으며, 지방관의 지침서인 『牧民大方』을 저술하였다. 특히, 1764년에는 일본에 가는 통신사 일행에게 부탁해 벚나무 묘목을 들여다가 서울 우이동에 심어 뒷날의 경승지를 이루게도 하였다. 학문과 문장이 뛰어나고 문장이 바르면서 숙련되고 법칙이 있어서 당시 조정의 신료 중에 따를 사람이 없다는 평을 받았다. 글씨도 晉體와 唐體에 뛰어나 많은 작품을 남겼다.

써도 변장하고서 백성에게서 들으셨으니, 「강구가」와 「격양가」가 이것이다. 주나라에 이르러, 드디어 시를 모아 살피거나 풍속을 관찰하는 법이 있었으니, 『시경』 3백편의 「국풍」이 이것이다. 대개 여러 나라의 풍이 모두 마을의 노래에서 나왔기에 그 마음을 서술하고 천기를 드러낸다. 이것에 의거하여 사방의 풍속을 보게 되고, 치란의 근본을 살필 수 있게 된다. 공자가 말씀하길 "시는 볼 수 있다."고 하였으니, 이것을 말한 것이다.

降至後世 詩體屢變 人工勝而天機淺 失其自然之眞 然風俗之異同 治道之升降 有不可揜者 惟我國 地近榑桑 星分箕尾 最占文明之區 而封域荒遠 未脫哤哇之音 暨我朝大闡文治 一洗前代之陋 名儒才士 彬彬焉揚聲振彩 可以並驅中原 故委巷繩樞之中 從事翰墨 謳吟山水 以鳴太平之盛者 亦蔚然而興 譬如震雷發聲 百蟄齊振 陽春布澤 萬卉爭榮 雖有高下之殊響 濃淡之異色 其得天機一也

**주석** 〖人工(인공)〗 = 人爲 〖揜〗 = 掩: 가리다 엄 〖榑桑(부상)〗 = 搏桑(부상): 해가 뜨는 곳 〖箕尾(기미)〗 箕宿와 尾宿로, 28宿의 하나 〖占〗 차지하다 점 〖哤〗 난잡하다 방 〖哇〗 음란한 소리 왜 〖暨〗 미치다 기 〖闡〗 열다 천 〖彬〗 문채 나다 빈 〖委巷(위항)〗 꼬불꼬불한 좁은 길 〖繩樞(승추)〗 새끼로 代用한 문지도리로, 貧家를 형용 〖蔚〗 성하다 위 〖蟄〗 숨은 벌레 칩 〖卉〗 풀 훼 〖濃〗 짙다 농 〖淡〗 엷다 담

**국역** 내려와서 후세에 이르러서 詩의 체가 여러 차례 변했으니, 인공이 우세하고 천기가 얕아져서, 그 자연스러움의 참을 잃게 되었다. 그러나 풍속이 다름과 같음·다스리는 도의 오르내림은 가릴 수가 없는 것이 있다. 오직 우리나라는 땅이 해 뜨는 곳에 가깝고 별은 箕宿와 尾宿로 나뉘어 최고로 문명의 구역을 점유하였으나, 봉역이 거칠고 멀어 음란한 소리에서 벗어나지 못하였다. 우리 조선이 크게 문치를 엶에 이르러, 한 번에 전대의 비루함을 씻었으니, 명유와 재사가 찬란하게 소

리를 날리고 문채를 진작시키니, 중국과 나란히 달릴 만했다. 그러므로 여항의 가난한 집 가운데에서도 글공부에 종사하고 산수를 읊조려서 성대한 태평을 노래한 자가 또한 많이 일어났으니, 비유하자면 진동하는 우레가 소리를 내면 모든 벌레가 일제히 움직이고, 따뜻한 봄이 은택을 펴면 모든 꽃들이 다투어 피는 것과 같아서, 비록 높고 낮은 것이 소리를 달리하고 짙고 옅은 것이 색깔을 달리함이 있더라도, 그 천기를 얻음은 한가지이다.

秦箏趙瑟　可以辨方俗　瓦缶土鼓　足以備廣樂　君子於是乎觀焉　故國朝盛際　主文柄者　採而輯之　名之曰昭代風謠　傳于世者　歲甲且一周矣　況今聖人在上　鼓舞振作　萬品熙熙　如風動而物茁　無遠不暢　無幽不揚　鏘鏘乎和鳴　洋洋乎盈耳者　於斯爲盛　當世詞林　又採而輯之　續成三弓　代級雖降而人才猶接踵焉　崑邱之片石　可以綴容佩　桂林之散材　猶足飾華屋　信乎天機之未嘗間斷　而王化之愈久彌彰也

**주석** 〖箏〗 아쟁 쟁 〖方〗 지역 방 〖瓦缶(와부)〗 흙으로 만든 장군 〖鼓〗 북 고 〖際〗 때 제 〖輯〗 모으다 집 〖一周(일주)〗 한 바퀴 돎(60년) 〖熙熙(희희)〗 和樂한 모양 〖茁〗 자라다 촬 〖暢〗 통하다 창 〖鏘〗 울리는 소리 장 〖洋洋(양양)〗 성대한 모양 〖弓〗 책권 규 〖接踵(접종)〗 계속 이어짐 〖綴〗 엮다 철 〖容〗 꾸미다 용 〖佩〗 노리개 패 〖彌〗 더욱 미 〖彰〗 드러나다 창

**국역** 진나라의 아쟁과 조나라의 비파로써 지방의 풍속을 구분할 수 있고, 와부과 토고로써 성대한 음악을 갖출 수 있음을 군자는 이에 볼 수 있다. 그러므로 우리나라가 융성할 때, 문장을 주관하는 자가 채록하여 그것을 모아 그것을 이름 하기를 『소대풍요』라 하여, 세상에 전한 것이 60년이나 흘렀다. 하물며 지금 성인이 위에 있어 고무시키고 진작시켜 만물이 화락하니, 마치 바람이 움직여 만물이 자라는 것과 같아 멀리까지 통하지 않는 것이 없으며, 그윽하게 드날리지 않은 것이 없

다. 쟁쟁한 소리가 조화롭게 울려서 성대하게 귀에 가득 찬 것이 이에 융성하니, 당시 시인들이 또 채록하여 모아서 이어서 3권으로 완성하였다. 시대가 비록 내려왔으나, 인재는 오히려 계속 이어져 崑崙山 언덕의 작은 돌이 장식한 노리개로 엮을 만하고, 계림의 흩어진 재목도 오히려 화려한 집을 꾸밀 만하니, 미덥도다! 천기는 일찍이 끊어진 적이 없어 왕의 교화가 오래될수록 더욱 드러남이여.

余觀其音調淸婉 文藻華雅 可驗東方之氣獨得溫柔敦厚之風 正如江沱游女 皆能解比興 洙泗童子 無不通章句 此豈聲音之所襲取哉 知風之自 猗歟遠乎 繼此以往 將至於無窮矣 以余舊官太史 來求弁首之辭 遂三嘆而敍之 庸備東韓四始之列云爾

**주석** 〖婉〗 순하다 완 〖文藻(문조)〗 =文采 〖正〗 바로 정 〖江沱(강타)〗 양자강과 타강 〖洙泗(수사)〗 공자가 제자를 지도하던 곳 〖襲〗 물려받다 습 〖猗〗 아! 의 〖弁首(변수)〗 =序文 〖庸〗 이에 용 〖四始(사시)〗 風・大雅・小雅・頌

**국역** 내가 보건대, 그 음조는 청완하고 문채는 화려하여 우리나라의 기풍이 홀로 온유돈후한 풍속을 얻어, 바로 강타의 유녀가 모두 비흥을 이해할 수 있고, 수사의 어린아이가 장구에 통하지 않음이 없는 것과 같음을 징험할 만하니, 이것은 혹시 성음을 물려받아 취한 것이 아니겠는가? '바람의 시작을 안다.'고 했거늘, 아! 원대하도다. 이것을 계승하여 가서 장차 무궁한 데 이를 것이다. 내가 옛날 사관 벼슬을 지냈기에 와서 서문을 구하므로, 드디어 세 번 탄식하고서 이것을 서술하니, 이에 동한의 사시의 열에 구비한다.

**감상** ● 이 글은 영조 13년(1737)에 간행된 『昭代風謠』에 이어, 正祖 21년(1797)에 千壽慶이 편찬한 『풍요속선』에 붙인 序文이다. 洪良浩의 詩論은 한마디로 '天機論'이다. 耳溪는 天氣의 개념을 창작과정에서 창작 주체와 대상이 관련 맺으면서 진행되는 일련의 人心으로, 時俗에 얽매이거나 꾸미고 수식하는 것이 없는 것으로 파악하였다. 耳溪는 여항인들과 폭넓은 교유를 하였을 뿐 아니라 그들의 정서와 문학 세계에 대해서도 남다른 관심을 가지고 있었다. 위 글에서 耳溪가 천수경을 위시한 여항시인들의 詩를 인정해 주기 위해 끌어들인 것은 『詩經』의 國風論理와 天機이다. 주지하듯이 國風은 孔子가 당시 列國의 民들 사이에 구전되던 민간가요를 詩로 채집한 것이다. 그러므로 國風은 당대에 불렸던 민요가 많은바, '村謳巷謠'가 바로 國風의 실제이다. 위에서 이계가 孔子도 民의 진솔한 정감을 잘 드러내 놓은 노래들을 시로 뽑아 놓은 점을 지적하고 있다. 이 글에서 이계는 직접 우리의 民族歌謠를 긍정한다고 言明하지는 않았지만, 그는 『시경』 國風의 논리를 통하여 민족가요인 시조나 민요를 간접적으로 옹호하며, 거기에 담겨 있는 民의 정서를 암묵적으로 인정하고 있다. 이러한 天機論이 가지는 함의는 '민족가요의 인정', '民의 문학 내지 民의 情緖 인정', 그리고 '閭巷文學의 옹호' 등으로 나타난다.

**참고논문** ▶ 이종호, 「三淵 金昌翕의 詩論에 관한 硏究」, 성균관대 박사논문, 1991.
진재교, 『耳溪 洪良浩의 文學 硏究』, 성균관대 대동문화연구원, 1999.

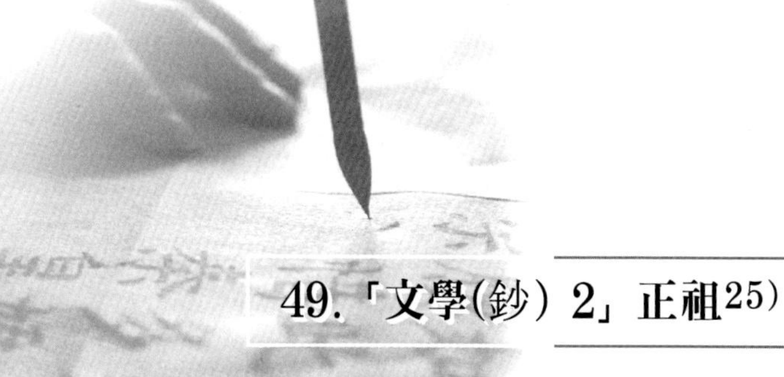

# 49. 「文學(鈔) 2」 正祖[25)]

經學科文 分爲兩歧 而道日益莽 故有明經科 蓋欲使經學明於世也 自餘百年來 專尙口耳 令人代羞 嘗見宋畢仲游西臺稿中科場奏狀 切中今日之弊 其所謂以經義爲科擧者 欲尊經術耶 使擧子分章析字 旁引曲取 以求合有司 而卜利祿之資 則是欲尊經術 而反卑之也 予未嘗不三復而興歎

**주석** 〖歧〗 갈리다 기 〖莽〗 거칠다 망 〖代〗 대대로 대 〖切中(절중)〗 절실하게 이치에 맞음 〖弊〗 폐단 폐 〖旁〗 널리 방 〖曲〗 곡진하다 곡

**국역** 經學과 科文이 두 가지 길로 나뉘면서, 道가 날로 더욱 황폐해지게 되었

---

25) 정조 1752(영조 28)~1800(정조24) 호는 弘齋. 정조는 1794년에 文體反正이라는 文風의 개혁론을 일으켰는데, 이것은 정치적 상황과도 관련되어 있으며, 즉위 초부터 문풍이 世道를 반영한다는 전제 아래 문풍쇄신을 통한 세도의 匡正을 추구하였다. 하지만 이를 본격적으로 내건 것은 정치적 난제를 해결하기 위한 고도의 정치술수이자, 탕평책의 구체적인 장치였다. 그는 학문적으로도 六經 중심의 남인학파와 친밀했을 뿐 아니라 禮論에 있어서도 '王者禮不同士庶'를 주장해 왕권 우위의 보수적 사고를 지닌 남인학파 내지 남인정파와 밀착될 소지를 다분히 안고 있었다. 그러나 '天下同禮'를 주창하면서 臣權을 주장하는 노론 중에서도 진보주의적인 젊은 자제들은 北學思想을 형성하고 있었으므로 그의 학자적 소양은 이에도 관심을 기울였다. 정조는 이와 같이 남인에 뿌리를 둔 실학파와 노론에 기반을 둔 북학파 등 제학파의 장점을 수용하고 그 학풍을 특색 있게 장려해 文運을 진작시켜 나갔다. 한편으로는 문화의 저변확산을 꾀해 中人 이하 계층의 委巷文學도 적극 지원하였다. 여기서 인왕산을 중심으로 京衙典이 주축이 된 중인 이하 계층의 委巷人들이 귀족문학으로 성립되어 온 한문학의 詩壇에 대거 참여해 공동시집인 『風謠續選』을 발간하기도 하였다.

다. 그러므로 明經科를 두었던 것은 대개 경학을 세상에 밝히고자 함이었다. 그러나 100여 년 이래로부터 오로지 귀로 듣고 입으로 말하는 (천박한 학문을) 숭상할 뿐이니, 보는 사람으로 하여금 대대로 수치스럽게 하였다. 일찍이 송나라 필중유의 『西臺集』에 실려 있는 科場奏狀을 보았는데, 오늘날의 폐단을 정확히 지적하고 있었다. 그가 말한 "經義로써 과거를 보는 것이 經術을 높이고자 함인가? 과거시험자로 하여금 章을 나누고 글자를 분석하며 널리 인용하고 곡진히 취하여서 有司의 뜻에 맞기를 구하고 利祿의 밑천을 점치도록 하니, 이것은 경술을 높이려 하다가 도리어 그것을 낮춘 것이다." 하였는데, 나는 일찍이 재삼 반복하며 탄식하지 않은 적이 없었다.

凡作文寫字 要須氣足理到 今人藻繢矩擬 蹈襲所成 雖似兩京 而理則沮盡 影摹之巧 縱貌二王 而氣自索然 氣未足 則法雖善 而無異畫符 理未到 則詞雖工 而秖似說劇 此曷足以黼黻皇猷 鳴國家之盛哉 予實爲世道悶焉 且其所謂氣與理者 不可力取而臆索 惟當先留意於實學實用 靠他爲主宰在裏 養之有源 發之有的而已

**주석** 〖要須(요수)〗 꼭 필요함 〖藻〗 꾸미다 조 〖繢〗 수놓다 궤 〖矩〗 법 구 〖擬〗 비기다 의 〖蹈襲(도습)〗 =踏襲 〖沮〗 꺾이다 저 〖縱〗 비록 종 〖索〗 다하다 삭 〖符〗 부적 부 〖秖〗 다만 지 〖劇〗 연극 극 〖曷〗 어찌 갈 〖黼黻(보불)〗 옷의 繡 〖猷〗 꾀 유 〖悶〗 번민하다 민 〖臆〗 마음 억 〖靠〗 기대다 고 〖的〗 확실히 적

**국역** 무릇 글을 짓거나 글씨를 쓸 때는 기상이 넘치고 조리가 닿는 것이 필수인데, 지금 사람들은 아름답게 수식하고 일정한 틀에 맞추려고만 든다. 그래서 답습하여 이룬 것이 비록 兩漢과 비슷하더라도 조리가 전혀 닿지 않고, 공교롭게 模寫한 것이 비록 이왕(東晋의 王羲之와 아들 王獻之)을 베꼈더라도 기상은 저절로 다하고 없다. 기상이 충분하지 못하면 법이 비록 좋더라도 부적을 그린 것과 다를 바 없고, 이치가 닿지 않으면 글은 공교롭더라도 다만 劇中의 대사와 유사할 뿐이니,

이것이 어찌 임금의 정책을 아름답게 수식하여 국가의 성대함을 노래할 만한 것이겠는가? 나는 실로 世道를 위하여 안타깝게 생각한다. 또 이른바 기상과 이치라는 것은 힘으로 취하고 마음으로 찾아서 되는 것이 아니다. 오직 마땅히 먼저 실질적인 학문과 실질적인 쓰임에 뜻을 두고, 이를 바탕으로 내면에 주체성을 지녀서, 기르는 데 근원이 있고, 발하는 데 정확함이 있는 것일 뿐이다.

**감상** ● 正祖는 文體反正을 일으킨 주체로서 재위 기간 내내 文體醇正 정책을 추진한 임금이다. 正祖는 西學(천주교)을 위시한 邪學이 패관소품서와 함께 묻어들어오고, 이것이 결국 經學의 종식으로 이어질지도 모른다는 위기의식을 느끼고 있었다. 경학을 통해 正學을 바로 세웠을 때, 西學과 같은 邪學은 별로 문제가 되지 않는다. 그러나 經學에 힘쓰지 않고 패관소품서나 보며 새로운 것만을 추구하다 보면, 궁극에는 이단이나 邪學으로 빠져들고 만다. 그리하여 正祖는 "오직 문장에만 주력하고 經術에 근본하지 않는다면 이것이 바로 이단이다(「日省錄」)."라고 강변했던 것이다. 경술과 문풍의 회복을 위해 正祖가 택한 길은 朱子書로 귀결된다. 그런데 정조가 파악한 주자학은 窮理와 實踐이 결합된 것이었다. 그래서 주자의 추종자들이 居敬窮理에만 힘을 쏟고 실천을 소홀히 하는 폐단을 지적하였다. 문장에 있어서도 마찬가지로 實學과 實用을 지향하였다. 정조는 문장이 실용에 맞지 않는다면 차라리 문장이 없는 것이 낫다고 하였다. 實用이란 것은 인심을 수양한다거나 백성의 교화 및 政事에 실질적 효용이 됨을 의미한다. 正祖가 科文體가 실학에 방해가 된다며 과문체에다 실학의 실용성을 접합시키고자 시도했던 것도 같은 맥락에서 이해할 수 있다.

**참고논문** 김혈조, 「연암체의 성립과 정조의 문체반정」, 『한국한문학연구』 제6집, 한국한문학연구회, 1982.

안세현, 「문체반정을 둘러싼 글쓰기의 문체 논쟁」, 『어문논집』 제54집, 민족어문학회, 2006.

# 50.「古文軌範序」成大中[26)]

古文之選 自昭明始 然取適乎時用 故體裁未純於古也 及茅氏之抄行 而古文亡矣 夫惟韓柳 猶屬之古 宋六子直時文之雄也 然以其適用 故擧世趨之 而未有能易其弊者 明之盛時 盖亦有特起而振之者矣 然其所謂復古者反不如六子之適用 故風氣一下 雖有能者 亦莫之能復也 况文弊乎 然古今文之別 不難知也 古文簡而鬯 今文俚而晦 古文質而腴 今文華而枯 古文取材也富 今文取材也狹 古文立意也深 今文立意也淺 故古文似衍而實精 今文似捷而實宂 特古文艱於今文爾

**주석** 〖抄〗 뽑다 초 〖宋六子〗 歐陽脩・王安石・曾鞏・蘇洵・蘇軾・蘇轍 〖擧〗 모두 거 〖趨〗 향하다 추 〖弊〗 폐단 폐 〖鬯〗 ＝暢 자라다 창 〖晦〗 어둡다 회 〖腴〗 기름지다 유 〖狹〗 좁다 협 〖衍〗 넉넉하다 연 〖捷〗 빠르다 첩 〖宂〗 ＝冗 쓸데없다 용 〖特〗 다만 특 〖艱〗 어렵다 간

**국역** 古文의 選集은 소명태자로부터 시작된다. 그러나 당시에 쓰기에 적합한

---

26) 성대중 1732(영조 8)~1809(순조 9). 호는 靑城. 학맥은 노론 성리학파 중 洛論系에 속하여 성리학자로서의 체질을 탈피하지는 못했으나, 당대의 시대사상으로 부각된 北學思想에 경도하여 洪大容・朴趾源 등과 교유하면서 이들에게 家學 및 스승 金焌에게서 전수받은 象數學的인 학풍을 발전적으로 계승, 전달하여 북학사상 형성에 일익을 담당하였다. 낙론계 성리학자와 북학파의 중간적 위치에 처하여, 정조대에 추진된 文體反正의 정책에 적극 호응하여 北學派와 다른 성향을 보이는 점도 바로 이 중간적 위치와 신분적 약점 때문으로 파악된다. 저서로는『靑城集』10권 5책이 있다.

것을 취했기 때문에, 체재가 옛날보다 순수하지 않았다. 茅坤이 뽑은 것(『唐宋八家文抄』)이 유행함에 미쳐서 고문이 없어졌다. 오직 韓愈와 柳宗元의 문장은 오히려 고문에 속하였으나, 송나라 육자의 문장은 다만 당시 글 가운데 최고일 뿐이다. 그러나 쓰기에 적합한 것이기 때문에 온 세상이 그것을 좇았으나, 그 폐단을 바꿀 수 있는 자가 아직 있지 않았다. 명나라가 융성할 때, 대개 또한 특별히 일어나서 그것(古文)을 떨치려는 자가 있었다. 그러나 이른바 고문을 회복하려는 자들은 도리어 육자의 쓰기에 적합한 문장만 못했다. 그러므로 風度와 氣品이 한 번 낮아짐에, 비록 능한 자가 있더라도 또한 그것(古文)을 회복시킬 수 없었으니, 하물며 문장의 폐단에 있어서랴? 그러나 고문과 금문의 구별은 알기가 어렵지 않다. 고문은 간결하나 뜻은 暢達되어 있고 금문은 속되나 이치에 어두우며, 고문은 질박하나 내용은 풍부하고 금문은 화려하나 내용이 메말랐으며, 고문은 재료를 취한 것이 풍부하나 금문은 재료를 취한 것이 좁으며, 고문은 뜻을 세운 것이 깊으나 금문은 뜻을 세운 것이 얕다. 그러므로 고문은 (재료가) 풍부한 듯하나 실은 정밀하고 금문은 (내용의 이해에 있어) 빠른 듯하나 실은 쓸데없으니, 다만 고문이 금문보다 어려울 뿐이다.

然自典謨以來 文體盖五變矣 周公之制禮 孔子之論道 馬遷之紀事 昌黎之碑誌 子瞻之策論 上之日月乎羣品 下之江河乎百川 其爲宗主則一也 然世級之降 文亦隨之 周孔之於典謨 猶湯武之於堯舜也 韓蘇之於秦漢 猶漢唐之於三代也 惟我東則不然 風氣之闢 後於中國 檀君之開刱 纔及堯時 箕子之八條 乃商周征伐之後 今之文明 比之中國 殆成周之盛也 古文之興 此其時也 顧未有倡之者耳 然文章豈待倡而作哉 亦各因其時 而振其弊也

**주석** 〖典謨(전모)〗『書經』의 「堯典」과 「大禹謨」 등의 편명 〖紀〗 적다 기 〖品〗 물건 품 〖級〗 등급 급 〖三代(삼대)〗 夏殷周 〖闢〗 열다 벽 〖刱〗 =創 비롯하다 창 〖箕子(기자)〗 殷太師로, 紂王의 숙부인데 주왕에게 간하다가 뒤에 조선으로 도망함

〖纔〗 겨우 재 〖殆〗 거의 태 〖顧〗 다만 고 〖倡〗 선도하다 창

**국역** 그러나 『서경』 이래로 문장의 체재가 대개 5번 변하였으니, 주공이 예를 제정한 것과 공자가 도에 대해 의론한 것과 사마천이 일을 기술한 것과 한유의 비지문과 蘇東坡의 策文·議論文이 그것이다. 위로는 만물에 대해 달과 해가 되었고 아래로는 모든 시내에 대해 강과 하천이 되었으니, 그것이 종주가 되는 것은 한가지였다. 그러나 세대가 내려옴에 문도 그것을 따라, 주공과 공자의 문장을 『서경』에 비유하면 탕왕과 무왕이 요·순만 못한 것과 같고, 한유와 소동파의 문장을 秦漢에 비유하면 漢唐이 삼대만 못한 것과 같다. 오직 우리나라는 그렇지 않아서, 기풍이 열린 것이 중국보다 뒤이니, 단군이 나라를 창건한 것이 겨우 요임금 때 미치고 기자의 팔조목은 이에 주나라가 상나라를 정벌한 뒤이다. 지금 문명을 중국과 비교하면, 거의 주나라의 융성할 때를 이루니, 고문을 부흥시킬 때는 바로 지금이다. 다만 고문을 창도하는 자가 아직 있지 않을 뿐이다. 그러나 문장이 어찌 창도한 자를 기다려 일어나는 것이겠는가? 또한 각각 그 시대를 말미암아 그 폐단을 진작시키는 것이다.

昔者商之文鬼矣 周公峻其辭而振之 周之文僿矣 孔子巺其辭而導之 秦之文刻矣 馬遷易之以雅健 六朝之文靡矣 昌黎矯之以奇崛 五季之文萎矣 子瞻變之以雄肆 今之文膚而冗矣 若之何其振之 本之六經 以正其源 參之諸子 以達其流 取之秦漢 以立其氣 資之韓蘇 以博其用 質之程朱 以尊其趣 夫如是則古今之制通 而文章之體備矣 顧昭明之選 主於簡要 故幅尺狹 而意味淺 茅選又其下者也

**주석** 〖峻〗 엄하다 준 〖僿〗 무성의 사 〖靡〗 화려하다 미 〖崛〗 우뚝 솟다 굴 〖五季(오계)〗 =五代 〖萎〗 시들다 위 〖肆〗 방자하다 사 〖膚〗 천박하다 부 〖六經(육경)〗 『詩經』·『書經』·『易經』·『春秋』·『禮記』·『樂記』 〖參〗 헤아리다 참 〖質〗 바르다 질 〖趣〗

뜻 취 〖制〗 체재 제 〖幅尺(폭척)〗 넓이와 길이

**국역** 옛날 상나라의 문장이 귀신에 대한 부분이 많이 있자 주공이 그 말을 준엄하게 하여 진작시켰고, 주나라의 문장이 성의가 없자 공자가 그 말을 창달시켜 인도하였다. 진나라의 문장이 각박하자 사마천이 그것을 바꾸어 전아하고 건전하게 하였고, 육조의 문장이 화려하자 한유가 그것을 바로잡아 기이하고 웅장하게 하였고, 오대의 문장이 허약해지자 소동파가 그것을 변화시켜 웅장하고 방자하게 하였다. 지금의 문장이 천박하고 쓸데없으니, 어떻게 그것을 진작시켜야 하는가? 육경에 근본을 두고서 그 근원을 바로잡으며, 제자백가를 참고하여서 그 흐름을 창달시키며, 진한의 문장에서 취하여서 그 기를 세우며, 한유와 소동파의 문장을 바탕으로 삼아서 그 적용을 넓히며, 정자와 주자의 문장에서 바르게 하여서 그 뜻을 높여야 한다. 대저 이와 같이 하면 고문과 금문의 체재가 통하고 문장의 체재가 갖추어질 것이다. 다만 소명태자가 뽑은 것은 간결과 요약을 주로 했으므로, 범위가 좁고 의미가 얕다. 모곤이 뽑은 것은 더욱 그 아래다.

余故擇其閎深而衍厚者 於莊取齊物養生 於騷取離騷卜居 於漢取治安策鵩賦伯夷傳諫山陵疏 於魏取絶交書 名之曰古文軌範 以爲古文者 倡進於此者 惟檀弓考工記乎 六經至矣 余固不敢論也 故德盛者其樂崇 質厚者其氣昌 道大者其言尊 識深者其文奧 苟徇於字句之工 而自以爲至焉 是明文之呰 而蹈之也 曷足稱哉 曷足稱哉

**주석** 〖閎〗 넓다 굉 〖衍〗 넉넉하다 연 〖崇〗 높다 숭 〖昌〗 창성하다 창 〖奧〗 깊다 오 〖徇〗 좇다 순 〖呰〗 흠 자 〖蹈〗 밟다 도 〖曷〗 어찌 갈 〖稱〗 칭찬하다 칭

**국역** 나는 그러므로 그 넓고 깊으며 풍부하고 두터운 것을 가려서, 『장자』에서는 「齊物論」과 「養生主」를 취했으며, 騷體에서는 「이소」와 「복거」를 취했으며, 한나라에서는 「치안책(賈誼 작)」·「복부(賈誼 작)」·「백이전(『史記』의 「백이숙제열전」)」·

「간산릉소」를 취했으며, 위나라에서는 「절교서(嵇康의 「與山巨源絶交書」)」를 취하여, 그것을 이름하여 『고문궤범』이라 하였다. 고문으로 이러한 경지에 창달되어 나아간 것은 오직 『예기』의 「단궁」과 「고공기」일 것으로 생각된다. 육경은 지극한 것이니, 나는 진실로 감히 의론할 수 없다. 그러므로 덕이 융성한 자는 그 즐거움이 높고, 바탕이 두터운 자는 그 기운이 창성하고, 도가 큰 자는 그 말이 높고, 지식이 깊은 자는 그 말이 심오할 것이다. 만약 자구의 공교로움만을 좇아서 스스로 지극하다고 여긴다면, 이것은 명백히 문장의 결점인데도 그것을 답습하는 것이니, 어찌 칭찬할 만한 것이겠는가? 어찌 칭찬할 만한 것이겠는가?

**감상** ● 成大中은 18세기 영·정조시대에 활동한 서얼 출신의 문인이지만, 뛰어난 문학적 역량을 바탕으로 순정고문을 구사하여 正祖로부터 인정을 받았다. 위의 글은 그의 古文觀을 잘 보여 주는 작품으로, "육경에 근본을 두고서 그 근원을 바로잡으며, 제자백가를 참고하여서 그 흐름을 창달시키며, 진한의 문장에서 취하여서 그 기를 세우며, 한유와 소동파의 문장을 바탕으로 삼아서 그 적용을 넓히며, 정자와 주자의 문장에서 바르게 하여서 그 뜻을 높여야 한다."라 하여, 六經을 근본으로 하여 經史子로 會通할 것을 주장하고 있다. 이러한 古文觀은 순정하고 아순한 문체를 구사할 수 있는 배경이 되었다.

**참고논문** 김문식, 「成海應의 經學觀과 對中國認識」, 『한국학보』 제70집, 일지사, 1993.

손혜리, 「青城 成大中의 문학활동과 문학론」, 성균관대 석사논문, 1999.

# 51.「楚亭集序」朴趾源[27)]

爲文章如之何 論者曰 必法古 世遂有儗摹倣像而不之耻者 是王莽之周官 足以制禮樂 陽貨之貌類 可爲萬世師耳 法古寧可爲也 然則刱新可乎 世遂有怪誕淫僻而不知懼者 是三丈之木 賢於關石 而延年之聲 可登淸廟矣 刱新寧可爲也 夫然則如之何其可也 吾將奈何 無其已乎 噫 法古者 病泥跡 刱新者 患不經 苟能法古而知變 刱新而能典 今之文 猶古之文也

---

27) 박지원 1737(영조 13)~1805(순조 5). 호는 燕巖. 장인 李輔天의 아우 亮天에게서는 司馬遷의『史記』를 비롯해 주로 역사 서적을 교훈받아 문장 쓰는 법을 터득하고 많은 논설을 습작하였다. 1780년(정조 4) 처남 이재성의 집에 머물다가 삼종형 박명원이 청의 고종 70세 진하사절 正使로 북경으로 가자, 수행해 압록강을 거쳐 북경·열하를 여행하고 돌아왔다. 이때의 견문을 정리해 쓴 책이『熱河日記』이며, 이 속에서 평소의 利用厚生에 대한 생각을 구체적으로 표현하였다. 이 저술로 인해 문명이 일시에 드날리기도 했으나 文垣에서 호된 비판을 받기도 하였다. 특히『열하일기』에서 강조한 것은 당시 중국 중심의 세계관 속에서 淸나라의 번창한 문물을 받아들여 낙후한 조선의 현실을 개혁하는 일이었다. 이때는 明에 대한 의리와 결부해 淸나라를 배격하는 풍조가 만연하던 시기였다. 이 속에서 그의 주장은 현실적 수용력이 부족했으나 당시의 위정자나 지식인들에게 강한 자극을 불러일으키는 결과가 되었다. 北學思想으로 불리는 그의 주장은 비록 청나라에 적대적 감정이 쌓여 있지만 그들의 문명을 수용해 우리의 현실이 개혁되고 풍요해진다면 과감하게 받아들여야 한다는 것이었다. 그가 남긴 문학작품 속에서도 이러한 생각이 잘 나타나고 있다. 곧 당시 주조를 이루는 복고적 풍조에서 벗어나 문학이 갖는 현실과의 대립적 현상을 잘 조화시켜, 시대의 문제를 가장 첨예하게 수렴할 수 있는 주제와 그 주제를 어떻게 표현할 것인가를 깊이 생각하였다. 法古創新으로 표현되는 이 말은 時俗文의 인정을 의미하며 그렇다고 文勝質薄한 批評小品을 찬양한 것은 아니다. 초기에 쓴 9편의 단편들은 대체로 당시의 역사적 현실이나 인간의 내면적인 세계 혹은 민족문학의 맥을 연결하는 것들로서 강한 풍자성을 내포하고 있다.

**주석** 〖儗〗 윗사람을 흉내 내어 분수에 지나침 의 〖摹倣(모방)〗 본뜸 〖王莽(왕망)〗 策謀로써 平帝를 죽이고 漢朝를 빼앗아 즉위하여 新나라를 세웠으나, 내치외교에 실패하여 재위 15년 만에 光武帝에게 망함 〖陽貨(양화)〗 春秋시대 魯나라 사람으로, 孔子와 모습이 비슷했다고 함 〖刱〗 시작하다 창 〖怪誕(괴탄)〗 괴이하고 허망한 소리 〖淫僻(음벽)〗 지나치게 괴벽함 〖三丈木(삼장목)〗 秦나라 孝公 때 商鞅이 三丈의 나무를 국도의 남문에 세워 놓고 사람들을 모아서 그것을 북문으로 옮긴 고사. 여기서는 상앙에 의해 시행된 새로운 법제로서 독재자의 제도를 말함 〖賢〗 낫다 현 〖關石(관석)〗 공통으로 통용되는 무게단위로, 여기서는 聖君인 禹임금의 옛법을 말함(關 통용되다 관 石 120근 석) 〖李延年(이연년)〗 漢 武帝 때 노래를 잘 불렀는데, 그의 노래는 퇴폐적임 〖泥〗 막히다 니 〖經〗 常道 경

**국역** 문장을 짓는 것은 어떻게 하여야 하는가? 논하는 사람들이 "반드시 옛것을 본받아야 한다."고 했다. 세상에서 마침내 옛것을 흉내 내고 본뜨면서도 그것을 부끄러워하지 않는 자가 생기게 되었다. 이는 왕망이 펼치려 했던 주나라 관직이 예악을 제정할 만하고, 양화의 모습이 (공자와) 비슷해서 만세의 스승이 될 수 있다는 셈이니, 옛날 것을 본받는 것을 어찌 할 수 있겠는가? 그렇다면 새로운 것을 창조하는 것은 괜찮은가? 세상에 마침내 허황되고 괴벽하면서도 두려워할 줄 모르는 자가 생기게 되었다. 이는 삼장의 나무가 국가에 통용되는 무게단위보다 낫고, 이연년의 노랫소리가 깨끗한 사당에 오를 수 있다는 셈이니, 새로운 것을 지어내는 것을 어찌 할 수 있겠는가? 그렇다면 어떻게 해야 좋겠는가? 나는 장차 어떻게 해야 하나? 아마도 그만둘 수는 없겠지? 아! '법고'한다는 사람은 옛 자취에만 얽매이는 것이 병통이고, '창신'한다는 사람은 법도를 지키지 못하는 게 걱정거리이다. 만약 '법고'하면서도 변통할 줄 알고 '창신'하면서도 전아할 수 있다면, 지금의 글이 옛글과 같아질 것이다.

古之人有善讀書者 公明宣是已 古之人有善爲文者 淮陰侯是已 何者 公明宣學於曾子 三年不讀書 曾子問之 對曰 宣見夫子之居庭 見夫子之應賓客 見夫子之居朝廷也 學而未能 宣安敢不學而處夫子之門乎 背水置陣不見於法 諸將之不服固也 乃淮陰侯則曰 此在兵法 顧諸君不察 兵法不曰 置之死地 而後生乎

**주석** 〖公明宣(공명선)〗 춘추시대 魯나라 사람으로, 曾子의 제자임 〖已〗 ~이다 이 〖淮陰侯(회음후)〗 漢나라 무장인 韓信으로, 楚王이 되었다가 淮陰侯로 격하됨 〖置〗 세우다 치

**국역** 옛사람 중에 글을 잘 읽은 이가 있었으니 공명선이 이 사람이요, 옛사람 중에 글을 잘 짓는 이가 있었으니 회음후가 이 사람이다. 무엇 때문인가? 공명선이 曾子에게 배울 때 3년 동안이나 책을 읽지 않기에 증자가 그 까닭을 물으니 "제가 선생님께서 집에 계실 때를 보고 선생님께서 손님을 응접하실 때를 보고 선생님께서 조정에 계실 때를 보면서 배우고자 했으나 아직 능하지 못했습니다. 제가 어찌 감히 배우지 않으면서 선생님 문하에 머물러 있겠습니까?"라고 대답하였다. 물을 등지고 치는 陣은 병법에 보이지 않으니, 여러 장수들이 불복할 것은 당연한 일이다. 그런데 회음후는 말하기를 "이것은 병법에 있는데, 단지 그대들이 살피지 못한 것뿐이다. 병법에 말하지 않았던가? '죽을 땅에 놓인 뒤라야 살아난다.'고." 하였다.

故不學以爲善學 魯男子之獨居也 增竈述於減竈 虞升卿之知變也 由是觀之 天地雖久 不斷生生 日月雖久 光輝日新 載籍雖博 旨意各殊 故飛潛走躍 或未著名 山川草木 必有秘靈 朽壤蒸芝 腐草化螢 禮有訟 樂有議 書不盡言 圖不盡意 仁者見之謂之仁 智者見之謂之智 故俟百世聖人而不惑者 前聖志也 舜禹復起 不易吾言者 後賢述也 禹稷顔回其揆一也 隘與不恭 君子不由也

**주석** 〖魯男子(로남자)〗 戰國시대 顔叔子로, 홀로 사는데 폭풍우로 이웃집 과부집이 무너지자, 방에서 촛불을 밝히며 함께 있었는데 아침에 촛불이 꺼지자 서까래를 뽑아 불을 밝힘 〖竈〗 부엌 조 〖述〗 잇다 술 〖虞升卿(우승경)〗 後漢의 虞詡로, 아궁이 수를 줄이는 수법으로 손자병법을 반대로 사용해 羌族을 물리침 〖載籍(재적)〗 서적 〖躍〗 뛰다 약 〖朽〗 썩다 후 〖蒸〗 많다 증 〖俟〗 기다리다 사 〖揆〗 법도 규 〖隘〗 좁다 애

**국역** 그러므로 배우지 않고도 잘 배운 것이 된 것은 노나라 남자가 홀로 거처한 것이요, 아궁이를 늘리는 것으로 아궁이를 줄이는 것을 이어받은 것은 우승경이 변화를 안 것이다. 이것으로 말미암아 보건대, 하늘과 땅이 비록 오래되었으나 끊임없이 생명을 낳고, 해와 달이 비록 오래되었으나 빛은 날마다 새로우며, 서적이 비록 많다지만 뜻은 제각기 다른 것이다. 그러므로 날고 잠기고 달리고 뛰는 동물들 중에는 간혹 아직 이름을 드러내지 않은 것도 있고 산천초목 중에는 반드시 신비스러운 靈物이 있다. 썩은 흙에서 지초가 무럭무럭 자라고, 썩은 풀에서 반딧불로 변하기도 하며, 예에 송사가 있고 악에도 논란이 있으며, 책으로 말을 다 하지 못하고 그림으로 뜻을 다 하지 못하는 것이 있는 것이다. 인자가 그것을 보고 仁이라 말하고 지자가 그것을 보고 智라고 말하는 것이다. 그러므로 오랜 뒷날의 성인을 기다리며 미혹되지 않는 것은 앞 성인의 뜻이요, 순·우가 다시 일어나더라도 내 말을 바꾸지 않는다는 것은 뒤 현인(『孟子』「등문공」下에 "聖人復起 不易吾言矣")의 서술이다. 우·后稷·안회는 그 법도가 한가지이며(『孟子』「이루」下에 "禹稷顔回同道"), 막히고 공손하지 않는 것은 군자가 말미암지 않은 것이다(『孟子』「공손추」上에 "伯夷隘 柳下惠不恭 隘與不恭 君子不由也").

朴氏子齊雲 年二十三 能文章 號曰楚亭 從余學有年矣 其爲文 慕先秦兩漢之作 而不泥於跡 然陳言之務祛 則或失于無稽 立論之過高 則或近乎不經 此有明諸家於法古刱新 互相訾謷 而俱不得其正 同之並 墮于季

世之瑣屑 無裨乎翼道 而徒歸于病俗而傷化也 吾是之懼焉 與其刱新而巧也 無寧法古而陋也 吾今讀其楚亭集 而並論公明宣魯男子之篤學 以見夫淮陰虞詡之出奇 無不學古之法而善變者也 夜與楚亭言如此 遂書其卷首而勉之(論文正經 曉人處 如銅環上銀星 可以暗摹而知尺寸 文有兩扇 一爲斷崖 一爲長江 有明諸家相呰謷 莫可歸一 斯可謂片言折獄)

**주석** 〖陳〗 묵다 진 〖祛〗 떨어 깨끗이 함 거 〖稽〗 헤아리다 계 〖呰謷(자오)〗 헐뜯음 〖瑣屑(쇄설)〗 자질구레함 〖裨〗 돕다 비 〖與其A無寧B〗 A하느니 차라리 B하지 않겠는가? 〖摹〗 더듬다 모 〖扇〗 문짝 선 〖片言折獄(편언절옥)〗 한마디 말로 訟事를 결정함

**국역** 박씨의 아들인 제운은 나이 23세인데, 문장에 능하고 호를 초정이라 했으며, 나를 따라 배운 것이 몇 해 되었다. 그가 글을 지을 때, 선진양한의 작품을 사모했는데, 옛 자취에 빠지지 않았다. 그러나 묵은 말을 힘써 버린 것(韓愈의 「答李翊書」에 "惟陳言之務祛")은 간혹 근거 없는 말에 빠졌고, 입론이 지나친 것은 간혹 불경스러움에 가까웠다. 이것은 명나라 때의 여러 작가들이 법고와 창신에 대해 서로 헐뜯었으나 다 그 바른 것을 얻지 못한 것이다. 그것과 함께 어울려 말세의 자잘한 말에 떨어져서 도를 보위함에 도움이 없었고 다만 풍속을 병들게 하고 교화를 손상시키는 데 돌아가고 말았다. 나는 이것을 두렵게 여겨 창신하여 공교롭게 되느니 차라리 법고하여 비루하겠다. 내가 지름 『초정집』을 읽다가 공명선과 노나라 남자가 독실이 배웠다는 것을 아울러 논하여 회음후와 우후가 기발한 계책을 낸 것이 옛날의 법을 배워서 변화를 잘한 것이 아닌 것이 없다는 것을 나타내었다. 밤에 초정과 더불어 이와 같이 말하고 드디어 그 책머리에 써서 그를 권면한다(문장을 논한 正道다. 사람을 깨우치는 대목이 마치 구리 고리 위에 은빛 별 표시가 있어 안 보고 더듬어도 치수를 알 수 있는 것과 같다. 이 글에는 두 짝의 문이 있는데, 하나는 끊어진 벼랑이 되고, 다른 하나는 긴 강물이 되었다. '명나라 때 여러 작가들이 서로 비방하다가 하나로 의견이 합치하지 못하고 말았다.'고 한 말은 편언절옥이라

할 만하다.).

**감상** ▶ ● 이 글은 제자 朴齊家의 문집에 쓴 序文이다. 박지원은 당시의 擬古的 창작 풍조를 신랄하게 비판하고, '法古創新'의 명제로 요약되는 문학론을 제시하였다. 燕巖은 당시의 문풍을 '法古'와 '創新'의 양극단으로 大別하여 비판하고, "만약 '법고'하면서도 변통할 줄 알고 '창신'하면서도 전아할 수 있다면, 지금의 글이 옛글과 같아질 것이다."라고 하였다. 얼핏 읽으면, 당시의 지배적이었던 '법고' 일변도의 擬古的 문학과, 문단 일각에서 유행되던 '창신' 위주의 패관잡기류에 대한 절충적 견해를 제시한 것 같으나, 연암의 참된 의도는 時諱의 저촉을 피하면서 양자 모두를 지양하는 새로운 문학의 논리를 제시하는 데 있었다. 박지원은 『熱河日記』로 인해 正祖로부터 文風을 타락시킨 장본인으로 지목되었다. 『열하일기』에서 문제가 되었던 것은 장난기가 농후한 글쓰기 태도인 弄作과 詼諧·寓言·滑稽의 문체였다. 이로 인해 『열하일기』는 小品으로, 박지원은 蘇軾-金聖嘆을 잇는 小品家로 지목받게 되었다(당시 소품가의 계보에서 蘇軾은 비조의 자리로 옹립되었고, 명말청초의 원굉도와 김성탄은 이를 이어받아 소품을 크게 유행시킨 사람으로 인식되고 있었다). 그렇다고 박지원이 당시의 소품유행 풍조에 전면적으로 동조한 것은 아니다. 위 글에서 박제가가 진부한 표현을 쓰지 않으려다 근거가 없는 말을 쓰는 실수를 범하거나 지나치게 立論을 높게 해서 불경스러운 것에 가까워졌다며, 새로운 것을 창조하여 기교가 뛰어나기보다는 차라리 세련되지는 않지만 古文을 본받는 것이 낫다고 충고하고 있는 것에서 알 수 있다.

**참고논문** ▶ 김명호, 「연암 문학과 『史記』」, 『박지원 문학 연구』, 성균관대 대동문화연구원, 2001.

안세현, 「문체반정을 둘러싼 글쓰기와 문체논쟁」, 『어문논집』 제54집, 민족어 문학회, 2006.

## 52. 「騷壇赤幟引」 朴趾源

善爲文者 其知兵乎 字譬則士也 意譬則將也 題目者 敵國也 掌故者 戰場墟壘也 束字爲句 團句成章 猶隊伍行陣也 韻以聲之 詞以耀之 猶金皷旌旗也 照應者 烽埈也 譬喩者 遊騎也 抑揚反復者 鏖戰撕殺也 破題而結束者 先登而擒敵也 貴含蓄者 不禽二毛也 有餘音者 振旅而凱旋也

**주석** 〖騷壇赤幟〗 騷壇은 『離騷』에서 나온 말로 문단을 말하고, 적치는 韓信이 趙나라와 싸울 때 한나라 군사가 붉은 깃발로 계책을 써서 승리하였다는 것에서, '소단적치'는 '문단에서 승리한다'는 의미 〖其~乎〗 아마 ~일 것이다 〖掌〗 맡다 장 〖墟〗 터 허 〖壘〗 진 루 〖團〗 모으다 단 〖耀〗 빛나다 요 〖埈〗 높다 준 〖鏖戰(오전)〗 다 죽을 때까지 싸움(鏖 모조리 죽이다 오) 〖撕〗 끌다 시 〖破題(파제)〗 쓰고자 하는 내용을 표현해 내는 것 〖禽〗 사로잡다 금 〖二毛(이모)〗 머리카락의 색이 검은 것과 흰 것이 섞인 것으로, 노인을 뜻함 〖振〗 정돈하다 진 〖凱旋(개선)〗 싸움에 이기고 개선가를 부르며 돌아옴(凱 이기다 개)

**국역** 글을 잘 짓는 자는 아마 병법을 잘 알 것이다. 글자는 비유하자면 군사요, 뜻은 비유하자면 장수이다. 제목이란 적국이요, 故事의 인용은 싸움터의 진이다. 글자를 묶어서 句를 만들고 구를 모아서 章을 이루는 것은 대오·항진과 같다. 韻으로써 그것을 소리 내고 文詞로써 그것을 빛내는 것은 금고(꽹과리나 징 같은 군악기)·정기와 같다. 비추어 호응하는 것은 봉화대요, 비유란 유격하는 기마병이요, 억양과 반복은 다 죽을 때까지 싸우며 끌어내 죽이는 것이요, 제목을 풀었다가 다시 묶는 것은 먼저 성벽에 올라가 적을 사로잡는 것이요, 함축을 귀하게 여기는 것은 노인을 사로잡지 않는 것이고, 여운을 남기는 것은 군대를 정돈하여 개선하는 것이다.

夫長平之卒 其勇愵非異於昔時也 弓矛戈鋋 其利鈍非變於前日也 然而廉頗將之 則足以制勝 趙括代之 則足以自坑 故善爲兵者 無可棄之卒 善爲文者 無可擇之字 苟得其將 則鉏櫌棘矜 盡化勁悍 而裂幅揭竿 頓新精彩矣 苟得其理 則家人常談 猶列學官 而童謳里諺 亦屬爾雅矣 故文之不工 非字之罪也

**주석** 〖長平(장평)〗 秦나라의 침입을 받은 漢나라를 구원하기 위해 趙나라가 파견한 군대가 있던 곳으로, 처음에는 廉頗가 지위하다 趙括에게 넘김 〖愵〗 =怯 겁내다 겁 〖鋋〗 창 연 〖制勝(제승)〗 승리함 〖坑〗 구덩이에 묻다 갱 〖鉏〗 호미 서 〖櫌〗 곰방메 우 〖棘〗 창 극 〖矜〗 창 자루 긍 〖勁悍(경한)〗 굳세고 사나움 〖幅〗 직물 폭 〖竿〗 장대 간 〖頓〗 갑자기 돈 〖爾雅(이아)〗 우아함

**국역** 저 장평의 군졸은 그 용맹하고 겁내는 것이 옛날과 다르지 않고, 활과 창이 그 날카롭고 둔한 것이 전날과 달라진 것이 아닌데도, 염파가 그들을 거느리면 승리할 만하였으나, 조괄이 그를 대신하면 스스로 묻혀 질 만하였다. 그러므로 병사를 잘 다스리는 자에게는 버릴 병사가 없고, 글을 잘 짓는 자에게는 가릴 글자가 없다. 만약 좋은 장수를 얻으면, 호미·곰방메·창·창 자루가 모두 굳세고 사나운 것이 되고, 헝겊을 찢어 장대 끝에 걸더라도 갑자기 정미한 채색이 새로워지는 것이다. 만약 그 이치를 터득하면, 집안사람들의 일상적인 말도 오히려 학교에 나열할 만하고, 동요나 속담도 또한 우아한 말(또는 『이아』)에 속할 수 있을 것이다. 그러므로 글이 공교하게 되지 못한 것은 글자의 죄가 아니다.

彼評字句之雅俗 論篇章之高下者 皆不識合變之機 而制勝之權者也 譬如不勇之將 心無定策 猝然臨題 屹如堅城 眼前之筆墨 先挫於山上之草木 而胸裏之記誦 已化爲沙中之猿鶴矣 故爲文者 其患常在乎自迷蹊逕 未得要領 夫蹊逕之不明 則一字難下 而常病其遲澁 要領之未得 則周匝雖密 而猶患其踈漏 譬如陰陵失道 而名騅不逝 剛車重圍 而六驟已遁矣 苟能單辭而挈領 如雪夜之入蔡 片言而抽綮 如三鼓而奪關 則爲文之道如此而至矣

**주석** 〖猝〗 갑자기 졸 〖屹〗 우뚝 솟다 흘 〖挫〗 꺾다 좌 〖蹊逕(혜경)〗 지름길 〖澁〗 껄끄럽다 삽 〖匝〗 돌다 잡 〖騅〗 명마 추 〖驟〗 노새 라 〖挈〗 끌다 설 〖領〗 요점 령 〖抽〗 빼다 추 〖綮〗 중요한 곳 경

**국역** 저 字句가 우아한지 속된지 평하고, 篇章의 우열이나 논하는 자들은 모두 합해지고 변화하는 것의 기틀과 승리의 임시방편을 모르는 자들이다. 비유하자면 용맹스럽지 못한 장수가 마음에 미리 정해 놓은 계책이 없는 것과 같아서, 갑자기 제목에 임하면 우뚝하기가 견고한 성과 같아 눈앞의 붓과 먹이 먼저 산 위의 초목에 꺾이게 되고(前秦의 符堅이 八公山의 초목을 보고 모두 병사인가 의심하여 떨었다고 함) 마음속에 기억하고 외우던 것이 이미 변하여 모래 속의 원숭이와 학이 되어 버린 것(周나라 穆王이 남쪽으로 정벌을 갔을 때, 군사들이 모두 변하여 원숭이와 학과 모래와 벌레가 되었다는 고사에서, 戰死한 것을 말함)이다. 그러므로 글을 짓는 자는 그 걱정이 항상 스스로 지름길을 몰라서 요령을 얻지 못하는 데에 있는 것이다. 무릇 지름길이 밝지 않으면 한 글자도 쓰기 어려워 항상 더디고 껄끄러움이 병이 되고, 요령을 얻지 못하면 둘러싸기를 아무리 치밀하게 해도 오히려 그 성기고 새는 것이 근심이 되니, 비유하자면 음릉에서 길을 잃자(項羽가 垓下의 전투에서 패하여 달아나가 음릉에서 농부의 말에 속음) 명마인 오추마가 가지 못하고, 강한 수레로 거듭 에워쌌으나 육라가 이미 도망해 버린 것과 같은 것(漢나라 霍去病이 강한 수레로 單于를 포위했으나, 선우는 육라를 타고 달아남)이다. 만약 한마

디 말로써 요점을 끌어낼 수 있다면, 눈 오는 밤에 채주로 들어가는 것(唐나라 李愬가 눈 오는 밤에 蔡州로 들어가 반역자 吳元濟을 사로잡은 일)과 같고, 한마디 말로써 사물의 요체를 추출할 수 있다면, 세 번 북을 울리고 관을 빼앗는 것과 같으니, 곧 글을 짓는 도가 이와 같다면 지극한 것이다.

友人李仲存 集東人古今科體 彙爲十卷 名之曰騷壇赤幟 嗚呼 此皆得勝之兵 而百戰之餘也 雖其體格不同 精粗雜進 而各有勝籌 攻無堅城 其銛鋒利刃 森如武庫 趨時制敵 動合兵機 繼此而爲文者 率此道也 定遠之飛食 燕然之勒銘 其在是歟 其在是歟 雖然 房琯之車戰 效跡於前人而敗 虞詡之增竈 反機於古法而勝 則所以合變之權 其又在時 而不在法也

**주석** 〖彙〗 무리 휘 〖籌〗 꾀 주 〖銛〗 날카롭다 섬 〖森〗 오싹하다 삼 〖勒〗 새기다 륵 〖竈〗 부엌 조 〖機〗 기교 기

**국역** 친구 이중존(李在誠으로 仲存은 字, 이재성은 연암의 처남이자 평생의 친구임)이 우리나라 사람이 지은 고금의 科擧文體를 모아 분류하여 10권으로 만들어 그것을 이름 하여 『騷壇赤幟』라 했다. 아! 이것은 모두 승리를 얻은 군대이고, 백 번의 싸움을 치른 산물이다. 비록 그 문체와 격식이 동일하지 않고, 정교한 것과 거친 것이 뒤섞여 나왔으나, 각자 승리할 계책을 지니고 있어 공격함에 견고한 성이 없다. 그 예리한 칼끝과 칼날이 삼엄하기가 무기고와 같아 때를 따라 적을 제압할 때 움직이면 군대의 기예에 합해지는 것이다. 이것을 이어서 글을 짓는 사람이 이 도를 이끌 적에 정원후의 날아서 먹는 것(定遠侯 班超가 관상을 보니, 그 사람이 "그대는 제비의 턱에 호랑이의 목을 가졌으니, 이는 날아서 고기를 먹는 것이니, 곧 萬里의 侯의 상이다." 했다는 고사)과 연연산에 새긴 명(後漢 竇憲이 흉노를 부수고 燕然山에 올라가 戰功을 돌에 새겼는데 班固로 하여금 銘을 짓게 했다는 고사)이 아마도 여기에 있을 것이다. 비록 그렇지만 방관의 전차전은 앞사람에게서 발자

취를 본받으려 했으나 패하였고(唐나라 안녹산의 난 때 房琯은 西京을 회복하기 위해 春秋시대의 戰車戰法을 본받아 사용했으나 패함), 우후의 아궁이를 늘리는 계책은 옛 병법에서 기교를 반대로 사용하였으나 이겼으니, 곧 합해지고 변하는 권도는 아마도 또 때에 있는 것이니, 법에 있는 것이 아닌 것이다.

筆犀墨利 字飛句騰 藝垣中頗牧 世謂文之照題緊襯者 爲科擧之文 則殽鉛雜鐵 外若精鍊 而內實有參恕處 苟能十分照顧 十分緊襯 無一字浮辭漫語 便是得意古文之上乘 命意綴文 如尉繚子之談兵 程不識之行師 當爲功令之上乘 篇篇若此 豈不使擧世心折

**주석** 〖犀〗 굳다 서 〖騰〗 뛰다 등 〖垣〗 담 원 〖緊〗 긴하다 긴 〖襯〗 가까이하다 친 〖殽〗 섞다 효 〖漫〗 방종하다 만 〖上乘(상승)〗 =上品 〖命意〗 생각 〖綴〗 엮다 철 〖功令(공령)〗 =科擧

**국역** 붓이 굳고 먹이 날카로워 글자가 날고 글귀가 뛰는 것은 문단 가운데 廉頗와 李牧이다. 세상에서 말하기를, 글 중에서 제목에 비추어 긴밀한 것으로 과거의 문장을 지으면 납이 섞이고 철이 섞여서 겉으로는 정밀하게 다듬어진 것 같지만, 안으로는 실제로 참작하여 용서해야 할 곳이 있다. 만약 충분히 비추어 돌아보고 충분히 긴밀하게 하여 한 글자도 뜬말이나 산만한 말이 없다면, 곧 득의한 고문의 상품이 된다. 주제와 지은 글이 울료자(戰國시대 魏의 兵家)가 병법을 이야기하는 것과 정불식(漢 武帝 때의 군사전문가)이 군대를 지휘하는 것과 같아야 科擧文의 상품이 될 것이다. 편마다 이와 같다면, 어찌 온 세상 사람들로 하여금 마음이 꺾이게 하지 않겠는가?

**감상** ● 燕巖은 효과적인 표현방법을 위해 표현을 강조하였다. 이 작품은 전쟁이 가지고 있는 상황의 다양성과 그에 대처하는 戰法의 可變性을 문장을 쓰는 것에 비유한 序文이다(원굉도의 「敍竹林集」과 비슷한 논법을 보여줌). 연암은 이 글에서 자신이 말하고자 하는 것을 효과적으로 쓰기 위해 전통적인 여러 수사법뿐 아니라, 당시 순정한 표현이 아니라 하여 비난받을 수 있는 세속의 말까지도 자신의 글에 적합하면 쓸 수 있어야 한다고 하였다. 연암은 "글자는 비유하자면 군사요, 뜻은 비유하자면 장수이다."라 하여, 글 뜻(意)을 우선하였다. 표현보다는 내용을 중시하는 것은 孔子의 '辭達而已'에서 비롯되어 이후 儒教的 文學觀에 입각한 문인들에 의해 지속되어 왔다. 그렇다고 연암이 형식적인 표현을 소홀히 한 것은 아니었다. 오히려 내용을 위해서 더욱 표현을 강조하였다. 위에서 비유로 든 句法·篇章法·照應·抑揚과 反復 등은 科體인 경우는 말할 나위도 없이 古文을 익히고 단련할 때 숙지해야 할 표현 기법들이었다. 연암은 이러한 古文의 전형적인 표현 방법들을 새삼 강조한 것이다. 문장의 표현 방식을 강구하는 것은 道學者들이나 載道論에 경도된 古文家들에게서는 표면적으로 배격된 것이 사실이지만, 실제로는 문장의 형식도 함께 고려하던 고문가들에게서 이러한 기법들이 지속적으로 강구되어 온 것 또한 사실이다. 연암은 고문가들의 입장을 더욱 구체화하고 강조하였으니, 이는 문학작품을 창작하는 데서 효과적 표현이 새삼 중요함을 말하기 위해서였다. 이토록 표현의 효과를 강조한 것은 다름이 아니라 그가 쓰려는 글이 그만큼 전대의 글과 달랐기 때문이다.

**참고논문** ▶ 김명호, 『熱河日記 硏究』, 창작과비평사, 1990.
강혜선, 『朴趾源 散文의 古文 변용 양상』, 태학사, 1999.

# 53.「嬰處稿序」朴趾源

子佩曰 陋哉 懋官之爲詩也 學古人而不見其似也 曾毫髮之不類 詎髣髴乎音聲 安野人之鄙鄙 樂時俗之瑣瑣 乃今之詩也 非古之詩也 余聞而大喜曰 此可以觀 由古視今 今誠卑矣 古人自視 未必自古 當時觀者 亦一今耳 故日月滔滔 風謠屢變 朝而飮酒者 夕去其帷 千秋萬世 從此以古矣 然則今者對古之謂也 似者方彼之辭也 夫云似也似也 彼則彼也 方則非彼也 吾未見其爲彼也

**주석** 〖類〗 비슷하다 류 〖詎〗 어찌 거 〖髣髴(방불)〗 비슷함 〖瑣〗 잘다 쇄 〖滔滔(도도)〗 흘러가는 모양 〖風謠(풍요)〗 유행가 〖帷〗 휘장 유 〖方〗 견주다 방

**국역** 자패(柳璉)가 말하기를 "비루하도다! 懋官(李德懋의 字)이 시를 지은 것이. 옛사람을 배웠음에도 그와 비슷한 점을 보이지 않아, 일찍이 털끝만큼도 비슷하지 않으니, 어찌 소리인들 비슷하겠는가? 야인의 비루함을 편안히 여기고 時俗의 자질구레한 것을 즐기고 있으니, 이에 지금의 시요 옛날의 시가 아니다."라 했다. 나는 듣고서 크게 기뻐하여 말했다. 이것은 볼만한 것이다. 옛날을 관점으로 지금을 보면 지금은 진실로 비루하지만, 옛사람이 스스로 볼 때에는 반드시 스스로 옛것이 아니었으며, 당시 보던 자도 또한 하나의 지금일 뿐이다. 그러므로 세월이 도도히 흘러 노래도 누차 변하여, 아침에 술을 마시던 사람이 저녁이면 그 휘장을 떠나고 없으니, 천추만세토록 이렇게 해서 옛날이 되는 것이다. 그렇다면 '지금'이라는 것은

'옛날'과 대비하여 일컬어지는 것이요, '비슷하다'는 것은 '저것'과 견준다는 말이다. 무릇 '비슷하다'고 하는 것은 비슷하기는 하나 저것은 저것이요, 견준다는 것은 저것은 아니니, 나는 저것이 되는 것을 아직 보지 못하였다.

紙旣白矣 墨不可以從白 像雖肖矣 畵不可以爲語 雩祀壇之下 桃渚之衕 靑甍而廟 貌之渥丹而鬚儼然關公也 士女患瘧 納其牀下 (心＋雙)神褫魄 遁寒祟也 孺子不嚴 瀆冒威尊 爬瞳不瞬 觸鼻不嚔 塊然泥塑也 由是觀之 外舐水匏 全呑胡椒者 不可與語味也 羨鄰人之貂裘 借衣於盛夏者 不可與語時也 假像衣冠 不足以欺孺子之眞率矣 夫愍時病俗者 莫如屈原 而楚俗尙鬼 九歌是歌 按秦之舊 帝其土宇 都其城邑 民其黔首 三章之約 不襲其法

**주석** 〖肖〗 닮다 초 〖衕〗 거리 동 〖甍〗 수키와 맹 〖渥丹(악단)〗 붉은 얼굴의 형용 〖儼〗 근엄하다 엄 〖瘧〗 학질 학 〖心＋雙〗 두려워하다 쌍 〖褫〗 벗다 치 〖祟〗 빌미 수 〖嚴〗 삼가다 엄 〖瀆〗 업신여기다 독 〖冒〗 범하다 모 〖爬〗 긁다 파 〖瞳〗 눈동자 동 〖瞬〗 눈 깜짝하다 순 〖觸〗 범하다 촉 〖嚔〗 삼키다 잡 〖塊〗 흙덩이 괴 〖舐〗 핥다 지 〖匏〗 박 포 〖胡椒(호초)〗 후추 〖羨〗 부러워하다 선 〖貂〗 담비 초 〖愍〗 근심하다 민 〖九歌(구가)〗 굴원이 지은 楚辭의 편명 〖土宇(토우)〗 나라 〖黔首(검수)〗 백성 〖約法三章(약법삼장)〗 沛公이 父老들에게 약속한 3가지 법

**국역** 종이가 이미 흰색이라고 해서 먹이 흰색을 따라갈 수는 없고, 형상이 비록 닮았다 하더라도 그림이 말을 할 수는 없으며, 우사단 아래 도저동의 푸른 기와로 이은 사당에 모습이 붉은 얼굴에 수염을 드리운 이는 근엄한 關雲長이다. 사람들이 학질을 앓게 되면 그 침상 아래로 들여놓아서 정신을 두렵게 하고 넋을 나가게 하여 추운 빌미를 내쫓게 되지만, 어린아이들은 삼가지 않고 존엄함을 모독하여 눈동자를 움켜쥐어도 깜짝이지 않고 코를 쑤셔도 재채기를 하지 않으니, 한 덩어리

의 진흙상일 뿐이다. 이것을 통해 보건대, 수박을 겉만 핥고 후추를 통째로 삼키는 자와는 더불어 맛을 말할 수가 없으며, 이웃 사람의 담비가죽옷을 부러워하여 한여름에 빌려 입는 자와는 더불어 때를 말할 수가 없으며, 거짓 조각상에 옷을 입히고 관을 씌워도 어린아이의 진솔함을 속일 수는 없는 것이다. 무릇 시대를 근심하고 풍속을 걱정하는 사람으로는 (역사상) 굴원만 한 사람이 없었으나, 초나라 풍속이 귀신을 숭상하여 「구가」를 부르고, (한나라 유방이 나라를 세울 때) 秦나라의 옛일을 살펴 그 나라에 황제가 되고 그 성읍에다 도읍을 정하고 그 백성을 백성으로 삼되, 삼장의 규약만은 그 법을 답습하지 않았다.

今懋官朝鮮人也 山川風氣 地異中華 言語謠俗 世非漢唐 若乃效法於中華 襲體於漢唐 則吾徒見其法益高而意實卑 體益似而言益僞耳 左海雖僻國 亦千乘 羅麗雖儉 民多美俗 則字其方言 韻其民謠 自然成章 眞機發現 不事沿襲 無相假貸 從容現在 卽事森羅 惟此詩爲然

**주석** 〖僻〗 치우치다 벽 〖沿襲(연습)〗 전례를 좇음

**국역** 지금 무관은 조선 사람이다. 산천과 기후와 땅이 중화와는 다르고, 언어와 노래와 풍속은 시대가 漢唐이 아닌데, 만약 이에 중화의 법을 본받고 한당에서 체를 답습한다면, 나는 다만 작법은 더욱 높지만 뜻은 실제로 낮고, 체는 더욱 비슷하나 말은 더욱 거짓됨을 볼 것이다. 우리나라가 비록 구석진 나라이기는 하나 또한 千乘의 나라요, 신라와 고려가 비록 儉薄하기는 하나 민간에 아름다운 풍속이 많았으니, 곧 그 방언을 글자로 하고 그 민요에 韻을 달면 자연히 문장이 되어 眞機가 발현될 것이다. 답습을 일삼지 않고 빌려 오지 않아도 조용히 드러나서 온갖 사물이 빽빽이 나열되리니, 오직 이 (무관의) 시가 바로 그러한 것이다.

嗚呼 三百之篇 無非鳥獸草木之名 不過閭巷男女之語 則邶檜之間 地不同風 江漢之上 民各其俗 故采詩者 以爲列國之風 攷其性情 驗其謠俗也 復何疑乎此詩之不古耶 若使聖人者 作於諸夏 而觀風於列國也 攷諸嬰處之稿 而三韓之鳥獸艸木 多識其名矣 貊男濟婦之性情 可以觀矣 雖謂朝鮮之風 可也

**주석** 〖諸夏(제하)〗 중국 〖貊〗 貊國으로 강원도 春川지역에 있던 소국

**국역** 아! 시 3백 편이 새・짐승・풀・나무의 이름이 아닌 것이 없으며, 여항의 남녀의 말에 지나지 않으니, 곧 邶國과 檜國 사이에 땅은 풍토가 같지 않고, 江水와 漢水 가는 백성들이 그 풍속을 달리한다. 그러므로 시를 채집하는 사람이 여러 나라의 민요로 그 성정을 살피고 그 노래와 풍속을 징험하니, 다시 어찌 이 시가 예스럽지 않다고 의심하겠는가? 만약 성인이 중국에 나서 여러 나라에서 풍을 살피면서 영처의 원고를 고찰하면, 삼한의 새와 짐승과 초목에 대해 그 이름을 많이 알 것이요, 맥국의 남자와 백제의 여자(우리나라 남녀)의 성정을 살필 수 있을 것이니, 비록 조선의 풍이라고 해도 괜찮다.

**감상** ● 이 글은 嬰處란 호를 가진 이덕무의 젊은 시절에 지은 시에 붙인 序文이다. 古에 대한 지향성, 즉 尙古主義(復古主義)는 유교의 기본 성격의 한 면이다. 그런데 古의 先例가 하나의 표본이 되어 고칠 수도 없는 규준으로 고정화됨에 이르러서는 도리어 미래를 향한 자유로운 발전을 구속하는 요인으로 굳어질 수도 있었다. 이와 같다면 변화 또는 진보를 기대하기 어렵다. 이런 점에서 연암은 明과 조선에 일고 있던 擬古派의 復古主義를 경계하였던 것이다. 燕巖은 이 글에서, 흔히 복고적 관념에서 古代를 이상화하고 그 문학을 절대시하면서, 현대와 그 문학을 비하하지만, 도도한 역사의 흐름에 비추어 보면, 전자도 그때는 현대요 현대문학인 셈이며, 후자도 천추만세 후면 고대요 고대문학이 되는 법이다. 그러므로 현대란 고대의 대비적 명칭일 뿐, 그 자체가 고정된 것도 아니며 특별히 비하되어야 할 까닭이 없

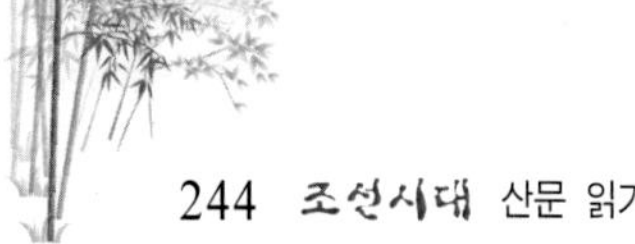



다고 强辯하고 있다.

**참고논문** ▶ 김명호, 「燕巖 文學과 『史記』」, 『박지원 문학 연구』, 성균관대 대동문화연구원, 2001.

강혜선, 『朴趾源 散文의 古文 변용 양상』, 태학사, 1999.

# 54.「綠天館集序」朴趾源

倣古爲文 如鏡之照形 可謂似也歟 曰 左右相反 惡得而似也 如水之寫形 可謂似也歟 曰 本末倒見 惡得而似也 如影之隨形 可謂似也歟 曰 午陽則侏儒僬僥 斜日則龍伯防風 惡得而似也

**주석** 〖倣〗 본뜨다 방 〖惡〗 어찌 오 〖侏儒(주유)〗 난장이 〖僬僥(초요)〗 난장이 〖龍伯(용백)〗 전설상의 大人國 〖防風(방풍)〗 고대 전설상의 추장 이름(아마 거인의 상징인 듯)

**국역** 옛것을 모방하여 글을 짓기를 거울이 형체를 비추듯이 하면 '비슷하다'고 할 수 있겠는가? 말하기를 "왼쪽과 오른쪽이 서로 반대로 되는데 어찌 비슷할 수 있겠는가?" 하였다. 물이 형체를 베끼듯이 하면 '비슷하다'고 할 수 있겠는가? "뿌리와 가지가 거꾸로 보이는데 어찌 비슷할 수 있겠는가?" 하였다. 그림자가 형체를 따르듯이 한다면 '비슷하다'고 할 수 있겠는가? "해가 한낮이면 (그림자를) 난장이로 만들고, 해가 기울면 키다리가 되어 버리니 어찌 비슷할 수 있겠는가?" 하였다.

如畵之描形 可謂似也歟 曰 行者不動 語者無聲 惡得而似也 曰 然則終不可得而似歟 曰 夫何求乎似也 求似者非眞也 天下之所謂相同者 必稱酷肖 難辨者亦曰逼眞 夫語眞語肖之際 假與異在其中矣 故天下有難解而可學 絶異而相似者 鞮象寄譯 可以通意 篆籒隷楷 皆能成文 何則 所

異者形 所同者心故耳 繇是觀之 心似者志意也 形似者皮毛也

**주석** 〖描〗 그리다 묘 〖酷〗 매우 혹 〖逼〗 가깝다 핍 〖絶〗 심히 절 〖鞮象(제상)〗 고대 남방과 서방의 소수민족의 언어를 통역하는 譯官 〖繇〗 말미암다 유

**국역** 화가가 형체를 그리듯이 한다면 '비슷하다'고 할 수 있겠는가? 말하기를 "걸어가는 사람은 움직이지 않고, 말하는 사람은 소리가 없는데, 어찌 비슷할 수 있겠는가?" 하였다. 말하기를 "그렇다면 끝내 비슷할 수 없단 말인가?" 하였다. 말하기를 "대저 어찌 비슷한 것을 구하려 하는가? 비슷한 것을 구하려 하는 것은 진짜가 아니다. 천하에 이른바 서로 같다는 것은 반드시 '꼭 닮았다'라 일컫고, 분별하기 어려운 것은 또한 '진짜에 아주 가깝다'라고 일컫는다. 무릇 '진짜다'라 말하거나 '닮았다'라고 말하는 사이에는 '거짓'과 '다름'이 그 사이에 있다. 그러므로 천하에는 이해하기 어렵지만 배울 수 있는 것이 있고, 전혀 다르면서도 서로 비슷한 것이 있어서, 통역관이 뜻을 통할 수 있고, 小篆·대전·예서·해서 모두 문장을 지을 수 있다. 왜냐하면 다른 것은 모양이요, 같은 것은 마음이기 때문이다. 이로 말미암아 보건대, 마음이 비슷한 것은 뜻과 생각이요, 모양이 비슷한 것은 가죽과 털이다."

李氏子洛瑞年十六 從不佞學有年矣 心靈夙開 慧識如珠 嘗携其綠天之稿 質于不佞曰 嗟乎 余之爲文 纔數歲矣 其犯人之怒多矣 片言稍新 隻字涉奇 則輒問古有是否 否則怫然于色曰 安敢乃爾 噫 於古有之 我何更爲 願夫子有以定之也 不佞攢手加額 三拜以跪曰 此言甚正 可興絶學 蒼頡造字 倣於何古 顔淵好學 獨無著書 苟使好古者 思蒼頡造字之時 著顔子未發之旨 文始正矣 吾子年少耳 逢人之怒 敬而謝之曰 不能博學 未攷於古矣 問猶不止 怒猶未解 嘵嘵然答曰 殷誥周雅 三代之時文 丞相右軍 秦晉之俗筆

**주석** 〖不佞(불녕)〗 재능이 없다는 것으로, 자기의 謙稱 〖夙〗 일찍 숙 〖攜〗 들다 휴 〖質〗 묻다 질 〖纔〗 겨우 재 〖稍〗 조금 초 〖隻〗 하나 척 〖涉〗 관계하다 섭 〖怫〗 발끈하다 불 〖攢〗 모으다 찬 〖額〗 이마 액 〖跪〗 꿇어앉다 궤 〖苟使(구사)〗 만약 〖嘵〗 두려워하다 효 〖三代(삼대)〗 夏·殷·周

**국역** 이씨 집안의 아들 洛瑞(李書九)는 16세에 나를 따라 배운 지가 몇 년이 되었다. 心靈이 일찍 열려 지혜로움이 구슬 같았다. 일찍이 『綠天館集』을 가지고 와서 나에게 질문하기를 "아! 제가 글을 지은 지가 겨우 몇 년 정도인데도, 남들의 노여움을 산 것이 많았습니다. 한 마디라도 조금 새롭거나 한 글자라도 기이한 것과 관계되면, 그때마다 '옛글에도 이런 것이 있었는가?'라고 묻습니다. '그렇지 않다'고 대답하면 발끈 화를 내며 '어찌 감히 이에 이와 같이 하는가?'라고 했습니다. 아! 옛날에 그런 글이 있었다면, 제가 무엇 때문에 다시 짓겠습니까? 원컨대 선생님께서 판정해 주십시오." 하였다. 나는 손을 모아 이마에 얹고 세 번 절한 다음 꿇어앉아 말하였다. "이 말이 매우 바르니, 끊어진 학문을 일으킬 만하다. 창힐이 글자를 만들 때 무슨 옛것을 모방하였고, 안연이 배우기를 좋아했지만 유독 저서가 없었다. 만약 옛것을 좋아하는 사람이 창힐이 글자를 만들 때를 생각하고 안연이 펴지 못한 뜻을 적는다면, 글이 비로소 올바르게 될 것이다. 그대는 아직 나이가 어리니, 남들의 노여움을 받으면 공경하게 사례하면서 말하기를 '널리 배우지 못하여 옛것을 살피지 못하였습니다.'라고 하여라. 그래도 질문이 여전히 그치지 않고, 노여움이 여전히 풀리지 않으면, 두려워하면서 대답하기를 '은고(『書經』)와 주아(『詩經』)는 삼대의 글이요, 승상(李斯)과 右軍(王羲之)의 글씨는 秦나라와 晉나라의 俗筆이었습니다.'라고 대답하라." 하였다.

**감상** ● 이 글은 李書九가 16세 때 지은 글인 『綠天館集』에 붙인 序文이다. 우리 한문학에서 고려 말 李齊賢이 古文唱導를 시작하여, 이후 古文이라 함은 '六經에 근본을 두는 문장이나 唐宋文을 모범으로 삼는 문장'을 가리키게 되었다. 그런데 古文이 唐宋元대를 거쳐 明대에 들어서면서 전범으로서의 가치적인 의리를 강하게 띠게 되면서 불변의 문체로 자리 잡게 되었다. 明의 前後七子가 주장한 '文必秦漢'이라는 구호가 그 단적인 예로, 秦漢文은 바로 秦漢시대에 쓰인 글들 그 자체를 가리키면서 동시에 그대로 따라서 재현해야 할 전범이 된 것이다. 특히 明대 擬古派는 秦漢文의 용어 · 제재 · 분위기 등 주로 형식적인 측면에서 古文의 典範性을 찾았는데 바로 이 점이 燕巖과 달랐다. 燕巖 또한 전범으로서의 古文의 의의를 부인하지는 않았으나 古文의 본질은 형식이 아니라 그 정신에 있다고 보았다. 위 글에서 알 수 있듯이, 擬古的 文學이란 似而非 바로 그것이다. 古文을 모방한다지만, 기껏해야 古語를 구사하고 억지로 經傳의 뜻을 끌어 오며, 古風을 빌려 가식에 힘쓸 따름이니, 이것이 古文에 아무리 흡사한들 古文 그 자체와 같을 수 없는 것은, 마치 거울이나 물에 비친 형상이 참모습일 수 없는 것과 마찬가지이다. 따라서 古文을 현대에 재현한다는 것은 근본적으로 불가능할뿐더러, 진실의 표현이 아니므로 무가치하다. 우리가 古文에서 모방할 수 있고, 또한 진정으로 모방해야 할 것은 古文의 정신이지 그 修辭가 아니다. 각기 다른 나라말이라도 통역하여 이해할 수 있고, 각기 다른 字體로도 문장을 이룰 수 있는 것은, 비록 그 외형은 상이하나 內心은 같은 까닭이다. 이와 같이 그 정신 내지 원리에 있어서 흡사할 때 비로소 古文의 경지에 통할 수 있다. 형식만 흉내 낸들 얻는 것은 그 껍질에 불과한 것이라고 연암을 말하고 있다.

**참고논문** ▶ 김혈조, 「연암 박지원의 사유양식과 산문문학」, 성균관대 박사논문, 1993.
김명호, 「연암 문학과 『史記』」, 『박지원 문학 연구』, 성균관대 대동문화연구원, 2001.

## 55.「放瓊閣外傳 自序」朴趾源

友居倫季 匪厥疎卑 如土於行 寄王四時 親義別叙 非信奚爲 常若不常 友迺正之 所以居後 迺殿統斯 三狂相友 遯世流離 論厥讒諂 若見鬚眉 於是述馬駔

**주석** 〖匪〗 아니다 비 〖厥〗 그 궐 〖迺〗 이에 내 〖殿〗 진정하다 전 〖遯〗 달아나다 둔 〖讒〗 참소하다 참 〖諂〗 아첨하다 첨 〖鬚〗 수염 수

**국역** 벗의 도가 오륜의 끝에 놓여 있지만, 소략하거나 비루한 것은 아니다. 토가 五行에 四時의 중심이 되는 것과 같으니(오행의 계절・오행 관계는 木－봄－仁, 火－여름－禮, 金－가을－義, 水－겨울－智, 土－중앙－信으로 土가 전부의 바탕임), 父子有親・君臣有義・夫婦有別・長幼有序에 믿음이 없으면 어떻게 되겠는가? 상이 만약 상이 되지 못하면(仁義禮智信을 五常이라함), 벗이 이에 그것을 바로잡아 줄 것이다. 그러므로 (友道가) 뒤에 놓여 이에 이들을 맡아서 통제한다. 세 미치광이가 서로 벗하여 세상을 피해 떠돌아다니지만, 그 헐뜯고 아첨하는 무리를 논하는데 수염과 눈썹을 보는 것 같았다(『荀子』「解蔽」에, 人心을 대야의 물에 비유하면서, 대야의 물을 안정시켜 혼탁한 것을 가라앉히면, "수염과 물을 볼 수 있다(足以見鬚眉)"고 했음). 이에 「마장전」을 짓는다.

士累口腹 百行餒缺 鼎食鼎烹 不誡饕餮 嚴自食糞 迹穢口潔 於是述穢

德先生 閔翁蝗人 學道猶龍 託諷滑稽 翫世不恭 書壁自憤 可警惰慵 於是述閔翁 士迺天爵 士心爲志 其志如何 弗謀勢利 達不離士 窮不失士 不飭名節 徒貨門地 酤鬻世德 商賈何異 於是述兩班

**주석** 〖累〗 묶다 루 〖餒〗 썩어 문드러지다 뇌 〖鼎食(정식)＝鼎烹(정팽)〗 호화로운 음식 〖饕〗 탐하다 도 〖餮〗 탐하다 철 〖穢〗 더럽다 예 〖蝗〗 메뚜기 황 〖託諷(탁풍)〗 풍자 〖翫〗 갖고 놀다 완 〖憤〗 발분하다 분 〖慵〗 게으르다 용 〖飭〗 힘쓰다 칙 〖門地(문지)〗 ＝閥閱 〖酤〗 팔다 고 〖鬻〗 팔다 육

**국역** 선비가 먹는 것에 얽매여 모든 행실이 이지러진 채, 호화로운 음식을 먹으면서 탐욕을 경계하지 못하는데, 엄행수는 스스로 똥을 먹으니 자취는 더러우나 입은 깨끗하다. 이에 「예덕선생전」을 짓는다. 민옹은 사람을 메뚜기처럼 여겼고, 노자의 도를 배웠다(『史記』 「노자열전」에, 孔子가 老子를 만나 보고 '용과 같다(猶龍)'이라 함). 풍자와 골계로 제멋대로 세상을 조롱하였으나, 벽에 써서 스스로 분발한 것은 게으른 사람을 경계할 만하다. 이에 「민옹전」을 쓴다. 선비는 이에 하늘이 내린 벼슬이고, 선비의 마음은 뜻이 되니, 그 뜻은 어떠해야 하는가? 권세와 이익을 도모하지 않고, 현달해도 선비의 뜻에서 떠나지 않으며, 궁핍해도 선비의 뜻을 잃지 않아야 한다. 이름과 절개에 힘쓰지 않고 다만 가문을 상품으로 삼아 대대로 이어온 덕을 판다면, 장사치와 무엇이 다르겠는가? 이에 「양반전」을 쓴다.

弘基大隱 迺隱於遊 淸濁無失 不忮不求 於是述金神仙 廣文窮丐 聲聞過情 非好名者 猶不免刑 矧復盜竊 要假以爭 於是述廣文 孌彼虞裳 力古文章 禮失求野 亨短流長 於是述虞裳

**주석** 〖忮〗 탐내다 기 〖情〗 실정 정 〖矧〗 하물며 신 〖孌〗 아름답다 련 〖亨〗 ＝享

**국역** 홍기는 크게 숨은 선비이다. 이에 유람에 숨어서 맑고 흐림을 잃지 않으며, 탐하지도 않고 구하지도 않았다. 이에 「김신선전」을 쓴다. 광문은 궁한 거지이나, 명성이 실제보다 지나쳤다. 이름을 좋아하는 자는 아니나, 오히려 형벌에서 벗어나지 못했는데, 하물며 다시 이름을 도둑질하여 가짜로써 명성을 다투는 경우에 있어서랴! 이에 「광문자전」을 쓴다. 아름다운 저 우상은, 고문의 문장에 힘썼고, 서울에서 예를 잃자 시골에서 구한다더니(『漢書』「藝文志」), 누린 생애는 짧아도 덕은 길이 흐른다. 이에 「우상전」을 쓴다.

世降衰季 崇飾虛僞 詩發含珠 愿賊亂紫 逕捷終南 從古以醜 於是述易學大盜 入孝出悌 未學謂學 斯言雖過 可警僞德 明宣不讀 三年善學 農夫耕野 賓妻相揖 目不知書 可謂眞學 於是述鳳山學者

**주석** 『終南捷徑(종남첩경)』 唐의 盧藏用의 고사로, 세상에 뜻이 없는 체하고 종남산에 들어가 은거하면 세상 사람이 敬慕하여 虛名을 얻었으므로, 벼슬하기에 가장 지름길이라는 뜻. 『公明宣(공명선)』 曾子의 제자로 생활태도에서 참된 배움을 얻음

**국역** 세상이 쇠하여 말세에 떨어짐에 수식과 허위를 숭상하니, 시를 읊으며 무덤을 도굴하는(『莊子』「外物」에, 『시경』의 시를 읊으면서 무덤을 도굴하며 사람의 입에 물린 구슬을 훔치는 타락한 儒者의 이야기가 나옴) 위선자요 사이비 군자라네(『논어』에 "鄕愿德之賊也""惡紫之奪朱也"). 종남첩경은 예로부터 더럽게 여겼다. 이에 「역학대도전」을 쓴다. 집에 들어가서는 효도하고 나가서는 공손하면, 배우지 않아도 배웠다(『論語』「학이」)고 하리니, 이 말이 비록 지나치지만, 거짓 덕을 경계할 만하다. 공명선은 글을 읽지 않아도 3년간 잘 배웠으며, 농부가 밭을 갈며 아내에게 손님처럼 서로 읍하니, 눈으로 글을 알지 못하더라도, 참된 학문이라 말할 수 있다. 이에 「봉산학자전」을 쓴다.

**감상** ◗ ● 이 글은 연암이 젊은 시절 자신의 주변에서 보고 들은 실제의 사건에서 취재한 것으로, 소위 九傳으로 알려진 『방격각외전』의 序文이다. 연암은 友道의 타락 현상에 주목하여 당시의 양반사회를 비판하고, 이러한 세태의 타락상에 실망한 연암이 '禮失求野'의 견지에서 서민 세계를 들여다본 작품이다. 縱的 신분질서의 규범인 五倫思想의 틀 내에서이긴 하나, 상대적으로 평등한 인간관계의 윤리인 朋友道를 중시하였다는 점에서 우정론이 지닌 사회사상사적 의미도 천착되어야 할 것이며, 또한 연암사상의 근대지향적 진보성을 인정해 볼 수 있겠다. 이 自序는 4언의 운문 형식으로 되어 있는데, 이것은 『史記』의 「太史公自序」의 형식을 취하고 있으며, 『방경각외전』은 9편의 傳을 列傳의 형식으로 집성한 것으로, 그 체제가 『史記』 列傳을 모방한 것이다.

**참고논문** ◗ 임형택, 「朴燕巖의 우정론과 윤리의식의 방향」, 『한국한문학연구』 제1집, 한국한문학회, 1976.

김명호, 「연암의 현실인식과 傳의 변모양상」, 『박지원 문학 연구』, 성균관대 대동문화연구원, 2001.

## 56.「夜出古北口記」朴趾源

自燕京至熱河也　道昌平則西北出居庸關　道密雲則東北出古北口　自古北口循長城　東至山海關七百里　西至居庸關二百八十里　中居庸山海　而爲長城險要之地　莫如古北口　蒙古之出入　常爲其咽喉　則設重關　以制其阨塞焉　羅壁識遺曰　燕北百里外　有居庸關　關東二百里外　有虎北口　虎北口卽古北口也　自唐始名古北口　中原人語長城外　皆稱口外　口外皆唐時奚王牙帳　按金史　國言稱留斡嶺　乃古北口也　蓋環長城稱口者　以百計　緣山爲城　而其絶壑深磵　呿呀坎陷　水所衝穿　則不能城　而設亭鄣　皇明洪武時　立守禦千戶所　關五重

**주석** 〖循〗 돌다 순 〖咽喉(인후)〗 목구멍 〖阨〗 험하다 애 〖牙帳(아장)〗 牙城에 친 장막 〖緣〗 따르다 연 〖磵〗 =澗 산골물 간 〖呿呀(거아)〗 입을 벌림 〖坎〗 구덩이 감 〖穿〗 뚫다 천 〖亭鄣(정장)〗 변방 요해처에 설치해 사람이 지키는 곳

**국역** 연경으로부터 열하에 이르는 데는 창평으로 길을 잡으면 서북쪽으로는 거용관으로 나오게 되고, 밀운으로 길을 잡으면 동북쪽으로는 고북구로 나오게 된다. 고북구로부터 長城을 돌아 동으로 산해관에 이르기까지는 7백 리요, 서쪽으로 거용관에 이르기까지는 2백 80리로서, 거용관과 산해관을 중간으로 해서 장성의 험하고 중요한 곳으로서는 고북구만 한 곳이 없다. 몽고가 출입할 때, 항상 그 길목이 되므로, 곧 겹으로 된 관문을 만들어 그 험한 요새를 제어하여 왔다. 나벽의 「지유」에

말하기를 "연경 북쪽 백 리 밖에는 거용관이 있고, 관의 동쪽 2백 리 밖에는 호북구가 있다."고 했으니, 호북구가 곧 고북구다. 唐의 시초부터 이름을 고북구라 했다. 중원 사람들은 장성 밖을 모두 구외라고 부르는데, 구외는 모두 당나라 때 해왕(奚는 동족 이름으로, 오랑캐의 추장)의 근거지였다. 『金史』를 상고해 보면, 그 나라 말로 '유알령'이라 했으니, 바로 고북구다. 대개 장성을 둘러서 구라고 일컫는 데가 백을 헤아릴 정도다. 산을 따라 성을 쌓았는데, 그 끊어진 골짜기와 깊은 시내는 입을 벌린 듯하고 구멍이 뚫린 듯하여, 물이 부딪쳐 뚫어지면 성을 쌓을 수 없어 정장을 설치했다. 명나라 홍무(太祖의 연호) 시절에 수어천호(관직명)를 세워 관을 다섯 겹으로 했다.

余循霧靈山 舟渡廣硎河 夜出古北口 時夜已三更 出重關 立馬長城下 測其高 可十餘丈 出筆硯 噀酒磨墨 撫城而題之曰 乾隆四十五年庚子八月七日夜三更 朝鮮朴趾源過此 乃大笑曰 乃吾書生爾 頭白一得出長城外耶 昔蒙將軍自言 吾起臨洮 屬之遼東 城塹萬餘里 此其中不能無絶地脈 今視其塹山塡谷 信矣哉

**주석** 〖噀〗 물 뿜다 손 〖屬〗 잇다 속 〖塹〗 해자, 파다 참 〖塡〗 메우다 전

**국역** 나는 무령산을 돌아 배로 광형하를 건너 밤에 고북구를 나가는데, 때는 밤이 이미 삼경이었다. 중관을 나와서 말을 장성 아래 세우고 그 높이를 헤아려 보니, 10여 길이나 되었다. 붓과 벼루를 끄집어내어 술을 부어 먹을 갈고 성을 어루만지면서 그곳에 쓰기를 "건륭 45년 경자 8월 7일 밤 삼경에 조선 박지원이 이곳을 지나다." 하고는, 이내 크게 웃으면서, "정말이지 나는 서생이구나. 머리가 희어져서야 한 번 장성 밖을 나가게 되는가?"라고 했다. 옛날 몽장군(蒙恬)은 스스로 말하기를 "내가 임조로부터 일어나서 요동까지 그것을 이어 성과 해자가 만여 리나 되는데, 그중에 지맥을 끊지 않을 수 없었다." 하였으니, 이제 그가 산을 파고 골짜기를 메운 것을 보니, 사실이었다.

噫 此古百戰之地也 後唐莊宗之取劉守光也 別將劉光濬克古北口 契丹太宗之取山南也 先下古北口 女眞滅遼 希尹大破遼兵 卽此地也 其取燕京也 蒲莧敗宋兵 卽此地也 元文宗之立也 唐其勢屯兵於此 撒敦追上都兵於此 禿堅帖木兒之入也 元太子出奔此關 趨興松 明嘉靖時 俺答犯京師 其出入皆由此關

**주석** 〖屯〗 진 치다 둔 〖京師(경사)〗 서울

**국역** 아! 여기는 옛날 백 번이나 싸운 터이다. 후당의 장종이 유수광(後梁의 장수로 뒤에 燕의 황제라 자칭함)을 잡을 때 별장 유광준은 고북구에서 이겼고, 거란의 태종이 산남지방을 취할 적에 먼저 고북구로 내려 왔다. 여진이 요를 멸망시킬 때 희윤(여진의 장수)이 요의 군사를 크게 격파한 곳이 바로 이곳이요, 그가 연경을 취할 때 포현(여진의 장수)이 송의 군사를 패배시킨 곳도 바로 이곳이요, 원 문종이 즉위하자 당기세(여진의 장수)가 군사를 여기에 주둔했고, 산돈(여진의 장수)이 상도의 군사를 여기에서 추격했다. 독견첩목아가 쳐들어올 때 원의 태자는 이 관으로 도망하여 흥송으로 달아났고, 명의 가정 연간에는 엄답이 서울을 침범할 때도 그 출입이 모두 이 관을 경유했다.

其城下 乃飛騰戰伐之場 而今四海不用兵矣 猶見其四山圍合 萬壑陰森 時月上弦矣 垂嶺欲墜 其光淬削 如刀發硎 少焉月益下嶺 猶露雙尖 忽變火赤 如兩炬出山 北斗半挿關中 而蟲聲四起 長風肅然 林谷俱鳴 其獸嶂鬼巘 如列戟總干而立 河瀉兩山間 鬪狠如鐵駟金鼓也 天外有鶴鳴五六聲 淸戛如笛聲長(口＋弱?) 或曰 此天鵝也

**주석** 〖騰〗 뛰다 등 〖圍〗 에워싸다 위 〖森〗 오싹하다 삼 〖上弦(상현)〗 반달 〖淬〗 차다 쉬 〖削〗 모질다 삭 〖硎〗 숫돌 형 〖少焉(소언)〗 잠시 뒤에 〖尖〗 뾰족하다 첨 〖炬〗 횃불 거 〖揷〗 꽂다 삽 〖肅〗 엄숙하다 숙 〖嶂〗 산봉우리 장 〖巘〗 산봉우리 헌 〖戟〗 창 극 〖總〗 모으다 총 〖瀉〗 쏟다 사 〖狠〗 개 싸우는 소리 한 〖駟〗 사마수레 사 〖戛〗 학 울음소리 알 〖笛〗 피리 적 〖天鵝(천아)〗 백조, 고니

**국역** 그 성 아래는 바로 모두 날고 뛰고 싸우고 베던 싸움터로서, 지금은 사해가 군사를 쓰지 않지만, 오히려 사방의 산이 둘러싸이고 많은 골짜기가 음삼함을 보겠다. 때마침 달이 반달이라 고개에 드리워 떨어지려 하는데, 그 빛이 싸늘하기가 칼이 숫돌에서 나온 것 같았다. 조금 있다가 달이 더욱 고개로 내려가자, 오히려 뾰족한 두 끝을 드러내어 갑자기 불빛처럼 붉게 변하면서 횃불 두 개가 산 위에 나오는 것 같았다. 북두는 반쯤 관에 꽂혀졌는데, 벌레 소리는 사방에서 일어나고 긴 바람은 숙연한데, 숲과 골짜기가 함께 울렸다. 그 짐승 같은 산봉우리와 귀신같은 산봉우리들은 창을 세우고 방패를 모아 세워 둔 것 같고, 물이 두 산 틈에서 쏟아져 으르렁대는 소리는 쇠로 된 마차와 쇠로 된 북소리 같았다. 하늘 밖에 학이 우는 소리가 대여섯 번 들리는데, 맑은 소리가 피리 소리가 길게 뽑어져 나오는 것 같았다. 어떤 이는 이것을 백조라 했다.

**감상** ● 이 글은 연암의 대표적인 古文 작품의 하나로 유명하다. 첫 단락은 사실에 대한 객관적 소개이기에 별다른 文飾 없이 평이한 문장이다. 둘째 단락에 이르러서는 5자구의 반복으로 단락의 전환을 알림과 동시에 詩的이고 낭만적 분위기를 자아내고 있다. 그리고 乃자의 반복을 통해 원대한 포부를 안고 중국 문물을 연구하던 시절에 언젠가는 이런 날이 오기를 염원했건만, 드디어 이 거대한 역사의 현장을 마주하고 있는 나는 여전히 한 서생일 뿐으로, 늦게 찾은 자신의 처지에 대한 심중을 乃자가 함축적으로 표현하고 있다. 마지막 단락에서는 직유법을 구사해 경관을 인상적으로 묘사하고 있다. 강렬한 어구(淬削・雙尖・鬪狠 등)를 사용해 고북구가 유명한 격전지임을 부각시키면서, 끝으로 학 울음을 묘사하면서 서술상 돌연한 변화를 통해, 詩的이고 낭만적인 분위기를 회복하면서 여운을 남긴 채 끝을

맺고 있다. 하늘 밖을 고고히 날며 千古의 전쟁터를 굽어보는 한 마리의 天鵝는, 비록 일개 서생에 불과하지만 역사의 현장에서 세계사의 격동을 초연하게 회고하고 있는 연암 자신을 상징하는 것으로 볼 수도 있다.

**참고논문** ▶ 김명호, 『열하일기 연구』, 창작과비평사, 1990.
김도련, 「「夜出古北口記」의 함축미와 意境」, 『한국 고문의 원류와 성격』, 태학사, 1998.

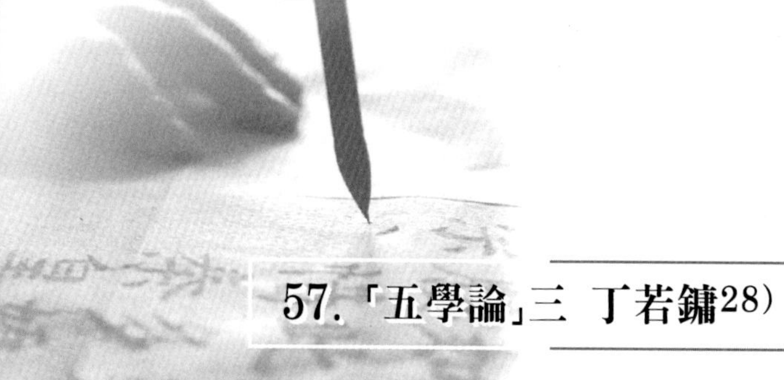

# 57. 「五學論」三 丁若鏞[28)]

文章之學 吾道之鉅害也 夫所謂文章者 何物 文章豈掛乎空 布乎地 可望風走 而捉之者乎 古之人 中和祗庸 以養其內德 孝弟忠信 以篤其外行 詩書禮樂 以培其基本 春秋易象 以達其事變 通天地之正理 周萬物之衆情 其知識之積於中也 地負而海涵 雲鬱而雷蟠 有不可以終閟者 然後有與之相遌者 或相入焉 或相觸焉 撓之焉激之焉 則其宣之而發於外者 渤潏汪濊 粲爛煜霅 邇之可以感人 遠之可以動天地而格鬼神 斯之謂文章

**주석** 〖鉅〗 크다 거 〖掛〗 걸다 괘 〖布〗 펴다 포 〖捉〗 잡다 착 〖中和(중화)〗 치우치지 않고 過不及이 없는 바른 性情 〖祗庸(지용)〗 敬而有常: 공경하며 항상적인 것(祗 공경하다 지 庸 평상 용) 〖培〗 북돋다 배 〖周〗 두루 미치다 주 〖涵〗 받아들이다 함 〖鬱〗 성하다 울 〖蟠〗 서리다 반 〖閟〗 숨기다 비 〖遌〗 만나다 악 〖撓〗 휘다

---

28) 정약용 1762(영조 38)~1836(헌종 2). 호는 茶山·俟菴·與猶堂. 近畿 南人 가문 출신으로, 청년기에 접했던 西學으로 인해 장기간 유배생활을 하였다. 그는 이 유배기간 동안 자신의 학문을 더욱 연마해 六經四書에 대한 연구를 비롯해 一表二書(『經世遺表』·『牧民心書』·『欽欽新書』) 등 모두 500여 권에 이르는 방대한 저술을 남겼고, 이 저술을 통해서 조선 후기 실학사상을 집대성한 인물로 평가되고 있다. 그는 李瀷의 학통을 이어받아 발전시켰으며, 각종 사회 개혁사상을 제시하여 '묵은 나라를 새롭게 하고자' 노력하였다. 정치·경제·사회·문화 등 역사 현상의 전반에 걸쳐 전개된 그의 사상은 조선왕조의 기존 질서를 전적으로 부정하는 '혁명론'이었다기보다는 파탄에 이른 당시의 사회를 개량하여 조선왕조의 질서를 새롭게 강화시키려는 의도를 가지고 있었다. 그리하여 그는 조선에 왕조적 질서를 확립하고 유교적 사회에서 중시해 오던 王道政治의 이념을 구현함으로써 '國泰民安'이라는 이상적 상황을 도출해 내고자 하였다.

뇨 〖激〗 부딪치다 격 〖渤潏(발휼)〗 물이 솟아나는 모양 〖汪濊(왕회)〗 넓고 깊은 모양 〖粲爛(찬란)〗 빛이 번쩍이는 모양 〖煜霅(욱잡)〗 빛나는 모양 〖邇〗 가깝다 이 〖格〗 감동하여 통하다 격

**국역** 문장이라는 학문은 우리 도를 크게 해치는 것이다. 대저 이른바 문장이라는 것은 어떤 물건인가? 문장이 어찌 공중에 걸려 있고 땅에 펼쳐 있어, 바람을 바라보고 달려서 잡을 수 있는 것이겠는가? 옛날 사람은 중화와 지용으로써 그 내적인 덕을 기르고, 효제와 충신으로써 그 외적인 행실을 돈독히 했다. 시서예악으로써 그 기본을 배양하고, 춘추와 역상으로써 그 일의 변화를 통달하여 천지의 바른 이치에 통하고 만물의 모든 실정을 두루 알게 되었다. 그 지식이 중심에 쌓여서, 땅이 (만물을) 지고 바다가 (모든 것을) 포용하며, 구름이 무성하고 우레가 꿈틀거리듯이 끝내 숨길 수 없는 것이 있게 된 뒤에, 사물과 서로 만나는 것이 있어 혹은 서로 들어가기도 하고 혹은 서로 부딪치기도 하여, 휘거나 부딪치게 되면, 펼쳐 밖으로 드러나는 것이 바닷물이 치솟고 번쩍번쩍 빛나는 듯하여, 가깝게는 사람을 감동시킬 수 있고 멀게는 천지를 움직이며 귀신을 감동시킬 수 있는데, 이것을 문장이라 한다.

文章不可以外求也 故文章之在宇宙之間 其精微巧妙者易 溫柔激切者詩 典雅縝密者書 詳細而不可亂者禮 條鬯而不可糅者周禮 瑰奇吐歙而不可屈者 春秋左氏之傳 睿聖無瑕者論語 眞知性道之體 而劈析枝經者孟子 刻覈深窈者老子 下此以往 醇者或寡矣 太史遷好奇尙俠 而自外乎禮義 揚雄不知道 劉向溺於讖諱 司馬相如俳優以自衒 下此以往 破碎綺靡無譏焉

**주석** 〖激切(격절)〗 언론이 과격하고 절실함 〖縝密(진밀)〗 면밀함 〖鬯〗 자라다 창 〖糅〗 섞다 유 〖瑰〗 진기하다 괴 〖歙〗 들이마시다 합 〖劈〗 쪼개다 벽 〖析〗 분석하다 석 〖覈〗 사실을 조사하여 밝힘 핵 〖窈〗 심원하다 요 〖醇〗 순수하다 순 〖俠〗 호협하다 협 〖讖諱(참휘)〗 讖書 〖衒〗 자랑하다 현 〖碎〗 부수다 쇄 〖綺靡(기미)〗 화

려함 〖譏〗 나무라다 기

**국역** 문장은 밖에서 구할 수 없는 것이다. 그러므로 문장이 우주 사이에 있어 그 정미하고 교묘한 것이 『역경』이고, 온유하고 격절한 것이 『시경』이며, 전아하고 진밀한 것이 『서경』이고, 상세하나 어지럽힐 수 없는 것이 『예기』이며, 가지가 무성하나 섞일 수 없는 것이 『주례』이고, 진기한 것을 드러내고 거두어 들였으나 굽힐 수 없는 것이 『춘추좌씨전』이며, 슬기롭고 성스러워 결점이 없는 것이 『논어』이고, 성과 도의 본체를 참으로 알아서 각가지 경서를 분석한 것이 『맹자』이며, 깊고 오묘한 이치를 새기고 따진 것이 『노자』이다. 이보다 내려가서는 순수한 것이 간혹 적다. 태사 천(司馬遷)은 진기한 것을 좋아하고 호협한 것을 숭상하여 스스로 예의에서 벗어났으며, 양웅은 도를 알지 못했고, 유향은 圖讖에 빠졌고, 사마상여는 배우처럼 스스로 자랑하였다. 이보다 내려가서는 자질구레하고 화려하기만 하여 나무랄 것도 없다.

韓愈柳宗元 雖稱中興之祖 而本之則亡 如之何其興之也 文章不自內發 迺皆外襲以自雄 斯豈古所謂文章者哉 韓柳歐蘇 其所謂序記諸文 率皆華而無實 奇而不正 幼而讀之 非不欣然善矣 內之不可以修身而事親 外之不可以致君而牧民 終身誦慕 而落魄牢騷 卒之不可以爲天下國家 此其爲吾道之蟊蠹也 將有甚乎楊墨老佛 何也 楊墨老佛 雖其所秉有差 要之皆欲以克已斷慾 爲善去惡 彼韓柳歐蘇 其所自命者 文章已矣 文章豈足以安身立命哉 使天下之人 詠歌蹈舞 浸淫悅樂 醲薰膚奏 與之俱化 而邈然忘其性命之本 民國之務者 文章之學也 豈聖人之所取哉

**주석** 〖襲〗 물려받다 습 〖迺〗 이에 내 〖率〗 대략 솔 〖欣〗 기뻐하다 흔 〖牧〗 다스리다 목 〖落魄(낙백)〗 零落함 〖牢騷(뇌소)〗 마음이 쓸쓸함 〖蟊蠹(모적)〗 뿌리를 갉아먹는 해충 〖自命(자명)〗 =自負 〖浸淫(침음)〗 차츰차츰 배어 들어감 〖醲〗 두텁다 농 〖薰〗 향내 훈 〖奏〗 모이다 주 〖邈〗 아득하다 막

**국역** 한유와 유종원은 비록 (儒道를) 중흥시킨 조상이라 일컬으나, 근본으로 삼은 것이 없었으니, 어찌 그들이 중흥시켰다고 할 수 있겠는가? 문장이 안에서 드러나지 않고, 이에 모두 밖에서 이어받아 스스로 뛰어나다고 여기고 있으니, 이것이 어찌 옛날 말하던 문장이겠는가? 한유·유종원·歐陽脩·蘇軾이 그들이 말한 서·기의 여러 글들은 대개 모두 화려하나 실상이 없고 기이하나 바르지 않다. 내가 어려서 그것을 읽어 보고 기뻐하여 좋게 여기지 않았던 것은 아니나, 안으로는 자신을 수양하며 어버이를 섬길 수 없으며, 밖으로는 임금을 (堯舜에) 이르게 하고 백성을 다스릴 수 없으며, 종신토록 외고 흠모하여도 뜻을 얻지 못해 쓸쓸해하다가 마침내 천하국가를 위할 수 없게 되니, 이것은 정말 우리 도의 해충이며, 장차 楊朱·墨翟·老子·부처보다 심한 것이 있을 것이다. 왜 그런가? 양주·묵적·노자·부처는 비록 그 주장하는 것이 (우리 道와) 차이가 있으나, 요점은 모두 자기를 이기고 욕심을 끊으며, 선을 행하고 악을 버리고자 하는 것이다. 그런데 저 한유·유종원·구양수·소식은 그들이 자부하는 것은 문장뿐이니, 문장만으로 어찌 몸을 편안히 하고 天命을 세울 수 있겠는가? 천하 사람들로 하여금 노래하고 춤추며 즐거움에 점점 빠지게 하면, 짙은 향기가 피부에 모여 함께 동화되어, 아득히 그 성명의 근본과 국민의 힘쓸 것을 잊어버리게 하는 것이 문장이라는 학문이니, 어찌 성인이 취하던 것이겠는가?

今之所謂文章之學 又以彼四子者爲淳正而無味也 祖羅䄌施郊麟禘螺而尤侗袁枚毛甡之等 似儒似佛 邪淫譎怪 一切以求眩人之目者 是宗是師 其爲詩若詞 又凄酸幽咽 乖拗犖确 壹是可以銷魂斷腸則止 遂以是自怡自尊而不知老之將至 其爲吾道之害 又豈但韓柳歐蘇之流而已 口譚六經 手擷千古 而終不可以携手同歸於堯舜之門者 文章之學也

**주석** 〖淳〗 순박하다 순 〖譎〗 속이다 휼 〖眩〗 아찔하다 현 〖若〗 및 약 〖凄〗 처량하다 처 〖酸〗 가슴 아프다 산 〖幽咽(유인)〗 흐느끼며 욺 〖乖〗 어그러지다 괴 〖拗〗 꺾다 요 〖犖确(락각)〗 산에 큰 돌이 많은 모양 〖壹是(일시)〗 한결같이 〖銷〗 사라지다 소 〖怡〗 기뻐하다 이 〖流〗 무리 류 〖譚〗 이야기하다 담 〖擷〗 뽑다 힐 〖携〗 끌다 휴

**국역** 오늘날 문장이라고 하는 학문은 또 저 4사람이 저술할 것을 순정하나 맛이 없다고 여긴다. 조라(羅貫中)·요시(施耐菴)·교린(金聖歎)·체라(郭青螺)·이우통(錢謙益)·원매·모신 등은 儒 같기도 하고 佛 같기도 한 것이 간사하고 음탕하고 속이고 괴상하여, 모두 남의 눈을 어지럽게 하기를 구하는 사람으로, 이것을 높이고 이것을 스승으로 삼는다. 그들의 시와 사를 짓는 것도 처량하고 슬프고 흐느끼고 어그러지고 험하여 한결같이 넋이 빠지고 창자가 끊어진 뒤에야 그만둔다. 드디어 이것으로 스스로 즐거워하고 스스로 높은 체하여, 늙음이 장차 오는 줄도 모르게 되니, 그것이 우리 도에 해가 됨이 또한 어찌 다만 한유·유종원·구양수·소식 무리뿐이겠는가? 입으로는 육경을 말하고 손으로는 천고를 뒤적이면서, 마침내 손을 끌고 함께 요순의 문으로 들어갈 수 없는 것은 문장이라는 학문이다.

**감상** ● 茶山은 『역경』·『시경』·『서경』·『예기』·『주례』·『춘추좌씨전』·『논어』·『맹자』·『노자』의 文이 참다운 文이라 말하고, 소위 唐宋古文에 대해서는 당시 어느 누구도 부정하지 못했던 것을 과감히 비판하고 나섰다. 비판의 이유는 實이 없고 바르지 못하기 때문으로, '세상을 바로잡고 구제하려는' 뜻이 없다는 이유 때문이었다. 심지어 漢나라 때의 명문장가로 모든 사람들이 모범으로 삼았던 사마천·양웅·사마상여의 글까지도 볼만한 것이 없다고 말하고 있다. 또한 明末·清初의 小說을 주로 쓴 나관중·시내암·김성탄 등의 글도 비난했는데, 이것은 다산에게는 唐宋古文이든 漢대의 글이든, 명말·청초의 稗官雜書든 간에 經世致用과 利用厚生의 뜻이 없는 글은 일단 비판의 대상이 되었기 때문이다. 요컨대 기교와 수식에만 힘쓰고 實이 없는 文, 말하자면 文을 위한 文을 茶山은 비판한 것이다.

**참고논문**
송재소, 『茶山詩 研究』, 창작과비평사, 1986.
송재소, 「정약용의 사상과 문학」, 『계간사상』, 1992 봄호.

# 58.「文體策」丁若鏞

(前略)臣以爲天地間大文章 莫如物態人情 善觀乎物態人情之變 則文體之變 可得而言也 何則 臣嘗觀物態矣 甲者坼 蟄者蠢 蘊隆者舒散 鬱伏者風揚 芸芸濈濈 千態萬狀 而求其故 則總不外冷煖二情 臣嘗觀人情矣 廉者頑 恬者慾 柔懦者鷙發 淡泊者熱沸 紛紛穰穰 千態萬狀 而求其故 則總不外利害兩端 資於物態 發於人情 顧文體奚獨不然 醇者醨 樸者斲 平易者奇詭 敦實者淺薄 典雅者鄙俚 舒緩者促急 形形色色 千變萬化 而求其故 則不出於得失二字 夫冷焉則物不趨之 害焉則人不嚮之 失焉則文體可得而變也(後略)

**주석** 〚甲〛 껍데기 갑 〚坼〛 터지다 탁 〚蟄〛 숨다 칩 〚蠢〛 꿈틀거리다 준 〚蘊〛 쌓이다 온 〚隆〛 성하다 륭 〚鬱〛 우거지다 울 〚芸芸(운운)〛 많은 모양 〚濈〛 빠르다 즙 〚外〛 벗어나다 외 〚頑〛 완악하다 완 〚恬〛 편안하다 념 〚懦〛 나약하다 유 〚鷙〛 사납다 지 〚沸〛 끓다 비 〚紛〛 어지럽다 분 〚穰〛 많다 양 〚醨〛 묽은 술 리 〚樸〛 질박하다 박 〚斲〛 깎다 착 〚詭〛 궤이하다 궤 〚敦實(돈실)〛 돈후하고 충실함 〚促〛 급하다 촉 〚嚮〛 향하다 향

**국역** 저는 천지간의 대문장은 물태 · 인정만 한 것이 없다고 생각합니다. 물태 · 인정의 변화를 잘 관찰하면, 문체의 변화를 말할 수 있습니다. 왜냐하면 제가 일찍이 물태를 살펴보니, 껍데기가 터지기도 하고 숨어 있던 것이 꿈틀거리기도 하고,

뭉쳐 있던 것이 펴지기도 하고 우거져 움츠리고 있던 것이 바람에 날리기도 하여 성대히 빠른 것이 천태만상입니다. 그 까닭을 찾아보면, 모두 냉과 난 두 가지 실정에서 벗어나지 않습니다. 제가 일찍이 인정을 살펴보니, 청렴하던 자가 완악하기도 하고 편안히 여기던 자가 탐욕스러워지기도 하며, 연약하던 자가 사나워지기도 하고 담박하던 자가 열정적으로 되기도 하여 어지러운 것이 천태만상입니다. 그 까닭을 찾아보면, 모두 利와 害 두 가지 실마리에서 벗어나지 않습니다. 그러니 물태에 바탕을 두고 인정에서 발하니, 다만 문체만 어찌 유독 그렇지 않겠습니까? 순정하던 것이 묽어지고 질박하던 것이 날카로워지며, 평이하던 것이 기궤해지고 돈후하고 충실하던 것이 천박해지며, 전아하던 것이 비리해지고 느리던 것이 급해져서 형형색색이 천변만화하였습니다. 그 까닭을 찾아보면, 득과 실 두 가지에서 벗어나지 않습니다. 무릇 차가우면 사물이 향하지 않으며, 해로우면 사람이 향하지 않으며, 잃으면 문체가 변할 수 있는 것입니다.

(前略)臣以爲彗孛虹霾 謂之天災 旱澇崩渴 謂之地災 稗官雜書 是人災之大者也 淫詞醜話 駘蕩人之心靈 邪情魅跡 迷惑人之智識 荒誕怪詭之談 以騁人之驕氣 靡曼破碎之章 以消人之壯氣 子弟業此 而笆籬經史之工 宰相業此 而弁髦廟堂之事 婦女業此 而織紝組紃之功遂廢矣 天地間災害 孰甚於此 臣謂始自今 國中所行 悉聚而焚之 燕市貿來者 斷以重律 則庶乎邪說少熄 而文體一振矣(後略)

**주석** 〖慧孛(혜패)〗 =彗星 〖虹〗 어지럽다 항 〖霾〗 흙비 오다 매 〖澇〗 큰물 로 〖稗官(패관)〗 항간에 떠도는 이야기를 적는 벼슬에서, 巷談·민간의 전설을 기록한 책 〖駘〗 추하다 태 〖魅〗 도깨비 매 〖荒誕(황탄)〗 언행이 허황됨 〖騁〗 펴다 빙 〖靡曼(미만)〗 아름다운 문장 〖碎〗 부수다 쇄 〖笆籬(파리)〗 감옥 〖弁髦(변모)〗 무용지물 〖紝〗 실 임 〖組〗 짜다 조 〖紃〗 끈 순 〖貿〗 사다 무 〖庶乎(서호)〗 =庶幾: 가까움 〖熄〗

꺼지다 식

**국역** 저는 혜성과 어지러운 흙비를 하늘의 재앙이라 하고, 가뭄과 큰물·무너짐과 메마름을 땅의 재앙이라 한다면, 패관잡서는 사람의 재앙 중에 큰 것이라고 생각합니다. 음탕한 말과 추한 이야기는 사람의 심령을 방탕하게 하고, 간사한 마음과 도깨비 같은 자취는 사람의 지식을 미혹게 하고, 황당하고 기괴한 이야기는 사람의 교만한 기운을 북돋우고, 화려하거나 자잘한 문장은 사람의 씩씩한 기운을 소멸케 합니다. 자제들이 이것을 업으로 하면 경전과 史書의 공부를 버리게 되고, 재상이 이것을 업으로 하면 조정의 일을 내팽개치고, 부녀자가 이것을 업으로 삼으면 길쌈하는 일이 마침내 폐해질 것이니, 천지간의 재해가 어느 것이 이것보다 더 심하겠습니까? 제가 생각하기로, 지금부터 나라 안에 돌아다니는 것을 다 모아 그것을 불태워 버리고, 연경의 시장에서 사서 들어오는 자를 중한 법으로 끊어 버리면 사설이 조금 수그러지고 문체가 한 번 떨침에 가까워질 것입니다.

**감상** ● 正祖의 文體反正에 대해 茶山도 같은 생각을 가지고 있었다. 위의 글 첫 단락에서 새로운 문체가 得과 失을 가져온다고 했다. 여기서의 得과 失은 새로운 문체로 글을 쓰는 사람들에게 실제로 돌아오는 得失이다. 新文體가 하나의 유행처럼 풍미하던 때에 新文體로 글을 쓴다는 것은 得일 수 있다. 사람들이 新文體로 글을 쓰는 것은 이와 같은 得이 있기 때문이라고 판단한 다산은 得이 失이 되도록 하는 것이 문체를 바로잡는 길이라고 생각했다. "失이 되면 문체가 변할 수 있는 것입니다."란 마지막 구절에서 변한다는 것은 신문체가 순정한 문체로 변할 수 있다는 말이다. 스스로에게 失이 되는 줄 알면 사람들이 굳이 新文體를 쓰지 않을 것이라 생각한 것이다. 두 번째 단락에서 다산은 패관잡서를 비판하고 있는데, 내용을 더욱 문제 삼고 있다. 이것은 다산이 신문체를 배격한 것은, 신문체가 지닌 스타일상의 문제 때문이라기보다 신문체가 담고 있는 내용 때문이다. 經世致用과 利用厚生의 뜻을 담고 있는 文이 茶山이 생각한 이상적인 文인데, 新文體로 쓰인 패관잡서는 그렇지 않은 것으로 보았던 것이다. 稗官小品體를 엄금한다는 점에서 茶山과

正祖는 같지만, 正祖가 약화된 왕권을 강화하고 봉건적 통치체제를 강화 유지하려는 체제 유지적인 의도가 다분하며 唐宋古文이나 朱子文으로 회복하고자 한 데 반해, 茶山은 문체 자체만을 문제시하였고 어떤 글이든 경세치용과 이용후생의 뜻이 없는 글을 비판의 대상으로 삼았다는 점에서 서로 간에 차이를 보이고 있다.

**참고논문** ▶ 송재소, 『茶山詩 硏究』, 창작과비평사, 1986.

김지용, 「丁若鏞論」, 『한국문학작가론』, 형설출판사, 1992.

# 59.「湯論」丁若鏞

湯放桀可乎 臣伐君而可乎 曰 古之道也 非湯刱爲之也 神農氏世衰 諸侯相虐 軒轅習用干戈 以征不享 諸侯咸歸 以與炎帝 戰于阪泉之野 三戰而得志 以代神農 則是臣伐君 而黃帝爲之 將臣伐君而罪之 黃帝爲首惡 而湯奚問焉

**주석** 〖放〗 추방하다 방 〖刱〗 비롯하다 창 〖虐〗 학대하다 학 〖習用(습용)〗 자주 사용함 〖不享(불향)〗 =不恭 〖歸〗 따르다 귀 〖問〗 문초하다 문

**국역** 탕왕이 걸왕을 추방한 것이 옳은 일인가? 신하가 임금을 정벌한다면 옳은 일인가? "옛날의 도이고, 탕이 처음 그것을 한 것은 아니다."라 말한다. 신농씨의 세대가 쇠하여 제후가 서로 학대하므로, 헌원씨가 방패와 창을 사용하여 不恭한 자를 정벌하니, 제후들이 다 따랐다. 이에 염제와 더불어 판천의 들에서 싸웠는데, 3번을 싸워 뜻을 얻었다. 그리하여 신농을 대신하였는데, 곧 이것이 신하가 임금을 정벌한 것이라면 황제가 그것을 한 것이다. 장차 신하로서 임금을 정벌하여 그를 벌주려고 했다면 황제가 첫 번째 악이 되는데, 탕왕에게 어찌 문초하는가?

夫天子何爲而有也 將天雨天子而立之乎 抑涌出地爲天子乎 五家爲隣 推長於五者爲隣長 五鄰爲里 推長於五者爲里長 五鄙爲縣 推長於五者爲縣

長 諸縣長之所共推者爲諸侯 諸侯之所共推者爲天子 天子者 衆推之而成者也 夫衆推之而成 亦衆不推之而不成 故五家不協 五家議之 改鄰長。五鄰不協 二十五家議之 改里長 九侯八伯不協 九侯八伯議之 改天子 九侯八伯之改天子 猶五家之改鄰長 二十五家之改里長 誰肯曰臣伐君哉

**주석** 〖雨〗 내리다 우 〖抑〗 아니면 억 〖涌〗 솟아나다 용 〖肯〗 하려하다 긍

**국역** 대저 천자는 어떻게 하여 생겨난 것인가? 장차 하늘이 천자를 내려서 그를 세운 것인가? 아니면 땅에서 솟아나서 천자가 된 것인가? 5가가 隣이 되는데, 5가에서 우두머리로 추대된 자가 隣長이 되고, 5린이 리가 되는데, 5린에서 우두머리로 추대된 자가 이장이 되고, 5비가 현이 되는데, 5비에서 우두머리로 추대된 자가 현장이 된다. 여러 현장이 함께 추대한 자가 제후가 되고, 제후가 함께 추대한 자가 천자가 된다. 천자는 대중이 그를 추대하여서 된 자이다. 대저 대중이 그를 추대해야 되는데, 또한 대중이 그를 추대하지 않으면 되지 못한다. 그러므로 5가가 화합하지 못하면, 5가가 그것을 의논하여 인장을 바꾸고, 5린이 화합하지 못하면, 25가가 그것을 의논하여 이장을 바꾸고, 9후와 8백이 화합하지 못하면 9후와 8백이 그것을 의논하여 천자를 바꾼다. 9후와 8백이 천자를 바꾸는 것은 5가가 인장을 바꾸고 25가가 이장을 바꾸는 것과 같으니, 누가 '신하가 임금을 정벌한다.'고 말하려 하겠는가?

又其改之也 使不得爲天子而已 降而復于諸侯則許之 故唐侯曰朱 虞侯曰商均 夏侯曰杞子 殷侯曰宋公 其絶之而不侯之 自秦于周始也 於是秦絶不侯 漢絶不侯 人見其絶而不侯也 謂凡伐天子者不仁 豈情也哉 舞於庭者六十四人 選於中 令執羽葆 立于首以導舞者 其執羽葆者 能左右之中節 則衆尊而呼之曰 我舞師 其執羽葆者 不能左右之中節 則衆執而下之 復于列 再選之 得能者而升之 尊而呼之曰 我舞師 其執而下之者衆也 而升而尊之者亦衆也 夫升而尊之 而罪其升以代人 豈理也哉

**주석** 『羽葆(우보)』 새 깃을 엮어서 만든 日傘꾸미개

**국역** 또 그것을 바꿀 때, 천자가 될 수 없게 할 뿐이고, 낮추어서 제후로 돌아가는 것은 허락하였다. 그러므로 당나라 후는 주라고 하고, 우나라 후는 상균이라 하고, 하나라 후는 기자라 하고, 은나라 후는 송공이라 하였으며, 그것을 끊어 버리고 그를 제후로 삼지 않은 것은, 진나라가 주나라(의 대를 끊은 것)에서부터 시작되었다. 이에 진나라는 (주나라의 대를) 끊어 제후가 되지 못했고, 한나라도 (진나라의 대를) 끊어 제후가 되지 못했다. 사람들은 그 끊어져서 제후가 되지 못한 것은 보고 "무릇 천자를 정벌하는 것은 어질지 못하다." 하니, 어찌 (본래의) 마음이겠는가? 뜰에서 춤추는 자는 64명인데, 그중에 한 사람을 선발하여 우보를 잡고 선두에 서서 춤추는 자를 인도하도록 하였는데, 그 우보를 잡은 자가 그들을 좌우로 보내 절차에 맞추면 대중이 높여서 그를 부르기를 '우리 무사다.'라 하고, 그 우보를 잡은 자가 그들을 좌우로 보내 절차에 맞출 수 없으면 대중이 잡아서 내려서 대열에 복귀시키고, 다시 뽑아서 능한 자를 얻으면 그를 올리면서 높여 그를 부르기를 '우리 무사다'라 부른다. 잡아서 그를 내린 자도 대중이요, 올려서 그를 높인 자도 대중이니, 대저 올려서 그를 높이고서 그 올린 자를 벌주어 다른 사람으로 대신하니, 어찌 도리이겠는가?

自漢以降　天子立諸侯　諸侯立縣長　縣長立里長　里長立鄰長　有敢不恭　其名曰逆　其謂之逆者　何　古者下而上　下而上者順也　今也上而下　下而上者逆也　故莽操懿裕衍之等逆也　武王湯黃帝之等　王之明　帝之聖者也　不知其然　輒欲貶湯武　以卑於堯舜　豈所謂達古今之變者哉　莊子曰　蟪蛄不知春秋

**주석** 『貶』 떨어뜨리다 폄 『蟪蛄(혜고)』 씽씽매미

**국역** 한나라 이후부터는 천자가 제후를 세우고, 제후가 현장을 세우고, 현장이

이장을 세우고, 이장이 인장을 세웠다. 감히 불공한 자가 있으면 그 이름을 역이라 했는데, 역이라 말하는 것은 무엇인가? 옛날 아래에서 위로 갔는데(뽑아 올렸는데), 아래에서 위로 가는 것이 순이었으나, 지금은 위에서 아래로 (임명하는데), 아래에서 위로 뽑아 올리는 것은 역이 된다. 그러므로 王莽·曹操·司馬懿·劉裕·蕭衍 등은 역이요, 무왕·탕왕·황제 등은 임금 가운데 밝은 분이요, 황제 가운데 성스러운 분이다. 그것이 그런지 알지 못하고 문득 탕왕과 무왕을 깎아서 요·순보다 낮추고자 하니, 어찌 이른바 고금의 변화에 통한 자라고 하겠는가? 장자가 말하길 "씽씽매미는 봄과 가을을 모른다." 하였다.

**감상** ● 朱子는 인간의 모든 도덕 질서도 그것을 있게 한 선험근거인 所以然의 理의 작용이기 때문에 인위적으로 만들어진 것이 아니고 자연적으로 그렇게 되어 있는 것으로 보았다. 임금과 신하, 지주와 농노 등의 모든 縱的 신분관계를 인간의 작위에서 이루어진 것이라 보지 않고 조금도 異論의 여지가 없는 당연한 현상, 天理의 구현으로 생각한다. 하지만 茶山은 이러한 縱的인 관계를 절대적이고 무조건적인 상하관계로 보지 않는다. 이것은 이러한 상하관계를 있게 한 理 또는 無形의 추상물인 太極을 세계의 최고 지배원리로 보지 않기 때문이다. 다산에 있어서 태극은 形而下學的인 것으로서 세계의 근원이 되는 유형물일 뿐이다. 이 글에서 天子는 하늘에서 내려왔거나 땅에서 솟아난 것이 아니라 대중이 추대하여 된 것이고, 그렇기 때문에 대중의 생각에 따라서 천자를 교체할 수도 있다는 것이 다산의 견해이다. 「原牧」에서도 비슷한 이론을 전개하여 "통치자가 백성을 위하여 존재하는가? 백성이 통치자를 위하여 존재하는가?"라는 질문을 제기하고, 백성들이 필요에 의해서 통치자를 선출했기 때문에 통치자는 백성을 위하여 존재한다고 말했다. 이 말은 천자와 국가가 하늘의 예정된 결과라는 朱子學的인 견해를 정면으로 주정하는 進步的 思考라 하겠다.

**참고논문** 송재소, 『茶山詩 研究』, 창작과비평사, 1986.
송재소, 「정약용의 사상과 문학」, 『계간사상』, 1992 봄호.

# 60. 「耳目口心書」一 李德懋[29)]

(前略)心溪燈下讀余諸筆記雜說曰 自得處甚多 決非俗人也 余笑曰 心溪知我 勝我自知 余以寫出眞情爲務 無非胸臆間事耳 夫文章 沁入骨髓 可好耳 古人云 可與知者道 不可與俗人語 余每疑此語甚薄 而無忠厚意 近日漸覺此語不得已也 君之文章 不無疵處 余愛其眞情流出 每多之也(後略)

**주석** 『筆記(필기)』 士大夫 주변의 삶을 기록한 글 〖決〗 결코 결 〖臆〗 가슴 억 〖沁〗 스며들다 심 〖髓〗 골수 수 〖疵〗 흠 자 〖多〗 아름답다고 여기다 다

**국역** 심계(이덕무의 宗姪인 李光錫)가 등불 아래에서 나의 여러 필기잡설을 읽어 보고 말하기를 "스스로 터득한 곳이 매우 많으니, 결코 속인이 아닙니다." 하였다. 내가 웃으며 말하길 "심계가 나를 아는 것이 내가 자신을 아는 것보다 낫다. 나는 진실한 정감을 표현함을 힘쓰는 것으로 삼았으므로, 마음속의 일이 아닌 것이 없다. 대저 문장은 골수에 스며들어야 좋다고 할 수 있다. 옛사람이 말하기를 '지혜로운 사람과 말할 수 있으나 속인과 말할 수 없다.' 하였는데, 나는 늘 이 말이 너

---

29) 이덕무 1741(영조 17)~1793(정조 17). 규장각에서 활동하면서 많은 서적을 정리·교감했고, 考證學을 바탕으로 한 많은 저서를 남겼다. 호는 雅亭·靑莊館·炯庵. 서자로 태어나, 어려서 병약하고 집안이 가난하여 정규교육을 거의 받지 못했으나, 총명하여 家學으로 文理를 터득했다. 약관의 나이에 朴齊家·柳得恭·李書九와 함께 『韓客巾衍集』이라는 시집을 내어 문명을 중국에까지 떨쳤다. 이후 朴趾源·朴齊家·洪大容 등 北學派 실학자들과 교유하면서 많은 영향을 받았다. 또한 顧炎武·朱彝尊·徐乾學 등 중국 고증학파의 학문에 심취하여, 당대의 고증학자였던 李萬運에게 지도를 받았다.

무 박절하여 충후한 뜻이 없다고 의심하였다. 그런데 근래 점점 이 말이 부득이하다는 것임을 깨달았다. 그대의 문장은 흠이 없는 것은 아니지만, 나는 진실한 정감이 흘러나온 것을 좋아하여, 늘 그것을 아름답게 생각한다." 하였다.

或曰 今若有李雪樓 左擁王元美 右携張肖甫 駈謝茂秦徐子與輩 來問於子曰 文當擬左傳國策史記漢書 而韓柳以下不論 詩當擬建安黃初開元天寶 而元白以下不論 或敢脫此法律 而出它語 皆非吾所謂文章也 子當何答

**주석** 〖擁〗 끼다 옹 〖携〗 끌다 휴 〖駈〗 =驅: 몰다 구 〖擬〗 본뜨다 의 〖它〗 =他

**국역** 어떤 사람이 말하길 "지금 만약 이설루(李攀龍의 호)가 있어 좌편에 왕원미(王世貞의 字)를 끼고, 우편에 장초보(張佳胤의 자)를 끌고, 사무진(謝秦의 자)·서자여(徐中行의 자)의 무리를 데리고 와서 그대에게 묻기를 '문은 마땅히 『좌전』·『전국책』·『사기』·『한서』를 모방하고, 韓愈·柳宗元 이하는 논하지 말며, 시는 마땅히 건안(漢 獻帝의 연호)·황초(魏 文帝의 연호)·개원(唐 玄宗의 연호)·천보(唐 玄宗의 연호)를 모방하고 元稹·白居易 이하는 논하지 말아야 한다. 혹시 감히 이 법률을 벗어나 다른 말이 나온다면, 모두 내가 말한 문장이 아니다.'라고 한다면, 그대는 마땅히 어떻게 답하겠는가?" 하였다.

曰 我當曰 拘也 若以子之才則可 且擇天下之士 如子之才 而善於摹擬者 駈之以此律 亦可然也 或有奇逸俊邁幽儵詭特之倫 那能屈首聽君之爲 而自甘古人脚下活乎 假令聽之 雖三昧于摹擬之法 反大不如渠自有渠之文章也 如彼者 雖無優孟逼撲孫叔敖手段 然猶天多而人少也 如子則人多而天少也

**주석** 〖拘〗 잡다 구 〖奇逸(기일)〗 기발하고 뛰어남 〖俊邁(준매)〗 걸출하고 고매함 〖翛〗 빠르다 소 〖詭〗 기궤하다 궤 〖倫〗 무리 륜 〖甘〗 달게 여기다 감 〖三昧(삼매)〗 (불교어) 오직 한 가지 일에만 마음을 집중시키는 경지 〖渠〗 그 거 〖優孟(우맹)〗 우맹은 명배우로, 孫叔敖가 죽자, 그의 아들이 가난하여 나뭇짐을 지고 다녔다. 그러자 우맹은 그를 위해 손숙오처럼 꾸미고서 손숙오의 흉내를 내어 楚 莊王을 감동시키고 손숙오의 아들에게 벼슬을 얻어 주었다고 함(『사기』「滑稽傳」) 〖逼〗 가깝다 핍

**국역** 내가 말하기를 "나는 당연히 다음과 같이 말하겠다. (그것은) 구속이다. 만약 그대의 재주로 (그렇게 한다)면 괜찮다. 또 천하의 선비 중에 그대의 재주와 같이 모방을 잘하는 자를 골라서 이러한 법으로 몰아간다면 또한 그럴 수 있다. 혹시 기발하고 걸출하며 특이하고 기궤한 무리가 있으면, 어찌 머리를 굽히고 그대가 하는 것을 따라 스스로 옛사람 다리 아래에 사는 것을 달갑게 여기겠는가? 가령 그것을 따라 비록 모방하는 법에 빠진다고 하더라도, 도리어 크게 그 스스로 그의 문장을 가지는 것만 못하다. 저와 같은 자는 비록 우맹이 손숙오를 비슷하게 모방한 수단은 없으나, 오히려 자연스러움은 많고 인위는 적다. 그대와 같이 하면 인위는 많고 자연스러움은 적을 것이다."

文章一造化也　造化豈可拘縛　而齊之於摹擬乎　夫人人　俱有一具文章蟠鬱胸中　如其面不相肖　如責其同也　則板刻之畫　擧子之券也　何奇之有　亦余豈曰　盡棄古人之法也　非子之所以縛於法　而不能自恣也　法自具於不法之中　豈曰棄也　子雖傲視海內　自大其壯語雄談　而吾恐其流不勝腐陳　而迺剽直氣耳　然天地間　無所不有　子之善擬古人　亦不可無也　吾幸讀子集而詑以爲奇觀(後略)

**주석** 〖縛〗 묶다 박 〖蟠〗 쌓다 반 〖鬱〗 우거지다 울 〖責〗 구하다 책 〖擧子(거자)〗

科擧 응시자 〖券〗 증서 권 〖恣〗 마음대로 하다 자 〖傲〗 업신여기다 오 〖海內(해내)〗 = 天下 〖陳〗 묵다 진 〖迺〗 =迺: 이에 내 〖斲〗 깎다 착 〖訑〗 =訑: 으쓱거리다 이

**국역** 문장은 한 조화인데, 조화를 어찌 얽어매어 모방과 나란히 할 수 있겠는가? 대저 사람들은 다 가슴속에 담겨 있는 한 개의 문장이 마치 그 얼굴이 서로 닮지 않은 것과 같다. 만약 그 동일함을 구한다면, 판에 새긴 그림과 과거를 응시한 사람의 試券이 무슨 기이할 것이 있겠는가? 또한 내가 어찌 옛사람의 법을 다 버리라고 말할 수 있겠는가? 그대가 법에 얽매여 마음대로 할 수 없는 것과는 다르다. 법은 스스로 법을 삼지 않는 가운데 갖추어졌으니, 어찌 버리라고 하겠는가? 그대가 비록 천하를 하찮게 보고 스스로 그 웅장한 이야기를 크게 하더라도, 나는 그 흐름이 진부한 것을 이기지 못하고 이에 곧은 기운을 깎아 낼 뿐임을 두려워한다. 그러나 천지 사이에는 없는 것이 없으니, 그대가 옛사람을 잘 모방하는 것도 또한 없을 수 없는 것이다. 내가 다행히 그대의 문집을 읽게 되면, 으쓱거리며 기이한 볼거리라 생각하겠다.

**감상** ● 漢詩四家(柳得恭・朴齊家・李書九)의 한 사람인 李德懋의 이 글은 귀로 듣고, 눈으로 보고, 입으로 말하고, 마음으로 생각한 것을 기록한 「耳目口心書」의 일부이다. 첫 단락에서 이덕무는, 지식이란 곧 진실을 추구하는 것임을 전제하고 스스로의 깊은 체험을 통하여 實證된 自得의 문장이야말로 가장 진실한 문장이라 하였다. 있는 그대로의 진실을 표현한 문장은 實學者 문인에 있어서는 寫實性으로 나타난다. 두 번째 단락에서는, 격식화된 종래의 詩文을 배격하는 관점을 서술하면서, 개성적이고 주체적인 문학인식의 태도가 엿보인다. 그의 이러한 개성과 주체성은 '眞率'함을 전제로 하는 바탕 위에서 우러나온 것이다. 또한 法古와 創新을 위한 디딤돌로서 전통과 변혁의 조화를 통해 보다 나은 창작의 세계에 접어 들 수 있음을 말한다. 法古創新이라는 燕巖 그룹의 문학관을 바탕으로 한 이덕무의 문학에서 우리는 과거의 문학적 태도를 탈피한 자주적이고 독창적인 성향을 살필 수 있고, 그의 진실을 추구하는 자세에서 사물을 객관적으로 관찰하고 여실히 묘사하는

리얼리즘을 발견할 수 있다. 다만 현실의 당면한 문제를 날카롭게 비판하거나 풍자할 수 있는 강렬하고 호방한 기질이 그에게 결여되어 있었다는 점이, 실학자 문인으로서 지닌 한계성이란 지적도 있다.

**참고논문** ▶ 최삼룡, 「李德懋의 문학」, 『한국의 한문학』, 민음사, 1991.
이학당, 「李德懋의 문학 비평에 관한 연구」, 성균관대 박사논문, 2004.

## 61. 「看書痴傳」 李德懋

木覓山下 有痴人 口訥不善言 性懶拙 不識時務 奕棋尤不知也 人辱之 不辨 譽之不矜 惟看書爲樂 寒暑飢病 殊不知 自塗鴉之年 至二十一歲 手未嘗一日釋古書 其室甚小 然有東牕 有南牕 有西牕焉 隨其日之東西 受明看書 見未見書 輒喜而笑 家人見其笑 知其得奇書也 尤喜子美五言律 沉吟如痛疴 得其深奧 喜甚 起而周旋 其音如鴉叫 或寂然無響 瞠然熟視 或自語如夢寐人 目之爲看書痴 亦喜而受之 無人作其傳 仍奮筆書其事 爲看書痴傳 不記其名姓焉

**주석** 〖痴〗 =癡: 어리석다 치 〖訥〗 말 더듬다 눌 〖懶〗 게으르다 라 〖拙〗 옹졸하다 졸 〖奕〗 바둑 혁 〖棋〗 바둑 기 〖辨〗 밝히다 변 〖矜〗 자랑하다 긍 〖殊〗 특히 수 〖自~至〗 ~부터 ~까지 〖塗鴉(도아)〗 종이를 까맣게 칠함 〖牕〗 =窓 〖沉吟(침음)〗 낮은 소리로 음미함 〖疴〗 병 아 〖奧〗 깊다 오 〖周旋(주선)〗 왔다 갔다 거닒 〖鴉〗 갈까마귀 아 〖叫〗 부르짖다 규 〖瞠〗 똑바로 보다 당 〖寐〗 자다 매 〖目〗 지목하다 목

**국역** 목멱산(남산의 별칭) 아래 어리석은 사람이 있었는데, 어눌하여 말을 잘하지 못하였으며, 성격이 게으르고 옹졸하며, 당시 힘쓸 것을 알지 못하고, 바둑은 더욱 알지 못하였다. 남들이 그를 욕하여도 변명하지 않고, 그를 칭찬하여도 자랑하지 않고, 오직 책 보는 것으로 즐거움을 삼아 추위나 더위나 배고픔이나 병을 전혀 알

지 못하였다. 어렸을 때부터 21세까지 일찍이 하루도 고서를 손에서 놓은 적이 없었다. 그의 방은 매우 적었으나, 동창・남창・서창이 있어 동쪽 서쪽으로 해를 따라 밝은 데에서 책을 보았다. 보지 못한 책을 보면 문득 기뻐서 웃으니, 집안사람들은 그의 웃음을 보면 기이한 책을 구한 줄을 알았다. 子美(杜甫의 자)의 오언율시를 더욱 좋아하여, 아픈 병자처럼 웅얼거리고, 그 심오한 뜻을 깨우치면 매우 기뻐서 일어나 왔다 갔다 거니는데, 그 소리가 마치 갈까마귀가 짖는 듯하였다. 혹은 조용히 아무 소리도 없이 눈을 크게 뜨고 자세히 보기도 하고, 혹은 꿈꾸는 사람처럼 혼자서 중얼거리기도 하니, 그를 지목하여 '책만 보는 바보'라 하여도 웃으며 받아들였다. 그의 전을 지을 사람이 없기에, 이에 붓을 들어 그 일을 써서 「간서치전」을 만들고, 그의 성명은 기록하지 않는다.

**감상** ● 이 글은 이덕무의 自傳이다. 이덕무는 책에 대해서는 지나칠 정도로 관심을 가져 "내가 책을 좋아하는 것은 여자를 좋아하는 것과 너무도 비슷하다(余之好書 太類好色 「耳目口心書」二)."라 하여, 그의 好書를 好色에 비유하고 있다. 그의 好書癖은 많은 저술들이 이를 증명하고 있다. 이러한 호서벽으로 그는 가리지 않고 책이면 즐겨 읽었기에, 稗官雜書에 이르기까지 널리 섭렵하였다. 그러므로 博學多聞한 그의 식견과 견문은 이덕무를 평가하는 기준이 되기도 했다. 아이러니컬하게도 小說의 弊害論을 강조한 그가, 실제로는 이러한 호서벽으로 소설을 독파하고 있었다.

**참고논문**
최삼룡, 「李德懋의 문학」, 『한국의 한문학』, 민음사, 1991.
박영미, 「李德懋의 傳 연구」, 단국대 석사논문, 1994.

## 62.「兩烈女傳」李德懋

松禾縣烈女李氏 李弘道妻也 與夫同年生 盡婦道以事 二十二歲 夫死 李不克哀 常欲從死 至呑針不死 夫夢以告曰 君之欲死誠矣 然有定命 不可易也 五十年後 吾死之日 君其歸乎 李知其命 不意於死 然終身衣三年時素服 敝輒縫補 不易以新 食糟席藁 老始啜醬 七月初五日 夫死之日也 至辛巳其日 親具祭饌 將祭 忽憑於衾曰 吾其死乎 怡然而逝 數其夢夫之年歲 果周五十矣 夫死於寅時 婦亦以其時終 享年七十二 嗚呼異哉 天命之不可易如此夫 鄕人書之善籍 太守嘉之 議旌其閭

**주석** 〖呑〗 삼키다 탄 〖其~乎〗 아마 ~일 것이다 〖素〗 희다 소 〖敝〗 해지다 폐 〖縫〗 꿰매다 봉 〖補〗 기움 보 〖糟〗 술지게미 조 〖藁〗 짚 고 〖啜〗 마시다 철 〖醬〗 장 장 〖親〗 몸소 친 〖饌〗 음식 찬 〖憑〗 기대다 빙 〖衾〗 이불 금 〖怡〗 기뻐하다 이 〖逝〗 죽다 서 〖數〗 셈하다 수 〖籍〗 밟다 적 〖嘉〗 가상히 여기다 가 〖議〗 간하다 의 〖旌〗 표창하다 정

**국역** 송화현 열녀 이씨는 이홍도의 아내이다. 남편과 동갑이었는데, 아내의 도리를 다하여 섬기다가 22세에 남편이 죽자, 이씨는 슬픔을 이기지 못하여 항상 따라 죽으려고 하여 바늘까지 삼켰으나 죽지 않았다. 남편이 꿈에 일러 주기를, "그대가 죽으려 함은 정성스럽지만, 정해진 명이 있으니 바꿀 수 없소. 50년 후 내가 죽은 날에, 그대는 아마 돌아올 것이오." 하였다. 이씨는 그의 명을 알고 죽음에 대해

생각하지 않았다. 그러나 종신토록 삼년상 때 입던 소복만을 입고, 해지면 그때그때 기워서 입고 새것으로 바꾸지 않았다. 술지게미만 먹고 짚자리에서 살았으며, 늙어서야 비로소 장을 먹었다. 7월 5일은 남편이 죽은 날이다. 신사년(숙종 27, 1701) 그날, 몸소 祭需를 장만하여 장차 제사 지내려다가, 갑자기 이불에 기대며 말하기를 "나는 아마 죽을 것이다." 하고는 기쁘게 눈을 감았다. 그가 남편을 꿈꾼 햇수를 따져 보니, 과연 만 50년이었으며, 남편이 인시(3~5시)에 죽었었는데 부인도 그 시각에 돌아갔으니 향년 72세였다. 아! 이상도 하다. 天命을 바꿀 수 없음이 이와 같구나! 마을 사람들이 그의 선행을 기록하니, 태수가 가상히 여겨 마을에 정문을 세울 것을 간하였다.

李氏從女李氏 亦烈女也 少喪母 育於其從姑 李氏通小學史記 十七歲八月 嫁龍崗縣金麟老 麟老十月將䢦而歸 濟大江溺焉 烈女聞其報 大悲哀 剔地以哭 爪爲之流血 明日哭奔夫家 中流大慟曰 吾夫欲䢦我而溺 從夫之死 無憾 乃赴江 左右衛之免 及到夫家 夜逃至江者數 輒爲人覺 不遂志 烈女紿曰 夫已矣 吾生 夫可祭 怡怡如平日 家人不疑 不爲守 夜潛往溺于井 日明衆覺而拯 自足至胸背 渾以紬纏之 堅不可解 其遺書處置家事 訣舅姑與父母諸兄弟 又曰 願不脫紬纏與素服 仍以斂之 所大恨者夫屍之不得 如終不得 以夫之衣與髮同窆 是吾志也 後終不得屍 戊午 監司上其事 命旌其閭 烈女事後母至誠 女死 母悲憾而沒

**주석** 〖從女(종녀)〗 조카딸 〖䢦〗 =率 〖溺〗 빠지다 닉 〖剔〗 깎다 척 〖爪〗 손톱 조 〖赴〗 들어가다 부 〖遂〗 이루다 수 〖紿〗 속이다 태 〖怡〗 기뻐하다 이 〖潛〗 몰래 잠 〖拯〗 건지다 증 〖渾〗 모두 혼 〖紬〗 명주 주 〖纏〗 감다 전 〖處置(처치)〗 일을 처리함 〖訣〗 헤어지다 결 〖舅〗 시아버지 구 〖斂〗 염하다 렴 〖窆〗 하관하다 폄 〖後母(후모)〗 =繼母 〖憾〗 섭섭하다 감 〖沒〗 죽다 몰

**국역** 이씨의 조카딸 이씨도 열녀이다. 어려서 어머니를 여의고 그의 사촌고모에게 양육되었다. 이씨는 『小學』·『史記』에 통했고, 17세 되던 해 8월에 용강현의 김인로에게 시집갔는데, 인로가 10월에 장차 데리고 가려고 大同江을 건너오다가 빠져 죽었다. 열녀가 그 소식을 듣고는 크게 슬퍼하여 땅을 긁으면서 우니, 그것 때문에 손톱에서 피가 흘렀다. 다음 날 울면서 시댁으로 달려가다가, 중류에서 크게 통곡하며 말하기를 "우리 남편이 나를 데려가려다 물에 빠져 죽었으니, 남편을 따라 죽어도 한이 없다." 하고는, 이에 강에 뛰어들려고 하였으나, 좌우에서 그를 막아서 죽음을 면하였다. 시댁에 이르러서는 밤중에 도망하여 강에 이르기를 몇 차례 하였으나, 그때마다 사람에게 발각되어 뜻을 이루지 못하였다. 열녀가 속여서 말하기를 "남편은 이미 죽었으니, 내가 살아야 남편을 제사 지낼 수 있다." 하면서 기쁜 빛으로 평소처럼 하였다. 집안 식구들은 의심하지 않고 그를 위하여 지키지도 않았는데, 밤에 몰래 우물에 가서 빠져 죽었다. 날이 밝자 모두들 알고 건져 냈다. 그런데 발끝에서부터 가슴과 등에 이르기까지 온통 명주로 감았는데, 단단하여 풀 수가 없었다. 그리고 그의 유서에는 집안일을 처리하는 것에 대한 것과 시부모와 친정 부모 및 모든 형제들에게 결별하는 내용이 실려 있었다. 또 "감았던 명주와 소복을 벗기지 말고 그대로 염하여 주기 바랍니다. 크게 한스러운 것은 남편의 시체를 찾지 못한 것이니, 만일 끝내 찾지 못하거든 남편의 의복·모발을 함께 묻어 주십시오. 이것이 나의 뜻입니다." 하였다. 후에 끝내 시체를 찾지 못하였다. 무오년(영조 14, 1738)에 감사가 그 일을 조정에 올리니, 旌閭門을 세우도록 명하였다. 열녀는 계모를 지성으로 섬겼는데, 열녀가 죽자 계모도 슬퍼하다 죽었다.

君子歎曰 人之有懿行 一鄕不易 況一鄕 又一門也哉 嗚呼 烈女學於烈女 終成烈女之名 其亦異哉 昔空同子涕泣 作六烈女傳 蓋有憾於世也 余於兩烈女 亦如之也 外黨朴叔汝秀氏松人 小烈女 又其妻兄 爲我言其槩 遂感嘆以書 爲兩烈女傳 又贊曰 女之行 胡使我起敬 松之土 胡兩烈女之做

**주석** 〖懿〗 아름답다 의 〖涕〗 눈물 체 〖黨〗 친척 당 〖槩〗 대개 개 〖胡〗 어찌 호 〖竝〗 나열하다 병

**국역** 군자가 탄식하여 말하기를 "사람에게 아름다운 행실이 있는 것은 한 마을에서도 쉽지가 않은데, 하물며 한 마을에다 다시 한 가문임에랴? 아! 열녀가 열녀에게 배워서 마침내 열녀의 이름을 이루었으니, 또한 특이하도다." 하였다. 옛날의 공동자(明 李夢陽의 호)는 울면서 「六烈女傳」을 지었는데, 대개 세상에 섭섭함이 있기 때문이었을 것이니, 나도 「兩烈女傳」에 또한 그와 같다. 외당 朴汝秀氏는 松禾 사람이고, 작은 열녀가 또한 그의 처형이다. 나를 위하여 그 대강을 이야기하여 주기에, 드디어 감탄하여 글로 써서 「兩烈女傳」을 만들고, 다시 다음과 같이 찬한다. 여자의 행실이여! 어찌하여 나로 하여금 공경하는 마음이 일어나게 하는가? 송화 땅이여! 어찌하여 두 열녀를 함께 나게 하였는가?

**감상** ● 이 작품은 두 烈女에 대해 쓴 烈女傳이다. 여성을 소재로 한 이러한 傳에서는 윤리문제를 다루고 있는데, 여자가 절조를 지키기 위해서는 자결하거나 살인행위를 저지르는 것을 당위시함으로써, 三綱五倫의 절대성을 고수하려는 입장을 취하고 있다. 그가 가혹하리만큼 엄격한 朱子學的 倫理觀을 옹호하고 나선 것은, 조선 후기에 이르면서 붕괴되기 시작하는 봉건적 질서를 새롭게 확립함으로써 王權을 강화하고 피지배층에 해한 기강을 세우려 한 당대 임금의 의도에 순응하고자 함에서였다(이에 반해 燕巖은 「烈女咸陽朴氏傳」에서 남편을 따라 靑孀에 죽은 박씨의 행위를 지나치다고 비판하였다. 연암은 오히려 정욕을 참아 가면서 두 아들을 훌륭히 키워 낸 과부가, 비록 烈女의 牒에 오르지는 못했을망정 참된 열녀라고 하는 논리를 전개하고 있다. 박지원은 당대의 잘못된 烈女觀을 비판하고 있으면서 靑孀은 改嫁해야 함을 시사하고 있는 데 반하여, 이덕무는 당대의 윤리관에 집착하고 있다). 또한 그는 孔孟의 실천유학을 좀 더 실용적인 입장에서 보고 修己正心하는 인격적 실천을 강조하였다. 문학 면에 있어서 그가 小說의 폐해론을 주장한 것도 따지고 보면 美風良俗을 저해한다는 윤리적 입장에 기인한 것이었다.

**참고논문** ▶ 최삼룡, 「李德懋의 문학」, 『한국의 한문학』, 민음사, 1991.
이수진, 「이덕무의 시평 연구」, 세종대 석사논문, 1994.

## 63.「詩學論」朴齊家[30)]

吾邦之詩 學宋金元明者爲上 學唐者次之 學杜者最下 所學彌高 其才彌下者 何也 學杜者 知有杜而已 其他則不觀 而先侮之 故術益拙也 學唐之弊同然 而小勝焉者 以其杜之外 猶有王孟韋柳數十家之姓字存乎胸中 故不期勝 而自勝也 若夫學宋金元明者 其識又進乎此矣 又況博極群書 發之以性情之眞者哉

**주석** 〖彌〗 더욱 미 〖侮〗 업신여기다 모 〖弊〗 폐단 폐

**국역** 우리나라의 시는 송·금·원·명을 배우는 자는 최상이 되고, 당을 배우는 자는 그 다음이 되며, 杜甫를 배우는 자는 가장 못하여, 배우는 것이 높을수록 그 재주가 더 낮아지는 것은 무엇 때문인가? 두보를 배우는 자는 두보가 있다는 것을 알 뿐이고, 그 외는 보지도 않고 먼저 업신여기므로, 기술이 더욱 서툴다. 당을 배우는 폐단도 똑같으나, 조금 나은 것은 두보 이외에도 오히려 王維·孟浩然·韋應物·柳宗元 등 수십 명의 성명이 가슴속에 있는 까닭에, 낫기를 기약하지 않아도

---

30) 박제가 1750(영조 26)~? 소년 시절부터 시·서·화에 뛰어나 문명을 떨쳐 19세를 전후해 朴趾源을 비롯하여 서울에 사는 北學派들과 교유하였다. 1776년(정조 즉위년) 이덕무·유득공·李書九 등과 함께 『韓客巾衍集』이라는 四家詩集을 내어 문명을 청나라에까지 떨쳤다. 1778년 사은사 蔡濟恭을 따라 이덕무와 함께 청나라에 가서 李調元·潘庭筠 등의 청나라 학자들과 교유하였다. 돌아온 뒤 청나라에서 보고 들은 것을 정리해 『北學議』 내·외편을 저술하였다. 내편에서는 생활도구의 개선을, 외편에서는 정치·사회제도의 모순점과 개혁방안을 다루었다.

저절로 낮게 된다. 저 송·금·원·명을 배우는 자는 그 식견이 여기에서 더 나아간 데다, 하물며 수많은 책을 읽어 성정의 참됨을 발휘함에 있어서랴?

由是觀之 文章之道 在於開其心智 廣其耳目 不繫於所學之時代也 其於書也亦然 學晉人者最下 學唐宋以後帖者稍佳 直習今之中國之書者最勝 豈晉人唐宋之書 不及今之中國者耶 代遠 則摸刻失傳 生乎外國 則品定未眞 反不如中國今人之書之可信而易近 古書之法 猶可自此而求也

**주석** 〖繫〗 매다 계 〖帖〗 두루마리 첩 〖稍〗 조금 초 〖直〗 바로 직 〖摸〗 베끼다 모 〖品定(품정)〗 鑑別과 評定 〖反〗 도리어 반

**국역** 이것으로 볼 때, 문장의 도는 그 마음의 지혜를 여는 데 있고, 귀와 눈을 넓게 하여 배우고 있는 시대에 매이지 않아야 한다. 그것은 글씨에도 또한 그러하여, 진나라 사람을 배우는 자가 가장 못하고, 당송 이후의 첩을 배우는 자는 조금 나으며, 바로 오늘날 중국의 글씨를 배우는 자가 가장 나으니, 어찌 진나라 사람과 당송의 글씨가 오늘의 중국에 미치지 못하겠는가? 시대가 멀어지면 본떠서 새긴 것이 전해지지 않고, 외국에서 나오면 감별과 평정이 참되지 않아 도리어 중국의 오늘의 글씨가 믿을 만하고 가까이 하기가 쉬운 것만 못하니, 옛 글씨의 법은 오히려 여기에서 구해야 할 것이다.

夫不知搨本之眞贋 六書金石之原委 與夫筆墨變化 流動自然之體勢 而規規然自以爲晉人也 二王也 不幾近於盡廢天下之詩 而膠守少陵數十篇之句字 以自陷於固陋之科者耶 夫君子立言 貴乎識時 使余而處中國 則無所事於此論矣 在吾邦則不得不然者 非其說之遷也 抑勢之使然也

**주석** 〖搨〗 베끼다 탑 〖本〗 책 본 〖贋〗 거짓 안 〖六書(육서)〗 象形 · 指事 · 會意 · 形聲 · 轉注 · 假借 〖原委(원위)〗 =本末 〖規規(규규)〗 얼빠진 모양 〖幾〗 가깝다 기 〖膠〗 굳다 교 〖科〗 웅덩이 과 〖使〗 만약 사 〖抑〗 또한 억

**국역** 대저 탑본이 진품인지 위조품인지와 육서와 금석의 본말과 필묵이 변화하여 자연스러운 형세를 유동시키는 것을 알지 못하고, 얼빠지게 스스로 진나라 사람이나 이왕(王羲之와 아들 王獻之)으로 여긴다면, 천하의 시를 모두 폐하고 소릉(杜甫)의 시 수십 편의 구절을 굳게 지켜서 스스로 고루한 웅덩이에 빠뜨리는 것에 가깝지 않겠는가? 대저 군자가 말을 세울 때, 시대에 대한 인식을 귀중하게 여긴다. 만약 내가 중국에 살았다면, 이러한 논의를 일삼지도 않았을 것이다. 우리나라에 있으면서 그렇게 하지 않을 수 없는 것은 그 말이 바뀐 것이 아니라, 또한 형세가 그렇게 하도록 하여서이다.

或曰 杜詩晉筆 譬諸人則聖也 棄聖人 而曰學於下聖人者耶 曰 有異焉 行與藝之分也 雖然 畵地而爲宮 曰此孔子之居也 終身閉目 不出於斯 則亦見其廢而已矣 若夫文章 古今升降之槩 風謠 名物異同之得失 在精者自得之 殆難與人人說也

**주석** 〖譬〗 비유하다 비 〖槩〗 대강 개 〖殆〗 아마 태

**국역** 어떤 사람은 "두보의 시와 진나라의 글씨는 사람에 그것을 비유하면 성인인데, 성인을 버리고 성인보다 못한 이에게서 배우라고 말하는가?"라고 한다. 대답하여 말하길 "다름이 있으니, 행과 예의 구분이다. 비록 그럴지라도, 땅을 그어 집을 짓고, '이곳은 공자께서 거처하던 곳이다.'고 하며, 평생 눈을 가리고 이곳에서 나가지 않으면, 또한 그 사람은 못쓰게 됨을 보게 될 뿐이다. 저 문장의 고금과 성쇠의 대략과 같은 것, 풍요의 명물이 같고 다른 것의 득실 같은 것은 정신을 갖춘

자가 스스로 그것을 터득할 일이요, 아마 사람에게 일일이 설명해 주기는 어려울 것이다.”

**감상** ◗ ● 이 글은 朴齊家의 문학에 대한 생각이 잘 드러난 작품이다. 朴齊家의 기본사상은 ‘俗膜子(속된 꺼풀)’를 제거하여 끝없이 발전하자는 것이다. 당시 尊明思想에 젖어 淸을 야만시하는 당시의 집권세력들, 즉 시대를 인식하지 못하고 있는 자들에 대한 경고와 비판을 가하고 있다. 淸나라는 오랑캐가 세운 나라이기 때문에 그 문명도 야만적이어서 배울 것이 하나도 없다는 고정관념을 깨고 현실을 사실대로 인식해야 한다는 것이 그의 생각이다. 이러한 생각이 확산되어, 박제가는 학문에는 학문의 꺼풀이 있고, 문장에는 문장의 꺼풀이 있다고 말했다(「謾筆」). 그러므로 이 문장의 꺼풀을 벗어 던지는 것이 문장 하는 사람의 임무가 된다는 것이다. 杜甫의 詩와 王羲之의 筆法만이 萬古不變의 龜鑑이라는 고정관념의 꺼풀을 벗어 던지자는 것이 그의 생각이다. 비유로 孔子의 집을 예로 들면서, 모든 것이 시대에 따라 변화하고 발전해야 한다고 주장했다. 그러므로 詩를 쓰는 사람은 비교적 변화가 덜한 글자를 쓰더라도 오늘의 소리에 맞아야 한다는 것이 박제가의 詩論이다.

**참고논문** ◗ 송재소, 「朴齊家의 文學觀」, 『한국의 한문학』, 민음사, 1991.
정일남, 「朴齊家의 詩論과 詩」, 성균관대 박사논문, 2001.

## 64.「答舍弟憲仲書」洪奭周[31]

示及吾抵醇溪 書中有云 錢氏初學集 步趨廬陵 爲失言 甚當甚當 十年前 嘗得是集 一寓目 頗愛其紆餘婉麗 大與歷下太倉異軌 其論文章 又能深喩利病 而平生所心折 惟歸熙甫一人 遂意其眞有所得於歐曾 當抵書時 率爾有是言 後復得其書讀之 已自悔其不審矣

**주석** 〖抵〗 던지다 저 〖初學集(초학집)〗 淸의 錢謙益이 지은 것 〖步趨(보취)〗 영향을 받음 〖紆餘(우여)〗 문장이 활달한 모양 〖婉〗 아름답다 완 〖軌〗 법도 궤 〖喩〗 깨닫다 유 〖率爾(솔이)〗 경솔한 모양

**국역** 내가 순계(李正履의 호)에게 보낸 글을 보니, 글 속에 "전씨의 『초학집』이 여릉(歐陽脩가 산 곳)에게 영향을 받았다."라는 말이 실언이라 하였는데, 매우 마땅

31) 홍석주 1774(영조 50)~1842(헌종 8). 호는 淵泉. 학문이 沈秀하고 의리에도 정통해 詩書易禮의 교훈과 性命理氣의 철학에 달통하였다. 그는 특히 도학가적인 문학론을 전개해 "心外無父 道外無心."이라고 주장하였다. 결국 '文'이란 마음을 표현하는 것이다. 따라서 마음이 닦아지고 학문이 쌓이면 그것이 德도 되고 道도 되며, 語도 되고 文도 된다. 바로 도·덕·어·문이 하나라는 것이다. 그런데 지금 사람은 마음의 공부도 없이 입만으로 仁義誠敬을 외치므로 말은 문과 맞지 않고 마음은 말과 응하지 않는다고 주장하였다. 또한 秦·漢의 고문을 소급해 올라가야 한다고 주장한 擬古文家(秦漢派)를 맹렬히 공격하였다. 진·한의 고문은 韓愈·歐陽修 같은 대문호도 미칠 수 없음을 탄식했는데 하물며 우리가 그를 배우려는 것은 어리석은 일이라고 말하였다. 이어서 삼라만상이 쉬지 않고 변하므로 지금에 와서 복고가 안 되는 것은 재주가 없어서가 아니라 형세가 그렇게 되어 안 되는 것이라며 시의에 맞는 진솔한 글을 쓸 것을 역설하였다.

하고 매우 마땅하다. 10년 전에, 일찍이 이 문집을 얻어 한 번 읽어 보고, 자못 그 문장이 유창하고 아름다워 역하나 태창사람(淸의 吳偉業)의 문장과는 매우 법도를 달리하고 있음을 사랑하였다. 그가 문장을 논한 것은 또한 이익 되고 병통 됨을 깊이 깨닫고 있으며, (그가) 평생 마음으로 순종한 사람은 오직 귀희보(歸有光의 자) 한 사람뿐이었다. (나는) 드디어 그가 진실로 歐陽脩와 曾鞏에게서 얻은 것이 있다고 생각하였다. (순계에게) 글을 보낼 때 경솔히 이 말을 하였는데, 뒤에 다시 그 책을 얻어 읽어 보고, 이미 스스로 살피지 못함을 뉘우쳤다.

唐宋以來 能言之士 亦至衆矣 獨推廬陵 爲正宗者 以其辭必己出 文必徵實 而未嘗爲雕鏤塗澤之習也 錢氏之書 信手開卷 藻繢滿眼 徐而察之 殆無一篇無陳言 若使古人無年經月緯 州次部居 草亡木卒 骨騰肉飛等成語 不知此老將何以充其卷帙 廬陵卽無論 試觀方希直王伯安集 中曾有一語似此者否 此吾所以深自悔其失辭也

**주석** 〖正宗(정종)〗 바른 宗統 〖徵〗 징험하다 징 〖雕鏤(조루)〗 아로새김 〖塗澤(도택)〗 분 같은 것을 발라 윤나게 하는 것 〖藻繢(조회)〗 꾸밈 〖殆〗 거의 태 〖陳〗 묵다 진 〖次〗 머무르다 차 〖帙〗 책 질 〖否〗 아닌가 부

**국역** 당송 이래로 문장을 잘하는 사람이 또한 지극히 많았으나, 유독 여릉을 추존하여 정종으로 삼은 것은, 그의 말은 반드시 자기에게서 나왔고 문장을 반드시 사실을 징험하여 일찍이 아로새기는 습관이 없었기 때문이다. 그런데 전씨의 글은 손 가는 대로 책을 열면 꾸민 것이 눈에 가득 차지만, 서서히 살펴보면 거의 한 편도 묵은 말이 없는 데가 없다. 만약 옛사람들의 세월이 흐름 · 이곳저곳에 머무름 · 가을이 되어 잎이 다 떨어짐 · 용사가 활약하는 상태 등등의 성어가 없었다면, 이 노인이 장차 어떻게 그 권질을 채울 수 있을지 알지 못하겠다. 여릉은 곧 논할 것도 없다. 시험 삼아 방희직(方孝孺의 자)과 왕백안(王守仁의 자)의 문집을 읽어 보

아도, 그 가운데 일찍이 한마디 어구도 이것과 비슷한 것이 있었던가? 이것이 내가 깊이 스스로 그 실언을 뉘우치는 까닭이다.

因念 十三四歲時 酷好讀八家文 到曾子固所作 輒眊然欲坐睡 其後十餘年間 再讀三讀 漸覺有味 自三十歲以後 則知好之矣 而猶往往恨其太冗蔓 至今年以後 始悟其簡潔謹嚴 眞得西漢遺軌 雖蘇氏兄弟 猶當斂衽萬萬 非近世操觚之家 截句減字 自以爲矯健者 所可企也

**주석** 〖酷〗 심하다 혹 〖眊〗 흐리다 모 〖睡〗 졸다 수 〖冗蔓(용만)〗 쓸데없이 긴 것 〖西漢(서한)〗 =前漢 〖衽〗 옷깃 임 〖操觚之家(조고지가)〗 문필가 〖截〗 끊다 절 〖矯〗 굳세다 교 〖企〗 도모하다 기

**국역** 말미암아 생각해 보니, 13～14세 때 8가의 글 읽기를 몹시 좋아하였는데, 증자공(曾鞏의 자)이 지은 문장에 이르러서는 문득 눈이 흐려지면서 앉아서 자고 싶었다. 그 뒤 10여 년간 재삼 읽어 보고 점점 맛이 있음을 깨달았고, 30세 이후부터는 그것을 좋아할 줄을 알았다. 그러면서도 여전히 종종 그 문장이 너무 쓸데없이 긴 것을 유감으로 여겼는데, 금년에 이른 뒤에야 비로소 그의 문장이 간결하고 근엄하여 진실로 서한의 남긴 법도를 터득하여, 비록 소씨 형제(蘇軾과 蘇轍)라 할지라도 오히려 마땅히 천만 번 옷깃을 여며야 할 것이며, 근세 문필가로 글귀를 끊고 글자를 줄여 스스로 굳세다고 여기는 자들이 도모할 수 없는 것임을 깨달았다.

昔柳子厚 稱穀梁子太史公最峻潔 子長之文 人莫不知其偉也 然徒知其馳騁激昂 疎宕有奇氣而已 至其峻潔處 非子厚 不能知也 知文之難如此 而今之人 稍能離句讀者 得人所作 伸紙疾讀 驟如風雨 或瞥然一過眼 不及繹其終始而已 欲呫呫搖脣吻 不亦難哉 吾今俛首於文字間 行而誦 臥而

思者 三十餘年矣 自一二歲來 遇古人書 始粗若不逆於心 然如廬陵集中禮部唱和詩續思穎詩序諸篇 尙不免有異同之見 假使今人 有爲如此之文字 吾已大言詆之矣 吾以是不惟不敢輕議古人 雖今人 亦未敢遽置高下也

**주석** 〖峻潔(준결)〗 엄하고 결백함 〖激昻(격앙)〗 감정이 격발하여 높아짐 〖疎宕(소탕)〗 소탈하고 호탕함 〖疾〗 빨리 질 〖驟〗 갑작스럽다 취 〖瞥〗 언뜻 보다 별 〖繹〗 찾다 역 〖呫呫(첩첩)〗 종알종알 〖吻〗 입술 문 〖俛〗 숙이다 면 〖粗〗 거칠다 조 〖異同(이동)〗 同은 助字 〖假使(가사)〗 만약 〖詆〗 꾸짖다 저 〖遽〗 빨리 거 〖置〗 세우다 치

**국역** 옛날 유자후(柳宗元의 자)는 곡량자(춘추시대 魯나라의 穀梁赤)·태사공(司馬遷의 벼슬)이 가장 준결하다고 일컬었다. 자장(사마천의 자)의 문장은 사람들이 모두 그 위대함을 알지만, 다만 치빙하고 격앙하며 소탕하여 기이한 기세가 있는 줄만을 알 뿐이요, 그 준결한 곳에 이르러서는 자후가 아니면 알 수 없었던 것이다. 문장을 알아보기 어려운 것이 이와 같다. 그런데 오늘날 사람들은 조금 구두를 뗄 수 있는 자가 다른 사람이 지은 것을 얻으면, 종이를 펴서 빨리 읽기를 갑자기 비바람이 불듯이 하거나 혹은 깜짝 한 번 눈에 스치기만 하고 그 시종을 찾는데까지 미치지 못할 뿐이니, 이렇다 저렇다 말하고 싶어도 또한 어렵지 않겠는가? 내가 지금 문자 사이에 머리를 숙이고 다니면서 외우고 누워서 생각한 것이 30여 년이나 되었는데, 1~2년 이래로 고인의 글을 대하여 비로소 거칠거나마 마음에 거슬리는 것이 없게 된 듯하다. 그러나 여릉의 문집 중 「예부창화시」나 「속사영시서」 같은 여러 편에 대해서는 여전히 이견이 있는 것을 면치 못하겠으니, 만약 오늘날 사람이 이와 같은 문자를 지은 이가 있다면, 나는 이미 큰소리로 꾸짖었을 것이다. 나는 이 때문에 감히 가볍게 고인을 평론하지 아니할 뿐만 아니라, 비록 오늘날 사람이라도 감히 빨리 고하를 세우지 않는다.

吾弟文 非吾所可及 如物言志游二篇 置之古人集中 亦不多見 更宜多

讀古書 講求義理 以深其根柢 則歐曾以上 亦莫之能禦矣 吾始爲文時 一涉筆 卽屢百千言 意之所到 手不暇應 今識見意趣 自以爲少進矣 而命題布紙 瞑目支頤 或厪書一二句 旋止 若戛戛不能相續 此非讀書久廢之明害乎 古人所謂讀書者 沈潛披翫 皆是意味 而不獨指伊吾聲 然其所以能一筆千言 滔滔不竭 政在此伊吾聲中得力 不可不深自勵也

**주석** 〖更〗 더욱 갱 〖柢〗 뿌리 저 〖禦〗 막다 어 〖涉〗 거치다 섭 〖暇〗 틈 가 〖意趣(의취)〗 =意向 〖命〗 이름 짓다 명 〖瞑〗 눈감다 명 〖支〗 괴다 지 〖頤〗 턱 이 〖厪〗 겨우 근 〖旋〗 빠르다 선 〖戛戛(알알)〗 맞지 않는 모양 〖披〗 열다 피 〖翫〗 즐기다 완 〖伊吾聲(이오성)〗 책 읽는 소리 〖滔滔(도도)〗 계속 흘러가는 모양 〖竭〗 다하다 갈 〖政〗 정말로 정 〖勵〗 힘쓰다 려

**국역** 내 아우의 문장은 내가 미칠 수 있는 것이 아니다. 「물언」·「지유」 2편은 고인의 문집 가운데 두더라도, 또한 많이 볼 수는 없을 것이다. 더욱 마땅히 고서를 많이 읽어서 의리를 강구하여 그 근저를 깊게 한다면, 구양수·증공 이상이 되는 것을 또한 막을 수 없을 것이다. 내가 처음 글을 지을 때, 한 번 붓을 움직이면, 수천 언이나 되어 뜻이 이르는 곳에 손이 응할 여가가 없었는데, 지금은 식견과 의취가 스스로 조금 나아졌다고 생각한다. 그런데 제목을 정하고 종이를 펴고 눈을 감고 턱을 괴고서, 간혹 겨우 한두 구절을 쓰고 빨리 멈추고서 마치 맞지 않아 서로 이어지지 않는 듯하니, 이것은 독서를 오래 폐지한 분명한 해로움이 아니겠는가? 옛 사람이 말한 독서는 마음을 가라앉히고 책을 펴고 즐기는 것, 이 모두가 의미 있는 것인데, 다만 소리 내어 읽는 것만을 지칭하는 것은 아니다. 그러나 한 붓으로 천 마디 말을 하며 계속 이어 끝이 없을 수 있는 것은, 정말로 이 책 읽는 소리 가운데서 힘을 얻기에 달려 있으니, 깊이 스스로 힘쓰지 않을 수 없는 것이다.

**감상** ● 淵泉 洪奭周의 시대는 明末淸初의 학풍이 東傳에 따른 實學風의 풍미로 程朱 일변도의 학풍에서 서서히 벗어나 考證·訓詁의 학풍이 널리 확산되고 있

었다. 이에 위기의식을 느낀 正祖는 文體反正 등 일련의 조치로 守舊·保守의 흐름을 강화시켰다. 그러나 이미 시대는 변했고, 따라서 맹목적 원칙론의 제시만으로는 실질적 효과를 거둘 수 없음이 당연했다. 더욱이 당시 朱子主義의 와해는 결코 일부 지식인 계층의 일시적이거나 우연적인 동요 때문이 아니라, 세계관의 확대 변모를 바탕에 깔고 있었으므로 수구·보수의 논리만으로 해결될 수 있는 문제가 아니었다. 따라서 이 시기 古文論은 正祖 이래 지배계층의 보수적 기조 아래 주자주의의 권역을 이탈하지 않으면서 당시 다양한 변화의 욕구를 수용하려는 노력을 기울인다. 후기 古文論이 표면적으로는 澤堂·谿谷 수준의 文道合一 원칙론 복귀의 성격을 띠면서도 내면적으로는 상대적으로 文의 역할 강화의 측면으로 전개되는 것은 이러한 이유에서이다.

연천은 臺山 金邁淳과 함께 당대 '淵臺文學'을 일컬었던 문단의 거벽이었다. 이들은 燕巖 파동 이후 朱子學의 반성적 자기비판과 清朝 학술문화의 비판적 수용을 바탕으로 향후 보수화 국면의 이론화 체계화에 매진하였다. 朱子主義의 골격을 유지하면서 변화의 욕구를 수용하고 있는 것이다. 이 작품에서 연천은, 唐宋 이래로 能言之士가 많은데도 유독 歐陽脩의 문장을 正宗으로 삼은 것은, 그 文辭가 스스로의 독창에서 나와 모방이나 일삼는 것이 아니고, 문장이 반드시 사실에 징험하여 공연한 수식이 없는 까닭이라 하면서, '辭必己出·文必徵實'의 문학관을 전개하고 있다. 연천은 또한 簡潔 謹嚴하여 峻潔한 곳에 문장의 생명을 찾아 曾鞏을 높이 평가하면서, 蘇東坡 형제도 도저히 미칠 수 없다고 하는 문학비평을 가하고 있다. 唐宋八大家 가운데 연천이 높은 평가를 아끼지 않은 사람은 歐陽脩·曾鞏 두 사람임을 이 글에서 알 수 있다. 그리고 소리 내어 글 읽는 독서법을 통해서 문장력이 축적됨을 시인하고 있어 한문 독해력이나 문장력 함양에 소리 내어 읽는 독서법이 얼마나 중요한 것인가를 또한 말해 주고 있다.

**참고논문** ▶ 정민, 「연천 홍석주의 學問精神과 古文論」, 『한국학논집』 제16집, 한양대 한국학연구소, 1989.

최식, 「沆瀣 洪吉周의 散文 硏究」, 성균관대 박사논문, 2005.

## 65.「三韓義烈女傳序」金邁淳32)

爲文之體有三 一曰簡 二曰眞 三曰正 言天則天而已 言地則地而已 是之謂簡 飛不可爲潛 黔不可爲白 是之謂眞 是者是之 非者非之 是之謂正 然心之微妙 待文而著 文者所以宣己而曉人也 故簡言之不足 則繁詞以暢之 眞言之不足 則假物以況之 正言之不足 則反意以悟之 繁而暢 不嫌其俚 假而況 不厭其奇 反而悟 不病其激 是非三者 用不達 而體不能獨立矣

**주석** 〖黔〗 검다 검 〖曉〗 아뢰다 효 〖繁〗 번거롭다 번 〖暢〗 드러내다 창 〖況〗 견주다 황 〖悟〗 깨닫다 오 〖嫌〗 싫어하다 혐 〖俚〗 속되다 리 〖激〗 격렬하다 격

**국역** 글을 짓는 바탕이 셋이 있으니, 첫째는 간단함이요, 둘째는 진실함이요, 셋째는 바름이다. 하늘을 말할 때면 하늘이라고만 하고, 땅을 말할 때면 땅이라고만 하는 것, 이것을 간단함이라 한다. 나는 것은 잠길 수 없고, 검은 것은 희게 될 수 없는 것, 이것을 진실함이라 한다. 옳은 것은 옳다고 하고, 그른 것은 그르다고 하는 것, 이것을 바름이라 한다. 그러나 마음의 미묘함은 글을 기다려서 드러내니, 글은 자기의 뜻을 드러내어 남에게 알리는 것이다. 그러므로 간단하게 말해서 부족하

32) 김매순 1776(영조 52)~1840(헌종 6). 호는 臺山. 성리학에 정통하여 당시 전개된 人物性同異論을 둘러싼 湖洛論爭에서 韓元震의 湖論을 지지했다. 뛰어난 문장으로 홍석주와 함께 이름을 날렸으며, 麗韓十大家의 한 사람으로 꼽혔다. “글은 바르고 간결하고 진실해야 하지만, 마음의 미묘한 양상을 남에게 알리자니 번거로워지고 비유를 하게 되고 뜻을 돌려서 나타내게 된다.”고 하여 창작의 어려움을 전했으며, 文에 있어서 정통을 수호하고자 했다.

면 말을 번거롭게 하여 그것을 드러내고, 진실하게 말해서 부족하면 사물을 빌려 그것을 비유하며, 바르게 말해서 부족하면 뜻을 되돌려서 그것을 깨닫게 한다. 번거롭게 하여 드러내는 것은 그 속됨을 싫어하지 않으며, 빌려서 비유하는 것은 그 기이함을 싫어하지 않으며, 되돌려 깨닫게 하는 것은 그 격렬한 것을 병으로 여기지 않는다. 이 세 가지가 아니면 쓰임이 드러나지 않아 바탕은 독립할 수 없는 것이다.

堯曰 湯湯洪水 方割蕩蕩 懷山襄陵 浩浩滔天 夫咨洪水一言足矣 旣曰湯湯 又曰蕩蕩浩浩 則口舌之溢 而手目佐之矣 斯不亦俚乎 詩曰 雖則七襄 不成報章 睆彼牽牛 不以服箱 星辰之無與於織與駕 童孺之所知也 斯不亦奇乎 宰予欲短喪 子曰 女安則爲之 使予也 以爲信然 而遂短其喪則奈何 斯不亦激乎

**주석** 〖湯〗 물이 세차게 흐르다 상 〖割〗 해치다 할 〖蕩蕩(탕탕)〗 형세가 대단한 모양 〖襄〗 오르다 양 〖滔〗 넘치다 도 〖咨〗 탄식하다 자 〖溢〗 넘치다 일 〖襄〗 자리 바꾸다 양 〖睆〗 밝다 환 〖服〗 멍에 지우다 복 〖箱〗 수레 상 〖孺〗 어리다 유 〖女〗 = 汝 〖使〗 만약 사

**국역** 요가 말하길 "넘실거리는 홍수는 방금 큰 해가 되어 산을 안고 언덕을 올라 넓고 넓어 하늘에 닿을 듯하다." 하였으니, '아! 홍수'라는 한마디 말이면 충분할 것인데, 이미 '넘실거린다'라고 하고 또 '대단하다' '넓다'고 하였으니, 말이 넘쳤는데도 손과 눈으로 돕고 있으니, 이 또한 속되지 않은가? 『시경』「小雅」「大東」에 "비록 일곱 번 자리를 바꾸나, 보답해 줄 문장을 이루지 못하며, 번쩍이는 저 견우성은, 수레에 멍에하지도 않았도다."라 하였으니, 별이 베를 짜거나 멍에 지우는 일에 참여할 수 없다는 것은 어린아이도 아는 것이니, 이 또한 기이하지 않은가? 재여가 상의 기간을 단축하려 하자, 공자가 말하길 "네가 편안하다면 그렇게 하라." 하였으니, 만약 재여가 그렇다고 믿고서 마침내 그 상을 단축하였다면 어떻게 되겠

는가? 이 또한 격동시킨 것이 아니겠는가?

然三代以前 淳樸未喪 而聖人者 中和之極也 故其出言 而成文也 俚適於暢 而不流於鄙褻 奇足於況 而不涉於誕詭 激期於悟 而不墮於拗戾 譬之聲焉 大自雷霆 細逮蚊蠅 擧而數之 奚翅千萬 而先王作樂 音不過五 律不過十二者 取節而用其衷也

**주석** 〖三代(삼대)〗 夏殷周 〖樸〗 순박하다 박 〖喪〗 잃다 상 〖中和(중화)〗 過不及이 없는 바른 性情 〖褻〗 더럽다 설 〖誕〗 거짓 탄 〖詭〗 기궤하다 궤 〖拗〗 꺾다 요 〖戾〗 어그러지다 려 〖霆〗 번개 정 〖逮〗 미치다 태 〖蚊〗 모기 문 〖蠅〗 파리 승 〖翅〗 =啻 뿐 시 〖五音(오음)〗 宮商角徵羽 〖十二律(십이율)〗 六律(黃鐘・太簇・姑洗・蕤賓・夷則・無射)과 六呂(大呂・夾鐘・仲呂・林鐘・南呂・應鐘) 〖衷〗 알맞다 충

**국역** 그러나 삼대 이전은 순박함을 잃지 않았으며, 성인은 중화의 극치이다. 그러므로 말을 하면 문장이 된다. 속된 것은 펴는 데에 적당하여 비루한 데 흐르지 않아야 하며, 기이한 것은 비유에 넉넉하여 기궤한 것에 빠지지 않아야 하며, 격동시키는 것은 깨달음을 기약하여 꺾이거나 어그러지는 데 떨어지지 않아야 된다. 그것을 소리에 비유하자면, 크게는 우레나 번개로부터 작게는 모기나 파리소리에 이르기까지 일일이 열거하여 헤아리면, 어찌 천만 가지뿐이겠는가? 선왕이 음악을 만들 때, 음은 5음에서 벗어나지 않고 율은 12율에서 벗어나지 않은 것은 절도를 취하여 알맞음에 맞게 한 것이다.

神聖徂伏 道隱治弊 天下之變 不可勝言 而能言之士 如莊周屈原太史公之徒類 皆沈淪草茅 終身困厄 悲憂感憤 湮鬱而無所發 故讀其文 往往如長歌痛哭 嘻笑呵罵 苟可以鳴其志意 則鄙褻誕詭拗戾之辭 銜口而不可

節 是以其高 或亞於經 而叢稗丑淨之卑 亦得以濫觴焉 嗟乎 孰使之然也 三物之興 不行於上 四科之敎 無聞於下 搖蕩恣睢 莫之禁制 如江河之決 橫放四出 雖神禹復起 亦順其性 而趨之耳 終不能挽回障塞 以循其東 滙北播之舊也 而拘儒曲士 啾啾焉欲以繩墨議其後 亦見其不知量也

**주석** 〖徂〗 죽다 조 〖勝〗 다 승 〖淪〗 빠지다 륜 〖厄〗 재앙 액 〖湮鬱(인울)〗 막힘 〖嘻笑(희소)〗 억지로 웃음 〖呵罵(가매)〗 꾸짖음 〖衝口而出(충구이출)〗 마음에 떠오르는 대로 척척 말함 〖節〗 절제하다 절 〖丑淨(축정)〗 배우의 글 〖濫觴(남상)〗 근원 〖三物(삼물)〗 六德 · 六行 · 六藝 〖四科(사과)〗 德行 · 言語 · 政事 · 文學 〖搖蕩(요탕)〗 방탕 〖恣睢(자휴)〗 방자하여 남을 함부로 흘겨봄 〖趨〗 따르다 추 〖挽〗 당기다 만 〖障〗 막다 장 〖滙〗 물 돌아 나가다 회 〖播〗 펴다 파 〖拘〗 굽다 구 〖啾〗 떠들썩하다 추 〖繩墨(승묵)〗 법도 〖量〗 역량 량

**국역** 신성한 임금은 죽고 도는 숨고 정치는 피폐하여 천하의 변란은 다 말할 수 없었다. 말에 능한 선비로 장주 · 굴원 · 사마천 등과 같은 무리들은 모두 초야에 빠져서 종신토록 어려워 비통한 근심과 감개한 울분에 막혀 드러낼 수 없었다. 그러므로 그 글을 읽으면, 종종 긴 노래처럼 통곡하는 듯하고, 비웃으며 욕하는 것 같았다. 만약 그 뜻을 울릴 수 있으면, 비루하고 기궤하며 어그러지는 말이 입을 벌리는 대로 나와 절제할 수 없었을 것이다. 이 때문에 그 높은 것은 간혹 경전에 다음가기도 하지만, 총담 · 패설 · 배우의 글같이 낮은 것도 또한 여기에서 시작되었다. 아! 누가 그것을 그렇게 만든 것인가? 삼물의 흥행이 위에서 행해지지 않고 사과의 교화가 아래에서 듣지 못해, 방탕과 방자를 금지할 수 없으니, 마치 강하가 터져 사방으로 멋대로 흐르면, 비록 신령한 우가 다시 일어나더라도 또한 그 성질에 순응하여 그것을 따를 뿐이지, 끝내 당기고 돌려 막아서 그 동쪽으로 돌리고 북쪽으로 돌아 흘러 옛길로 펼 수 없는 것과 같다. 그런데 굽은 유사는 떠들썩하게 법도로써 그 뒤(결과)를 의논하려 하니, 또한 자신의 역량을 모르는 것을 드러내는 것이다.

吾宗竹溪子 天下之奇士也 所選三韓義烈女傳 天下之奇文也 竹溪子 弱冠成文章 老白首無所遇 其爲此書 盖欲與莊周屈原太史公之徒 并驅爭先 而韓愈以下 不論也 其志悲矣 惜乎 吾之學 不足以輔竹溪之德 吾之力 不足以擧竹溪之才 吾如竹溪何哉 惟世之讀此書者 不究乎古今文章體用之變 而鄙褻誕詭拗戾之是議焉 則吾雖不文 尙能爲竹溪辨之

**주석** 〖悲〗 悲壯하다 비 〖擧〗 올리다 거 〖惟A之是B〗 오직 A를 B하다 〖辨〗 밝히다 변

**국역** 우리 종친 죽계자(金沼行)는 천하의 기이한 선비요, 찬한 「삼한의열녀전」은 천하의 기이한 글이다. 죽계자는 20세에 문장을 이루었으나, 늙어서 머리가 세도록 때를 만나지 못했다. 그가 이 글을 지은 것은 대개 장주・굴원・사마천의 무리들과 함께 달려 앞을 다투려는 것이고, 한유 이하는 논하지도 않았으니, 그 뜻이 비장하다. 애석하다! 나의 학문이 죽계의 덕을 도울 수 없고, 나의 힘이 죽계의 재주를 천거할 수 없으니, 내가 죽계자를 어떻게 하겠는가? 오직 세상에서 이 글을 읽는 사람이 고금 문장의 체용의 변화를 살피지 않고, 비루하고 기궤하며 어그러진 것만을 의논한다면, 나는 비록 글을 잘 짓지는 못하나, 여전히 죽계를 위해 그것을 변론할 수 있을 것이다.

**감상** ● 臺山 金邁淳은 洪奭周와 함께 '淵臺文學'이라 일컬을 정도로 古文의 대가였다. 두 사람은 학문적으로 당대 학술계에 일정하게 유행하기 시작한 考證學의 부정적 측면을 비판하면서 경세의지를 바탕으로 한 '求弊'의 實事求是를 추구하였다. 또한 문학적으로는 당대의 擬古的 文風 혹은 正祖의 文體反正 이후에도 여전하였던 小品文을 부정적・비판적으로 바라보면서, 자신들의 立論을 통해 이러한 흐름에 대한 비판적 대안을 구체적으로 제시하였다. 이처럼 두 사람은 문체반정의 정신을 자신들의 시대에 맞게 새로이 이론적으로 정립함으로써 당대의 문풍을 醇正의 방향으로 이끌어 가고자 했다. 두 사람의 산문이론은 총론적인 면에서 보면 대

동소이하다. 臺山은 위의 글에서 산문의 언어로 簡(修辭의 간결함)·眞(直敍)·正(옳고 그름에 대한 분명한 판단)을 제시했다. 體로서의 簡·眞·正과 用으로서의 繁詞·假物·反意를 주요 범주로 한 이른바 體用一元의 논의를 뼈대로 삼았다. 그는 자신이 말하고자 하는 바를 簡·眞·正의 방식만으로 표현했을 경우, 그 글은 다른 사람을 깨우치지 못하는 경우가 있을 수 있다고 하였다. 그러므로 그는 用의 측면, 즉 '다른 사람을 깨우친다'는 목적을 위해서는 繁詞·假物·反意를 결코 기피하지 말고 과감히 활용해야 한다고 주장했다. 그래야만 글의 효용도 제대로 작동할 수 있고, 글의 체도 바르게 설 수 있다는 것이다. 홍석주와 김매순이 추구하고자 한 산문 문체의 미학 요체는 '간결미'라는 점에서 기본적으로 동일하나, 홍석주가 추구한 문체미가 謹嚴에 가깝다면 김매순은 상대적으로 雅正에 가깝다는 점에서 차이를 보이고 있다.

**참고논문** ▶ 김철범, 「19세기 古文家의 文學論에 대한 硏究」, 성균관대 박사논문, 1992.

금동현, 「19세기 전반기 산문 이론의 전개 양상과 그 의미」, 『동방한문학』 제25집, 동방한문학회, 2003.

## 66. 「適千里說」 金正喜[33)]

今夫適千里者 必先辨其徑路之所在 然後有以爲擧足之地 當其出門而行 固倀倀何之 必詢於識塗之人 迨其人告以正大之路 又細指其邪徑之不可由者 懇懇然以爲由其邪 必入於荊棘 由其正 必得其歸 人之爲言 可謂盡心矣

**주석** 〖徑〗 지름길 경 〖倀〗 갈팡질팡하다 창 〖詢〗 묻다 순 〖迨〗 미치다 태 〖懇〗 간절하다 간 〖荊棘(형극)〗 가시

**국역** 지금 대저 천 리를 가는 자는 반드시 먼저 그 지름길이 있는 곳을 판단한

---

33) 김정희 1786(정조 10)~1856(철종 7). 호는 秋史·阮堂·禮堂 등 503여 종에 이른다. 어려서부터 聰明氣銳하여 일찍이 北學派의 일인자인 朴齊家의 눈에 띄어 어린 나이에 그의 제자가 되었다. 그로 말미암아 그의 학문 방향은 청나라의 考證學 쪽으로 기울어졌다. 24세 때 아버지가 동지부사로 청나라에 갈 때 수행하여 연경에 체류하면서, 옹방강·阮元 같은 거유와 접할 수가 있었다. 이 시기의 연경 학계는 고증학의 수준이 최고조에 이르러 점차 난숙해 갔다. 그리고 김정희의 문학에서 翰墨을 무시할 수 없다. 단순한 편지가 아니라 편지 형식을 빌린 문학으로서 수필과 평론의 기능을 가지는 것이다. 그의 문집은 대부분이 이와 같은 편지 글이라고 할 만큼 평생 동안 편지를 많이 썼다. 그리고 편지를 통해서 내면생활을 묘사하였던 것이다. 그중에도 한글 편지까지도 많이 썼다는 것은 실학적인 語文意識의 면에서 높이 평가할 일이다. 현재까지 발굴된 그의 친필 諺簡이 40여 통에 이르는데 제주도 귀양살이 중에 부인과 며느리에게 쓴 것이다. 국문학적 가치로 볼 때 한문 서간보다 월등한 것이다. 또 한글 서예 면에서 민족예술의 뿌리가 되는 고무적인 자료이다. 한문과 국문을 막론하고 그의 서간은 한묵적 가치 면에서 새로운 주목을 받고 있다.

그런 뒤에, 다리를 드는 것(출발)으로 삼는다. 그 문을 나서서 갈 때, 진실로 갈팡질팡하여 어디로 가야 할까 생각되면, 반드시 길을 아는 사람에게 물어봐야 한다. 그 사람은 바르고 큰 길을 일러 주고 또 굽은 길로 가서는 안 되는 것을 자세히 가르쳐 주는 사람을 만났을 때, 그 사람이 정성스럽게 일러 주기를 "그 나쁜 길로 가면 반드시 가시밭으로 들어가고, 바른길로 가면 반드시 목적지를 가게 될 것이다."라고 할 것이니, 그 사람이 말해 준 것은 마음을 다했다고 말할 수 있다.

而多疑者 遲遲不敢信也 復問之一人 又復問之一人 至其傍人之以誠居心者 幷不俟問 而盡擧其塗之曲折 陳之我前 惟己之或誤 至於人人皆同一言 此亦可以篤信 而奔趨恐後矣 彼愈生疑謂 吾不敢從人之所共是者 其所共非者 吾又不知其果非也 吾須歷試之 卒致入於坎臼 而莫救也 卽使終覺其迷 而返之 亦虛廢時歲 勞耗心力 有日不暇給之憂 何如卽人之所明白曉示 而力行之 爲收功之易耶

**주석** 〖遲〗 굼뜨다 지 〖幷〗 결코 병 〖俟〗 기다리다 사 〖陳〗 말하다 진 〖歷〗 두루 력 〖坎〗 구덩이 감 〖臼〗 절구 구 〖卽使(즉사)〗 설령 〖耗〗 소비하다 모 〖曉示(효시)〗 타이름

**국역** 그러나 의심이 많은 자는 머뭇거리며 감히 믿지를 못하여, 다시 딴 사람에게 물어보고 또다시 딴 사람에게 묻곤 한다. 성심을 지닌 곁의 사람들은 모두 결코 묻기를 기다리지도 않고서, 그 길의 굽음과 꺾어짐을 다 들어 내 앞에 늘어놓는데, 오직 자신만이 혹시 잘못 알 것을 염려해서 사람마다 모두 같은 말을 하도록 하기까지 이르는데, 이것은 또한 독실이 믿을 수 있는 것이니, 서둘러 달려서 뒤쳐질까 걱정할 일이다. 그러나 저 사람은 더욱 의심을 내어 말하기를 "나는 감히 남들이 모두 옳게 여긴 것을 따를 수 없고, 남들이 모두 그르게 여긴 것도 나는 또한 그것이 과연 그른 줄을 모르겠으니, 내가 모름지기 두루 시험해 보겠다." 하고서,

마침내 구덩이에 빠져 들어 구해 낼 수 없게 되었다. 설령 마침내 자신의 미혹된 것을 깨닫고 돌아온다 하더라도, 또한 시간을 허비하고 심력을 소모해 버려 한가하게 공급할 시간 여유가 없는 걱정이 있게 되니, 어떻게 하면 남들이 명백하게 일러 준 말에 나아가 힘써 행하여, 공을 쉽게 거둘 수 있을까?

**감상** ▶ ● 寓言的 說이라기보다는 直敍的인 說에 가까운 글이다. 그러나 의심 많은 사람의 심리와 행동 특성을 현대 심리학 못지않게 자세하고 치밀하게 그려 내고 있다. 여기서 '千里'는 곧 인생의 긴 여정을 의미한다. 그런 의미에서 크게는 우언적 說에 포한된다고 하겠다. 이 작품은 이럴까 저럴까 망설이며 길을 가르쳐 주어도 의심이 많아 머뭇거리다가 시간과 힘만 낭비하고 마는 사람의 최후의 모습을 제시하는 경계와 교훈이 담겨있는 글이라 하겠다.

**참고논문** ▶ 양현승, 『한국 '說' 문학 연구』, 박이정, 2001.

# 67.「秋水子傳」李建昌[34)]

昔盧枏忤縣令 繫獄論死 謝榛謂王世貞李攀龍曰 諸君生有一盧枏 不能救 乃從千載下 哀湘弔沅乎 嗟乎 人之情 恒貴古而賤今 慕遠而忽近 此士所以長困也 死而莫之救也 名湮沒而不稱也 盧楠幸矣 卒不死獄 若秋水子 豈不重可悲哉

**주석** 〖忤〗 거스르다 오 〖湘沅〗 湘水와 沅水로, 賈誼가 屈原이 멱라수에 빠져 죽은 백여 년 후에 상수를 지나다 굴원을 조문하는 글을 지음 〖忽〗 소홀히 하다 홀 〖所以(소이)〗 까닭 〖湮〗 빠지다 인 〖重〗 거듭 중

**국역** 옛날 노남이 현령을 거슬려 (현령이) 옥에 가두고 죽음을 논할 때, 사진이 왕세정·이반룡에게 말하기를 "여러분이 살아서는 한 명의 노남이 있을 뿐인데, 구원할 수 없어 이에 천 년 뒤에 상수와 원수에서 슬피 조문하여야 되겠는가?" 하였

---

34) 이건창 1852(철종 3)~1898. 호는 寧齋. 이조판서 是遠의 손자로, 할아버지가 개성유수로 재직할 때 관아에서 태어나 출생지는 개성이나 선대부터 강화에 살았다. 할아버지로부터 忠義와 문학을 바탕으로 한 家學의 가르침을 받았다. 그의 문필은 宋代의 대가인 曾鞏·王安石의 영향을 많이 받았다. 그리고 鄭齊斗가 陽明學의 知行合一의 학풍을 세운 이른바 江華學派의 학문태도를 실천하였다. 韓末의 金澤榮이 우리나라 역대의 문장가를 추숭할 때에 麗韓九大家라 하여 아홉 사람을 선정하였다. 그 최후의 사람으로 이건창을 꼽은 것을 보면, 당대의 문장가일 뿐 아니라 우리나라 全代를 통해 몇 안 되는 대문장가의 한 사람이라고 해도 과언이 아니다. 글씨에도 뛰어났으며, 성품이 매우 곧아 병인양요 때에 강화에서 자결한 할아버지의 유지를 받들어 개화를 뿌리치고 철저한 斥洋斥倭주의자로 일관하였다. 저서로는『明美堂集』·『黨議通略』등이 있다.

으니, 아! 사람의 정은 항상 옛것을 귀하게 여기고 지금을 천하게 여기며, 먼 것을 사모하고 가까운 것을 소홀히 하니, 이것이 선비가 늘 곤란해지는 까닭이다. 죽으면 그를 구원하지 못하고, 이름이 사라지면 일컬어지지 않는다. 노남은 다행히 끝내 옥에서 죽지 않았지만, 추수자 같은 사람은 어찌 거듭 슬퍼하지 않을 수 있겠는가?

蘭以蕙族 所貴同德 不有良朋 何攄我臆 廣矣四海 杳不可卽 馬非不良 車非不亟 盈盈一鴨 其外誰域 若有相思 不知不識 廣桑之下 跼我門閾 東日滄溟 其何不昃 高堂暮雪 不復以黑 彼邁邁者 何時而息 我心如月 實勞悲惻 腰間秋水 照人悃愊

**주석** 〖以〗 및 이 〖蕙〗 훈초 혜 〖攄〗 펴다 터 〖臆〗 가슴 억 〖杳〗 아득하다 묘 〖亟〗 빠르다 극 〖桑〗 扶桑으로, 동쪽 바다 해 돋는 곳에 있다는 神木 〖跼〗 구부리다 국 〖閾〗 나라 역 〖滄溟(창명)〗 큰 바다 〖昃〗 기울다 측 〖邁邁(매매)〗 돌아보지 않는 모양 〖秋水(추수)〗 번쩍번쩍하는 시퍼런 칼 〖悃愊(곤픽)〗 진실함

**국역** 난초와 혜초는 족속이니, 귀하게 여기는 것은 덕을 함께하기 때문이다. 어진 친구가 있지 않으면, 어찌 내 가슴을 펴겠는가? 넓은 사해는, 아득하여 나아갈 수 없고, 말은 좋지 않은 것이 없고, 수레는 빠르지 않은 것이 없으나, 가득 찬 저 압록강, 그 바깥은 누구 땅인가? 서로 생각하는 것이 있는 듯하나, 알 수가 없구나. 넓은 동쪽에, 우리나라가 웅크리고 있도다. 동쪽 큰 바다에 해가 뜨지만, 그 어찌 기울지 않겠는가? 고당의 백발은, 다시 검음으로 돌아가지 않는다. 저 빠른 세월은, 언제 그칠 것인가? 내 마음 달과 같아, 실로 수고롭고 슬프구나. 허리에 찬 칼은, 사람의 진실을 비춰 주네.

維山有石 截之則泐 維海有鯨 揮之則殛 所以往哲 不輕其直 十年于袖

徘徊路側 其人如玉 招我上國 中堂酒闌 崢嶸歲色 更鼓初落 千金一刻 長虹燭地 示我擿埴 我袖維張 我弁維仄 疎林摵摵 飛鳥歛翼 有觸于中 其來職職 有遌當守 有別當憶 皓首爲期 此樂何極

**주석** 〖截〗 끊다 절 〖泐〗 돌부서지다 륵 〖鯨〗 고래 경 〖揮〗 휘두르다 휘 〖殛〗 죽이다 극 〖直〗 값 치 〖袖〗 소매에 넣다 수 〖闌〗 한창 란 〖崢嶸(쟁영)〗 세월이 쌓이는 모양 〖更鼓(경고)〗 5경을 알리기 위해 치던 큰 북(更 시간 경) 〖虹〗 무지개 홍 〖擿埴(적식)〗 맹인이 지팡이로 땅을 두드리며 길을 찾는다는 것으로, 어둠속에서 찾는 것을 비유(擿 들추어내다 적 埴 찰흙 식(치)) 〖弁〗 고깔 변 〖仄〗 기울다 측 〖摵〗 우수수 떨어지다 색 〖職職(직직)〗 많은 모양 〖遌〗 만나다 악 〖皓〗 희다 호

**국역** 산에 있는 돌은, 그것을 쪼개면 부서지고, 바다에 있는 고래는, 그것을 휘저으면 죽는다. 그러므로 지나간 철인들은, 그 값을 가벼이 하지 않아서, 10년 동안 소매에 넣어, 길거리를 배회하였다. 옥 같은 그 사람이, 상국에 나를 부르네. 중당에서 술이 한창 되니, 완연히 세모로다. 경고가 처음 울리니, 일각이 천금이요, 긴 무지개가 땅을 비추어, 나에게 갈 길을 비추어 주는구나. 내 소매는 펼쳐지고, 내 갓은 찌그러지고, 성근 숲에 낙엽 지고, 날던 새 날개를 접네. 마음에 닿는 것이 있으니, 생각나는 것이 많도다. 만남이 있으면 마땅히 잡아야 할 것이고, 헤어짐이 있으면 마땅히 기억해야 할 것이다. 흰머리를 기약으로 삼으면, 이 즐거움 어찌 다하겠는가?

蓋秋水子之詩 所以自道者然也 秋水子少有穎悟 旣而病 病十年 棄書學術數麻衣風角 多中 病已 復治功令 前後中大小試 解十數 卒不中最後不赴擧 歸鄕絶人事 古今窮老不遇之士 如此何限 謗者顧反以此羅織之 世之險巇迫隘 不可以居也久矣 然猶不謂其至於是也 方有司執秋水子 而詰之 事秘不聞 然五毒備矣 終不撓一辭 無可以爲案 居數日 幽殺之 竟不知何說也

**주석** 〖穎悟(영오)〗 뛰어나게 총명함 〖旣而(기이)〗 얼마 있다가 〖麻衣(마의)〗 麻衣仙人 〖風角(풍각)〗 四方四隅의 바람을 보아 길흉을 점치는 술법 〖已〗 낫다 이 〖解〗 통하다 해 〖功令(공령)〗 科擧 〖赴〗 가다 부 〖謗〗 헐뜯다 방 〖羅織(라직)〗 죄를 꾸며 법망에 끌어넣음 〖巇〗 가파르다 희 〖迫〗 핍박하다 박 〖隘〗 험하다 애 〖詰〗 묻다 힐 〖五毒(오독)〗 다섯 종류의 독한 형벌 〖撓〗 휘다 뇨 〖案〗 초안 안 〖幽殺(유살)〗 방에 가두어 놓고 죽임

**국역** 대개 추수자의 시는 스스로를 말한 것이 이러하다. 추수자는 젊어서 아주 총명하였으나, 얼마 있다 병이 들어 10년을 앓게 되자, 책을 버리고 술수와 麻衣相法과 점술을 배웠는데, 이치에 맞는 것이 많았다. 병이 낫자, 다시 과거를 공부하여 전후 대소 시험에 합격한 것이 10여 번이나 되었으나, 끝내 대과에는 합격하지 못했다. 마침내 과거에 나아가지 않고 고향으로 돌아가 인사를 끊었는데, 고금에 곤궁한 노인과 불우한 선비로 이와 같은 것이 어찌 한계가 있겠는가? 그러나 헐뜯는 사람들은 도리어 이것으로 죄를 얽으니, 세상이 험준하고 박절하여 살 수 없게 된 것이 오래되었다. 그러나 오히려 그것이 이 지경에까지 이르렀다고 할 수는 없을 것이다. 바야흐로 유사가 추수자를 붙잡아 힐문하는데, 일이 비밀로 하여 알려지지 않았다. 그러나 오형을 다 갖추어도 끝내 한마디 말도 굽히지 않아 초안도 만들 수 없었다. 며칠 있다가 가두어 죽였으니, 끝내 무슨 말을 해야 할지 모르겠다.

秋水子性骯髒　意不可人　面赤黑直視　雖顯者　不爲屈　平生相好不多人　雖相好　意不可　終自如也　嘗與余言　子名士耳　非能爲國家任大事者　余遜謝願聞過　秋水子曰　子好文章　語中止氣僨　遽引枕臥　余最號相好者　然終不敢自謂秋水子以余爲知己也　秋水子嘗喟然歎曰　吾所與游　惟趙大夫　今死矣　其次子也　吾豈有意於世哉　趙大夫者　貴戚之賢　而好客者也　始余識秋水子　亦於趙大夫云　槩秋水子所以歸鄕絶人事　其故不過如此　特其負氣或斥語其鄕人意不可者　事遽至不可解　悲夫　然秋水子　實孝友慈善　重義

守正直 使其沾一命 遇國家事故 必能死節 以邀人主之褒寵 而相好如余者 可以與而榮也 無疑 今不幸至此 余姑爲文 以錮諸篋而已 悲夫 秋水子 李姓 根洙名 琢源字 嶺南之宜寧人

**주석** 〖骯髒(항장)〗 태도가 강직함 〖自如(자여)〗 =自若 〖遜〗 겸손하다 손 〖僨〗 움직이다 분 〖遽〗 갑자기 거 〖喟〗 탄식하다 위 〖槩〗 대개 개 〖負〗 믿다 부 〖沾〗 적시다 첨 〖一命(일명)〗 =初仕 〖邀〗 맞이하다 요 〖褒〗 기리다 포 〖姑〗 잠시 고 〖錮〗 닫다 고 〖篋〗 상자 협

**국역** 추수자는 성격이 강직하여 남을 좋게 여기지 않았으며, 얼굴은 검붉은데다 사람을 똑바로 보아, 비록 현달한 사람이라도 굽히려 들지 않아 평생에 서로 좋아하는 사람이 많지 않았다. 비록 서로 좋아해도 마음에 마땅하지 않으면, 끝내 自若하였다. 일찍이 나와 이야기를 하다가 말하기를 “그대는 이름 있는 선비일 뿐이요, 국가를 위하여 큰일을 맡을 사람이 아니다.” 하였다. 내가 겸손하게 사례하고 허물을 듣고 싶어 했는데, 추수자가 “그대는 문장을 좋아하지…… ”라고 말하다가 말 도중에 그치고 몸을 움직여 갑자기 베개를 베고 누워 버렸다. 나를 가장 좋아하는 사람이라 부르기는 했지만, 끝내 감히 스스로 추수자가 나를 지기로 삼고 있다고 말할 수는 없다. 추수자가 일찍이 탄식하며 말하길 “내가 함께 노닌 사람은 오직 조대부(趙寧夏)뿐인데, 지금은 죽었다. 그 다음이 자네이니, 내 어찌 세상에 뜻이 있겠는가?” 하였다. 조대부는 귀척 가운데 현명한 사람으로 객을 좋아한 사람이다. 처음 내가 추수자를 알게 된 것도 조대부를 통해서였다. 대개 추수자가 고향으로 돌아가 인사를 끊은 것도 그 이유가 이와 같음에 불과하다. 특히 그는 기운을 믿고 간혹 마을의 사람 가운데 마음에 마땅하지 않은 자에게 배척하는 말을 했기 때문에, 일이 갑자기 풀 수 없는 지경에 이르게 되었다. 슬프다! 그러나 추수자는 실제로 효도하고 우애가 있고 자애롭고 착하며, 의리를 중히 여기고 정직함을 지켰으니, 그로 하여금 첫 벼슬이라도 하게 했으면, 국가의 사고를 만나서는 반드시 죽음으로 절개를 지켜서 임금의 총애를 입었을 것이다. 그리하여 좋아하는 나 같은 사람도

참여하여 영광스러웠을 것은 의심의 여지가 없다. 그러나 지금 불행히도 이 지경에 이르렀으니, 내가 잠시 글을 지어 상자에 넣어 둘 뿐이다. 슬프다! 추수자의 성은 이요, 이름은 근수며, 자는 탁원이니, 영남의 의령 사람이다.

**감상** ● 李建昌은 韓末四大家(姜瑋 · 李建昌 · 黃玹 · 金澤榮)의 한 사람으로, 古文의 대가로 인정받아 왔으며, 그의 산문은 記事文이 특히 뛰어나다. 이 글은 이근수에 대한 傳으로, 자신이 불의와 전혀 타협하지 않았던 선비로서의 면모를 지니고 있었기에, 추수자의 강직한 모습을 보고 큰 인상을 받아 지은 것이다. 修辭的인 측면에서는 중간부분에 추수자의 詩를 길게 인용하고 있어 일반적인 傳에서 보여주는 상투적 격식에서 벗어나고 있다고 하겠다. 이 외에도 李建昌은 뛰어난 人物記事 작품을 남기고 있는데, 그는 人物記事야 말고 시대에 잘 대응할 수 있는 문학양식으로 파악했으며, 인물형상을 통해 당대의 국가나 사회현실을 묘사하고, 이러한 현실 속에서 인간이 어떻게 대처해야 할 것인가를 표현하여 격심한 시대의 변화 과정 속에서 바람직한 인간형을 제시하기 위한 방편으로 이러한 글쓰기를 활용하고 있는 것이다.

**참고논문** 이희목, 「寧齋 李建昌 研究」, 성균관대 석사논문, 1983.
이희목, 「寧齋 李建昌 散文 研究」, 성균관대 박사논문, 1992.

# 68.「答人論古文序」金澤榮[35]

自識足下以來　知足下好文有至心　玆者又辱致所著文　而請詳示爲文之法　其辭甚恭　其意甚勤　此僕生平所不幾遇者也　雖僕之知識　不逮古人　而重以衰昏　其何敢不竭其愚　以奉助一二乎

**주석** 〖玆者(자자)〗 이번에 〖辱〗 죄송한 동시에 영광스럽다 욕 〖僕〗 저 복 〖生平(생평)〗 평소 〖幾〗 거의 기 〖逮〗 미치다 태 〖重〗 겹치다 중 〖竭〗 다하다 갈

**국역** 그대를 알게 된 뒤로부터 그대가 문장을 좋아하는 데 지극한 마음이 있다는 것을 알았다. 이번에 또 영광스럽게도 저술한 문장을 보내고 글을 짓는 법을 상세히 보여 줄 것을 청하는데, 그 말이 매우 공손하고 그 뜻이 매우 근실하니, 이것은 내가 평소에 거의 만나 보지 못하던 것이다. 비록 나의 지식이 옛사람에 미치지 못하고 쇠하여 혼미함까지 겹쳤으나, 어찌 감히 그 어리석음을 다해 한두 가지나마 받들어 돕지 않을 수 있겠는가?

---

35) 김택영 1850(철종 1)~1927. 호는 滄江, 당호는 韶濩堂主人. 을사조약으로 국가의 장래를 통탄하다가 1908년 중국으로 망명하여, 揚子江 하류 南通에서 장첸의 협조로 출판소의 일을 보는 것으로 생계를 유지했다. 이 시기에 그는 창작활동과 병행해서 한문학에 대한 정리・평가와 역사 서술에 힘을 기울였다. 김택영은 한문학사의 종막을 장식하는 대가로서 시에서의 黃玹과 文에서의 李建昌과 병칭된다. 그는 古文家로서 文章一道를 주장하였다.

盖凡曰理曰氣曰心曰性 聖人未嘗言之於道 而後世儒者言之 以明聖人之道 曰體曰法曰妙曰氣 古人未嘗言之於文 而後世文人言之 以明古人之文 體者或典雅 或雄渾 或簡嚴 或和夷 或幽奇之類之名也 法者於章篇之間 起之承之 轉之合之之名也 妙者就起承轉合之中 爲或出或入 或縱或橫 或起或伏 或呑或吐 或直或曲 或豊或羸 或長或短 或高或下 千萬變化之名也 氣者鼓之盪之 躍之驟之 臭之味之 神之韻之之名也

**주석** 〖夷〗 온화하다 이 〖呑〗 삼키다 탄 〖羸〗 파리하다 리 〖盪〗 움직이다 탕 〖驟〗 달리다 취 〖韻〗 운치 운

**국역** 대개 무릇 이·기·심·성이라고 하는 것은 성인이 일찍이 도에서 그것을 언급한 적이 없었는데, 후세 유자들이 그것을 말하여 성인의 도를 밝혔다. 체·법·묘·기라고 하는 것은 옛사람들이 일찍이 문장에서 그것을 말한 적이 없었는데, 후세 문인들이 그것을 말하여 옛사람의 문장을 밝혔다. 체라는 것은 혹은 전하하고 혹은 웅혼하며 혹은 간엄하고 혹은 화이하며 혹은 유기한 부류들을 이름이다. 법이라는 것은 장과 편의 사이에서 그것을 일으키고 이으며, 변화시켰다가 합하는 것을 이름이다. 묘라는 것은 기승전합 가운데에 나아가 혹은 나가기도 하고 혹은 들어가기도 하며, 혹은 종으로 하기도 하고 혹은 횡으로 하기고 하며, 혹은 일어나기도 하고 혹은 엎드리기도 하며, 혹은 삼키기도 하고 혹은 내뱉기도 하며, 혹은 곧기도 하고 혹은 굽기고 하며, 혹은 풍부하기도 하고 혹은 파리하기도 하며, 혹은 길기도 하고 혹은 짧기도 하며, 혹은 높기도 하고 혹은 낮기도 하는 등 온갖 변화를 이름이다. 기라는 것은 그것을 치고 움직이게 하며, 그것을 뛰고 달리게 하며, 그것을 냄새나고 맛있게 하며, 그것을 신령하고 운치 있게 하는 것을 이름이다.

然則體之典雅雄渾幽奇之類 隨時變易 靡有一定 讀禹謨者 未可以非周誥 讀韓愈者 未可以非蘇軾矣 至於起承轉合 乃爲文者 萬世不易之定法 非是則言無其序 辭不得達 而無所謂文者矣 然法雖萬世不易 而不易之中 又

必有大變易 然後其法也活 而文至於工 此所以有出入縱橫長短高下之類之運用之妙 而彼出入縱橫長短高下之類之妙 旣皆得其必當之位 則氣於是乎自然而鼓盪 自然而躍騤 自然而臭味 自然而神韻 如雷之動 如岳之聳 如浪之奔 如酒之醲 如牛肉之在烹 如異花之初放 如盖世之名公鉅人盛服而坐 雖無一嚬一呵 而左右之人 已不能仰視

**주석** 〖靡〗 없다 미 〖非〗 비난하다 비 〖聳〗 솟다 용 〖奔〗 달리다 분 〖醲〗 진한 술 농 〖烹〗 삶다 팽 〖放〗 피다 방 〖盖〗 =蓋 덮다 개 〖鉅〗 크다 거 〖嚬〗 찡그리다 빈 〖呵〗 꾸짖다 가

**국역** 그렇다면 체가 전아·웅혼·유기한 부류는 수시로 바뀌어 일정한 것이 없으니, 『서경』의 「大禹謨」를 읽는 자는 『서경』의 주고(「大誥」·「康誥」·「酒誥」·「召誥」·「洛誥」)를 비난할 수 없고, 한유를 읽는 자는 소식을 비난할 수 없는 것이다. 기승전합에 이르러서는 이에 문장을 짓는 자가 만세토록 바꾸지 못하는 정법이다. 이것이 아니면 말에 차례가 없어서 언사가 통할 수 없으니, 이른바 문이라는 것이 없는 것이다. 그러나 법이 비록 만세토록 바꿀 수 없으나 바뀌지 않는 가운데도 반드시 또 큰 변역이 있으니, 그런 뒤에 그 법이 살아나고 문장은 공교로움에 이른다. 이것이 출입·종횡·장단·고하의 부류에 관한 운용의 묘가 되는 까닭이다. 그런데 저 출입·종횡·장단·고하와 같은 부류의 오묘함이 이미 모두가 그 합당한 위치를 얻게 되면, 기는 이에 자연히 고동쳐 움직이게 되고 자연히 뛰고 달리며 자연히 냄새나고 맛이 있으며 자연히 신령하고 운치 있기도 하여, 우레의 울림 같고 산악이 솟은 것 같으며 물결이 달려가는 것 같고 농익은 술 같으며 쇠고기가 요리되는 것 같고 기이한 꽃이 막 꽃을 피우는 것 같으며 세상을 덮을 만한 이름난 공과 거인이 성대히 옷을 입고 앉아 있으면 비록 한 번 찡그리거나 꾸짖는 일이 없어도 좌우의 사람들이 이미 우러러 볼 수 없는 것과 같다.

凡自古以來 以最能文名者 卽其氣之最盛者也 然氣有正有戾 有淸有濁 故善用法妙 則其氣正淸 而爲前之所云 反之則其氣戾濁 而爲窘澁擁腫句棘 一切狂惑之類 此其不可不深思而急辨之者也 嗚呼 昔韓愈氏生於後世 人才寢微之時 不得不詳言以告人 故其與李翺書始論爲文之妙 然其言能引而抗之 含蓄淵厚 而今余也 距韓之時又下矣 故不得不畢露盡洩 而爲淺薄之歸 豈不可愧可歎哉 然僕之此言 足下其皆知之耶 抑未也 言者有限者也 知者無方者也 以有限之言 而啓無方之知 雖聖人 亦有所不能盡 故天下之學術 雖曰資乎師友 而其實皆出於自知 足下其將如之何哉 雖然 抑有一言

**주석** 〖戾〗 어그러지다 려 〖窘〗 군색하다 군 〖澁〗 껄끄럽다 삽 〖擁腫(옹종)〗 솟아 있음 〖句〗 굽다 구 〖棘〗 창 극 〖寢〗 그치다 침 〖抗〗 들어 올리다 항 〖距〗 거리 거 〖畢〗 다 필 〖洩〗 새다 설 〖抑〗 아니면 억 〖資〗 취하다 자

**국역** 무릇 예로부터 가장 문으로 이름난 사람은 곧 그 기가 가장 성대한 사람이다. 그러나 기에는 바른 것도 있고 어긋나는 것도 있으며, 맑은 것도 있고 흐린 것도 있다. 그러므로 법의 묘함을 잘 쓰면, 그 기가 바르고 깨끗해져 앞에서 말한 것이 되지만, 그것과 반대로 하면 그 기는 어긋나고 흐려져 껄끄럽고 솟아나 있으며 굽은 창처럼 되니, 일체가 미치고 미혹된 부류이다. 이것은 정말 깊이 생각하고 급하게 구분하지 않아서는 안 되는 것들이다. 아! 옛날 한유는 인재가 쇠미한 후세에 태어나 자세히 말하여 사람들에게 일러 주지 않을 수 없었다. 그러므로 「答李翺書」에 비로소 문장을 짓는 오묘함을 논하였다. 그러나 그 말이 끌고 들어 올려 함축이 깊고 두터울 수 있었다. 그러나 지금 나는 한유의 시대와의 거리가 더 아래이므로, 다 드러내어 천박함으로 돌아가지 않을 수 없으니, 어찌 부끄럽고 한탄스럽지 않겠는가? 그런데 나의 이 말을 그대는 혹시 모두 그것을 알겠는가? 아니면 모르겠는가? 말은 한계가 있는 것이고 지식은 방향이 없는 것이니, 한계가 있는 말로 방향이 없는 지식을 계발하는 것은, 비록 성인이라도 또한 다할 수 없는 것이 있을

것이다. 그러므로 천하의 학술은 비록 스승과 벗에게 도움을 받는다고 하더라도, 그 실제는 스스로 아는 데서 나오니, 그대는 장차 어떻게 할 것인가? 비록 그렇지만, 또한 한마디 할 말이 있다.

夫所謂文章者 簡而言之 則不過曰文理 理也者 學問之源本 是非之準繩 趣味之所生 解悟之所機括也 故凡彼體法妙氣之屬 皆不能不資乎理 如魚之不能不資乎水 故僕閱歷於半世之間 多見爲文者 順理則其成也易 理滯則徒用力 而無所成 今足下之文 雖似有所未至者 而其理則頗順 循是而往 思之弗措藉 令今日不知 必有知之之一日 苟知之 則安有僕言 亦安有所謂體法妙氣乎 若所致之文之置議止於數篇者 欲其因一隅 而推三隅之自知也 足下其亦以此亮之而已

**주석** 〖準繩(준승)〗 표준 〖機括(기괄)〗 기틀 〖閱歷(열력)〗 겪어 지내 옴 〖滯〗 막히다 체 〖循〗 따르다 순 〖措〗 두다 조 〖藉〗 깔다 자 〖令〗 가령 령 〖若〗 너 약 〖隅〗 모퉁이 우 〖亮〗 =諒 살펴 알다 량

**국역** 대저 이른바 문장이라는 것은 간단히 말하면, 문리라고 말하는 것에 지니지 않는다. 이라는 것은 학문의 원본이요, 시비의 표준이요, 취미가 나오는 것이요, 이해의 기틀이다. 그러므로 무릇 저 체·법·묘·기라는 것들은 모두 이에 바탕을 두지 않은 것이 없으니, 물고기가 물에 바탕을 두지 않을 수 없는 것과 같다. 그러므로 내가 반세기의 사이에서 지내보니, 문장을 짓는 자가 이에 순응하면 그 이루어짐이 쉽고 이가 막히면 다만 힘만 쓸 뿐 이루는 것이 없음을 많이 보게 되었다. 지금 그대의 문장이 비록 이르지 못한 것이 있는 것 같기는 하지만, 그 이치는 자못 순응하니, 이를 따라서 가며 생각하기를 그만두지 않으면, 가령 오늘 알지는 못한다 하더라도, 반드시 그것을 알게 되는 어느 날이 있을 것이다. 만약 그것을 알게 된다면, 어디에 내 말이 있고, 또 어디에 이른바 체·법·묘·기라는 것이 있겠는

가? 그대가 보내온 문장에 의논한 것이 몇 편에 그친 것은 그 한 모퉁이에 말미암아 세 모퉁이를 미루어 스스로 알기를 바란 것이니, 그대는 진실로 또한 이것으로 양해하여 주기를 바랄 뿐이다.

**감상** ● 滄江은 문장가의 입장에 서서 文의 가치를 적극 옹호하였다("문장이라는 것은 道의 관점에서 보자면 작은 재주에서 벗어나지 못한다. 그러나 이 작은 것을 좋아하지 못하면 어떻게 큰 것을 좋아할 수 있겠으며, 작은 것을 알지 못하면 어떻게 큰 것을 알 수 있겠는가?" 「書深齋文稿後」). 그러므로 위 글에서 실제 창작에 있어서 體·法·妙·氣의 4가지 문제로 나누어 문학 창작론을 제시하고 있다. 쓰고자 하는 내용의 성격에 맞는 문체를 선택해야 한다는 體, 서술의 순차성을 준수하여 조리 있게 내용을 전개해야 한다는 法, 내용을 효과적으로 전달하기 위해서는 다양한 문장의 변화를 구사해야 한다는 妙, 이 三者의 조화를 통해 문세의 기를 발생시킴으로써 독자를 완전히 압도해야 한다는 氣의 네 단계로 설정하고 있다. 이상과 같이 형식 방면에 깊은 모색을 기울였지만, 또한 형식 그 자체에 매몰되어 버리는 것을 경계하였다. 문학을 내용과 형식의 통일체로 인식하여 體·法·妙·氣라는 형식 방면의 모든 노력은 理라는 내용에 의지하지 않을 수 없다고 강조했던 것이다.

**참고논문** 이의강, 「滄江 金澤榮의 散文論과 批評의 實際」, 성균관대 석사논문, 1990.

정재철, 「金澤榮의 文學思想」, 『한국문학사상사』, 계명문화사, 1991.

# 69. 「雜言」四 金澤榮

爲哉乎也之而故則等語助字 雖似乎俚 而至妙之神理實在於是 尙書周易之文 罕用此 用之自孔子始 而司馬史尤多用之 今之人或以務去此等語助字爲高勁 是將不愛鍾王米蔡之書 而獨愛蒼頡之篆者耶

**주석** 〖俚〗 속되다 리 〖罕〗 드물다 한 〖去〗 제거하다 거 〖勁〗 굳세다 경 〖蒼頡(창힐)〗 고대 전설상의 인물로, 새의 발자국을 보고 초기 형태의 六書를 만들었다고 함

**국역** 언재호야지이즉 등의 말은 조자이니, 비록 속된 듯하나 지극히 묘한 신비한 이치가 실로 여기에 있다. 『상서』와 『주역』의 문장에는 드물게 이것을 사용하였다. 그것을 사용한 것은 공자로부터 시작되었고, 司馬遷의 『史記』에는 그것을 더욱 많이 사용했다. 지금 사람들은 간혹 이러한 어조사를 제거하기에 힘쓰는 것을 높고 굳센 것으로 여기니, 이것은 장차 鍾繇 · 王羲之 · 米芾 · 蔡邕의 글씨를 좋아하지 않고, 다만 창힐의 篆書만을 좋아하는 것이 아니겠는가?

古文之妙 惟在乎行之以神 苟神矣 淺可使深 弱可使强 易可使難 小可使大 安用艱文澁句爲哉 然神不徒至 要在於理 此不可不察

**주석** 〖安〗 어디 안 〖艱〗 어렵다 간 〖澁〗 껄끄럽다 삽 〖要〗 요체 요

**국역** 고문의 묘함은 오직 신묘함으로써 그것을 행하는 데 달려 있다. 만약 신묘하게 되면, 얕은 글도 깊게 할 수 있으며 약한 것도 강하게 할 수 있고 쉬운 것도 어렵게 할 수 있으며 작은 것도 크게 할 수 있으니, 어디에 어려운 글과 난삽한 문구를 쓸 것이 있겠는가? 그러나 신묘함은 그냥 이르는 것이 아니요, 중요한 것은 理에 있으니, 이것은 살피지 않아서는 안 된다.

高麗之文傑作 當以金文烈公溫達傳爲第一 吾韓之文傑作 可傳之多 莫如朴燕巖 其次金臺山 三韓義烈女傳序亦足爲千古絶調 又張谿谷漢祖不封紀信論是也

**주석** 『莫如(막여)』 ~만한 것이 없다 『絶調(절조)』 =絶唱: 견줄 만한 것이 없는 뛰어난 詩文

**국역** 고려 문장 가운데 걸작은 마땅히 김문열공(金富軾)의 「온달전」을 제일로 삼아야 할 것이다. 우리 조선의 문장 중에 걸작으로 전할 만한 것이 많으나, 박연암만한 사람이 없고, 그 다음으로는 김대산(金邁淳)이니, 「삼한의열녀전서」가 또한 천고의 절조가 될 만하고, 또 장계곡(張維)의 「한조불봉기신론」도 그러하다.

吾邦之文 三國高麗 專學六朝文 長於騈儷 而高麗中世 金文烈公 特爲傑出 其所撰三國史 豊厚樸古 綽有西漢之風 其末世李益齋 始唱韓歐古文 尤長於記事 再修國史 韓朝所作高麗史 實皆益齋之筆也 李牧隱以益齋門生 始唱程朱之學 而其文多雜註疏語錄之氣 自是至吾韓二百餘年之間 有權陽村金佔畢崔簡易辛象村李月沙諸家 而皆受病於牧隱 金農巖所云 我東之文 膚率而不能切深 俚俗而不能雅麗 冗靡而不能簡整者 卽指此也 張谿

谷李澤堂二公 一洗前陋 而陋未盡祛 至農巖則祛盡矣 然又稍病乎弱 朴燕巖承農巖之雅 而昌大雄變之 自後洪淵泉以下 去益愈淸 而元氣亦隨 而稍薄 此余之選麗韓九家者也 如吾黃江漢 頗長於記事 而他體皆短 趙東溪洪沆瀣 雖皆能跳出於陋 而矯枉過直 病於佻薄 故選不及之也

**주석** 〖綽〗 많다 작 〖西漢(서한)〗 前漢의 별칭 〖唱〗 먼저 말하다 창 〖膚〗 얕다 부 〖率〗 거칠다 솔 〖俚〗 속되다 리 〖冗〗 번잡하다 용 〖靡〗 화사하다 미 〖祛〗 사라지다 거 〖昌大(창대)〗 성대함 〖稍〗 조금 초 〖跳〗 뛰다 도 〖矯〗 바로잡다 교 〖枉〗 굽다 왕 〖佻薄(조박)〗 경박함

**국역** 우리나라의 문장 가운데 삼국과 고려는 오로지 육조의 문장만을 배워 변려문에 뛰어났다. 그러나 고려 중세에 김문열공(金富軾)이 특히 걸출하니, 그가 찬술한 『삼국사기』는 풍후·박고하여 상당히 서한의 풍이 있었다. 고려 말기에 이익재(李齊賢)가 처음으로 韓愈·歐陽脩의 고문을 창도하여 기사에 더욱 뛰어났다. 두 번에 걸쳐 국사를 수찬했으니, 조선조에서 지은 『고려사』는 사실 모두 익재의 기록이다. 이목은(李穡)은 익재의 문생으로 처음으로 정주의 학문을 제창했다. 그러나 그의 문장에는 주소·어록의 기운이 많이 섞여 있어, 이때부터 우리 조선 2백여 년 사이에 이르러 권양촌(權近)·김점필(金宗直)·최간이(崔岦)·신상촌(申欽)·이월사(李廷龜) 등 여러 사람이 있었는데, 모두 목은에게서 병을 받았다. 김농암(金昌協)이 말한 "우리나라의 문장이 부솔하여 절심할 수 없고, 저속하여 아려할 수 없으며, 용미하여 간정할 수 없다."고 한 것은 바로 이것을 지적한 것이다. 장계곡과 이택당 두 분이 한 번 예전의 비루함을 씻어 내었으나, 아직도 비루함이 다 제거되지 않았는데, 농암에 이르러 곧 다 제거되었다. 그러나 또한 약간 허약한 것이 병이었다. 박연암이 농암의 아려함을 계승하여 성대하게 그것을 변화시켰으며, 그 후 홍연천(洪奭周) 이하로 갈수록 더욱 맑아졌으나 원기 또한 따라서 점차로 엷어졌으니, 이것이 내가 여한구가를 뽑은 까닭이다. 황강한(黃景源) 같은 사람은 자못 기사에는 뛰어났으나 다른 체는 모두 뛰어나지 못했고, 조동계(趙歸命)·홍항해(洪吉周)는 모

두 비록 비루한 데서 뛰어나올 수 있었으나, 굽은 것을 바로잡는 데 너무 강직하여 경박함에 결점이 있었다. 그러므로 뽑힘에 들지 못했다.

**감상** ◗ ● 이 글은 「雜言」의 일부분으로, 첫 번째 인용문에서 滄江은 文에 있어서 어조사의 역할을 강조하여 修辭的 측면에 많은 관심을 보이고 있음을 보여 주고 있다. 나머지 인용문은 우리나라 산문에 대한 나름대로의 역사적 이해를 가지고 그것을 선별하여 麗韓九家文을 선정한 이유를 설명하고 있다. 즉 삼국과 고려시대에는 육조의 변려문에 능했고, 고려 중기 金富軾에 의해서 서한풍의 古文이 등장하였으며, 고려 말기에 李齊賢에 의해서 唐宋古文이 창도되었으나, 성리학을 창도한 李穡은 주소어록체가 섞인 산문을 지었다. 주소어록체는 순정 고문가들이 꺼리는 것인데, 그 후 2백여 년간이나 李穡의 이러한 문풍에 영향을 입다가 張維·李植에 의해 변모되어 순정한 古文이 지어졌으며, 金昌協·朴趾源 등 걸출한 古文家들의 활약으로 산문 방면에 있어 수준 높은 문학적 성취가 있었다는 것이다.

**참고논문** ◗ 조기문, 「『麗韓十家文鈔』 文體 硏究」, 국민대 석사논문, 1983.
이의강, 「滄江 金澤榮의 散文論과 批評의 實際」, 성균관대 석사논문, 1990.

• 편저자 •

원주용
(元周用)

•학력•
성균관대학교 한문학과 박사과정 졸업
(문학박사)

•경력•
한림대학교 강사
(현)성균관대학교, 안동대학교, 원광대학교 강사
성균관대학교 동아시아지역연구소 선임연구원

•주요논문•
「牧隱 李穡의 碑誌文에 관한 고찰」
「陶隱 散文의 문예적 특징」
「鄭道傳 散文에 관한 일고찰」

•주요저서•
『한국 한문학의 이론, 산문』(공저)
『목은 이색 산문 연구』
『고려시대 산문읽기』
『동양의 지혜 그리고 현대인의 삶』 외 다수




# 조선시대 산문 읽기


• 초판 인쇄 2008년 9월 1일
• 초판 발행 2008년 9월 1일

• 엮 은 이 원주용
• 펴 낸 이 채종준
• 펴 낸 곳 한국학술정보㈜
경기도 파주시 교하읍 문발리 513-5
파주출판문화정보산업단지
전화 031) 908-3181(대표) · 팩스 031) 908-3189
홈페이지 http://www.kstudy.com
e-mail(출판사업부) publish@kstudy.com
• 등 록 제일산-115호(2000. 6. 19)
• 가 격 31,000원

ISBN 978-89-534-9920-1 93810 (Paper Book)
978-89-534-9921-8 98810 (e-Book)